影帝他妹三岁半

完结篇

SISTER VS BROTHER

江月年年 著

江苏凤凰文艺出版社
JIANGSU PHOENIX LITERATURE AND ART PUBLISHING

目录 CATALOGUE

他们乘着大黑猫飞向云端，

可以自由地在梁斯特身上打滚，

欣赏天空中金光绚烂的夕阳，轻松而自在。

第一章

圣诞的新曲

《咱家几代人》的首期节目内容设定为中西节日，打算展现家庭中圣诞节和春节的差异。楚肖逸得知消息后，他还忍不住调侃李导：“哎哟，节目模式卖向海外就是不同，瞬间国际化啦！”

因为节目第一季的热烈反响，李导等人也获得不错的名声及收益回报，如今在业内挺有能量。

李导当然知道楚肖逸是气恼花絮翻车，他慢条斯理地还击：“是的是的，向你学习，听说你还在跟肖肖学英语？”

楚肖逸：“……聊聊别的，聊聊别的。”怎么老聊他学习的事情？

因为楚肖肖读的是国际幼儿园，所以她在圣诞节前后还有假期。外国小朋友们非常重视圣诞节，老师还在放假前给孩子们发放圣诞袜，鼓励他们在袜子里留下愿望字条，说是将袜子在家里挂好，就会有圣诞老人来送礼物。

安妮拿到自己的圣诞袜却愁眉不展，她好奇道：“肖肖，你要在信里跟圣诞老人许什么愿？”

楚肖肖老实道：“我还没有想好，你要许什么愿呢？”

安妮面露苦恼：“我想要一双漂亮的舞鞋，但圣诞老人只给乖孩子送礼物，我做过错事，不知道他还喜不喜欢我……”

楚肖肖：“你做错了什么事情？”

安妮左顾右盼一番，她偷偷摸摸地凑到楚肖肖耳前，小声道：“我妈妈每天只让我吃一个冰激凌，我有几天趁她不在偷吃了第二个。虽然妈妈不知道这件事，但圣诞老人肯定知道。”

楚肖肖歪头想了想，她出谋划策道：“那你在信里给圣诞老人解释一下吧，说不定他会原谅你呢？”

安妮赞同地击掌：“说得对，都怪冰激凌太好吃啦，这不全是我的错！”

安妮在楚肖肖的指导下，决定回家写信向圣诞老人解释，冰激凌也算是从犯，不能全怪在她头上。

楚肖肖带着圣诞袜回家，迎来自己的圣诞假期，让梁双麒羡慕不已。她的假期可不止圣诞节那一天，而是照着国外的放假标准来，有好长一段日子。

梁双麒是在普通小学里读书，他当然不可能放假。圣诞节那天还是周一，班里要搞小测验，需要梁双麒提前复习，让他万分头疼。

楚肖肖没有圣诞愿望，她无法跟没手机的杨茵姐姐联络，只能向麒麒哥哥寻求参考，想知道他向圣诞老人许什么愿望。

梁双麒的回复倒是简单直接，他发回一条语音信息来："我要许愿让圣诞老人再给我一百个愿望，一个愿望实在太少啦。"

楚肖肖顿时佩服不已，她连一个愿望都想不出来，麒麒哥哥上来就要一百个。

楚肖肖："那我帮你许愿吧，让圣诞老人给你一百个愿望。"

梁双麒："我可以自己许愿，圣诞老人是对肖肖做出奖励，他只能送你东西。"

楚肖肖仔细地思考一番，她觉得此话有点道理，据说圣诞老人会奖励乖孩子、惩罚坏孩子，看来她的愿望真没法牵扯到别人。她最后工整地将信写好，认真地塞进圣诞袜里，再把袜子挂在客厅的窗边。

家里没有烟囱，楚肖肖觉得圣诞老人只能翻窗，所以将圣诞袜挂在窗边。

花里胡哨的圣诞袜没有等到圣诞老人，倒是先一步等到工作归来的楚肖逸。楚肖逸望着窗边的圣诞袜，他忽然醒悟圣诞节即将到来，记起首期节目的主题内容。

楚肖逸鬼鬼祟祟地四下望望，确定自己妹妹不在周围，打算翻翻圣诞袜抄作业。他只要知道楚肖肖的愿望，在圣诞节当天讨好她就很容易，绝对不会翻车。

父母还要重新为楚肖肖筹备礼物，楚肖逸则可以直接送她要的东西，无疑节省不少工夫。

楚肖逸打开圣诞袜，果然看到小东西留下的信件，他愉快地将其抽出来，只觉得大功告成。他本打算偷偷瞧一眼，然后不着痕迹地放回去，哪料到拆开信件却傻眼了，楚肖肖是拿英语写的，她还写了整整一页纸！

楚肖逸：你用得着如此体贴圣诞老人吗？还专门切换成他能懂的语言？

楚肖逸只得先将圣诞袜挂回去，正值此时，楚肖肖突然走出来，她招呼起背对自己的兄长，眨眨眼道："你什么时候回来的？"

楚肖逸闻言一惊，他立马将信塞进怀里，不动声色地转过身来，淡定地岔开话题：“刚刚回来，你又放假逍遥了？没人管，要翻天啦？”

楚肖逸佯装无事，他像平常一样跟妹妹交谈，立马让楚肖肖翻起小白眼，没有令她起疑。

楚肖肖没有察觉圣诞袜的异常，她不满道：“爸爸也在家，我才没逍遥，你才逍遥呢，名字都叫肖逸！”

楚肖肖：肖逸和逍遥的发音有相似点，肖肖和逍遥的发音就不同！

楚肖逸无暇跟楚肖肖纠缠，他含糊几句后就回屋，迅速地甩开妹妹，开始紧张地破译密码。他要在楚肖肖发现信件消失前，得知她的圣诞愿望是什么，赶紧拿出翻译器疯狂查词，犹如搜集信息的地下工作者。

楚肖肖是有礼貌的小朋友，她给圣诞老人的信件真诚友好，还夸赞吹捧对方一番，高度赞扬圣诞老人的工作。楚肖逸读得着急又头大，他都不知道妹妹哪儿来那么多花里胡哨的词，不能直接说一下自己想要的礼物吗？

这篇英语阅读楚肖逸做得焦头烂额，然而他读懂全篇后却几乎崩溃，完全没找到自己想要的东西。

楚肖肖在前面含蓄客气地写了一大堆，最后却用英文留下这么一句话：亲爱的圣诞老人，谢谢你的到来，但我没有想要的礼物，请你照顾好自己的身体！

楚肖逸费劲巴拉地翻译半天，最终他还是得自己想礼物，抄了一份空白作业！

楚肖逸：“圣诞老人”刚做完一篇英语阅读，差点被你的话活活气死，还好意思让我照顾好身体？

面对眼前的信纸，楚肖逸忍不住揉了揉太阳穴试图冷静，完全不知道自己刚刚在忙什么。他高中时做英语阅读都没如此认真，英语试卷的文章好歹是印刷体，楚肖肖的圣诞信却是幼儿体。

楚肖肖虽然工整地书写完了圣诞信，但她还在角落里填充了花里胡哨的儿童画，她的抽象派画风立刻给文章翻译增添不少难度。楚肖逸在魔性儿童画的摧残下，全程硬着头皮在看，看完后拳头都气硬了。

最麻烦的是，楚肖逸还要将圣诞信放回袜子里，然而楚肖肖却在客厅里扎了根，她坐在沙发上看外语视频，完全没有要离开的意思。

楚肖逸揣着圣诞信在周围溜达两圈，久久找不到机会放回去，一时颇感无奈。他战略性地撤退，正巧在回屋途中碰到楚家栋，索性请教道：“爸，你有看肖肖的圣诞信吗？她今年想要什么东西？”

楚肖肖带着圣诞袜回家时，她还向家人们认真地介绍一番，说等自己给圣诞老人写完信，就会把袜子挂在客厅里。她是注重隐私的小朋友，说此话就是让其他人别偷看，平时也不要乱动她的圣诞袜。

如果不是楚肖肖提前告知，楚肖逸也不知道里面有圣诞信，更不会顶风作案。他觉得妹妹还是不懂人的心理，越是不让人做什么，人越是想做什么，就是如此叛逆。

楚家栋沉吟几秒，说道："我没有看她的圣诞信呢。"

楚肖逸惊道："你都不好奇吗？"

楚家栋笑呵呵地挠头："我去年看过一次，她说什么也不想要，估计今年也是吧。"

楚肖逸："……"原来是我信息不对等，反应比别人慢半拍？

楚肖肖是在读幼儿园后开始过圣诞节的，楚家栋去年没忍住看了信，楚肖逸今年没忍住看了信。不过楚肖肖的作文水平显然精进不少，她觉得像去年一样直接拒绝容易让圣诞老人伤心，今年就写了满满一页纸打算哄哄他，肯定对方的工作，哪料到楚肖逸会中招。

楚家栋同样不知道小女儿想要什么，没有办法给楚肖逸提供有用建议。楚肖肖如今年纪尚小，她对许多事都一知半解、懵懵懂懂，连《哈利 · 波特》的周边都是在便宜哥哥带回家后，她才知道世界上有这样的东西。

楚肖逸上数学课时已经消耗不少物资，如今再次送礼他就黔驴技穷了，想得有点头疼。

客厅里，楚肖肖发现便宜哥哥总在眼前晃来晃去，她不禁嘟囔道："你为什么老盯着我看？"

楚肖肖仔细地回想一番，确信今天不用上数学课或英语课，自然对楚肖逸的行为深感不解。她缩在沙发角落里，警惕地望着兄长，总觉得他要出什么幺蛾子。

楚肖逸其实想还圣诞信，无奈她就是不走，他索性漫不经心地寒暄："你最近过得怎么样啊？"

楚肖肖闻言更是狐疑，她戒备地抱紧 iPad，应道："挺好，你问这个做什么？"

楚肖逸："我就想知道你有没有高兴的事，你有什么想要的吗？"

楚肖肖觉得事出反常必有妖，她不敢随便乱说，一本正经道："只要你能听话一点，我就会觉得很高兴。"

楚肖肖什么都不想要，只要便宜哥哥别惹是生非，她就觉得现在的生活挺好。

楚肖逸听到熟悉的言论，一度梦回自己童年的父亲节，楚家栋似乎也说过类似的话，难道这就是有其父必有其女？

楚肖逸看她故作小大人的模样，气得忍不住要揉她，怒道："你又不是爸妈，这叫什么话？真是反了你啦，我才是哥哥，我还没说你不听话呢！"

楚肖肖立刻站起身来，她在沙发上迈着小短腿，仓皇地躲避他的攻击，还理直气壮地叉腰道："我就是爸爸妈妈的发言人！"

楚肖逸跟妹妹打闹一番，最后也没将信塞回去，只能晚上再做打算。晚饭后，肖碧望着落在地上的圣诞袜，出声提醒道："肖肖，你的圣诞袜掉下来了。"

肖碧是家里唯一对圣诞袜没兴趣的人，既然小女儿说不让他们看，她就确实没有打开看，不像另外两人有着抓心挠肺的好奇心。

窗户边本来就没有挂圣诞袜的地方，楚肖肖是强行将其放在那里，袜子很容易就会被碰落。她闻言乖乖地从沙发上跳下来，踩着拖鞋去捡自己的圣诞袜，让坐在一边的楚肖逸瞬间警醒。

楚肖逸在妹妹身边蹲守好久，他一直没等到她离开客厅，此时慌张道："等等！"

楚肖逸话音刚落，楚肖肖已经将圣诞袜捡起，她显然也发觉了异状，迷糊地摸了摸小脑袋。她茫然地打开袜子，察觉里面的信件不翼而飞，迟疑地眨眨眼："好奇怪……"

肖碧："怎么了？"

楚肖肖拿着袜子，恨不得将其看出一个洞来，诧异道："我的信不见了？"

楚肖逸立马大气都不敢出，他差点想当场变成背景板，只觉得兜里的信纸犹如死亡通知书，让人心生不安。他察觉到自己疯狂的心跳，强作镇定地低头刷手机，以此掩盖面上的异常。

楚肖逸：只有无限接近死亡，才能领悟生命的真谛！

楚肖肖只顾着圣诞袜，并未听到兄长的话，也没发现他的异状，她光在思索自己的信件。她发现圣诞信离奇失踪，没有惊慌失措、大哭大闹，反而将袜子放到一边，不再有挂起来的意思。

肖碧真没料到圣诞袜里的信会失踪，她推测是丈夫或大儿子拿走了，偏偏被小女儿发现，一时为难地笑道："肖肖，你不挂回去吗？"

楚肖肖摇了摇头，脸上没有低落的神情，反而兴高采烈起来："圣诞老人已经读过我的信，那我就不用再挂袜子了！"

圣诞袜是用来收礼物的，楚肖肖在信里写不用礼物，既然圣诞老人知道她的想法，那她就不必再挂圣诞袜了。

楚肖肖为信件消失找到合理缘由，开心地在原地转了个圈，又忽然感到一丝疑惑，停下自己小熊跳舞般的脚步，奇怪道："为什么我去年的信没消失呢？难道没有成功寄出去？"

楚肖逸拼命点头，附和道："对对对，现在寄信很容易丢的……"

父亲楚家栋去年看完就塞回去了，楚肖逸却狼狈地翻车，估计是他太倒霉。

楚肖肖露出了解的神色，她倒不介意去年的信寄丢，毕竟自己去年在信上的措辞还不够礼貌，而这回的信要委婉正式得多。现在想来，她去年说不要圣诞礼物，依然取得圣诞礼物，估计是圣诞老人没收到信。

楚肖肖想通此事，她愉快地哼着儿歌奔回屋，觉得今年通信成功挺幸运。

肖碧哪能看不懂局面，等小女儿离开后，她无奈道："那你把她的信藏好吧。"

楚肖逸万分尴尬，当真是聪明反被聪明误，如今没办法将信还回去。把信藏在自己屋里担忧被发现，带出去工作又怕搞丢，他实在不知揣在哪里好。

没过几天，楚肖肖还跟前来做作业的梁双麒、杨茵分享近况，三人聚在茶室里写作业，讨论有关圣诞信的事情。杨茵已经到了不信圣诞老人的年纪，她露出欲言又止的神色，又不好打破小朋友们的幻想。

梁双麒本该为小测全力复习，听到此话却立刻走神，他帮忙分析道："肖肖寄信肯定容易丢，他们说寄明信片等东西很慢，圣诞老人给你送礼是寄快递，所以寄得又快又安全。"

梁双麒是三人中网购经验最丰富的，他站在物流角度发表见解，认为楚肖肖去年的信没寄出去挺正常。

楚肖肖虚心请教道："那我怎样才能寄得又快又安全呢？"她害怕明年的信又寄不出去，自然要未雨绸缪，提前想一想办法。

梁双麒摸摸下巴："我也不知道，不然你明年问问圣诞老人，他每年是如何收信送礼的。他要送那么多小朋友礼物，选的应该是很厉害的快递公司吧，让他介绍给你。"

楚肖肖："他不是自己挨家挨户送吗？"

梁双麒："那岂不是送不过来？难道跟我们小区一样，每个区域有一位圣诞老人负责？"

杨茵听着两人快将圣诞老人和快递员画等号，她弱弱地岔开话题：“……我们继续学习吧。”

杨茵生怕楚肖肖真在明年圣诞信里问快递公司，她觉得对方的家人并没有办法答上来，谁能知道圣诞老人的物流如何？

首都的天气已经变凉，茶室里却相当温暖，是三人的小自习室。他们将茶室里的水喝完，杨茵主动拿起壶想进屋接水，梁双麒却将水壶接过来，说道：“我去吧，外面冷。”

茶室和屋里隔着一小段路，人进屋前会接触到外面的冷空气，楚肖肖担忧道：“麒麒哥哥，你知道在哪里接水吗？”

楚肖肖觉得杨茵姐姐是生活小达人，但她着实不了解麒麒哥哥的生活能力。她现在还抱不动装满水的壶，容易颤颤巍巍地摔倒，自然只能让杨茵代劳。

梁双麒已经穿上小外套，他拿起水壶，振振有词道：“我可以问你家里人，而且只有几步路。”

杨茵原本还想提议自己去，听对方一说又打消顾虑，她觉得梁双麒接壶水应该没问题。

梁双麒带着水壶进屋，礼貌地麻烦肖碧为自己装好水，正要折返回到茶室，却突然听到楚肖逸电脑传出的声音。客厅里，楚肖逸坐在沙发上做音乐，他正埋头编辑着音轨，没有注意到路过的梁双麒。

楚肖逸不知道该准备什么圣诞礼物，他最终决定给妹妹写一首歌，而且选用她当初在节目上乱唱的一段做主旋律。

楚肖逸参加幼儿园开学典礼那天，楚肖肖曾在车上唱过一段跟霍格沃茨有关的英文歌，他后来费劲地扒出《咱家几代人》第一季节目，发现歌词源自《哈利·波特》原著，旋律则完全是她信口胡哼。

楚肖逸：怪不得我当时觉得它难听，原来不是唱跑调，而是它就没有调。

一首歌曲可不是光有旋律就行，就像音乐外行人永远不懂作曲和编曲的差异。楚肖逸擅长的是作曲、编曲，他或许不是好歌手，但不能说他不是好音乐人。

然而，现今大众连歌手的事都弄不明白，更不用提更深的音乐制作，自然只会调侃楚肖逸的声音。大家都只愿关注自己觉得好玩的事，对于自己不懂的事都选择性忽略。除了粉丝和业内人，少有人察觉楚肖逸的才华。即使有音乐人夸赞表扬，外人也只当是楚肖逸在营销，这就是圈内现状。

梁双麒本来稳稳地端着水壶，不经意间听到这段旋律，一时间头皮发麻、如遭雷劈。他强作镇定地走出几步，终于还是忍不住回头，好心道：“哥哥，这段旋律真的不好听。”

梁双麒都不知道肖肖哥哥是不是故意报复自己，对方明知他对声音极度敏感，还公放出来让自己听到。他上回也不想说吉他一弦的事情，可对方偏偏要对着他和肖肖弹琴。

楚肖逸哪能不知旋律的问题，他刚刚播放的是扒下来的纯音乐，索性又放出节目上的楚肖肖人声版，幸灾乐祸道：“这可是楚肖肖当初唱的，我一会儿要告诉她，你说她唱得不好听。”

梁双麒听到楚肖肖人声版，完全没想到自己会踩中陷阱，一时僵硬地站在原地：“……”

梁双麒拥有绝对音感，平时绝对能分辨出楚肖肖的声音，无奈楚肖逸用电脑重新进行编辑，他便翻车地没有认出来。毕竟那是纯音乐，明明就没有人声，他哪能猜到是肖肖哼过的旋律！

梁双麒尴尬地沉默几秒，好在他反应极快，立马为自己挽尊，正色道：“哥哥，我觉得是你的编曲破坏了旋律，肖肖的原版就很好听，跟刚才完全不一样。”

楚肖逸哪料到小男孩一秒变脸，他对梁双麒的无耻甘拜下风，不禁吐槽道：“你还算是合格的大提琴手吗？你完全忽略自身的音乐修养，真是信口雌黄、胡说八道啊！”

楚肖逸：你为强行维护跟我妹妹的友情，简直什么不负责任的话都乱说！

梁双麒当然知道自己编得太假，要怪就怪肖肖哥哥的连环套，他索性破罐子破摔，理直气壮道：“其实我就是一个锯木头的。”

楚肖逸：“？”这是突如其来的转职宣告？

梁双麒：什么合格的大提琴手？不存在的，我从今天起就是木匠！

梁双麒着实没有办法，谁让楚肖逸说要跑去找楚肖肖告状，他只能拼命地往回找补，开始口不择言。小朋友间的友情非常简单，倘若谁直接说对方不好，或许第二天就会失去这位朋友。

楚肖逸颇感无语，索性又公放那一段人声版旋律，饶有兴致道：“好啊，既然你觉得好听，那你就多听两遍。”

梁双麒听到旋律浑身一抖，然而他还是强行忍耐，试图克服音乐天赋带给自己的影响，尽量忽略毫无逻辑的旋律。他紧紧地抱着水壶，明明脸上神色紧绷，嘴上却还是连连夸赞，只差击掌叫好：“好听好听，妙啊妙啊……”

楚肖逸原本打算故意整一整小男孩，他知道懂音乐的人听到此旋律有多崩溃，却没料到对方能做到这一步，一时竟然有点心疼：“……你好歹算是懂行的，倒也不必如此，明明刚刚还说不好听。”

楚肖逸：我怎么好像看到粉丝闭眼瞎吹的模样，偶像没实力还得硬着头皮吹彩虹屁？

梁双麒生怕再次入套，赶紧否认道：“不不不，我不是懂行的，是我不懂肖肖的音乐。”

楚肖逸觉得小男孩想法有问题，索性语重心长道：“我知道你跟肖肖关系好，我妹妹同样非常优秀，但世界上没有完美的人，她有瑕疵也正常……”

梁双麒还在惦记告状的事情，他现在总觉得楚肖逸就想骗自己失言，斩钉截铁道：“肖肖是完美的！”

梁双麒：你休想抓住我的话柄！我不会让你得逞的！

楚肖逸：“……”

楚肖逸脑海里莫名蹦出“每当有人说‘没有什么东西是完美的’”表情包，他现在觉得梁双麒的态度莫名贴切，生动形象地展现出此表情包的内涵。

茶室内，楚肖肖埋头学习一会儿，又抬眼看了看时间，奇怪道：“麒麒哥哥怎么还没回来？”

梁双麒主动提出去打水，至今却不见人影，比杨茵往常打水慢得多。杨茵总觉得小男孩是跑出去放风了，她发现梁双麒学习时没有楚肖肖专注，时不时就要走神片刻，身上仍有男孩的好动。

梁双麒其实是不喜欢学习的，但他的两位朋友全是好学派，自己只能无奈地陪着自习。梁宸都感慨儿子转性了，以前作业都拖到晚上做，现在白天就能做完。

杨茵认为梁双麒可能是觉得在茶室坐一天无聊，便出言安抚道：“再等一等吧，他可能想在屋里休息一会儿。”

客厅里，梁双麒和楚肖逸突然聊起来，梁双麒索性抱着水壶坐到对方身边，好奇地打量着肖肖哥哥的电脑，问道：“这个页面是什么呢？”

提起擅长的领域，楚肖逸立马滔滔不绝：“这是用来作曲、编曲的软件，这一部分是音轨，你可以通过一些功能来配器……你要不要听听我以前的曲子？”

梁双麒脸上露出犹豫的神色，视线有点飘忽，立刻引发旁边人的不满。

楚肖逸当即打开一首曲目，重振威严道："刚刚的旋律不是我创作的，我的真实水平并不是那样！"

梁双麒还没来得及捂耳朵，就听到楚肖逸放出的新曲目，他望着电脑屏幕上运动的复杂音轨，竟然没有当场失聪，意外道："还挺好听？！"

梁双麒难以置信地瞪大眼睛，一度以为活在自己的梦里，不但能够登月拉大提琴，连肖肖哥哥都会好好作曲。他上回遭遇吉他攻击，这回真没抱太大希望，但说实话，楚肖逸的曲子不错。

虽然梁双麒是学乐器的小朋友，但他没接触过编曲软件，探头赞叹道："这个软件功能好多，我以前从来没见过。"

梁双麒以前就碰过毛线和计算器，还没学习过专业的编曲软件，不由得露出新奇的神色。

楚肖逸往日被粉丝夸赞，都没有过于高兴，如今被同行表扬，他顿时飘飘然地嘀咕："我还以为你什么都知道呢，毕竟你上回表现得如此嚣张，像是在音乐方面什么都会一样。"

梁双麒那日在家里公开踢馆，妄图竞争"肖肖哥哥"的事情，楚肖逸记忆犹新，自然旧事重提。

梁双麒被撑也不恼，眨了眨眼，老实地坦白："我真不会这些，乐团老师是学古典音乐的，他看不起流行音乐，所以没教过我们。"

楚肖逸刚找回场子，哪想到梁双麒又来一记暴击，祭出音乐领域的鄙视链。音乐圈总流行奇怪的鄙视链，古典看不起摇滚，摇滚看不起流行，流行看不起说唱，说唱谁都看不起，当真是同行相轻！

梁双麒是学大提琴的，尽管他本人对流行并不反感，他的部分老师却对古典音乐以外的风格不屑一顾。这可能就像程序员对编程语言的争论，每个人都觉得自己使用的编程语言是世界上最好的，没事就能掐起来。

世界就是如此奇妙，外行人甚至都不懂圈内怪象，越是懂行的人反倒掐圈内人越狠，不管哪个圈子都是一样。

楚肖逸不愿陷入"古典和流行互相看不起"的怪圈，立马失去聊音乐的热情，不耐地摆手逐客，敷衍道："行啦行啦，你快回去吧，抱着壶水也挺奇怪的……"

楚肖逸抱着电脑继续编曲，梁双麒却坐在旁边不肯走，他静静地倾听许久，突然插嘴道："哥哥，你把和弦改一改吧。"

楚肖逸："哦？你说说怎么改？"

楚肖逸本以为梁双麒能有精妙的想法，哪料到小男孩吧啦吧啦一顿讲，居然是让自己把复杂和弦改简单，类似于大学论文改成小学生作文。他既好气又好笑："你是真不懂还是装不懂，你是故意的吧？"

楚肖逸：我要不是懂行的，怕不是被你骗到！

梁双麒好言相劝："你就听我的，改一改吧……"

楚肖逸："你说的和弦比我写的容易好多，根本没有技术含量。"

梁双麒无奈地凝眉，轻轻地抿抿嘴，偷偷嘀咕道："可肖肖也听不懂啊……"

梁双麒非常理解楚肖逸的心情，他承认对方原本的和弦相当出色，但楚肖肖显然不是懂音乐的内行人。大众听一些复杂的和弦，根本无法理解其出众之处，只会觉得莫名其妙不好听，他们还没达到相应的音乐审美。

梁双麒觉得肖肖哥哥太傻了，对方是送圣诞礼物给楚肖肖，还管什么音乐人的坚持，肖肖认为好听才最重要。你平时展现音乐才华就行，送礼就要送别人喜欢的啊！

直男楚肖逸在音乐木匠梁双麒的纠缠之下，只能被迫改出简化版，听得眉毛直跳，难以置信道："你真觉得这东西好听吗？这简直就是糟蹋音乐。"

楚肖逸：你明明还有绝对音感，居然能容忍此等低级曲目？

"反正这段旋律本来就不好……"梁双麒猛然想起旋律创作者，立马反应过来，一秒改口道，"反正这段旋律本来就精巧，我们不必用复杂的和弦，它就是完美的！"

楚肖逸吐槽道："你长大后前途不可限量，很有做乙方的潜质，真能哄甲方穷开心。"

楚肖逸望着求生欲爆棚的梁双麒，竟然开始反思自己的言行，自己居然还没有小学生能屈能伸、忍辱负重。梁双麒将来肯定是做大事的人，他的性格跟楚肖逸截然不同，未来能少吃很多苦头。

楚肖逸将两个版本都保存，梁双麒也悄悄地溜回茶室。两位音乐人最终还是出卖自己的专业素养，向大众口水歌低头，做出艰难的让步。

圣诞节当天，楚肖肖起床后惊讶地发现，自己依旧收到了圣诞老人的礼物，而且还不止一件。她一边拆着精美的礼盒包装，一边满脸疑惑地嘀咕："圣诞老人这么客气吗？我都说了不需要，他还是要拼命送。"

楚肖肖觉得圣诞老人跟家中长辈差不多，她在春节时摆手婉拒压岁钱，他们依旧会强硬地塞进她怀里。

楚肖肖一共拿到三个礼盒，前两个分别是 Apple Pencil 和精装拉丁语辞典，最后一个却巨大，完全不知是什么东西。她费力地撕扯半天，发现里面是木质音乐盒，打开盖子就能看到挥魔杖的小女巫，同时听到美妙的旋律。

木质音乐盒做工精美，内部犹如小小的魔法世界，周围还有小灯点缀。小女巫会随着音乐挥动魔杖，让旁边的灯光发生变化，看上去灵动可爱。

楚肖肖颇感有趣地研究起来，她发现音乐盒还是多功能音响，可以连接 iPad 播放歌曲，但她最喜欢的还是初始曲目，就是不知此歌叫什么名字。

楚肖肖越听越入迷，她反反复复地进行播放，总觉得此曲简直唱到自己心里，仿佛是她写的一样，顿时对音乐盒爱不释手。楚肖肖早就遗忘自己乱哼的小调，哪料到哥哥会将其做成曲子，她完全沉醉在音乐世界里。

音乐盒绝对是楚肖肖的新宠，她甚至还趁着父母没上班，拿出去跟家里人炫耀，兴奋地向他们展示："你们听圣诞老人给我写的歌，这首歌是写给我的！歌词里有我的名字！"

楚肖肖在歌词里发现了自己的微信英文名，还听到有一段间奏很像"肖肖"的发音，顿时确信此歌属于自己，迫不及待地朝家人分享。

父母露出欣慰的笑容，他们耐心地陪小女儿听完，心里却清楚是大儿子写的歌。他们对自己的礼物落选也不失望，配合地陪楚肖肖吹捧圣诞老人。

楚肖逸被家里人围着吹彩虹屁，翘起的嘴角就没落下过，他见妹妹如此开心，忍不住掏出另一版，说道："楚肖肖，这还不算什么呢，你再听一听这版。"

礼物受到妹妹的肯定，楚肖逸瞬间喜不自胜起来，但他还是觉得没有充分展现自身才华，不死心地想要秀一秀，播放起原本的完整版音乐。他在音乐盒里存的是简化版，主要因为小女巫是卡通风，适合较为简单的音乐，便采用梁双麒的意见。

楚肖肖哪知两首曲目皆出自楚肖逸之手，只当便宜哥哥故意砸场，妄图灭圣诞老人的威风。她听完兄长放的音乐，露出迟疑的神色："嗯……"

楚肖逸循循善诱："你有没有觉得两版旋律挺像？是不是这版更好听？"

楚肖逸和梁双麒都觉得完整版更出色，但梁双麒坚持使用简化版，甚至是千叮咛万嘱咐，然而楚肖逸就是不服气。他坚信真正优秀的音乐，一定能够被人理解！

楚肖肖面对他期盼的眼神，直白地说道："不是很好听，请你不要篡改圣诞老人送我的歌，这样有点不礼貌，圣诞老人会生气的。”

圣诞老人楚肖逸：“？！”我的小号凭什么生我大号的气？！

楚肖肖才不管便宜哥哥的脸色，她快乐地分享完音乐，又开始拿着新笔用 iPad 认真地搜索起来。她一边查资料，一边请教道：“妈妈，圣诞老人是说英语的吗？”

“应该是吧，这要看他是哪个国家的人。”肖碧疑惑道，“为什么突然问这个？”

楚肖肖在网页上查着圣诞老人的国家，缓缓解释道：“因为我觉得他好像不太懂英语，写出来的歌很好听，但歌词还挺稚嫩……啊，他原来是芬兰人，我该用芬兰语或瑞典语写信才对！”

楚肖肖遗憾地皱起眉头，又在心里感到阵阵温暖，她觉得圣诞老人实在太贴心了，怪不得他的英文歌词写得不好，原来是为了配合自己。她用英语给圣诞老人写信，他才会用英语给她写歌，她应该更用心一点，提前查查资料的。

楚肖肖立马将新语言添进日程，她觉得自己真是粗心的小孩，还没圣诞老人想得周到。

楚肖逸刚刚遭受“完整版不好听”的暴击，哪料到妹妹转身又是一刀，说他英语歌词写得不好，一时间百感交集、难以言表。

楚肖逸在家连中两枪，度过了心情复杂的圣诞节，没想到网上还有伤害等着自己。《咱家几代人》还未正式播出，网友们不知道楚肖逸为妹妹写歌的事情，他们突然瞧见他微博分享了一首新歌，便以为他是冷不丁出新歌。

楚肖逸没太将这首歌当回事儿，本来就是哄小孩的圣诞礼物，他发微博是留作纪念，并没有新专辑官宣的意思。然而，这首不知该算是童谣还是口水歌的简单产物，居然莫名其妙地爆了，一夜间被无数人疯狂传唱。

这首圣诞曲目在各大音乐平台病毒式传播，火爆程度远超楚肖逸团队的想象，爆到何鑫都后悔没设置付费播放。因为楚肖逸根本没将它视作正经作品，连放进专辑的打算都没有，所以前期完全没筹备，就是在网上随便一丢。

楚肖逸原本还对梁双麒的言论将信将疑，如今望着火热的景象目瞪口呆，原来大多数人真的听不懂音乐啊！

他简直快要崩溃，这就类似于画家用心画的艺术品无人问津，在纸上随便抹两笔却被奉为经典，即使他赚得盆满钵满，心情也着实不算太好。

何鑫并未感到楚肖逸微妙的情绪，他还沉浸在歌爆的喜悦中，忙不迭汇报道：“现在好多音乐资源找过来，你终于有更多的舞台了……”

楚肖逸过去拿到的总是影视资源，接触到的音乐资源还有限，主要是外界对他的身份定位有问题，各类资源也总将他视为演员。现在，楚肖逸的圣诞歌正当红，一扫他曾经的形象定位，自然也为他拓展了不少渠道。

如果此事放在过去，楚肖逸绝对大喜过望，现在他却无力地瘫在沙发上，喃喃道："我还是太年轻了，既没有小学生的判断精准，也没有幼儿园小朋友的审美贴合大众，我还能继续写歌吗……"

学古典的梁双麒都知道口水歌能爆，不懂音乐的楚肖肖都知道大众爱听什么，就他像个不懂流行乐的二傻子。

楚肖逸：我的听众都是如妹妹般的音乐审美，我还能继续追逐音乐梦想吗？

楚肖逸一直认为自己很懂流行音乐，它准确的概念应为商品音乐，是以营利为主要目的而创作的音乐。只是外行人总认为流行音乐就是流传广泛的音乐，实际上，这是极不科学的分类方法，容易将《义勇军进行曲》等大众熟知的歌曲划分在内，又容易将一些没有流行起来的流行音乐排除在外。

从字面上来看，"通俗"指易解易懂，"流行"指广为流传，那么只有"商品音乐"是最科学、合理、准确的概念，这才是音乐风格里讨论的"Popular Music"，流行音乐的说法就源自此词的翻译。

然而，这就是楚肖逸的疑惑所在，按道理，他的音乐能营利就行，但他认知中的流行音乐该有周杰伦等音乐人的水平，怎么就能滑坡到此等地步？

楚肖逸的歌以前没有爆过，他只当自己水平还不够，但此首圣诞曲目意外爆火，反而让他陷入自我怀疑。他盯着简化版曲目发愣，简直百思不得其解："我这首歌真的写得好吗？"

楚肖逸确信旋律肯定不好听，即使梁双麒面上闭眼吹楚肖肖，对方内心也是有真实评价的。两版的旋律没有差别，那就是和弦、配器等方面造成出入，他需要在这些东西上复盘。

楚肖逸认真地摆弄起电脑，他现在莫名其妙地成功，当然想得知成功的原因。

何鑫见他全神贯注，坦白道："其实我觉得你给肖肖的那版挺洗脑的，而且让人觉得很舒服，你的另一版听着就有点怪，不能说不好听吧，只是我以前从没听过……"

楚肖逸吐槽道："因为你觉得洗脑的那版用的是烂大街的和弦，恨不得是个人都能写出来，你当然会觉得熟悉又舒服，你的耳朵永远沉浸在这类声音里。"

何鑫惊奇道："真的吗？但我听那版时觉得歌曲是全新的，并不觉得烂大街，那使用烂大街的和弦算抄袭吗？”

楚肖逸头疼地揉了揉太阳穴，他现在莫名想念梁双麒，起码对方不算外行，他略微崩溃道：“嗯，不算……但我着实不好向你们外行人解释这个问题。”

楚肖逸现在就如设计师，面对的甲方什么都不懂还要乱说，张口就是“五彩斑斓的黑”，让他精神受挫。

何鑫在楚肖逸处被撑碰壁，只能无奈地摸摸鼻子，不知该说什么。片刻后，楚肖逸却忽然坐直身子，他脑海中灵光乍现，恍然大悟地反问：“你刚刚说觉得歌曲是全新的？”

何鑫：“是啊。”

楚肖逸索性现写一段，用的依旧是毫无营养的技法，他播放给何鑫听：“那你觉得这是全新的吗？”

何鑫点点头：“是，而且我觉得这段比圣诞曲还要好听……”

圣诞曲用的是楚肖肖随便哼的旋律，然而这段是楚肖逸随手写的，内行总比外行要强一点。

楚肖逸成功地验证自身的猜想，他忽然习得写出爆曲的方法，那就是迎合听众的套路审美，这对他来说简直是手到擒来。

楚肖逸和梁双麒作为学音乐的人，听过无数优秀的音乐作品，自然看不上被用烂的套路，只会觉得作曲人不够用心。然而，楚肖肖、何鑫等外行人听过的曲目有限，他们听不懂其中更深的东西，完全分不出差别。

楚肖逸突然领悟商机，他原本好好作曲要写很长时间，可一旦套路化就能进行量产，只要增添些许改动和创新，何鑫等人就听不出差别，瞬间节省好多精力。

楚肖逸一下午就完成三首曲目，每首都能获得何鑫的称赞，而且对方认为每首都不一样。

何鑫欣喜道：“我觉得下张专辑就用这些歌吧，我有预感，其中肯定有歌能爆！”

楚肖逸刚刚热血上头，觉得歌手梦近在咫尺，一鼓作气地连写三首，仿佛看到了金光闪耀的舞台大道。如今，他激动的心情逐渐冷却，望着屏幕上的歌曲又陷入茫然，最终伸手删掉新鲜出炉的三首歌，喃喃道：“算了吧，我觉得这样不太好……”

何鑫眼见对方删除，赶忙阻止，诧异道：“哪里不太好？我们都觉得好听啊！”

楚肖逸又感到熟悉的无力感涌上胸腔，他沉吟几秒，垂头丧气道：“你们不懂，当然觉得没什么不好，但我要是懂还这么做，让人感觉挺卑劣的。”

楚肖逸当然想踏上更大的音乐舞台，但他总觉得如此糊弄犹如走捷径的小偷，让人良心不安。他的新歌有粉丝们的宣传推广，只要稍微讨好套路审美，一定能取得不错的成绩，就如同那一首圣诞曲，可这就是正确的吗？

何鑫耐心规劝道："即使你不写这类歌曲，其他人也会去写啊，哪有什么卑劣不卑劣的？你原来也说过，想让自己的音乐赚钱！"

楚肖逸嗤笑道："其他音乐人那是吃不起饭了，我演戏赚着钱还自带粉丝，却带头搞劣币驱逐良币的事情，传出去还有脸混吗？我还能在其他音乐人面前抬起头吗？"

楚肖逸认为，他自带流量还故意搞坏音乐市场，着实有点不要脸。部分音乐人可能是为生存而让步，还可以被人理解，他没有生存压力还这样做，那就属于没有江湖道义了。

何鑫面色古怪："可你原来说流行音乐就是商品音乐，就是要奔着营利去的！"

何鑫确实不了解音乐创作，自然对楚肖逸的执迷不悟感到不解。他没觉得赚钱是卑劣的事情，再说楚肖逸又没有抄袭等污点，对方凭本事写出的曲子，还怕内行人说闲话吗？即使他们私下嘀咕，那也是羡慕嫉妒恨！

楚肖逸长叹一声，无可奈何道："那是我以前太天真了，我可能赚不到这笔钱，心里这关还过不去……即使是赚钱的音乐，还是要有点底线吧。"

"你们喜欢那样的歌曲，说到底是我们的错，我们没有创作出更多的优秀歌曲让你们听到，才让你们的底线不断降低，只能去接受市面上现有的歌……"楚肖逸低声道，"我今年才二十多岁，我相信自己早晚能写出优秀又受欢迎的歌，这样的音乐环境总有一天会变的。"

楚肖逸在楚肖肖身上学到一点，那就是不要欺骗自己，他可以骗过任何人，但他永远骗不过自己。他如今靠投机取巧赚爆曲的钱，说到底也只是拉低自己的作曲水平，没有任何实际意义，更算不上长久之计。

如果大众身处优秀歌曲包围的音乐环境，他们听的数量足够多，自然更能分辨歌曲的优劣，拥有更高的审美能力。如果创作者为赚钱而跟风，疯狂地写毫无营养的曲目，便是亲手将良好市场毁掉，将自己的饭碗砸得粉碎。

短期来看，部分创作者有着极高的收益，似乎获得了世俗的成就；长期来看，所有创作者都深受其害，圈子被彻底地搞烂。

国内音乐圈被搞烂，大众并不会受影响，部分听众还能去欣赏欧美圈、日韩圈的音乐，只有国内的音乐人吃不上饭而已。他们的做法算是变相将部分听众逼走，让原本有欣赏能力的人都对国内音乐失去信心。

楚肖逸会走上音乐道路，原因是他童年时听过无数优秀的国内流行音乐，那时简直是百花齐放、眼花缭乱，如今却遗憾地凋零。他不能因为别人烂，就跑去跟人比烂，那叫哪门子的追逐梦想？

何鑫原本还想再劝，但他听楚肖逸语气诚恳，便察觉对方已经拿定主意，只得无奈道："好吧，反正你做类似的事情也不是一两回了，我只是真觉得有点可惜……"

楚肖逸本来就是反常规的流量明星，何鑫跟他工作一直是痛并快乐着，对方错失所谓大火的机会也不是头一次。如果楚肖逸真是常规的明星，他就不可能说出那么多傻话。

楚肖逸见经纪人松口，顿时也轻松下来，悠然地调侃："瞧你这话说的，好像我平时让你少赚了钱一样！"

何鑫弱弱道："那我还能为这首圣诞歌找商业合作吗？"

楚肖逸义正词严道："这是我送我妹的礼物，不是以营利为目的而创作的，当然不能跟钱扯上关系！"

楚肖逸能容忍圣诞歌曲的存在，原因是它的诞生背景不一样，但他如果要拿此曲赚钱，瞬间就会让事情变味。他觉得写这类曲子用来哄妹妹还行，真要追逐音乐梦想，还是得踏踏实实地照着老路走，一步一个脚印。

楚肖逸解开自己的心结，顿时便感到豁然开朗，反正他还有的是时间，音乐创作也不是一蹴而就的事情。

不过楚肖逸同样对一件事感到头疼，那就是楚肖肖在家拼命地播放圣诞曲，恨不得一天听它十几遍，搞得楚肖逸都快崩溃了。他刚开始还沾沾自喜，但陪着她天天听自己的歌，也着实让人受不了！

楚肖逸既高兴于妹妹对自己曲目的肯定，又无奈于她对此曲的狂热喜爱，他终于忍不住道："楚肖肖，你能不能听一听其他的歌？有好多歌都比这首歌好听。"

楚肖肖懒懒地趴在沙发上，伸着小手摆弄音乐盒，斩钉截铁道："没有歌比这首歌好听。"

楚肖逸一向不怕言论招黑，此时面对妹妹的高度赞扬却心里发慌，连连摆手道："……不不不，不敢当不敢当，真有很多歌比它好听。"

楚肖逸：即使自己平时再不要脸，也不敢说自己的编曲天下第一。

楚肖逸索性用手机放一首流行乐之王的作品，语重心长道："你来听听这首歌，我确信它比你放的歌要好……”

楚肖肖：“不好听。”

楚肖逸一时语塞，觉得可能是此曲年代久远，他又挑一首最近海外爆红的神曲，耐心道：“那我们就再换一首，世界上绝对有比这首歌更好听的……”

楚肖肖依旧固执：“不好听。”

楚肖逸满脸发蒙，他沉默片刻，终于崩溃地抱头：“为什么你偏偏喜欢这首歌？它真的算不上最好的啊！”

楚肖肖眨了眨眼，托着小下巴，一本正经道：“你放的歌也很好听，但都不是写给我的。这首歌是圣诞老人为我写的，我当然觉得它是世界上最好的歌。

“其他人可能觉得你放的歌更好听，但对我来说，圣诞老人的礼物不一样，我能感受到里面特别的心意，这是其他歌曲没有的。”

楚肖肖当然知道哥哥放的是知名歌手的歌，可那跟她又有什么关系呢？即使圣诞老人写的歌不好听，她收到也会很高兴，这是为她写的歌，这份心意是无法取代的。

见她神色认真，楚肖逸如遭雷劈地愣在原地，忽然醒悟妹妹或许不是听不懂音乐，只是在她看来，心意远比歌曲本身重要。

她当然知道有很多歌比这首圣诞歌好听，但她还是怀揣私心地将其排在第一。

楚肖逸简直要为妹妹的暖心潸然泪下，原本还苦恼于她音乐审美水平不高，得知真相后他却百感交集，控制不住地将小东西一把抱起。

他感动地发出呜呜声，被网友们暴击的心也一秒治愈，抱着她就原地转起圈来，郑重其事道：“我以后还会给你写歌的……”

楚肖逸：我妹妹才不是不懂音乐，她只是更懂音乐背后的心意！

楚肖肖完全没懂他在说什么，就猝不及防地被他抱起，被迫坐上人肉过山车。她根本不知道楚肖逸为何如此高兴，这歌是圣诞老人写的，跟他有什么关系？

她没理解便宜哥哥的突然发疯，被举起来又感到阵阵头晕，只得气恼地拽住他的头发，尖叫道：“我要吐啦！快放我下来！”

楚肖肖的反抗没有任何效果，被凶残而热情的兄长狂揉一通，犹如被人类强撸的幼猫，满脸不爽却又挣扎无效。她还是没法适应此类极致的表达友好的方式，这让她觉得自己像是要被一口吞掉的糯米团子，被凄惨地挼来挼去。

楚肖肖：为什么我不能是四五米高的巨人呢？那我也可以将他摁在沙发里挼。

楚肖逸在妹妹身上重拾信心，愉快地奔回屋里，决定趁着喜悦的心情创作，觉得脑海里的灵感层出不穷。虽然他的完整版圣诞曲不被她喜欢，但他以后的完整版曲目肯定能打动她，他坚信这一点！

见楚肖逸终于欢快地离开，楚肖肖开始鬼鬼祟祟地在角落里搜索，往搜索框里输入“人如何快速长高”，打算暗中实施计划。

她已经在心底种下小小的“复仇”种子，便宜哥哥现在有好几个她那么高，才能仗着优势肆意地揉她，等她长得有好几个他那么高，就能让他尝尝被强摁灰飞烟灭的滋味！

第二章

佩奇花样饺

圣诞节过后，楚肖逸由于年底忙碌的工作在全国各地飞，楚肖肖也结束假期回到幼儿园。安妮兴高采烈地告诉楚肖肖，她收到了圣诞老人送的舞鞋，楚肖肖的建议有效果，主动汇报果然管用。

安妮遗憾道："但妈妈突然挪动冰激凌的位置，我现在靠自己拿不到了。"

安妮以前能偷偷摸摸地拿第二个冰激凌，如今却只能望着冰激凌干瞪眼，必须拜托家人帮自己拿。

楚肖肖随手拿起一瓶牛奶，眨了眨眼，安抚道："这样不好吗？你不会做错事，明年就不用向圣诞老人解释啦。"

"也对。"安妮原本还有点怅然若失，如今心情得到平复，她好奇地看着小朋友手里的牛奶，疑惑道，"肖肖，你不是讨厌牛奶吗？"

幼儿园里经常会提供奶制品，楚肖肖一向对此敬而远之，她觉得牛奶和奶酪都有臭臭的味道，不像安妮特别喜欢这些。楚肖肖破天荒地主动拿牛奶，自然让安妮相当震惊。

楚肖肖满脸正色，语重心长道："想要实现我的计划，有些牺牲是必然的，等我成功后就不喝了。"

楚肖肖：只要我的身高超过便宜哥哥，我就再也不喝牛奶了！

安妮似懂非懂地点点头，欢快地拍起手来："你说的话好像电影台词。"

楚肖逸哪里知道妹妹的复仇计划，他如今忙得脚不沾地，刚刚确定春晚的日程，还不忘在发日报后询问楚肖肖的近况。他春节后要出国拍摄一段时间，国内的行程全都要往后延，其中也包括家庭数学课。

楚肖逸担忧地叮嘱："楚肖肖，我最近不在家，你有做数学题吗？你不要趁我不盯着你，就玩忽职守不备课啊。"

楚肖逸算着时间，春节后，小学超常班就开始全市报名，报名截止后的考试在九月或十月，公布招生名单应该是年底的事，接着再过半年就是正式入学。今年的元旦一过，楚肖肖距离考试也就剩九个月，其实时间挺紧张。

楚肖肖不满道："哪有你这样跟老师说话的？我当然有认真地备课。"

楚肖肖觉得哥哥太过分，她都没在教题时朝他发泄情绪，他却私下质疑自己的敬业程度，楚肖肖当即提出抗议。

楚肖逸颇感好笑："那我要怎么跟你说话？"

楚肖肖："一日为师，终身为父，你有没有看过《功夫熊猫》？那里面的徒弟们对师父就很客气。"

楚肖逸神情微妙："……这就是你把微信头像换成浣熊的理由？"

楚肖逸望着妹妹崭新的头像，发觉她的头像跟最近观看的动画片息息相关，目前是《功夫熊猫》里的浣熊师父。动画里，浣熊师父身材娇小，但表情严肃、一丝不苟，跟体态庞大又神情憨厚的熊猫阿宝形成鲜明对比。

楚肖逸既好气又好笑："楚肖肖，我要是再不管你，你怕不是要爬我头上作威作福！"

楚肖逸：你专门搞这么一个头像，还说什么"一日为师，终身为父"，就想暗示你其实是我爹？咱爹知道这事吗？

楚肖逸是在跟妹妹进行语音通话，他突然发现聊天页面弹出一张图片，好奇地低头查看。楚肖肖给他发了一张《功夫熊猫》的截图，画面就是浣熊师父气定神闲地踩在熊猫阿宝的脑袋上，看上去悠然自得。

楚肖逸："……"不得了，不得了，还学会带图"阴阳"我了。

楚肖肖不想跟兄长掰扯数学题的事情，索性反过来询问他的事业："爸爸妈妈说你好像又要去春晚啦？"

楚肖逸调侃道："对，难道你有喜欢的艺人，想让我牵线搭桥？"他犹记楚肖肖对刘韵涵的热衷，怀疑妹妹有新的追星对象。

楚肖肖否认道："没有，挺好的，你从哪里跌倒就从哪里爬起来。"

楚肖肖颇感欣慰，便宜哥哥经过一年的努力，再次登上春晚的舞台，不知会有什么样的效果，还是不是一枚孤单番茄。

楚肖逸："？"

楚肖逸："我什么时候跌倒过？我怎么不知道？"

楚肖肖怕楚肖逸有压力，尽管她嘴巴上挺嫌弃哥哥，但心里是盼着他好的，便好声安慰道：“即使在同一个地方跌倒两回也没关系，家永远是你的港湾。”

楚肖逸咬牙道：“……我再强调一次，我没有跌倒过！”我的春晚舞台好着呢！

楚肖肖：“是是是，没有跌倒过，只是大地不小心亲吻了你的脸庞。”

楚肖逸：“……”好一个阴阳怪气的小诗人！

楚肖逸刚刚跟春晚团队敲定曲目，他和其他明星要合唱一首耳熟能详的通俗歌曲。不过这个歌唱节目会对原曲进行改编，编曲的任务自然落到近期的音乐红人楚肖逸身上。他去年春晚生病了，嗓子不好，导致录歌时的状态一般，今年被妹妹一激，还真下定决心要夺回面子，让她见识一番。

楚肖逸想了想，将自己的微信头像换成熊猫阿宝，还喜滋滋地朝经纪人炫耀：“你看我的新头像，我跟我妹的头像是配对的！”

楚肖肖的头像是浣熊师父，楚肖逸的头像是熊猫阿宝，画风非常一致。

何鑫见自家艺人满脸幼稚，忍不住吐槽道：“你要是在圈里这么干，就叫故意倒贴蹭热度，模仿别人搞捆绑，会被大众唾弃的。”

楚肖肖主动提出跟楚肖逸搞对称头像是一回事，楚肖逸故意模仿妹妹更换头像是另一回事。粉丝们要是看到哪个小明星天天学自家“爱豆”，肯定要痛斥对方不要脸、学人精，怕不是想红想疯了。

楚肖逸厚颜无耻道：“换头像不能算模仿，亲兄妹的事，能算模仿吗？那她的真名还是模仿我的呢！”

何鑫：“……”您就是楚乙己？

众人都在春节前忙碌起来，想要处理好一年来积压的事情，肖碧忙着带学生准备期末考试，就连楚家栋都要天天驻扎公司，看上去年会事情极多。楚肖肖成为最轻松的小闲人，她既没有考试压力，也没有工作重压，只要等着寒假就好。

楚肖肖依旧定期去上拉丁语班，班里的陈光溯却意外消失，外教老师说对方好像有别的学习计划，便暂时搁置拉丁语课的学习。

茶水间又恢复了三人用餐小组，梁双麒却遇到了新麻烦，一时有些苦恼。

楚肖肖惊讶道：“因为麒麒哥哥小测考得不太好，所以阿姨在家生气了？”

杨茵：“你每科大概都考多少分呢？在班里是第几名？”

梁双麒歪头思考，坦白道：“八十来分吧，在班里第三名。”

楚肖肖的幼儿园采用字母评级制度，只有A、B、C、D、F，她一时还不知道小学的分数概念，自然有些摸不着头脑，搞不懂梁双麒的水平。杨茵却感到奇怪，疑惑道："这成绩还可以啊，你妈妈是想让你考第一？"

梁双麒："如果我没有跟着你们学习，这回小测应该能考第一吧。"

杨茵："？"

梁双麒老实道："想考倒数第一也没那么容易的。"他班里的倒数第一稳如泰山，无法"超越"。

楚肖肖骤然反应过来，她不可思议道："麒麒哥哥，你是考了倒数第三？！"

楚肖肖和杨茵同时陷入震惊，她们作为自己班里的第一名，全都难以置信地望着他，仿佛看到珍稀物种。

梁双麒之前面对母亲还十分从容，如今撞上朋友们诧异的视线就有点不好意思，发出犹如猫呼噜的含糊声音，心虚地嘀咕："但我真的没办法，我晚上实在太困了……"

梁双麒除了在音乐方面有天赋，就是普普通通的小男孩，并没有楚肖肖的超常智力。他在全市顶尖的小学读书，班里的同学本来就优秀，加上他还被练琴占据大半时间，自然没有其他人学习时间多。

这是乐团孩子们的通病，练琴说到底算是体力活，非常消耗人的精力。梁双麒每天至少练琴两小时，周三和周末还要进行加练，各个假期要参加乐团集训。如果乐团近期要参加重大赛事，那他们就要暂停学业，全身心地投入备赛，学习时间更是大幅减少。

小学的试卷还不算太难，班里的高分同学各科都是九十多分，普通同学偶尔有一门能冲上九十分，梁双麒各科都是八十来分，自然是垫底无疑。他在乐团里不算学习差的小孩，但放在自己班里肯定不够看。

楚肖肖和杨茵都露出理解的神色，楚肖肖安慰道："没关系，这只是小测，麒麒哥哥还有机会呢，又不是期末考试，还有时间能努力。"

杨茵附和道："对，我马上也要期末考试了，我们三个人一起加油学习，说不定你下回就考正数第三了！"

楚肖肖没有期末压力，杨茵却要复习，她们立刻出声鼓舞梁双麒，希望他能打起精神来。

梁双麒沉吟几秒，摇了摇头："算了吧，我不想考正数第三。"

杨茵诧异道："为什么？"

楚肖肖："你是想考第一吗？"她觉得麒麒哥哥可能有更远大的志向，并没有止步于全班第三的意思。

梁双麒继续摇头，他显然对在家发火的母亲仍有怨气，振振有词道：“我觉得我不能惯着我妈，凭什么她儿子拉琴好还得学习好？难道全天下的好事都要让她碰上吗？”

“我要给年轻的她上一课，我都没嫌弃她不如马云聪明，又不如马云有钱，她凭什么就能指责我？！”梁双麒明显还有小小的报复心，他对母亲的话耿耿于怀，一时难以消气。

梁双麒：我都没说她为什么只赚这点钱，她凭什么就能说我只考这点分？实在是太不公平了！

杨茵神情微妙、哭笑不得，她感觉梁双麒还真不是村里的传统熊孩子，而是高智商熊孩子，欲言又止道：“你妈妈会生气的。”

梁双麒叹气道：“我知道，她还有可能揍我呢。”

梁双麒以前顶撞母亲，她说不过他，就会提起武器进行威胁，倒不一定真的打下去，但肯定要鸡飞狗跳地闹一阵。梁宸此时就会冲出来制止，同时梁双麒的辩论也被迫中止，事情又回归原样。

楚肖肖思考片刻，她觉得麒麒哥哥倒不是拒绝学习，毕竟他是偶尔有点跩的小朋友，在乐团落于人后都会觉得丢脸，还为此拼命地练琴。他应该也想学好，但无奈时间真的不够用，自然只能专精一门。

楚肖肖建议道：“为什么不跟你妈妈沟通一下呢？你可以试着少拉琴，用多出来的时间学习。”

梁双麒摆了摆手，笃定道：“她才不会接受呢，我要是拉琴变少，她又说我这样不行，即使我拉琴和学习都好，她还能说我体育不行，不然就是不做家务、不打扫……反正她总能找到话题，这种事情就会没完没了！”

梁双麒要是拉大提琴的技艺下降，他就有被乐团开除的风险，要知道乐器一天不练就会生疏，比学习滑坡速度还要快。

楚肖肖若有所思地点头：“不愧是麒麒哥哥的妈妈，像你一样能说会道呢。”

杨茵无奈地纠正：“应该是他像他妈妈一样能说会道吧……”

梁双麒：“所以我现在不想跟她沟通，我最近的事情还挺多，没有时间挨打。”

楚肖肖和杨茵都觉得小男孩挺厉害，他居然能将“挨打”视为一项日程，还自如地做起合理规划，判断何时有空挨打、何时没空挨打，实在令人敬佩。她们要是挨打，自尊心估计会受重创，但梁双麒看上去游刃有余。

楚肖肖觉得挨打是一件相当严重的事情，梁双麒却觉得是家常便饭，偶尔还能够表示接受。他说乐团练琴的人都会挨打，否则很难单靠自己坚持下去，不过他并不是每回都能接受母亲打自己，她要是师出无名，他就会果断逃走。

梁双麒是不肯吃亏的小机灵鬼，他确实由于小测的事被母亲伤了自尊心，一连跟她赌气好久。他当然知道考试差劲很丢脸，在楚肖肖和杨茵面前都抬不起头，但事情哪有母亲说的那么容易，好像全怪他不努力一样！

楚肖肖提议道："那我们下课后看看麒麒哥哥的试卷吧，杨茵姐姐可以看语文，我可以看英语，我们一起看数学！"

杨茵倒无异议："可以啊，我们还是在肖肖家茶室看吧。"

课外班结束后，三人回到御融台，杨茵说要弄点小零食再过来，需要一些时间，楚肖肖便陪梁双麒去拿试卷，同时顺便看望大黑猫梁斯特。楚肖肖并非第一回来梁双麒家里，然而今日开门的人不是梁宸，而是一位妆容靓丽、相貌出众的女性。

梁双麒同样发蒙，脱口而出道："妈妈，你怎么在家？"

梁双麒的母亲名叫赫妍，是一个打扮时髦的大美女，犹如一朵怒放的红玫瑰，跟肖碧的气质截然不同。赫妍身材保养得当，完全看不出已经结婚生子，她微微挑眉道："你就盼着我不在家吧……"

赫妍刚开始没发现楚肖肖，她的话还没来得及说完，便发现儿子身后探出个小脑袋，小女孩好奇地打量着自己。

梁双麒在前面开门，将楚肖肖挡得严严实实，使她不得不迷茫地探头张望，犹如落在树枝上看热闹的小雀。

赫妍对着儿子还挺不客气，瞧见陌生的小朋友，她一秒洋溢出热情笑容，态度发生巨大转变："麒麒，这是你朋友吗？"

梁双麒许久未听母亲称呼自己为"麒麒"，一时感到有些肉麻，他低声道："这是肖肖。"

楚肖肖礼貌道："阿姨好，我叫楚肖肖。"

赫妍："你就是肖肖啊？我好久之前就听说过你，欢迎你来我们家！"

屋里，梁宸也听到动静，从房间里出来，询问道："肖肖来了？"

"对，你有没有想吃的东西？让叔叔给你弄。"赫妍从丈夫嘴里听说过楚肖肖，还隐约知道儿子跟她一起上过什么节目，那个节目组还专程来联系沟通过，但她对综艺不太关注。

楚肖肖乖巧地摇头婉拒，梁双麒出声解释："我们只是拿点东西，一会儿就要出去。"

赫妍露出迟疑的神色，好像对儿子往外乱跑有点意见，但碍于楚肖肖难得来家里，就没有当着外人下梁双麒的面子。

楚肖肖觉得赫妍比自己想象中要讲道理，她感受到对方的友好，主动说明情况："麒麒哥哥是回来拿作业，我们要跟杨茵姐姐一起学习。"

赫妍顿时松了口气，大大方方道："那挺好的，你们去吧！"

赫妍只是怕儿子在外漫无目的地闲逛，他要是做一些有意义的事情，她自然没道理拒绝。梁双麒回屋收拾自己的作业及试卷，楚肖肖则被安排在沙发上等候，还有黑猫梁斯特专程过来招待，它躺在她身边任撸任揉。

赫妍对楚肖肖的态度挺亲切，还给小女孩拿来不少零食，她再三确认楚肖肖不需要任何东西后，才坐在沙发上继续手头的事情。

赫妍正在拆快递，她刚刚收到了最新的护肤品，五光十色的瓶瓶罐罐排列在茶几上，旁边还码着一堆小样。赫妍可以认出正品套装，但不知道赠送的小样是什么东西，她开始拿着手机查词，将小样进行分类。

"好奇怪，怎么查不出来……"赫妍望着同一色系的小样面露茫然，她想要辨认出它们各自的用途，却半天都没找到正确答案。

楚肖肖听到赫妍的碎碎念，扭头看了一眼小样，小声地说道："这是沐浴露。"

赫妍露出不可思议的神色，惊喜道："真的吗？你好厉害啊，我都没查到！"

楚肖肖查看赫妍手机上的电子词典，伸手修改上方的语种，说道："这不是英语，所以查不到。"

赫妍望着面容稚嫩的楚肖肖，刚刚她还是成年人招待小朋友的热络，如今却是两眼放光、满脸兴奋，犹如抓住救命稻草："那你再帮我看一个东西行吗？我一直不知道到底是什么……"

赫妍立刻风风火火地奔回自己的梳妆台，将某大牌的新品样装拿出来，交给楚肖肖："这是乳液吗？还是别的东西？"

赫妍总是收到别人寄来的样品，堆的东西一多就容易忘记出处，再也分不清各自的功能。

楚肖肖捧着奇怪的瓶子，她发觉麒麒哥哥的妈妈好厉害，总能拿出写有不同国家语言的瓶瓶罐罐，而且每种东西的用途都不一样。她帮赫妍翻译瓶子上的标签，上面说要在睡前使用，还有一些注意事项。

楚肖肖原本在赫妍眼里还只是“可爱乖巧的小孩”，现在一跃成为“可爱乖巧的别人家小孩”，开始被赫妍拉着问东问西、频频赞扬。

赫妍跟梁双麒果然是亲母子，她吹起楚肖肖的彩虹屁就没停过，不住地感慨：“肖肖好厉害，居然会那么多语言，你都是什么时候学的啊？你平时学得累不累？”

楚肖肖有点不好意思，她搂紧大黑猫梁斯特，谦虚地道：“也不是很厉害……”

赫妍熟练地踩一捧一：“当然很厉害，梁双麒连英语都学不明白，更不要说其他外语，就这样，他还天天要做马云呢，他怎么不跟马云学学英语！”

赫妍显然也对儿子满腹吐槽，他怎么就不能先跟着马云学英语，再进一步学如何赚钱，不要一上来就想凭空建立阿里巴巴？

楚肖肖觉得梁双麒和赫妍的逻辑简直师出同门，他们真是亲母子，一个认为对方没马云赚钱多，一个认为对方没马云英语好，然而马云又做错了什么呢？

楚肖肖宽慰道：“但麒麒哥哥的大提琴拉得很好……”

赫妍摇了摇头：“你不知道他小测考成什么样，我看完真是头大！”

正值此时，梁双麒已经收拾完东西出来，提议道：“肖肖，我们走吧。”

楚肖肖站起身来，身边的黑猫梁斯特也起身相送，赫妍却忽然嘱咐道：“梁双麒，你要多向肖肖学英语，你看人家的英语多厉害！她还比你年纪小呢！”

楚肖肖如今才四岁半，知识储备却远超梁双麒，赫妍立刻用她来激励儿子，觉得他上回的话只是借口。楚肖肖可不比梁双麒闲，小女孩都能挤出那么多时间学习，凭什么梁双麒不可以？

楚肖肖哪料自己的无心之举成为刺向友人的剑，一时有点手足无措，慌乱地左右看看，不知如何是好。她其实算是孩子里万中无一的特例，无奈在座的人都不知这一点，不清楚她没有代表性。

梁双麒倒是不恼，双手环胸，淡然道：“你也要多向肖肖父母学习，她爸爸是P大毕业的，妈妈也是名校硕士，你看人家的学历多厉害！”

赫妍：“……”

赫妍：“……你的意思是我拖累你的智商发展？”

梁双麒：“龙生龙，凤生凤，老鼠的儿子会打洞，我不知道你们谁拖累我啦，你可以跟我爸探讨是谁的智商问题。”

楚肖肖望着“神仙打架”，心中又产生新的疑惑，觉得麒麒哥哥的论点有漏洞。她和楚肖逸是同父同母，但两人的学习能力显然不同，这似乎跟父母智力没有必然联系。当然，她肯定帮小伙伴站台，聪明地没有戳穿此事。

“又开始了吗？”梁宸望着母子掐架，无奈地带着楚肖肖坐回沙发，劝道：“肖肖，你稍微等一下吧，他们每天都要来一场，我们待会儿还要做裁判。”

楚肖肖好奇道：“但我们有两个人，偶数人数没法做裁判。”

如果楚肖肖和梁宸各投一边，那就永远无法判决胜负，一直是平局。

梁宸指了指黑猫，理所应当道：“这不是还有它吗？”

黑猫梁斯特将爪子放在楚肖肖腿上，两人一猫坐在沙发上隔岸观火。楚肖肖原本还有点紧张，如今见梁宸习以为常，她居然也镇定下来。

赫妍一口气闷在胸口，忍不住揉着太阳穴道：“我的天啊，我生你下来是气自己的吗？你的性格究竟随谁啊……”

梁宸偷偷嘀咕：“还能随谁啊……”

赫妍敏感地回头一望，高声威胁道：“什么？！”

梁宸忙道：“随我！随我！”

楚肖肖对梁宸深感敬佩，叔叔不愧曾经是军人，求生技能仍然没忘。

赫妍：“我偶尔说说你是为你好，可以继续进步、再接再厉……”

梁双麒振振有词：“我偶尔气气你也是为你好，可以活血养颜、永葆青春，比这些把人腌入味儿的瓶瓶罐罐还管用。”

赫妍：“……”

赫妍出门在外就没在嘴巴上输过，哪想到自己生出个克星来，梁双麒没遗传她别的东西，倒把她的奇怪逻辑学了十成，颇有后浪要把前浪拍死在沙滩上的架势。她立刻左右去寻小木棍，那是她督促儿子练琴的工具。

梁双麒见她要寻武器，当即敏捷地向后一退，认真道：“我今天没空在家哄你，杨茵姐姐还在等呢！”

梁宸劝阻道：“肖肖还在呢，肖肖还在呢……”

赫妍望了一眼满脸懵懂的楚肖肖，反复想了想，还是将木棍放下，觉得当着儿子朋友的面立威，着实有些伤他自尊心。梁双麒平时被说两句没关系，他偶尔也知道自己有问题，只是孩子天性比较难改，他控制不好自己。

正因如此，赫妍有时候教训他，打他两下，梁双麒也不往心里去，毕竟做错就是做错，他不会狡辩。然而，梁双麒是要脸的小男孩，父母可以在家里打他，但他绝不容许自己的丑态外露，尤其是在重要的朋友面前。

赫妍丢下小木棍，深吸一口气，语重心长道："好，那你让肖肖来评评理，我有哪里说错吗？你说自己练琴累，没有时间学习，但你在乐团训练期间是不是有休息时间？每天晚上练琴前也有空闲……"

楚肖肖骤然被点名，立刻坐直身子，认真地听起来，犹如正经的小法官。这里突然变成家庭法庭，赫妍是原告，梁双麒是被告，楚肖肖是法官，梁宸是书记员及证人，黑猫梁斯特是法警。

梁双麒难以置信道："我要是在这些时间学习，全天就没有歇下来的时候。"

赫妍："但你是有时间努力的，并不算'没有时间学习'，你的话有漏洞。"

赫妍立刻望向法官，希望对方做出裁决，楚肖肖犹豫片刻，点了点头："好像是有一些时间……"

梁双麒反击道："这是不合理的，人应该有必要的休息，我已经是全家最努力的人，你和我爸每天下班还能看电视、玩手机、打游戏、刷视频，我的娱乐时间已经比你们少好多，为什么你们不用努力？"

赫妍被反将一军，瞪大眼道："我们是大人啊，我们已经努力过了，你要对自己的未来负责……"

梁双麒："难道人长大就不用对自己的未来负责？你不是一直跟我说不要骄傲、继续努力吗，那你也应该继续努力！"

法官楚肖肖思考片刻，点了点头："好像是有一些道理……"

赫妍头疼道："为什么你老要跟我们比？"

梁双麒："我才不是跟你们比，我是要求家里公平！"

楚肖肖拍板道："那阿姨可以跟麒麒哥哥一起学习啊，你们共同努力就公平啦，谁也没资格说对方偷懒。"

赫妍："欸？"

楚肖肖出谋划策道："你们互相监督，谁要是没有学习，就可以举报对方。"

楚肖肖觉得母子俩都是对仗式反击，只要他们互相比较下去，简直永无尽头，不如共同学习。这样，赫妍就不能指责梁双麒偷奸耍滑，梁双麒也不能指责赫妍无视公平。

梁双麒面露犹豫："也不是不行……"

梁宸出面做和事佬，劝道：“那挺好，我以后监督你们，我绝对公平公正。”

赫妍闻言，当即熟练地搬出公平论，将丈夫拖下水，不满道：“等等，你也应该跟着学习，难道养儿子光靠我？你晚上也不许再打游戏，不然家里不公平……”

莫名躺枪的梁宸：“？！”

楚肖肖一锤定音，梁双麒和赫妍达成和解，计划从当晚就开始施行。母子二人都坚信对方比不过自己，而梁宸是被殃及的池鱼，不得已也掏出专业书籍来读，家中学习热情空前高涨。

楚肖肖的到来给梁双麒家里种下知识的种子，一家三口突然都开始赌气式学习。

第一周过后，梁双麒和赫妍风平浪静，双方互不相让；第二周过后，梁双麒按兵不动，赫妍略显焦虑；第三周过后，梁双麒感到疲惫，赫妍弹尽粮绝。

梁双麒的期末考试结束后，赫妍长叹一声、揭竿而起，她自暴自弃地掏出手机，终于开始报复性上网，怒道：“你爱学不学！我受不了啦！”

赫妍：我现在只想上网透气，我快要憋死啦，让我做一个没有未来的废人吧！

梁双麒总算将母亲的耐心熬枯，一时在内心感到莫大的喜悦，头一回体验到学习的乐趣。

梁双麒和赫妍的争强好胜是一脉相承，即使他们做的是自己讨厌的事情，为了获取胜利也只能硬着头皮坚持。赫妍苦苦支撑三周，终于还是没熬过儿子，破罐破摔地放弃对峙，让步到他能将琴练好就行。

梁双麒跟母亲激烈斗法，致使他在期末考试里进步飞速，成绩一跃升到班级第十，还在班里受到老师表扬。班里前十的位置相当稳定，基本都是全心全意学习的好孩子，梁双麒短期内能排到第十名，已经算是历史最高水平。

梁宸望着成绩单挺高兴，提议道：“我们家以后可以经常搞这种训练演习嘛！”

虽然梁宸是被波及的无辜群众，但他是受活动影响最小的人，梁双麒考试后还要放松两天，梁宸却能继续看书学习。他说戒掉游戏后突然就没兴趣上线，每天养成习惯翻翻书也挺好，好歹曾在部队里枯燥地生活过，忍耐力远超常人。

赫妍假装听不到丈夫的话，瘫在沙发上熬夜刷手机，就想看看自己错过了什么，从未感觉网络对人类如此重要。梁双麒考试后没有作业，当天拉完琴后就开始狂睡，显然最近也累得不轻。

楚肖肖不知道自己出的主意差点逼疯赫妍，毕竟她家里的成人们晚上都挺自律，楚家栋和肖碧有各自的事务处理，就连楚肖逸最近都由于日报而有所转变，她自然觉得共同学习不是难事。

期末结束后就是寒假，楚肖肖也迎来自己一年中最无奈的阶段，今年的春节来得比较早，无数客人来家中拜访，她作为家里的幼崽，被迫陪着接待。二伯专门飞来首都看奶奶，紧接着就是肖碧的学生们，还有楚家栋的旧友及客户，只差将门槛踩破。

楚肖肖觉得自己犹如黑猫梁斯特，谁来都要揉揉她、捏捏她，“把玩”她好长时间，让她万分无奈。她现在就如卖艺的小朋友，必须礼貌地应对叔叔阿姨们，结束后拿着红包离开。

楚肖肖感觉放假比上学还累，她难得主动跟便宜哥哥连线，询问道：“你什么时候回来啊？”

楚肖逸正坐在车上前往演播厅，他头一回被妹妹关怀，受宠若惊，喜滋滋道：“呦，这可真是破天荒啊，难道你想我啦？”

楚肖肖不满道：“为什么你不用招待叔叔阿姨？我在家替你扛起重担！”

楚肖逸满脸迷惑：“你能替我扛起什么重担？”

楚肖肖嘟嘟囔囔地抱怨：“因为你总是不在家，所以每回都是我说吉祥话，我的脑袋现在都被这些东西占满啦……”

大人们说孩子要向长辈讲些拜年的吉祥话，其他人来家中拜访也爱逗一逗楚肖肖，先让她说一些喜庆的拜年词，再给她递压岁钱红包。楚肖肖觉得便宜哥哥也是孩子，他要是在家分担的话，她就能少说一半的词。他们明明是兄妹，凭什么他能逃掉？

楚肖逸好笑道：“那你都会说什么？”

楚肖肖犹如小说唱歌手，恨不得张嘴就来，毫无灵魂道：“祝您新的一年大吉大利、好运连连、心想事成、阖家欢乐、财源滚滚、健康平安……”

她最近天天“营业”，不但要献上最真挚热情的笑容，还要疯狂地输出吉祥话，外加被人摸头捏脸，自然感到阵阵心累。她对着客人们当然颇有耐心，但对兄长吐槽时难掩无奈，显然深受春节前访客过多的困扰。

楚肖肖：我脑袋里的外语都快被这些吉祥话覆盖了，每天说的次数未免太多了！

她当然不知道这是人类幼崽才有的待遇，总觉得便宜哥哥回来就有人分担，自然盼着他早点归家。她在家等得花儿都谢了，也没见楚肖逸归来。

楚肖逸听完 MC 楚肖肖的喊麦，简直被她逗得捧腹大笑，非但没有同情妹妹，还幸灾乐祸道："我觉得我没你说得好，还是晚两天再回来吧，你在家加油多撑撑，你有 freestyle，我没有！"

楚肖逸可不会犯傻，他要是现在跑回去，肯定被人拽着聊娱乐圈八卦，无数人要找他问这问那，想要近距离吃瓜，自己才不会自投罗网。他听见对面的小东西气得要发出土拨鼠尖叫，更是乐得合不拢嘴，颇有看热闹的架势。

楚肖逸：还想骗我回去陪你受罪？这是不可能的！

楚肖逸得意的笑容并没有维持太久，他刚刚进楼接受春晚前采访，主持人便露出和善的笑容，冷不丁道："肖逸，马上又是新的一年，你想给电视机前的观众朋友们送上什么祝福呢？"

楚肖逸哪料到逃过家中的劫难，却在外遭受迎头痛击，他差点被当场问住："？"

他没马上组织好语言，大脑还未反应过来，便干巴巴地脱口而出："祝您新的一年大吉大利、好运连连、心想事成、阖家欢乐、财源滚滚、健康平安……"

主持人们都被他点唱机般的反应逗乐，笑道："真是好流利啊！"

楚肖逸闻言露出尴尬而不失礼貌的笑容，没想到自己刚嘲笑完妹妹，现世报就来得如此之快，简直让人怀疑"楚肖肖 is watching you"。

御融台内，楚家栋看着电视上大儿子的采访，同样露出笑容来，感慨道："肖肖，你哥跟你真是亲兄妹，拜年的话都差不多！"

楚肖肖难以置信地望着电视，没料到便宜哥哥在电话里嘲笑自己，在外还莫名其妙地学她说话，一时气恼地在沙发上蹦来跳去，犹如一颗活跃的小弹球。她挥舞着自己的学院围巾，愤愤地提出抗议："Hey, he is a copycat!"

楚肖肖觉得兄长太坏了，不但模仿她的头像，还模仿她的拜年词，简直让人防不胜防。

她决心反击楚肖逸，她也要模仿他做事，以其人之道还治其人之身。因为她不知该模仿兄长做什么，便打算找人商议参谋，杨茵和刘韵涵被率先排除，她们对楚肖逸的印象似乎还行，剩下的就只有梁双麒。

梁双麒最近同样忙着做家里的"营业吉祥物"，听闻小朋友的来意，语重心长地规劝："肖肖，其他人都是学好，你怎么学坏呢？"

梁双麒：你学家里的谁不好，偏偏要找垫底的那个学。

梁双麒的话瞬间说服楚肖肖，她觉得便宜哥哥没有值得自己模仿的地方，学他确实有点拉低自身格调。当然，她对爸爸没发现哥哥模仿自己的事耿耿于怀，气恼地决定大幅减少自己的“营业”时间，以此来提出抗议。

楚肖肖握着水彩笔在纸上七扭八歪地涂涂画画，最后将崭新的牌子贴在自己的房门上，由于身高的限制，只能贴在偏低的位置。

纸上写着她的“营业”时间，内容是“Business Hours: 9:00-12:00; 14:00-18:00”，周围还有乱七八糟的花纹点缀。

楚肖肖理直气壮地昂起头来，对着父母郑重宣布：“你们不能让我全天待客，请在我的营业时间敲门，其他时候我都不上班的。”

楚肖肖决定维护自身权益，规定她的“营业”时长，不能全天待机。

楚家栋也知道最近客人数量太多，着实要逼疯一直在家的小女儿，他哭笑不得道：“好好好，我们在你的休息时间尽量不打扰……”

反正就是春节前两天的访客多，众人在大年三十都要一家团聚，倒不会再随意串门。除了有春晚表演的楚肖逸，吃年夜饭当天，家人都待在家里，二伯看完奶奶就由于工作离京，肖肖舅舅家则赴京过年，目前住在外公外婆家附近。

楚肖肖用视频跟外公外婆拜完年，便陪着小舅爷、小舅奶包饺子，还有摄像蹲在旁边拍。因为《咱家几代人》首期主题是中西节日，李导专门留人在御融台盯着，以便为节目收集素材。

楚家栋、小舅爷和小舅奶都包得又快又好，肖碧则忙着烧水煮饺子，楚肖肖的包饺子技艺在家中垫底，可能就比不动手的奶奶强一点。

她认真地将面团搓成奇怪的形状，还煞有介事地放在竹篾上，旁边都是大人们包的漂亮饺子，跟她的糟糕作品形成鲜明对比。

小舅爷望着面团感到茫然，一边包饺子，一边好奇道：“肖肖，你包的是什么？里面有馅儿吗？”

楚肖肖的饺子像稀奇古怪的小雕像，让人严重怀疑里面的真实内容物。

楚肖肖认真地介绍：“这是佩奇饺子，这是乔治饺子，这是分院帽饺子……”

小舅奶不禁被逗乐：“肖肖的饺子怎么还长脚？它一会儿从盘子里跑了怎么办？”

与其说楚肖肖是在包饺子，不如说是在制作雕像，还有小猪佩奇的躯干部分。

楚肖肖颇有逻辑道：“它是自由的饺子，它要是长出脚，就能从盘子里直接跑到我肚子里。你们的饺子没有脚，所以要自己夹着吃，我的饺子就不用。”

楚肖肖：我的饺子是完美而自由的，它有脚，能自己跑到我嘴里来！

大人们被小丫头逗得哈哈大笑，最后专门给楚肖肖煮熟她的饺子作品。令人遗憾的是，楚肖肖天真的美梦破灭，她的长脚饺子并没有跑进她嘴里，而是在锅里被煮成一团，让人完全无法辨别出真貌。

楚肖肖捞着自己碗里元宵般的饺子，既失望又迷惑，质疑道："妈妈，是不是有人把我的饺子调包啦？"

楚肖肖：它怎么跟进锅前长得完全不一样？它的脚全都不见了，自然没法跑起来。

肖碧耐心地解释："你那样包饺子肯定会煮散的，所以我们才要包成传统饺子的模样。"

楚家栋原本想让楚肖肖吃漂亮饺子，可她非要顽强地吃自己的丑饺子，还不信邪地打算再次尝试，坚信长脚的饺子能够成功。

因为家里还有节目组的工作人员，所以小舅爷等人包了很多饺子，还留下不少面团和馅料，生怕有人不够吃。春节晚会正式开始，家人生怕错过楚肖逸的节目，皆守在电视机前等待，只有楚肖肖悄悄地溜进厨房。

楚肖肖总结自己的失败经验，她的佩奇饺子会轻易地煮散，原因在于她是将各部件组装在一起，并不是用完整的面团捏成佩奇。她吸取经验教训，重新制作佩奇饺子，这回不再单独地制作头、手、身体及腿，而是用包好馅儿的小面团捏形状。

虽然楚肖肖捏出来的佩奇极丑，但她看自己的作品谜之自信，总觉得自己就是米其林大师，正在做出改变厨艺界的壮举。她还大胆地启用新式馅料，在韭菜鸡蛋中加入巧克力球，让佩奇饺子中西合璧！

楚肖肖做完巧克力饺子，又觉得自己的作品应该更加 international，她一连做出和风饺子、墨西哥风味饺子、中国川味饺子、泰式鲜果饺子，打算待会儿煮出来品尝国际盛宴。

"肖肖，快出来！哥哥出来啦，快来看哥哥！"家里人见楚肖逸上台，却发现楚肖肖不在附近，立刻高声呼喊她的名字，提醒她火速奔来。

楚肖肖刚想让妈妈帮忙煮饺子，被家人一打岔，只能匆匆地洗手关灯，跑到客厅里去看楚肖逸表演。

楚肖逸跟其他明星表演的是耳熟能详的通俗歌曲，这首歌连小舅爷等人都听说过，不过他在编曲上对原作进行创新，让年轻观众也觉得相当顺耳。他的编曲在一定程度上弥补了自身声音的弱势，加上今年的状态很好，在台上还真是光芒万丈。

三分钟的时间稍纵即逝，楚肖肖总觉得哥哥还未唱几句，春晚舞台就一晃而过。她犹如吃人参果的小猪八戒，露出怅然若失的神情，痴痴地望着屏幕。

肖碧似乎看出小女儿的想法，温声道：“肖肖是不是没看够哥哥表演？没关系，明后天都有重播呢，还有机会看到。”

楚肖肖回过神来，抿了抿嘴，保守又嘴硬地嘀咕：“还行吧……”

楚肖肖被春晚表演一打岔，瞬间遗忘厨房里的国际盛宴。她年纪尚小、容易困倦，没过多久就在沙发上打起瞌睡，甚至没坚持到楚肖逸归来。

楚肖逸回家时，楚肖肖早就进入甜美的梦乡，已经被长辈们抱回床上，安静地窝在被子里。

楚肖逸是跨年后才回来的，他早就在外面吃过晚饭，此时却也饿得心慌，刚进门就问道：“家里有东西吃吗？我饿得不行啦！”

楚家栋站起身来，主动张罗道：“家里给你留了饭菜，还有今天包的饺子，你想吃哪一种？”

楚肖逸没想到有饺子，他洗手后直奔厨房，果断道：“饺子就行，我自己煮吧，你们别忙啦！”

厨房里，楚肖逸直接开火烧水，瞧见桌子上装满饺子的竹篾，随手将其拿过来下了一半，也没看清饺子的具体形状，便用勺在锅里翻动起来，耐心地等待美食出锅。他做事一向毛手毛脚，煮着饺子还刷手机，打算瞧瞧网上对自己的舞台评价。

热腾腾的饺子还在碗里冒气，他一边侧头猛盯手机屏幕，一边漫不经心地吹了吹，毫无防备地咬下一口，紧接着强烈的芥末味道直冲脑门，激得他双眼泪流。这是一枚日式和风饺子！

小舅爷惊道：“哎呀，肖逸是不是烫到了？吃饭就别老盯着手机看啦！”

楚肖逸痛哭流涕、难以张嘴，扯着纸巾疯狂擦眼泪，无法解释手机并不是罪人，真正的凶手另有其人。他总算缓过神来，低头就看到碗里的佩奇饺子，他的熊妹妹还用配料给它贴上鼻子和嘴，致使佩奇饺子像在嘲讽地注视着他。

楚肖逸又小心翼翼地戳开另一枚佩奇饺子，焦褐的酱汁瞬间污染了整碗饺子汤，使其变成中药般的色泽。他怀着好奇心，戳了一点尝尝，发现汤水里有巧克力的微甜，显然每种饺子馅料还不同。

楚肖逸：楚肖肖，你还有多少惊喜是朕不知道的！

楚肖逸觉得妹妹跟自己的关系简直有毒，但凡她设下什么陷阱，他都能一踩一个准。他估计是下饺子时没留意，竹篾上既有正常饺子，也有丑陋的佩奇饺子，他匆匆地扒拉下锅，根本没看出异样来。

他向来是爱找刺激的莽夫，尽管头一个芥末饺子味道直冲鼻腔，他还是满腹好奇地戳开其他饺子，嘴欠地继续品尝起来。他知道楚肖肖不会糟蹋饺子，由于家里人向来不允许浪费粮食，她应该不可能在饺子里放入不可食用的成分。

楚肖逸就像拆盲盒一样，怀着神秘而猎奇的心态吃饺子，他发现吃到芥末饺子属于自己运气不好，其他饺子有的味道还算正常，有的味道让人感觉微妙，如鲜果饺子。水果煮熟不能算难吃，但感觉就是怪怪的，口味不合常理。

楚肖逸吃完妹妹的惊喜饺子，又一连吃掉几个正常饺子，最后还是没喝巧克力汤，将碗洗干净就倒头睡觉。他刚刚结束表演，也挺累，再不睡觉就快要天亮了，便将饺子小插曲忘在脑后。

次日，一觉睡醒的楚肖肖爬起身来，溜出房门发现只有小舅奶、奶奶醒了，其他人由于过年守岁还未起床。小舅奶昨天睡得早，奶奶则是年纪大了，每隔几小时就要睡一觉，跟普通人的作息不太一样。

厨房里，小舅奶准备先给醒来的人做早饭，便询问楚肖肖："肖肖，你要吃几个饺子？"

楚肖肖的视线在竹篾上扫来扫去，长辈们昨天将厨房的窗户打开，让冷空气涌入屋里，达到冷藏的效果。她认真地寻找自己的佩奇饺子，却被白花花的正常饺子晃得眼晕，下意识地揉了揉眼睛，迷茫道："不见了……"

佩奇饺子不翼而飞，楚肖肖急得犹如热锅上的小蚂蚁，在厨房里焦虑地转来转去。她挨个检查放饺子的竹篾，却一无所获，不由得震惊道："我的饺子没有了！"

小舅奶一愣："你的饺子？"

楚肖肖满脸慌张："我昨天做的佩奇饺子不见了。"

小舅奶面露疑惑，提醒道："肖肖，你昨天就把它们吃掉啦，你是不是记错了？"

小舅奶不知楚肖肖重新制作过佩奇饺子，只当小丫头是在说初次试验品。毕竟楚肖肖制作国际盛宴的时候，家里人都在客厅看电视，没人发现她的小动作。

楚肖肖闻言，错愕地站在原地，难以置信地摸摸小脑袋，竟也产生一丝不确定。她努力地回忆昨晚的情景，然而醒来后记忆有些模糊，加上本来过年就睡得晚，脑袋里更是稀里糊涂。

小舅奶的语气如此笃定，搞得楚肖肖都有些迟疑，莫非自己是梦中捏饺？她的国际盛宴饺子只是镜花水月一场空？

俗话说，新年新气象，楚肖肖却觉得自己的新年不太好，她向来出色的记忆力出现偏差，开始怀疑自己被便宜哥哥传染变傻。

饺子消失得干干净净、毫无痕迹，但楚肖肖不信邪，她翻出昨晚的材料，更加确信饺子曾存在过，否则芥末不会少。她当时手抖挤出一大截，冰箱里的芥末就是目击证人！

楚肖肖找到关键证据，掷地有声道："有人偷走了我的饺子！"

小舅奶认为家里没人会吃小朋友的"杰作"，哭笑不得道："可为什么要偷你的饺子呢？这里明明还有那么多饺子。"

正常的大人应该会煮旁边的漂亮饺子，不太可能对稀奇古怪的饺子下手。

楚肖肖说起自己饺子的诞生理念，简直是头头是道、滔滔不绝，她严肃道："因为我的饺子不一样，每一枚都有着不同国家的特色，这是一盘国际化的饺子，代表着人类命运共同体……不对，佩奇命运共同体，总之非常珍贵！"

楚肖肖觉得自己的国际饺子天下无双，肯定有无数宵小惦记它们，妄图将其偷走，她认真道："如果现实里有怪盗基德，他肯定也会来偷我的饺子！"

小舅奶不知道怪盗基德是谁，但她思及家里的和谐稳固，努力打消楚肖肖的胡思乱想，安抚道："肖肖，你的饺子说不定是长脚跑啦，我们还是吃没跑的饺子吧。"

楚肖肖竟被小舅奶的话哄住，只能失魂落魄地吃起普通饺子，还在饭桌上伤心地喃喃："但它们是我做的饺子啊，为什么要离开我呢？"

小舅奶："你都要吃它们，它们当然要跑。"

尽管楚肖肖心中大失所望，但她认为小舅奶的话有道理，倘若有人想要吃她，她也会拼命地逃跑。她吃完早饭，却仍惦记着失踪的佩奇饺子，一时坐立难安。

楚肖肖：它们跑到哪里去了呢？它们在外面冷不冷、累不累，为什么不愿意待在厨房等等我呢？

楚肖肖实在好奇佩奇饺子的下落，她发誓自己已经不想吃它们，就是想知道它们跑去了何处。她最后用两个橙子贿赂隔壁守着的摄像，麻烦对方调出厨房的视频素材，想要看看长脚的佩奇饺子是如何逃跑的。

片刻后，卧室里蒙头大睡的楚肖逸就遭遇暴击，他顶着乱七八糟的鸡窝头，在大年初一的早上遭遇妹妹的小拳乱捶。

楚肖肖看完影像，发现了真正的怪盗，立刻窜进哥哥屋里实施正义制裁，猛地跳到他床上，恨不得将他当面团捶。她愤愤地要将哥哥捏醒，简直犹如气炸的幼兽，怒道："你怎么能这样——那是我的佩奇饺子！"

半睡半醒的楚肖逸：“？”

楚肖肖人小力轻，捶楚肖逸犹如挠痒痒，起不到任何作用。楚肖逸困得稀里糊涂，也不知道妹妹在吵吵嚷嚷什么，索性将她直接掀倒，拉起被子将其罩住，含糊地嘀咕：“行了，再睡一会儿，再睡一会儿……”

楚肖逸只当楚肖肖是来催自己起床，直接包饺子般将她裹住，便继续闭眼呼呼大睡，丝毫没有起身的意思。楚肖肖在温暖的被窝里拼命挣扎，却根本无法撼动愚蠢的哥哥，只能被摁着生闷气。

楚肖肖：世界上怎么会有如此无耻之人？他不但吃掉我的饺子，还妄图把我包成饺子！

楚肖肖只能将自己的小脸从被子里露出来，死命地往外挪啊挪，却觉得身上的胳膊犹如五指山，而她就是可怜的孙悟空。她被憨憨哥哥的行为气得不轻，而且越气越困、眼皮渐沉，莫名其妙也睡了过去。

楚肖逸的糊涂行为成功将事态激化，他醒来后遭遇妹妹相当严重的指控。楚肖肖认为他不但偷走自己的饺子，还在被揭穿后恼羞成怒，妄图将她包成饺子吃掉，以达到杀人灭口的邪恶目的。

楚肖逸一边包饺子，一边吐槽道：“差不多行了啊，你有什么好吃的？你又没什么营养价值！”

楚肖肖眉毛一挑，煞有介事道：“那谁知道呢？说不定你懒得学英语，就想走一些歪门邪道，终于对我痛下毒手。”

楚肖逸沉吟几秒，露出若有所思的神情，故意吓唬她道：“吃掉你就能学好英语？那是不是还有可能学会别的外语？”

楚肖肖一时失言，撞上兄长不怀好意的鸡贼视线，她顿时小脸一僵，高声求救：“爸爸——”

楚家栋安抚道：“好好好，没事的，爸爸也会英语，哥哥要吃也吃爸爸……”

楚肖逸：“她会的外语比较多，吃她比较划算吧。”

楚肖肖：“？！”这究竟是什么大恶人？

楚肖逸就能在嘴上逞威风，他在新年伊始被迫包佩奇饺子赎罪，自然要恶趣味地逗妹妹两三句，以解心头怨念。因为楚肖逸昨晚吃掉了楚肖肖的大作，今天他只能复刻她的国际盛宴，双方约定只要楚肖逸将饺子还回来，就既往不咎。

楚肖逸：我明明就是受害者，怎么还反过来赎罪？

楚肖肖认真地监督兄长包佩奇饺子，犹如挑剔的甲方，提出诸多意见："我的佩奇饺子不长这样，你给它贴的鼻子和眼睛不对……"

楚肖逸觉得妹妹原来捏的佩奇太丑，本想改良精细一番，谁料她还不乐意，只能换回原材料。他耐着性子将五官贴上，刚想放在竹篾上捏下一个，她又有新想法冒出来。

楚肖肖犹豫地摸摸下巴，嘀咕道："我觉得你捏的佩奇不够好，还有需要提升的地方……"

楚肖逸听得太阳穴直跳，心知是自己疏忽吃掉饺子，他只能撇撇嘴道："……行行行，小祖宗您觉得哪里该提升？"

楚肖肖伸出小手比画，义正词严道："你做的佩奇饺子不够国际化，这是一盘意义悠远的饺子，每个佩奇都有着不同的背景。"

楚肖逸作为乙方，如今极为头大，他内心阵阵无语："你跟我说说饺子怎么国际化？"

楚肖肖凝眉道："这是一种不用言说的感觉，你都说要做国际化的音乐，怎么连国际化的饺子都不懂？这不是一样的吗？"

"……"楚肖逸对她的伶牙俐齿甘拜下风，没想到这两者都能强行扯上关系。

楚肖逸：如果不是爹妈坐在旁边，我真要气得打小孩了。

谁也没有料到，楚肖逸在除夕春晚上大放异彩、刷爆微博，却在大年初一卑微地捏佩奇饺子，还要惨遭甲方楚肖肖的多番刁难。他忽略妹妹喋喋不休的意见，硬着头皮将佩奇饺子放进蒸锅里，打算以蒸替煮，使饺子保持原状。

热腾腾的饺子新鲜出炉，竟比楚肖肖昨晚做得要好挺多，显然楚肖逸的动手能力强于妹妹。他在制作过程中满腹抱怨，但看到成品还是相当满意，还愉快地拍照留念，赞美贤惠的自己："我简直可以做面点师啊！"

楚肖逸：我居然能完成如此苛刻的要求，明显在烹饪上有极高天赋。

楚肖肖自认为是米其林三星大厨，闻言斜了他一眼，不满道："我才是主厨，你只是帮工。"

楚肖肖：烹饪理念明明是我提出的，便宜哥哥只是照我说的做。

虽然楚肖肖嘴上挑三拣四，但她显然也被佩奇蒸饺吸引，觉得它看上去挺好吃，连带最初的怒火也烟消云散。她眼巴巴地盯着蒸饺，待到出锅的饺子微微变凉，终于忍不住用勺子捞起一枚饺子蘸醋，犹如小仓鼠般在碗里扒拉着吃完。

楚肖逸见她吃得双眼冒光，更是飘飘然地自夸："这比你做的好吃吧？我真没有说假话，你昨天捏的饺子味道好怪……"

楚肖肖刚刚消气，又听他诋毁自己的饺子，怒道："你的饺子没有我的好！"

楚肖逸："胡说八道，你的饺子哪里强？"他对魔鬼味道记忆犹新。

楚肖肖："我的饺子长脚就会跑，你看你的，蒸完跑不动！"她的饺子有脚，哥哥的饺子也有脚，但他的饺子就跑不起来。

楚肖逸："？"你真是干啥啥不行，小嘴叭叭第一名？

楚肖逸见她又要指责自己，直接挑起一枚饺子蘸醋，喂到她的嘴里，大言不惭道："你看饺子这不就会跑啦？"

楚肖肖对兄长的好感度真是大起大落，犹如疯狂震荡的股市曲线，永远不知道下一秒会发生什么。她就从来没见过如此复杂的人，他的情绪颜色看上去对自己挺友好，但总有令她心烦的骚操作，能让她瞬间气得跳脚。

楚肖肖对人性复杂的体验基本源于楚肖逸，他真是让人迷惑的神奇选手，远超普通的正常人类。

兄妹俩终于在佩奇饺子事件中达成和解，楚肖逸哼着小调回屋写歌，突然灵感爆发想写一首《饺子》，楚肖肖则溜回自己的房间，重启抽屉里的绝密档案。

她将便宜哥哥的资料抽出来，又开始书写今日的迷惑人类观察日记，以学术态度研究一种名为"楚肖逸"的神奇物种。

楚肖肖感觉自己像魔法动物学家，有一部电影叫《神奇动物在哪里》，她觉得神奇动物就在自己家里。

《咱家几代人》节目组拍摄完圣诞节和春节的素材，将其剪辑成数期进行播放，终于正式迎来第二季。

节目中，楚肖逸和楚肖肖只要面对彼此就会人设崩坏，逗得人捧腹大笑。楚肖逸在外的形象向来是"我很高贵，你们不配"，在家就变成"笨得卑微，躺平任捶"；楚肖肖面对他人时是聪慧乖巧的小朋友，面对兄长就每分每秒都能截出表情包，网友们截图的手就没停下来过。

圣诞节时，楚肖逸鬼鬼祟祟地偷看妹妹圣诞信，被迫做英语阅读理解却翻车，最终一无所获、气急败坏，实在让人印象深刻。

节目组还贴心地找来楚肖肖的圣诞信，将信件内容呈现在画面上，同时配上中文翻译。楚肖肖的信件图文并茂，她希望圣诞老人照顾好身体，令人忍不住会心一笑。

——肖肖哥哥明显是不懂阅读理解，先看问题再读文章，首先就该看开头结尾，英语老师都讲八百遍啦！

——肖肖是贴心的小朋友，谁料到圣诞老人居然是本土版，只能看懂中文！

——圣诞老人 cxy：临表涕零，不知所言，臣不胜受恩感激。

——妹妹是灵魂画手，这信确实挺抽象。

——肖肖外公：肖肖不愧是当代小毕加索！

楚肖逸在客厅里编曲，跟路过的梁双麒也留下经典场面，简直是音乐人们的堕落现场。

“哥哥，这段旋律真的不好听。”

“这可是楚肖肖当初唱的，我一会儿要告诉她，你说她唱得不好听。”

楚肖逸满脸幸灾乐祸，梁双麒却瞬间瞳孔地震，他僵硬而尴尬的神情逗乐了对方，更逗乐了观众们。好在梁双麒反应极快，立刻将锅甩给楚肖逸，为维护楚肖肖的歌唱水平，他甚至不惜放话自己是锯木头的。

——麒麒：看到那边有房子塌了，就过去看看热闹，过去后发现居然是我家房子，一看，我的眼泪就流下来。

——麒麒真是当代追星族代表，不追星时理智又冷静，追起星来疯得胡言乱语，哈哈。

——理智粉：虽然我妹妹很优秀，但她也有一点瑕疵。战斗粉：不！肖肖是完美的，我要除你粉籍！

两位音乐人在客厅里为讨好听众楚肖肖，最终不断放低自己的审美取向，同样饱受网友们调侃。梁双麒抱着水壶坐在旁边，苦心规劝楚肖逸修改和弦，而楚肖逸满脸怀疑，硬着头皮编辑音乐。

——音乐圈大型恰饭现场。

——古有悬壶济世，今有麒麒抱壶救直男，真是可歌可颂。

——我怎么觉得这首歌很耳熟？

因为楚肖逸在微博上只放出了简化版圣诞曲，所以不少人是头一回在节目中听到完整版，这才得知歌曲的诞生过程。

这首火爆的圣诞曲已经有庞大受众，但此时又有部分观众认为完整版更好听，双方在弹幕区爆发激烈争论，一时间网友人均大音乐家，开始侃侃而谈，甚至产生破圈讨论。

某音乐平台还专门跟楚肖逸团队达成合作，将他的两版圣诞曲都挂在平台上，让无数网友进行票选，蹭上综艺带来的这拨音乐热度。因为楚肖逸不想用此曲营利，平台保证投票产生的潜在收益，都将作为音乐梦想公益基金，帮助同样有音乐梦的小朋友们。

楚肖逸惨遭嫌弃的完整版终于重见天日，尽管此曲并非人人都能理解，但在音乐圈里的风评意外不错，加上简化版已经爆火走红，里外他什么也没亏。

简化版证明楚肖逸能击中当前的音乐市场，完整版也证明他有不错的编曲水准，让部分说过酸言的音乐人改变态度。

圣诞曲刚爆时，部分音乐人还指责过楚肖逸的做法，觉得他写这种歌有失水准，跟过去的专辑标准截然不同，但楚肖逸后续没有拿此曲营利，他们也就逐渐闭嘴。

现在看来，楚肖逸是有水平也不被理解，无数音乐人立马不再声讨他，反而颇有共鸣、惺惺相惜，开始四处宣扬完整版有多好，跟支持简化版的人打擂台。

这件事情搞得楚肖逸粉丝挺尴尬，所以她们究竟该站哪边投票呢？！

——楚肖逸的歌和楚肖逸的歌“对决”，真是大姑娘上花轿，头一回，估计粉丝也晕，各自按喜好投吧。

——我作为搞音乐的讲一句，妹妹才是最大赢家，她现在愿意听简化版，二十年后听完整版，照样不过时，有的歌未来才能被听懂，小朋友这一拨血赚，永远赶得上潮流。

除了圣诞曲掀起的热议，楚肖逸在家里过春节的片段同样妙趣横生，他模仿妹妹的《功夫熊猫》头像，还挪用其拜年词，瞬间遭到万千肖肖粉讨伐。当然，楚肖肖嫌弃兄长不回家、包饺子等桥段同样精彩。

“为什么你不用招待叔叔阿姨？我在家替你扛起重担！”

——肖肖：终究还是一个人扛下了所有！

“它是自由的饺子，它要是长出脚，就能从盘子里直接跑到我肚子里。”

“妈妈，是不是有人把我的饺子调包啦？”

——它是自由的复习资料，它要是长出脚，就能从书桌上直接跑到我脑子里，我就不用复习啦！

——肖肖啊肖肖，别人吃饺子，你吃疙瘩汤，完全煮散了。

——饺子：强扭的饺子不甜。

楚肖肖不信邪，还在春晚期间溜进厨房，再次制作国际盛宴饺子。她一边专注地捏饺子，一边嘴里嘟嘟囔囔，节目组人员疯狂地空耳扒词，才听懂小姑娘在嘀咕烹饪理念，每种饺子代表的国家特色不同。

网友们目睹她包饺子的过程，弹幕区瞬间笑声一片。

——致死量的芥末，强扭的饺子确实不甜，倒是挺辣。

——佩奇看到如此丑陋的佩奇饺子也会落泪！

——麒麒：肖肖是完美的，是你们不懂肖肖的饺子！

弹幕区终于在楚肖逸吃到芥末饺子时笑到炸开，同时为他有勇气继续品尝而感到震惊。他不小心误食佩奇饺子就算了，居然还有胆子尝第二枚！

——友情提示：此处是高危行为，不建议智商正常的成人模仿，请勿吞食小朋友的任何杰作，有可能会收到免费孟婆汤。

——您怎么什么都敢瞎尝？

——楚肖逸就是那一拨在北方冬天用舌头舔铁门的人吧？我以前还不理解，原来真有这样的人存在。

——cxy，你也就是运气好，要是摊上我妹，你现在可能在嚼橡皮泥。

楚肖逸身体力行地为观众诠释什么叫又莽又憨，他居然还在东窗事发后将捶人的妹妹罩进被子，没心没肺地再睡一觉。

——肖肖：快把佩奇命运共同体交出来！

——肖肖闪现开团反被控，被敌军强制催眠。

——我终于明白他在外重拳出击的原因了，这是天天在家挨拳，只能出去对外打拳？

“好好好，没事的，爸爸也会英语，哥哥要吃也吃爸爸……”

“她会的外语比较多，吃她比较划算吧。”

——吃掉肖肖就能学好外语？肖肖对不起，姐姐就吃一口，就一口……吸溜！哎呀，怎么没啦？

——肖肖爸爸，您的安抚也挺容易给小孩留阴影，笑哭。

——楚肖逸完美诠释“一念成佛，一念成魔”，前有五行山压肖肖，后有想吃她补智力，《西游记》的正反派都给你演完了。

楚肖逸一边屈辱地包饺子，一边在嘴上逞威风，还非要诋毁妹妹的饺子，惹得小姑娘又气又恼、蹦来跳去。兄妹俩相爱相杀过后，总算是达成新年和解。

——这就告诉你直男的可怕，他做的每件事都为讨你欢心，说的每句话却都能将你气死，如果 cxy 光做事不张嘴，肖肖估计早就原谅你了。

——过分真实，明明吃蒸饺时就能和好，他还没眼色地提肖肖的饺子不好，看得我想冲上去让他闭嘴，求生欲还不及麒麒。

——肖肖，建议你找个嫂子，我来替你受这份气。

第三章

小小探花郎

新年新气象，楚肖逸在春节吃到妹妹的国际化饺子，终于也在假期后踏上国际化之行，要奔赴好莱坞进行拍摄。尽管有楚肖肖私下帮他矫正发音，但楚肖逸是第一回跟外国团队合作，心中难免有些惴惴。

当然，楚肖逸是不会在妹妹面前展现怯懦的，他还煞有介事地叮嘱："你要记得给数学备课，我会远程提醒你的！"

父母已经给楚肖肖报名小学超常班，她接下来就是等待通知，在规定的日期去考试。

楚肖肖听他又提起此事，不满地挑眉，不禁略有抱怨："为什么你上课的时候不积极，却积极地让我备课呢？"

楚肖肖对兄长的行为百思不得其解，他一上数学课就磨皮擦痒、精神涣散，偏偏死活不肯放弃此课程，让她挺不明白。如果是往常，楚肖逸估计会偷懒耍滑，如偶尔少上英语课，但他从不会减少数学课，比英语还重视，熬也要熬完。

楚肖肖一直想琢磨清楚他的心态，那样她就能将他对数学的毅力迁移到英语上，在教学方式上完成新突破。然而，她的观察日记记录了好长时间，仍没有窥破背后的原因及规律。

楚肖逸哪好意思说他学英语是为自己，学数学是为了督促楚肖肖，两件事不能相提并论。他现在还没有父母豁达的心态，处于"想管又不好管，不知该怎么管"的阶段，既不敢给妹妹施压，又不敢让她完全无压。

肖碧和楚家栋的心态更平和，原因是楚肖逸也曾违背他们的期望，然而孩子总归是摸索到了自己的路，现在他走在追逐梦想的路上，日子过得也挺好。

楚肖逸当然知道做自己喜欢的事挺重要，但他又有一点楚肖肖事业粉的心态，还没法完全屏除想养 SSR 的念头，只能不断地克制、调整，慢慢摸索跟妹妹的相处之道。

楚家栋见大儿子答不上来，索性出面解围，循循善诱道："肖肖，你再过一年多就该上小学啦，你想去什么样的学校？"

楚家栋觉得要给小女儿打预防针，先让她对小学的事情有心理准备，问一问她的意见。

楚肖肖歪头想了想，眨眨眼道："我可以不上小学吗？"

家里人闻言一愣，不知她何出此言，楚家栋忙道："为什么呢？"

楚肖肖："我要是去小学，就不能去幼儿园，那就没法见到安妮他们啦！"

楚肖肖如今在幼儿园过得很开心，当然没有上小学的念头，觉得保持现在就挺好。她的人生只有加法，没有减法，还未经历过真正的离别，不想失去任何人。

楚肖逸提醒道："但你去小学就能认识新朋友，而且安妮他们也要上小学，又不会一直待在幼儿园。"

"可是梅老师她们还在幼儿园，"楚肖肖面露迟疑，一时有点割舍不下，她认真地思索片刻，又产生新想法，"那我不能幼儿园、小学、中学、大学一起上吗？这样谁都不会被落下，还能认识新朋友！"

楚肖肖觉得自己的点子挺妙，只要她全都上，就又能见旧友，又有新朋友，双管齐下！

"……"楚肖逸都被她的鬼点子惊呆了，忍不住伸手乱揉她的小脑袋，一字一句地斩断她的痴念，"你、想、得、美。"

楚肖逸：我以前可一所学校都不愿去，你居然还想一口气上四所学校？！

因为楚家栋表明不能同时上四所学校，所以楚肖肖对于小学表达出抗拒，尤其是得知安妮可能跟自己无法同校同班，她更是大失所望。如果楚肖肖去读超常班，安妮必然不能跟她做同学，国际幼儿园的孩子们估计会接着读国际学校。

楚家栋见小女儿如此固执，一时面露难色。楚肖逸嘀咕道："你们就听她瞎说吧，等她上小学没两个月，说不定就把幼儿园忘了。"

楚肖逸作为过来人深有体会，即使毕业的时候再过不舍，展开新生活后也会逐渐淡忘。人在每个阶段能留下两三个朋友就属不易，步入工作后能跟旧友重逢更是难得，谁也没法跟谁永远牵绊在一起。

楚肖肖年纪尚小，不懂这些道理，她如今只有四岁半，现在眼前天天晃着这些人，自然会万分不舍，等到接触的时间变少，或许情感就会平和下来。

楚肖肖听哥哥诋毁自己，立刻握紧小拳头，抗议道："我才不会忘掉，我的记忆力比你好！”

楚肖肖：我又不是金鱼记忆脑，没两分钟就能忘掉事情。

楚肖逸懒洋洋地笑道：“嘿，我现在不跟你争这个，以后你就明白啦。”

楚肖逸知道她主意大，自己可不一定辩得过她，自然不会上赶着送人头。他又嘴欠地招惹小东西几句，将她逗得愤愤奓毛，才志得意满地离家工作，内心的恶趣味得到极大满足。

楚肖肖都快被便宜哥哥烦死了，得知他长时间出门，她本来还有点担忧，现在早将淡淡的伤感抛到脑后，只盼着他多在好莱坞停留，晚点回家气自己。然而，即使楚肖肖下意识地抗拒着离别，她总有一天要不可避免地面对现实。

“退课？”楚肖肖听到杨茵的话，茫然无措地握着勺子，竟然忘记舀起下一勺。

杨茵露出无可奈何的笑容，点点头道：“对，因为我要转学了，新学校是寄宿制，周末可能就不好再来这边了。”

杨茵由于考大学的事情跟家里发生矛盾，好在她的姑姑挺支持她的想法，四处帮她联络好学校。她们最后选定一所寄宿制高中，比她现在的学校要优秀得多。当然，这所学校的管理相当严格，重本率极高，是出名的军事化风格。

杨茵能进这所高中可不容易，然而新学校离得更远，她恐怕很难再来首都。实际上，杨茵打算转学后周末也少回家，她不想高三冲刺时还受家庭影响，躲在学校里或许对她最好。

楚肖肖一时哑然，不知该说什么，倒是梁双麒还算镇定：“那杨茵姐姐马上就要去住校吗？”

梁双麒经常跟乐团外出集训，体验过被老师管理的集体生活，所受的冲击力没有楚肖肖大。

杨茵：“对，我今天已经办完退课手续，待会儿去肖肖家说一声，然后下个周末就不再上课，收拾小区宿舍里的东西……后面就住校啦。”

杨茵当初上课外班的钱是楚肖逸付的，对方一口气交了好多钱，现在退掉的费用会返回原卡。她打算到肖肖家里打一声招呼，前面的学费肯定要还，她也要当面说明一下情况。

回家的路上，楚肖肖整个人都有点打蔫儿，犹如一朵枯萎的小花，完全提不起精神来。自从得知杨茵要走的消息后，她就像不会说话的哑巴娃娃，处于失魂落魄的状态。

杨茵当然看出小丫头的伤心，为难道："肖肖……"

楚肖肖摇了摇头，强行挤出小小的苍白笑容，安抚道："杨茵姐姐，我知道的，我知道的……"

她早就知道杨茵姐姐跟其他朋友不一样，早就发现她快要离去的细节，早就清楚两人总要告别。杨茵回家的次数越来越多，在御融台的时间越来越少，也不能再天天陪楚肖肖玩乐，所有空闲时间都要投入学习。

楚肖肖很努力地维护着三人的关系，她和麒麒哥哥都愿意在茶室里学习，虽然他们没有多少时间玩耍，但在一起写作业也很开心。然而，杨茵姐姐还是有离开的那天，不能再陪他们一起待在温室里。

梁双麒面露担忧地左右望望，说实话他没有楚肖肖那么伤心。他有过幼升小的经历，乐团开除落后的孩子更是家常便饭，离别简直是他学琴生涯的主旋律，太多的人在旅途中走散，没有办法坚持下去。

然而，楚肖肖还没有经历过这些，她在上幼儿园前就跟杨茵认识，就像看待家人一样，总觉得对方理所应当地存在，不会有消失的那一天。她还无法深刻体会告别，但只是想到就会鼻子发酸，压抑的泪水想要上涌。

梁双麒走到肖肖家小院门口，按道理他应该回家，此时却小心翼翼道："肖肖，你没事吧？"

虽然楚肖肖一路上没哭没闹，但任谁都能看出她相当沮丧，她沉默地摇了摇头，示意自己没事。

杨茵对梁双麒道："你先回去休息吧，我到肖肖家说一声。"

梁双麒："好，杨茵姐姐下周离开前记得叫我。"既然离别不可避免，那告别就变得至关重要，他想要在下周送杨茵离开。

杨茵答应下来，领着楚肖肖回家去，她先跟肖碧、楚家栋交代了一下情况，拜托他们跟楚肖逸沟通，又说了说自己未来的打算，得到了肖肖父母的祝福。当然，杨茵还要面对最难的一关，跟她的小朋友楚肖肖道别。

楚肖肖看到父母脸上的笑容，也知道寄宿学校对杨茵姐姐是绝好的机会。她作为懂事的小孩子，不该阻拦杨茵姐姐离开，心里却止不住难过。

她想起好多好多事情，想起她们一起编手绳、摘柿子、读《小王子》、烤小土豆……明明她们相处得那么快乐，为什么必须告别呢？

楚肖肖将杨茵送到小院门口，杨茵欲言又止道："肖肖……"

杨茵还没来得及好好措辞，便听楚肖肖颤声道：“……杨茵姐姐，我们还能见面吗？”

楚肖肖是聪明的小朋友，她早就在心里仔细地算过，杨茵要去寄宿高中一年多，考上南方的大学后又是四年，加起来就是五年多，这可是五年多啊！她今年才四岁半而已！

杨茵赶紧蹲下来安抚她：“当然能。”

楚肖肖强忍着眼泪，瓮声瓮气道：“可你要离开五年多，比我活的时间还长……”

杨茵见小姑娘眼圈泛红，心里同样很不好受，她其实在城里根本没有朋友，在乡下也找不到交心的同龄人，两边的人跟她的观念差别都太大。楚肖肖是她生活里一面照进光的小窗，同样对她有着特别的意义。

楚肖肖聪明却不傲慢，乖巧又贴心，也让杨茵接触到更多的人和事，帮杨茵抵抗着原生家庭的影响。

杨茵深吸一口气，她作为姐姐，努力克制着情绪，耐心地开导：“肖肖，你还记得我们种的土豆吗？”

楚肖肖任对方搂着，揉了揉眼睛，低声道：“记得……”

“我们刚把它种下去的时候，土地上面什么都没有，你还遗憾要等三四个月，那是好长一段时间。但你经常给它浇水，土豆也在地里努力，总有一天会发芽。”

杨茵抱紧楚肖肖，安慰道：“我们现在分开见不到，就像刚种下去的土豆，其实是在彼此看不见的地方努力，只要我们一起加油，早晚有一天能重逢。我会好好学习，肖肖也要好好学习，虽然要等好长时间，但肯定还能见面的。

“土豆没办法陪肖肖待在地面上，肖肖也没法陪土豆待在地底下，但肖肖一直记得浇水，土豆拼命地吸收营养，大家一同努力后再团聚见面，不是更让人高兴吗？你收获土豆那天是不是很开心？”

楚肖肖想起丰收的土豆和烤薯角，总算挥去一抹悲伤，在杨茵的怀里点了点头。她不能自私地阻止杨茵姐姐离开，只能静盼对方在崭新的沃土里成长发芽，然后等待双方在晴朗的地面上相遇的那天。

杨茵终归是要离开了，楚肖肖和梁双麒在小院门口为她送别，肖碧等人也捎来一份礼物，送的是住宿需要的保温杯。楚肖肖送的是文具及作业本，梁双麒送的则是一支新口琴，他觉得生活除了学习还需要别的点缀。

杨茵同样给楚肖肖和梁双麒准备了临别礼物，她送给楚肖肖一本《小王子》，还带来一棵橙子树苗，不好意思道："我是托村里人找的，但我也不确定能不能种活，我以前在家没种过橙子。"

楚肖肖当初想在院子里种橙子，然而杨茵手边没有树苗，退而求其次才种的土豆，没想到杨茵仍然记得此事。

楚肖肖原本在一周内调整好了情绪，但看到橙子苗还是忍不住扑到杨茵怀里号啕大哭，而且哭得声泪俱下。她从来不是爱哭爱闹的小朋友，依靠着情绪颜色的外挂心性坚韧，只要看清谁对她好、谁对她坏，似乎一切问题都能迎刃而解。

然而，她现在才真切地意识到，即使是心里爱着她的人，有一天也会跟她告别。

杨茵和梁双麒都没见过爆哭的楚肖肖，杨茵也被引得落下泪来，最后只能靠梁双麒主持局面。

他终于将姐姐妹妹哄停，带着楚肖肖将杨茵送上车，沉着道："杨茵姐姐，等你有手机后，就给我们打电话。"

"好的，我都记好了。"杨茵的声音也带着鼻音，她在压抑着自己的情绪。

杨茵在寄宿学校里不能用手机，只能寄信，但上大学后就能接触电子设备，梁双麒和楚肖肖还给她留了联络方式。

小区门口，杨茵依次抱完楚肖肖、梁双麒，恋恋不舍地挥手告别，乘坐的车终究是消失在车流之中。

楚肖肖怅然地望着这一幕，抱紧怀里的《小王子》，又无声地吧嗒吧嗒落泪，视线久久没有挪开。

梁双麒回头就见她变成了小泪人，却还紧盯着杨茵离去的方向不放，眼角尽是晶莹的宝石。他着实没有办法，只能从口袋里抽出一张新纸巾，安静而轻柔地给她擦眼睛旁边的泪珠，却越擦越多，像是掉个不停的珍珠。

"麒麒哥哥，我们早晚也会告别吗？"

楚肖肖越想越伤心，一旦想通离别的道理，她便止不住地陷入难过。虽然杨茵姐姐爱她，却不得不离开，那岂不是安妮、麒麒哥哥、便宜哥哥、爸爸、妈妈同样如此？尽管他们如今快乐地生活在一起，但这样的日子也会戛然而止。

杨茵姐姐、安妮只是因为学校不同就要跟她分别，让她悲伤得无法自已，那哥哥、爸爸、妈妈的告别该是多大的打击？

楚肖肖以前从不去想这些事情，杨茵的离开却将她击醒，让她惶惶起来。这还只是生离，那要是死别呢？

梁双麒难以回答此问题，他认真地思考片刻，朝楚肖肖伸出小指，郑重道："那我向肖肖保证，我们不会告别的。"

楚肖肖见他伸出小指要拉钩，抿抿唇，小声道："你没法保证的……"

楚肖肖经过此事后突然明白世事难料，就像杨茵姐姐无法左右自己的家庭，世界上的很多事情是没办法保证的。

"肖肖又不是我，怎么知道我没法保证？"梁双麒今日的歪理依旧很多，他黝黑的眼眸亮着明澈的光，煞有介事道，"你只要跟我拉钩就好，剩下的事我会解决的。"

楚肖肖是聪明的理智派，她在观察和总结着世界的规律，然而梁双麒是叛逆的斗争派，他总是不服气地想要搏一搏，不论是跟权威的父母，还是跟无形的规则。他就是争强好胜的小朋友，虽然面上不显自负，心里却有几分傲气。

楚肖肖看他双眼灼灼，犹豫地停顿数秒，还是伸手跟他拉钩，反问道："可你不就亏了吗？"

楚肖肖觉得麒麒哥哥的提议不聪明，她跟他拉钩毫无损失，他却要保证不会告别，完全不符合马云信徒的行事准则。

梁双麒触着她软软的小手拉钩盖章，又义正词严道："亏不亏是我作为商人来衡量的，不是肖肖作为客人能评价的。"

"世界上肯定有看上去亏，实际上却不亏的事情，所以马云才会成功！"梁双麒信誓旦旦道，他底气十足的模样给楚肖肖带来不少力量，她也被感染得不再沮丧。

楚肖肖发现麒麒哥哥是很少有坏情绪的人，即使是练琴挨打都能想到好的一面，总能在逆境里有奇怪的脑回路。如果换作其他小孩，被父母说两句、打一顿，少不了要哭得天翻地覆，梁双麒却总想着如何找补回来，尽管他的父母对此头疼，但他的情绪倒是由此平和。

梁双麒稳定的心态成功地安抚到楚肖肖，使她从难舍的悲痛中走出来一些。他的情绪颜色是金色，犹如一盏不灭的明灯，稍微驱散沉重的底色。

楚肖肖不由得在内心感慨：麒麒哥哥真是一个精神小伙。

杨茵离开后，楚肖肖好像一夜之间长大不少，她原来学习是出于兴趣，现在学习却产生新的意义，那就是使她更快地成长起来，更好地跟杨茵重逢。杨茵姐姐说她们只要一起努力，早晚都能够再次见面，让楚肖肖有了新动力。

楚肖肖变得不再排斥小学，她现在每天都要检查院子里的橙子树，偶尔会给杨茵的学校寄信，当然她们书信来往的速度很慢，但并没有就此断开联络。

楚肖肖现在觉得离别不可怕，可怕的是遗忘，她要是像哥哥所说，没过多久就遗忘消失的杨茵，那才是一件悲伤至极的事情。好在小院里的橙子树已经萌生新芽，它的存在督促着楚肖肖继续走下去。

楚肖肖是从杨茵那里得知学习的重要，考上好学校对自身的意义。肖碧察觉到小女儿的转变，还顺水推舟地拿出超常班的试题，说这是一所好小学的题目，鼓励道："肖肖，杨茵姐姐要考好大学，你也可以考好小学。"

楚肖肖这回没有再排斥试题，她适当地减少一些学外语的时间，决定像杨茵一样努力，考上好小学、好中学、好大学，让她们未来的重逢不留遗憾。

当然，楚肖肖做超常班试题时也有些迷惑，她望着熟悉的数学题摸不着头脑，这不是便宜哥哥以前不会做的题吗？

楚肖肖：原来便宜哥哥连小学题目都做不出来？

楚肖肖没有遗忘杨茵，却遗忘了许多生活细节，如杨茵、梁双麒同样说过不会做这些题，但楚肖逸笨笨的形象在她心中扎根太深，以至于她有着先入为主的印象，上来就给楚肖逸扣一口锅。

杨茵的离开还带给楚肖肖新启示，只有尝过离别的滋味，才知道待在一起有多可贵。她现在收到便宜哥哥的视频，也不会面露不耐，比往常耐心得多。毕竟她和杨茵姐姐连视频通话的机会都没有，尽管楚肖逸远在海外，但他们还能彼此问候，也算是一件幸运的事。

然而，楚肖肖想做有涵养的小朋友，楚肖逸却不给她这个机会，劈头盖脸就是一句："楚肖肖，你怎么在家饿得面黄肌瘦、骨瘦如柴？一看就是吃少了芹菜，该让爸妈给你补补了！"

楚肖肖明明是白里透粉的草莓味糯米团，愣是被楚肖逸形容成凄惨的难民小朋友，她都不知道哥哥从哪里学来的形容词。

楚肖肖原本的好心情烟消云散，面对便宜哥哥的挑衅，她当即不满地反击："你在外倒是长胖不少，屏幕都塞不下你的脸了。"

楚肖逸是坏心眼地调侃妹妹两句，哪想到反被她戳中痛处，他立马将手机拉远，硬气道："胡说八道，那是我离镜头近。"

楚肖肖："才没有，你以前挪到这个距离时脸比现在小，因为外国人老吃高热量食物，不是油炸就是奶酪，所以你跟着长胖。"

楚肖肖和安妮做朋友，太清楚外国小朋友的饮食跟她的东方胃完全不合适。

楚肖逸下意识地摸脸，心中莫名心虚。难道你在监视我的饮食？

楚肖逸：头可断，血可流，颜值不能轻易丢，或许最近要多撸铁。

楚肖肖看他总算被震慑，这才摆出小大人的模样，嘘寒问暖道："最近工作怎么样啊？"

楚肖逸："……你说话能别那么像咱爹吗？"

楚肖逸觉得妹妹总和父亲进行口语练习，连带语气都被楚家栋感染，上来就是"工作怎样""同事可好""吃睡如何"三连，每回都是换汤不换药。

果不其然，楚肖肖下一句话就是："你跟同事相处得好吗？"

"一般般吧……"楚肖逸含糊道，他的视线飘移起来，又忍不住道，"你刚到幼儿园怎么跟人交朋友？"

楚肖肖心领神会，当即露出怜悯的神色，担忧道："原来你没有交到朋友。"

楚肖逸忙道："不是！我拍戏接触的是同事，本来就不算朋友，你只要回答我就好，不要随便给我加奇怪的设定！"

楚肖逸在剧组里拍摄挺顺利，但他依然跟周围人混不熟。一方面是语言交流问题；另一方面是文化习俗问题，国内团队和海外团队的风格不太一样。工作环境大变样，他偶尔不太习惯外国人的思维，自然有点别扭。

当然，他其实不跟海外团队多交流也行，只是思及妹妹在国际幼儿园读书，她或许比较容易理解外国人的想法，便随口问一句。

尽管楚肖肖平时非常烦哥哥，但他要是遇到困难，她还是愿意帮忙。她出谋划策道："我也不知道怎么交朋友，大家都是自然地熟悉起来。首先是每天笑着打招呼，然后寻找共同话题，最后多多夸奖对方，基本就可以啦！"

楚肖逸眉毛一挑："你要是笑着打招呼，别人却懒得搭理你，那不是很丢脸？"

楚肖肖诧异道："这有什么丢脸的？"

楚肖逸神情微妙："……总有一种热脸贴冷屁股的感觉。"

楚肖逸难以形容此种心情，他老觉得主动踏出一步，有一种求人办事的卑微感，让他浑身都透着不舒服。

楚肖肖振振有词："你打招呼，别人却不理，那是对方待人没礼貌，丢脸的是他，又不是你，是他爸爸妈妈没教好！"

楚肖肖完全不懂兄长的顾虑，长辈和老师都说要讲礼貌，他们主动打招呼才不会丢脸，摆架子、不理人比较丢脸。

楚肖逸瞬间被妹妹的真知灼见说服，他挥去内心的一丝犹豫，又道：“还有别的吗？”

楚肖肖认真地想了想，补充道：“安妮有时候还会从家里带零食，她把吃的分给其他人，别人就会喜欢跟她玩。”

楚肖逸了解地点头，这就是剧组里常见的送吃送喝，他已经熟练掌握此技能，对他的参考价值不太大。

结束跟妹妹的视频，楚肖逸决定试验一下楚肖肖的交友守则，正巧抬头撞上某金发碧眼男演员，便僵硬而不失礼貌地朝对方笑笑。楚肖逸就是想先打一声招呼，但他的营业笑容可能释放出了交谈信号，男演员居然走过来主动攀谈。

楚肖逸：这么有效吗？但我还没准备共同话题！

楚肖逸其实是三分钟热度，说不定过两天就忘了楚肖肖的交友建议，只是当下进行应用，哪料到会被赶鸭子上架。好在他对英语交流不再抗拒，能够有一搭没一搭地答上话。

男演员名叫德斯汀，他跟楚肖逸有几场对手戏，好奇道：“你刚刚在跟你妹妹视频吗？”

楚肖逸望着德斯汀手机上的金发小姑娘恍然大悟，原来对方也有亲妹妹，怪不得会过来闲聊，大家都是做哥哥的人。

楚肖逸：这可真是送上门的共同话题。

德斯汀提及妹妹就像打开话匣子，他疯狂地赞美自家妹妹有多可爱、聪明、乖巧，简直是世界上最暖心的小天使。他拍戏期间最想念她，不知道她最近过得好不好，她在学校里特别优秀，是全 A 的成绩。

楚肖逸莫名其妙地完成交友前两步，按道理应该执行第三步，附和德斯汀的话，多多赞美对方妹妹。然而，楚肖逸盯着照片上满脸雀斑的金发小姑娘，又听着对方夸张的说辞，觉得自己妹妹比对方妹妹强多了！

楚肖逸：学校里成绩全 A 就值得狂吹？我妹妹精通多国语言，我有你那么骄傲吗？！

楚肖逸用英语坚定道：“不，我妹妹更聪明、可爱。”

德斯汀：“？”

德斯汀一时没搞懂东方幽默，误以为楚肖逸在开玩笑，他不确定道：“Are you

kidding me?”

楚肖逸：“No.”

楚肖肖哪里会料到，她让便宜哥哥为交友多多赞美对方，他却对赞美的内容开始较真，直接跟德斯汀现场比较谁家妹妹更强，究竟是谁在开玩笑。

“You are kidding, right?”

“You are kidding, Dustin.”

楚肖逸和德斯汀宛如两个小学鸡，在片场里对喊“you are kidding”，他们还搬出各自妹妹的无数技能及荣誉，奋力争夺“天下第一妹”的称号。

这场突如其来的战争最后被导演和制片人叫停，两位疯狂哥哥被安排各自平复情绪。

德斯汀冷静下来后，对楚肖逸的做法表示理解：“毕竟他也是哥哥，我能理解他深爱着妹妹，所以拼命维护自己妹妹，说话比较容易激动……”

楚肖逸听完制片人的转述，用中文客观地道：“我们先别提我爱不爱我妹，我就是单纯跟他探讨谁妹妹更出色，虽然我平常在家觉得我妹烦，但我们要理性地看待她的智商和颜值！”

楚肖逸：楚肖肖就算是爱作妖的小事儿精，在智商和颜值上也确实拔尖，她就是 SSR 啊！

楚肖逸和德斯汀算是不打不相识，两人误打误撞成为聊得还行的朋友，甚至约定在中国拍摄期间一起四处转转，让楚肖逸做导游。当然，他俩依旧不能聊妹妹的话题，只要谈起就是永无止境的“you are kidding”，都认为对方脑袋秀逗，谁也不服谁。

另一边，楚肖肖迎来新学期的慈善拍卖活动，她上交一件自己的手工作业，作为这回慈善拍卖的物品。幼儿园每学期都有慈善活动，学校会在官网上拍卖学生们的捐物，然后将收入捐给一对一帮助的贫困学校。

当然，如果哪位小朋友捐的物品在官网上拍卖价排第一，还能拥有学校嘉奖的慈善小证书和胸针，照片会被挂在幼儿园宣传栏上，算是一份小小的荣誉。

安妮上交的是喜欢的手链，她向楚肖肖通风报信，道：“听说隔壁班有人上交很贵的东西，让老师们都很惊讶。”

楚肖肖面露好奇：“但梅老师她们说不建议交贵重东西。”

国际幼儿园向来不缺有钱人家的孩子，学校不愿助长攀比之风，但挡不住家长们要给孩子争脸，绞尽脑汁地打擦边球。幼儿园提出捐献跟孩子有关的东西进行拍卖，部分家长就弄一些给孩子戴过一次的贵重配饰，妄图以此夺得第一。

安妮天真道：“可能他们的贵重和老师的贵重不一样吧。”

楚肖肖眨了眨眼，很快就将此事抛在脑后，没有太将其当回事。她去年也按学校规定上交拍卖物品，但最终的成交价并不高，不过她在幼儿园里的荣誉很多，对于慈善第一名的证书也没有执念。

幼儿园官网上的拍卖如期开放，学校为打压不正当竞价，还特意规定每回加价的额度，防止部分家长为争夺第一而漫天叫价。这就使得参与出价的人数越多，拍卖物品价格上升的速度越快，这样能更好地把控慈善拍卖公平性。

官网开放后，楚肖肖还用 iPad 看了一眼自己的手工作业，她感觉情况跟去年差不多，拜托爸爸帮忙出价拍了一次，就将网页关掉。拍卖里涨价快的物品仍是钢笔、胸针等，部分家长显然赔本赚吆喝，没打算卖出成本价，就是要争慈善第一。

然而，楚肖肖却遗忘了一件关键的事情，手工作业并不是她独立完成，其中还有某人的出力。

微博上，有人扒出楚肖逸过去的机场照，又贴上幼儿园官网的儿童手工作业照片，在超话里进行询问，核实照片上的细节。

Cxyyyyy：姐妹们，谁还有这套机场图的高清版？他手里捏的是这个吗？

楚肖逸当初为偿还英语课和数学课的欠款，不得不给楚肖肖打工编绳结。他将彩绳揣在兜里，闲着没事就编一编，正巧在机场就挺无聊，偶尔站着等待也不好读书看报，便做些不费脑的手工活儿。

楚肖肖的手工作业美其名曰自行设计，其实就是指挥便宜哥哥编手工结，她再将手工结往木头柱上缠一缠，便成为抽象派艺术作品。

幼儿园官网上为保护孩子隐私，当然不会放出班级和全名，只是象征性地注上“xiao”，还要点进去才能查看。然而，追星女孩是侦探般的存在，她们瞬间抽丝剥茧地查出真相，确定这就是肖肖哥哥的作品！

粉丝们定睛一瞧，又发现肖肖哥哥的作品才值三十五元，一时笑掉大牙！

怡然自乐：有些人电子专辑能卖几千万销量，亲手做的绳结才值三十五元？

长安：楚三五，你可真给肖肖丢脸，全官网拍卖价倒数，@楚肖逸。

我就是小黑：以后对我们客气点，没了我们，啥也不是，这回看在肖肖面子上捞你，懂吗？@楚肖逸。

神奇海螺：别转啦，别转啦！超话赶紧删掉，现在价格涨起来啦！我本来还想抢三十五元的明星周边呢！

楚肖肖的作品拍卖价以火箭式速度上升，瞬间赶超前排的钢笔、胸针等物，并且进入激烈的白热化阶段。粉丝们哪见过如此便宜的周边物，要知道实力大粉光是想搞到签名专辑，都要冲几百套的销量，三十五元算什么钱？

签名才花费楚肖逸多长时间？这可是他亲手编的绳结，投入时间完全不同！

一时间，超话粉丝们倾巢而出，她们一边嘲笑地刷屏“楚三五”，一边疯狂地叫价拍卖品，谁都想要卡点拍下手工作品，恨不得争破头！

楚肖肖哪知道姐姐们的狂热，她以前也经常用肖肖币让哥哥工作，手里还有他上色的手抄报、折纸作品等，自然不懂绳结在粉丝心中的价值。

次日，楚肖肖打算等梅老师将手工作品归还自己，她推测最后不是被爸爸拍下，就是被安妮妈妈拍下。她昨天也让爸爸帮忙叫价安妮的手链，只当官网拍卖是走过场，拍卖物走不出两里路。

梅老师却没有带来绳结作品，反而将小证书和胸针交给楚肖肖，祝贺道：“肖肖恭喜你，你是这回年级里的慈善小天使，这是你的证书和胸针。”

楚肖肖：“？！”

梅老师走后，楚肖肖不明真相，难以置信道：“安妮，你妈妈变得那么有钱了吗？！”

安妮妈妈确实是大方的人，但她居然能夺得最高价，那也是厉害的财力。楚肖肖上回的作品就是被安妮妈妈拍走的，但她记得对方那次没有砸到第一名。

安妮小脸发蒙，忽然听闻家里暴富的消息，一时也吓得说话磕磕绊绊：“……我、我回家问问？”

楚肖肖一家和安妮的家里人向来不爱炫耀，两位小朋友对家中财产并没有深刻认知，自然对获奖一事相当震惊。楚肖肖拍得安妮的手链，而安妮却没拍得楚肖肖的手工作业，让事情越发扑朔迷离。

楚肖肖完全不知自己的作业跑到了谁手里，稀里糊涂地将慈善证书和胸针带回家，莫名其妙地完成幼儿园拍卖任务，并不知道此奖是她的网络嫂子们送的。

楚肖逸在海外拍摄许久，没想到回国就背上“楚三五”的新绰号，他甚至没懂此梗来自何处，也不清楚自己的绳结作品起拍价三十五元。他在机场里匆匆赶路，偶尔还会被旁边的粉丝喊蒙。

“今天怎么不编绳结？你还不去帮肖肖做幼儿园作业？！”粉丝们上回没抢到绳结，一时间群情激愤，要求楚肖逸增加产量。

楚肖逸：“？”你们怎么知道我给她打工的事？

楚肖逸硬气道：“谁帮她做过作业，她都自己做作业！”他好歹是一个流量明星，怎么能传出给幼儿园小朋友代笔的丑闻！

“我们分明看到你上回在机场做手工……”

“你们看错了，看错了，天天盯着手机屏幕，那视力能好吗？”楚肖逸仓皇而逃，不敢再跟她们继续纠缠。他都不知道粉丝从哪里扒出来的，自己明明是硬汉小生，怎么能被戳穿私下搞编织的真相？

楚肖逸：我的高冷人设由我自己来守护！

楚肖逸的好莱坞之行暂时告一段落，电影项目还会来中国取景，但所占的比重没那么多，他的日子也轻松不少。他回家后，《咱家几代人》又可以正常录制，素材快要耗尽的李导迎来曙光。

然而，楚肖逸一家人却迎来巨大挑战，楚肖肖终于要参加超常班考试。全家人井然有序地安排起来，他们都被考试到来的紧张气氛影响，只有楚肖肖本人一无所知，小朋友只当是普通考试，跟幼儿园的测验没差别。

肖碧拿出各类报考材料，有条不紊道：“我问过韩雅，周末带着必备证件参加就好，但那边有可能堵车……”

楚家栋：“我们开车过去吗？”

肖碧：“那边不好停车吧，或者停在咱妈和舅舅那边。”

奶奶等人住在老城区，倒是离考试的小学非常近。楚肖肖一家人平时所住的城区挺繁华，但教育、医疗资源还是不如老城区，别看老城区的新楼少，却算得上是寸土寸金。

楚肖逸感受到熟悉的家庭会议氛围，忽然回忆起自己的童年时光。肖碧、楚家栋和奶奶也曾激烈探讨过他的小学生活，商量他上学后的衣食住行，但他那时年纪尚幼，向来没心没肺，不懂成年人的忧虑。

如今风水轮流转，楚肖逸在妹妹身上找回升学的焦虑，他当年小升初、初升高都没什么感觉，然而换到家长位置上就紧张感爆棚。

肖碧和楚家栋本意是由他们去给楚肖肖送考，楚肖逸可以在御融台或奶奶家休息，无奈大儿子没法接受独自在家等待的状态。一家人商议过后，决定由楚家栋开车送人，然后再到奶奶家去停车，肖碧和楚肖逸在校门口等候通知。

周末，楚肖肖备好考试的文具，带着自己的小书包，早早地跟随家人出门赴考。她发现意外早起的楚肖逸，不禁面露诧异："你今天起得好早！"

楚肖逸在家都是日上三竿才起床，此人还经常熬夜折腾音轨，作息跟正常人完全不同。他不好说昨天根本没睡着，含糊道："嗯，早睡早起身体好。"

楚肖肖点了点头，她还不知道便宜哥哥是没睡早起，又察觉到他情绪的紧绷，奇怪道："为什么你要一直抖腿？"

楚肖逸内心有点焦虑，上车后就无意识地用脚跟打节奏，看上去像在抖腿。他见妹妹满脸懵懂，又不好解释自己的担忧，咬牙道："别问啦！我想瘦腿不行吗？"

楚肖逸：真是皇帝不急太监急，搞得好像我要上考场。

楚肖肖若有所思，好言相劝道："为什么不先瘦脸呢？大家在电视上只会看到你的脸，你应该抖脸才对。"

楚肖逸："……"

楚肖肖是认真地提建议，却惨遭兄长一顿揉脸。楚肖逸自己不抖脸，倒手动给妹妹进行面部马杀鸡，将没心没肺的小朋友狂揉一通。

一家人开车抵达小学门口，简直被校门口的景象惊呆了，学校门口全是车流及人群，快要将宽敞的马路挤炸！

"这么多人吗？！"楚肖逸彻底震惊，他戴着黑色口罩，下车就紧紧地抱着妹妹，胳膊上还挎着她的小书包。

楚肖肖同样没见过如此拥挤的地方，这里比幼儿园的早上还可怕，她只能任兄长抱起来，茫然地扶着他的肩膀，彷徨地左右打量，犹如头一回出家门的幼猫。如果站在地上，楚肖肖根本不知在哪儿落脚，来来往往的人流能将她瞬间淹没。

楚家栋根本没法在校门口停车，他匆匆地将家里人放下，就要迅速地开车离开，否则就会将路口堵住。节目组的车也被堵在路上，摄像们只能就地下车，扛着机器赶过来。

楚肖逸和肖碧同时过来是明智之举，楚肖逸看着楚肖肖，肖碧去办理手续，两边都没有耽误。附近全都是家长及孩子，时不时就会有孩童的哭声响起，场面一片混乱。

肖碧等人还在校门口见到了韩雅，韩雅好像跟超常班有千丝万缕的关系，楚肖逸就主动提一句节目组的事情，询问方不方便拍摄。

韩雅大大方方道：“拍吧，每年都会有人来拍，但他们不可能进去，待会儿门口就全是记者。”

楚肖逸望着人海晕头转向，疑惑道：“怎么会有那么多人？”

“因为光报名的就有三千人。”韩雅轻松地笑笑，又嘱咐道：“肖肖跟着大家进去吧，家长是不能进入校区的，你拿好东西去找老师，就能找到自己的考场。”

校门已经缓缓地打开，无数小萝卜头跟父母道别，带着准考证及文具进入学校。他们有的不愿意跟家人分离，还在门口哭得声嘶力竭，让别的小朋友惶恐不已。

楚肖逸将楚肖肖放下来，又将小书包递给她，担忧地望着她背书包。楚肖肖带好东西，跟身边人招手告别，便跟随旁人往考场走，神色自如道：“待会儿见！”

楚肖逸目送楚肖肖小小的身影消失在萝卜堆里，她就如同汪洋大海里的一滴水，转眼就消失在浩浩荡荡的队伍里，只让他留下满心怅然。

虽然楚肖逸在家里偶尔会烦妹妹，但他心里仍觉得自家妹妹与众不同、独一无二，可她现在汇入汹涌的人流，看上去随时会被吞噬，顿时让他揪心起来。他忍不住好奇道：“世界上有那么多超常儿童吗？”

他一直觉得天才是少数的存在，但校门口的景象让他吓了一跳。

韩雅无可奈何地笑道：“当然没有，每年超常班只招三十人，但报名人数可有三四千，哪有那么多超常儿童？”

楚肖逸：“大家报名前对自家孩子没判断吗？这里人也太多了吧！”

肖碧对家长的心态一清二楚，解释道：“肖逸，想要上这所小学不容易，超常班也是一条出路。”

孩子们想在首都读知名公立小学无非两条路：一是学区房解君愁，周围小区房价十万一平方米起跳，还要确保此房的上学名额没被使用；二是特长或其他渠道，如金帆乐团招生、超常班全市招生等，可以招收其他城区的孩子。

楚肖逸在国际幼儿园见识到有钱家长的可怕，现在又见到另一类疯狂家长的可怕，他思及超常班的试题，面露迟疑：“但小孩们能做出那些题吗？”

韩雅平静道：“有的是人造神童，考前报一报培训班，想要靠应试混进去，但基本都会被筛下来。即使小孩能侥幸地考进去，等到后期跟不上超常班的课程，就会被淘汰分流到普通班，也不算太亏。”

楚肖逸听着对方轻描淡写的语气，难以置信道：“……还会被淘汰？”

韩雅点头：“毕竟超常儿童是在成长发展的，他们或许会变回普通孩子，那就不再适合待在超常班。”

楚肖逸面露迟疑：“这是不是有一点……残忍？”

楚肖逸完全没法想象，聪明伶俐的楚肖肖有一天被人筛选淘汰，只能流落到普通班里。这估计比从未进过超常班还痛苦，能给孩子留下深刻的失败烙印。

韩雅失笑道：“以前也有人觉得残忍，还要举报叫停超常班，不然你以为记者哪儿来的？

“他们觉得超常班是揠苗助长，要不就是搬出伤仲永的故事，认为神童的成长不会顺利。其实这是不科学的，因为自己的认识及视野不够，就觉得世界上不存在超常儿童，自己做不到的事情，别人也不可能做到。

“我该如何来形容呢？这就像普通的农夫握着铁锄头，他们觉得国王会用金锄头种地，但实际上国王根本不用劳作，双方的层级相差太多，只是凭空想象对方的处境。”

韩雅慢条斯理道：“我觉得让凡人强行成为天才，或者让天才被迫贴合凡人，两者都是残忍的。

“因此，超常班才能一直存在下来，它是为少数人服务的，不是要加害多数孩子，而是要保护少数孩子。有些人没法在大众环境下生活，你总要给他们留出存活空间，不能让他们永远迁就主流吧？”

楚肖逸可以接受韩雅的论点，但那只是对方基于专业的分析，他的情绪是更感性的，思考的是楚肖肖算不算少数。未来充斥着不确定，倘若她有一天从少数变回多数，又能否接受落差呢？

考场里，楚肖肖头一次面对如此严肃的考试，跟幼儿园里的测验截然不同。所有人按顺序进入教室，老师们会认真地进行检查，确定没有作弊的可能性。

考试内容共有两门，分别是语文和数学，没有楚肖肖擅长的英语。她拿到发下来的试卷，刚写没多久就发觉题量大、难度高，相比平时的练习题又上了新台阶。

新题目难到什么程度呢？难到考场中有孩子望着题目爆哭！

其他孩子听到哭声都面露惊异，他们左顾右盼地寻找源头，连带楚肖肖也被吓一跳。老师只能匆匆地带走啼哭的小朋友，在走廊里出声安慰做不出题的孩子，然后安排对方提前离开考场。

楚肖肖还算坐得住的小朋友，她握着笔一阵狂涂，只觉得自己的大脑飞速运转，完全没有时间停下来，稍一停歇就要做不完题。她中途还一连好几题卡壳，换平时就要细细地琢磨，如今只能破罐子破摔地往下走，先把会做的涂出来再说。

她从来没有如此狼狈过，头一回在做题时手忙脚乱，完全是顾头不顾腚！

考试结束后，校门口完全是哭丧现场，大把的孩子扑进家长的怀抱，他们在考试中深受重创，诉说自己根本不会做、做不完的痛楚。

韩雅已经离开去做自己的工作，楚肖逸和肖碧在门口担忧地探头张望，终于见到失魂落魄、宛如幽魂的楚肖肖。

楚肖肖早就电量耗空，她见到家人便犹如风中落叶，轻飘飘地落进哥哥及妈妈的怀里，再也提不起力气来。她现在大脑一片空白，而且腹中饥饿难耐，浑身的能量都被透支，像是泄气的小皮球。

楚肖逸头一次见妹妹如此凄惨，他瞬间精神崩溃，一把抱起楚肖肖，掷地有声道："大不了就别上这学！她当一个普通人不也挺好吗？！"

"我就是一个普通人，我现在也过得挺好！"楚肖逸以前还有养 SSR 的念头，现在望着此景，这念头瞬间烟消云散。倘若妹妹想要成为厉害的 SSR，她就要跟无数强大的 SSR 厮杀，这是多辛苦的事情啊！

楚肖逸的观念立马从竞技游戏切换成休闲游戏，他觉得楚肖肖完全没必要那么拼，难道她还真要做改变时代的伟人不成？

肖碧知道大儿子关心则乱，安抚道："肖逸，你别急，这只是一场考试，连成绩都没出呢……"

楚肖肖累得什么都还没说，楚肖逸就已经是要跟超常班一刀两断的语气。他一副妹妹惨遭此机构迫害的模样，恨不得安排楚肖肖下半辈子就做条咸鱼。

老城区家中，楚肖肖在大人们心疼的目光中，疯狂地吃着桌上的饭菜，还在饭后休息时摄入大量水果。她确实是饿坏了，在高度用脑后能量耗尽，犹如小仓鼠般拼命地咀嚼，一刻不停地吃着东西，嘴里就没停下过。

小舅爷担忧道："肖肖能消化吗？要不要歇会儿再吃？"

楚肖逸同样神色微妙："你在考场究竟是考文化课，还是考体育啊？你该不会一进学校就被带到操场跑圈了吧？"

楚肖逸等人不知学校里的情况，成年人们只能在校门口等待，对孩子们的遭遇一无所知。

楚肖逸：我妹妹怎么像遭饥荒归来的小朋友？怕不是被带走做重体力活儿了？

楚肖肖咽下嘴里的东西，斗志昂扬地挥挥小拳头，满腹志气道："我现在能吃掉一个操场！”

楚肖肖吃饱喝足后，家人们才小心翼翼地打探一番她的情况，得知她自我感觉考得稀烂，连忙嘘寒问暖、反复安慰，接着就不再提超常班的事情。

楚肖逸难得放缓语气，拍了拍她的肩膀，劝道：“嗐，反正你再怎么样也比我成绩好，考砸就考砸吧，我就没考好过。”

楚肖肖略显沮丧，嘀咕道：“但我不想比烂啊……”她还是有目标的，想像杨茵姐姐一样考到好学校，哪有往下比较的？

楚肖逸原本还想安慰她，此时却忍不住捏她的脸，威胁道：“说谁烂呢？嗯？”

楚肖逸：我稍微跟你谦虚两句，你还给我就地膨胀起来了！

楚肖肖真觉得自己考得挺烂，她在考场里从未如此慌乱过，一时也摸不准自己的水准。

肖碧和楚家栋倒是想得开，他们跟大儿子商量一番，觉得小女儿没考上也没关系。楚肖肖可以读普通小学，或者继续读国际学校，读这两种学校都不失为一条出路。不得不说，楚肖逸当年的抗争让父母下限非常低，他们现在觉得小女儿愿意读书就行。

楚肖逸严重怀疑自己给父母留下了读书 PTSD（创伤后应激障碍），搞得肖碧和楚家栋都不敢多过问楚肖肖的学习，生怕重蹈覆辙，惹小女儿不快，就像当初的他一样。他现在逐渐成熟起来，尤其是有了妹妹，再回忆童年的事情，反而能够理解。

楚肖逸以前总怪罪父亲不理解自己，但理解一事又谈何容易。楚肖肖已经足够乖巧可爱，他偶尔都会嫌她麻烦事多，更何况是童年时超能惹祸的自己？

小孩总是懵懂无知、不通世事，大人却要替他们规划未来，但如何掌握其中的度又非常难。即使家里人能够接受楚肖肖从超常儿童变回普通儿童，但她未来得知自己童年的才能时会不会怪罪大人？她会不会遗憾他们没督促她变得更好？

楚肖逸现在觉得“做个好家长”一事说得轻巧，实操起来却是麻烦重重，还得根据不同孩子具体分析，难度堪比设计及建设大楼！

他在内心忧虑着妹妹的未来，却遗忘学霸考试后都是“没做完、没检查、没考好”三连，他们要是不谦虚两三回，都不好意思被人称为学霸。

超常班成绩公布后，楚肖肖获得全市第三名，基本上被稳稳地录取。

楚肖逸近期都不敢跟妹妹大声说话，生怕她又想起考砸的考试，却没想到她的“没考好”就是拿下探花，他一时深受刺激，差点当场自闭！

楚肖逸：原来我就是拿铁锄头的农夫，我替国王瞎操什么心呢？

楚肖肖看到自己的排名，一时怅然若失地喃喃：“啊，果然如此……”

楚肖肖考完就觉得一塌糊涂，果不其然没拿第一，而且直接下滑到第三。她心里有点失落，又努力调整好心态，这代表她还有进步空间，还要更加努力才对。她过去在幼儿园总是榜首，如今发觉未知的小学似乎藏龙卧虎。

家里人倒是非常高兴，他们觉得第三名已经相当出色，毕竟超常班是超常儿童间的比拼，又不是普通儿童互相竞赛。楚肖肖总是在学外语，她在语文和数学上花的时间不够多，现在只要能进班就行。

楚肖肖大概是家里唯一有点沮丧的人，她还在角落里反思一番自己的问题，想要复盘本次失败，但又记不清考试时的细节。她当时真的太慌，只记得脑子没停过，莫名其妙地考完。

楚家栋见小女儿垂头丧气，还笑呵呵地捧她小脸：“肖肖考得很好啦！不要这副难过的模样嘛！”

楚肖逸吐槽道：“爸，你不要搭理她，让她顾影自怜吧，人家是在难过没考第一呢……”

学渣楚肖逸可谓酸气十足，像极班上的吊车尾，最看不惯故作姿态的学霸们，最烦楚肖肖等人重新定义“没考好”的行为。如果全市第三名都叫作“没考好”，那他以前的成绩可能是“直接烤煳，连渣都被扬了”吧。

当然，楚肖逸也没让楚肖肖闷闷不乐太久，为庆祝妹妹顺利地考入超常班，他决定带楚肖肖到动物园欢乐一日游。

因为国际幼儿园总是放些莫名其妙的假，所以楚肖肖在家的时候还挺多，如今恰是工作日，父母都外出上班，只有日程灵活的楚肖逸方便带妹妹游玩。他原本计划去游乐园，但妹妹年纪尚小，玩不了太多项目，才改为动物园。

车内，楚肖肖和梁双麒坐在儿童座椅上，梁双麒脸上露出困惑的神情，好奇道：“哥哥，为什么你比我爸还闲，工作日都能出来玩？”

最后一排的摄像及跟随导演偷偷憋笑，强忍着没有发出声音。楚肖逸在前面开车，皮笑肉不笑道：“这话不该问你自己吗？你作为小学生，不在工作日上学，居然跟我们出来玩？”

楚肖肖得知要去动物园玩耍的消息，瞬间开心地遗忘了考试受挫，却提出想带上麒麒哥哥。因为杨茵回老家读高三，所以没人再带楚肖肖上课外班，她如今上拉丁语课靠梁宸接送，跟梁双麒同路。

楚肖肖放假在家，梁双麒也没上学，两人便决定一起去动物园，也跟梁宸、赫妍打一声招呼。两家由于孩子接送问题变得熟悉，倒没什么不放心的。

梁双麒振振有词："我刚刚结束全市比赛，爸爸妈妈说我能休息一天。"

乐团的孩子们每年都要参加乐器比赛，获得的奖项也是乐团考核的指标之一，他们需要不断地冲击市级、国家级、国际级奖项。梁双麒参赛期间会有学校特批的几天假，毕竟他要是取得成绩，也是为小学增光添彩。

楚肖逸："哦？那你拿下第几名？"

梁双麒："还没出名次。"毕竟昨天刚刚比完，需要一两天才能反馈到学校。

楚肖逸小声嘀咕："你没出排名就放松吗？"

梁双麒脸色平静，云淡风轻道："哥哥，我至今只拿过第一名。"

楚肖逸听到小男孩沉着又跩的口气，竟一时无言以对，想要跟梁双麒较真两句，却觉得容易啪啪打脸，只能憋屈地将话咽回肚子里。

楚肖逸：这可能就是别人在圈里看我的心情吧，看着就心烦，却又干不掉。

楚肖肖却被同伴勾起伤心的回忆，失落道："麒麒哥哥好厉害，我以前也都是第一，这回却只有第三名……"

梁双麒瞬间慌乱起来，忙不迭地摆手："没有，肖肖是没有皇冠也厉害的人，我只是凑巧拿下第一！"

梁双麒面对音乐同行楚肖逸挺张狂，但失言误伤楚肖肖，他便立刻改变态度，堪称川剧变脸。

楚肖逸算是看透小男孩是个两面派，神情微妙："……你是在说无冕之王？"

好在楚肖肖已经看开考试的事情，并没有低沉太长时间，倒是梁双麒有点疑惑。他见朋友心态平和，小心地问道："肖肖是在幼儿园考了第三吗？难道是体育类的考试？"

梁双麒记得楚肖肖和杨茵的成绩都挺好，明明他才是三人组里的吊车尾，居然还有人能考过楚肖肖？

楚肖肖也不知道自己具体参加了什么考试，楚肖逸出言给小男孩解惑，说是小学的入学测验。梁双麒听到熟悉的校名，顿时大喜过望，欣然道："这是我读的小学！"

楚肖肖满脸错愕："真的吗？那麒麒哥哥也参加过考试？"

梁双麒点头："对，不过我们考的是乐器，可能跟你们不太一样。"他是通过乐团渠道被录取的，自然不了解普通学生的流程，更不清楚超常班。

两个小孩顿时喜不自胜，他们欢快的声音快要掀翻车顶，颇有同志重聚的激动，这实在是让人热泪盈眶的感人时刻。

楚肖逸难以置信地瞪大眼，诧异道："真的假的？这都能同校吗？"

楚肖逸：这小子真是如影随形的噩梦，我妹都已经换一个城区上小学了，居然甩都甩不掉？

楚肖逸看着妹妹和小男孩开心玩耍就心烦，总有一种自家白菜没长熟就被拱的错觉，一时有些头大。他觉得事情着实太凑巧，但仔细想来又不失道理，只有知名小学才有能力搞超常班和乐团，普通学校根本没师资及实力。

楚肖逸听到儿童们的欢笑声，眉头直跳，质疑道："你的年纪不该爱跟男孩玩吗？怎么那么喜欢跟我妹妹待着？"

楚肖逸努力回忆自己的童年，他小学时好像都在跟男生调皮捣蛋，现在已经忘记班上女生的名字及长相。

梁双麒天真地眨眨眼，光风霁月道："因为我喜欢肖肖啊。"

听到小男孩的劲爆发言，楚肖逸作为肖肖哥哥当场炸成一朵烟花，不笑反怒道："你懂什么叫喜欢吗？！"

楚肖肖也被便宜哥哥吓一跳，不明白他为何如此大反应，要知道她在幼儿园跟安妮也经常喜欢来喜欢去，现在自然神色如常，不知所措地望着两人。

梁双麒倒是镇定，慢条斯理地反问："那哥哥懂什么叫喜欢吗？"

楚肖逸是脱口而出的冷嘲热讽，哪想到梁双麒不软不硬地反击一句，一时竟被问住，没法马上解释。

梁双麒见对方答不上来，悠然道："哥哥都不懂什么叫喜欢，你为什么觉得我不懂？"

正值此时，后排跟随导演的手机突然响起，他的铃声是如此应景："法海你不懂爱，雷峰塔会掉下来，我们在一起，永远不分离，法海你真的不懂爱……"

楚肖逸："？？？"你就是节目组安插在车上的奸细？

跟随导演着急忙慌地摁掉手机，在录制过程中出现失误，他拼命找补道："对不起，真的对不起，上午联络工作忘记静音……"

楚肖逸一度想将摄像和导演丢下车，然而他被此神曲打断思路，单身狗的怒火也平息一些，索性冷笑着反讽："好，既然你说你懂，那我向你请教，你说什么叫喜欢？”

梁双麒坦然道：“喜欢就是看到对方时发自内心高兴，不由自主地绽放笑容，甚至明天都变得值得期待！”

“我一看到肖肖就觉得快乐，为什么不能说喜欢肖肖？”梁双麒微微凝眉，双目幽幽，理直气壮道，“是你不懂。”

单身狗楚肖逸听着小男孩掷地有声的发言，一时间内心遭受无穷暴击，感慨如今的孩子战斗力超强：“……”

楚肖肖若有所思，由此推理道：“那我看到麒麒哥哥时也高兴，是不是代表我……”

楚肖逸当即怒道：“停停停，都给我停！你俩再在车上说话，我就开窗把你们丢出去！”

楚肖逸：我要是再听他们“互诉衷肠”，就会忍不住棒打鸳鸯，打散一对是一对。

楚肖逸是幼稚又小心眼的人，他在车上气不打一处来，下车后还频频从中作梗。

楚肖肖和梁双麒本要牵手往动物园里走，楚肖逸却将两个小孩拆开，他一只手牵着楚肖肖，另一只手伸向梁双麒，淡然道：“我牵着你走，不要走散了。”

梁双麒都不跟父亲梁宸拉手，他刚刚拉着楚肖肖是怕她被冲散，其实自己平时都不用家长拽着。他望着肖肖哥哥的手，一时露出古怪的神色，纠结地望着对方，犹豫道：“……哥哥，我不想跟男的牵手。”

梁双麒绕到楚肖肖身边，想要去牵她的另一只手，觉得这样也不会走散，却被楚肖逸强硬地握住爪子，并没有成功得手。

楚肖逸捏紧小男孩的手，露出和善的目光，绽放营业笑容：“大家都是男的，有什么不好意思？”

梁双麒脸上立马露出痛苦而复杂的神情，忍不住打了个激灵，好像要起鸡皮疙瘩，总有一种怪怪的感觉。他觉得街上的男孩们很少牵手，这让他觉得挺别扭。

跟拍的摄像偷偷嘀咕：“他是不是忘记以前自己说的话……”

楚肖逸过去在出道节目上被对家捆绑卖 CP，他有一段时间简直对同性的靠近产生了 PTSD，生怕八卦论坛上产生自己的男男 CP，到时候又是一拨吸血加狂踩。他曾留下不少暴躁的“逸言逸语”，那阵子还被黑粉议论，说他小题大做、性格不好，被笑话“恐同即深柜”。

楚肖逸当然不是恐同，但他极度讨厌此种营销吸粉方式，有一种实力不被尊重的感觉。

现在，钢铁直男却坚定地握住小男孩的手，还美其名曰：“大家都是男的，有什么不好意思？”

摄像：原来每一句“逸言逸语”都会准确地打在正主脸上，虽迟但到。

楚肖逸和梁双麒确实是互相折磨，他俩既非亲人又非朋友，却要手拉手往里走，让梁双麒脸上溢满微妙的抵触情绪。梁双麒还算懂礼貌的小男孩，他强忍着没将肖肖哥哥的手挥开，别扭地往动物园里走。

楚肖逸刚开始也有点不适应，但他看到小男孩满脸憋屈，顿感大快人心。

楚肖逸：小朋友，哥哥我做孩子王的时候，你还没有出生呢！

楚肖肖并未察觉两人之间的暗流涌动，她一进入动物园就被五颜六色的零食摊吸引，痴痴地望着梦幻的棉花糖。无数漂亮的糖丝在小木棍上缠绕成蓬松的团，看上去又洁白又轻盈，像是天上的云朵。

三人是在工作日来游玩，他们走过排队的大门口，进入园区便感觉空荡不少，大路上没几个人。楚肖逸察觉到妹妹的视线，不由得嘀咕道：“刚进来就要吃零食吗？”

楚肖肖对他的声音毫无反应，她的视线紧紧地粘在棉花糖上，眼睛都要放出光来。她站在原地一动不动，犹如被施了定身术。

楚肖逸没有办法，只能走到零食摊前给妹妹买棉花糖，还贴心地询问梁双麒：“你要吃棉花糖吗？”

梁双麒摇了摇头，他不喜欢黏黏的感觉，总觉得吃棉花糖会沾得满脸都是。他比楚肖肖年纪要大，已经开始注意自身形象，处于懂事和没懂事的模糊地带。

楚肖逸见他如此矜持，又看看零食摊上其他东西，问道：“那你想要别的吗？”

虽然楚肖逸偶尔觉得梁双麒烦人，但他好歹是成熟的大人，总不能区别对待自家小孩和别人家小孩，害怕小男孩面对自己张不开嘴。

梁双麒大概也觉得再推拒不好，选了一瓶矿泉水和一块高热量的糖，同时礼貌地向付钱的楚肖逸道谢，接着将水和糖装进神奇的外衣口袋。楚肖逸对小男孩的选择颇感微妙，总觉得梁双麒选的零食像是要去军训。

楚肖逸：如果他刚刚还想买饼干，那应该能实锤要去军训。

楚肖逸看着小男孩慢条斯理地撕糖纸，突然兴起恶作剧的念头，故意道：“多吃点，不够还能买……”

梁双麒客气道：“谢谢哥哥。”

楚肖逸坏心眼地笑道：“等你吃胖以后，肖肖就不喜欢跟你玩儿了。”

楚肖逸决定施展养猪大法，他只要将梁双麒喂成小白胖子，对方和自家妹妹就永远是纯洁的友谊！

梁双麒望着极度幼稚的肖肖哥哥，心想：这是什么品种的魔鬼？

梁双麒也不是吃素的，他停下撕糖纸的动作，发出灵魂拷问："哥哥，这就是肖肖不喜欢跟你玩儿的原因吗？"

楚肖逸："……"好小子，脑子转得真够快，这就暗讽我胖！

梁双麒是小学生，楚肖逸则有出色的适应能力，他跟谁待在一起就是谁的状态，面对楚肖肖是幼儿园状态，面对梁双麒就是小学状态，游刃有余地融入各年龄段，开始跟小男孩明争暗斗。

楚肖肖没在意真假小学鸡之间的硝烟味儿，只望着逐渐成形的洁白棉花糖。她终于小心翼翼地从店员手里接过成品，心满意足地品尝一口。这是一种神奇的感觉，棉花糖在嘴里有点轻薄，却勾起柔和的甜，让人心里暖暖的。

楚肖肖全神贯注地吃着棉花糖，一时都没有心思接着往下走，三心二意地追随着其他人的步伐。柔软的棉花糖晃来晃去，她半天都没找到方便食用的方法，正值此时路口涌出一股强风，棉花糖啪叽一声糊在她小脸上。

楚肖肖猝不及防就跟棉花糖亲密接触，感受到糖洗脸的滋味。

楚肖逸："哈哈哈！"

梁双麒："？！"

楚肖逸作为亲哥，看到妹妹的惨状，第一反应居然是放声大笑和拍照留念，气得楚肖肖恼羞成怒地跳脚。她一边努力摘下棉花糖，一边想要怒捶亲哥哥，在原地忙都忙不过来。

梁双麒其实也被突发状况逗乐，但他飞速地进行表情管理，一秒将笑声咽回肚子里，强作镇定道："肖肖，给你湿纸巾。"

梁双麒：我们都是受过专业训练的，一般不会笑，除非忍不住。

楚肖逸在最初的幸灾乐祸过后，才拿着梁双麒带的湿纸巾，帮楚肖肖将脸蛋擦干净，但少不了挨妹妹两下捶，以解她的心头愤懑。她刚刚差点被兄长的笑声震聋，不用看都知道他笑得多过分。

楚肖肖的棉花糖初体验既甜美又遗憾，这大概就是人生，让她尝到祸福相依的滋味。

零食时光结束后，三人正式开始游玩，两个小孩新奇地望着动物们，在各类毛茸茸中流连忘返，还隔着玻璃观察大型动物。楚肖逸作为成年人，对动物没那么感兴趣，有一搭没一搭地陪看，主要承担家长责任。

楚肖肖看看玻璃后的大老虎，又望望旁边的便宜哥哥，点评道：“你们好像呢。”

梁双麒附和道：“是呢是呢。”

楚肖逸瞟了一眼里面懒洋洋的老虎，看对方皮毛油滑、相貌威武，确认此话不算嘲讽，便喜滋滋道：“毕竟是百兽之王，难免有共通点……”

楚肖肖可没搭理兄长的自吹自擂，过一会儿看到狼群，她又点评道：“你们好像呢。”

梁双麒：“是呢是呢。”

楚肖逸看着笼子里休息的狼群，没懂妹妹怎么看啥都觉得跟自己像，又嘀咕道：“狼还是挺帅的……”

片刻后，楚肖肖走到猴山旁边，望着懒精无神的猴子们，又道：“你们好像呢。”

梁双麒：“是呢是呢。”

楚肖逸这回总算感到不对劲，皮笑肉不笑道：“敢情我就是一大众脸，在动物园里跟谁都像呗？”

梁双麒带着手机拍照，他兴高采烈地跟楚肖肖分享照片，说道：“肖肖你快看，是不是很像？”

楚肖肖望着照片眼神一亮，感慨道：“这简直跟我哥哥一样！”

楚肖逸：“？”

楚肖逸立刻没收作案工具，检查两个小孩在交流什么秘密。他发现梁双麒居然给自己和猴子拍了一张照，照片里是他低头无聊地刷手机，而身后猴山上的猴子在无聊地啃水果，连动作都相仿，两者简直是神似！

楚肖肖总结道：“你们都是上班很累的样子！”

楚肖逸心不在焉地逛动物园，动物们心不在焉地上班营业，怪不得小孩们觉得他和动物看上去挺像。

楚肖逸嘴硬道：“我是觉得没太多好看的，这些动物又不算稀奇……”

楚肖逸话音刚落，旁边猴山里的大猴突然拍了一把铁丝网，它眼神锐利地瞪了他一眼，又一摇一摆地转身离开，走路姿势还透出老大哥的风采。母猴怀里的幼猴们又小又可爱，但成年公猴都肩宽臂长，凶起来还挺吓人。

楚肖肖惊道：“你惹猴哥生气了！”她看不到猴子的情绪颜色，但公猴都快将不满写在脸上了，任谁都看得出来它不爽。

楚肖逸：“？”不是，猴大哥上班期间还挺横，居然都不允许别人说两句？

楚肖逸在娱乐圈里随便说话最多被黑，但他在动物园里随便说话怕被猴打，便不动声色地往后挪了挪，决定大人不跟大猴计较。

梁双麒拉了拉楚肖逸，指着旁边的小房子，提议道：“哥哥，那我们去看点稀奇的吧！”

楚肖逸带着两个小孩走过去，他发现梁双麒指的房子居然是鬼屋，一时讶异于动物园里业务挺多，光看动物都不够，现在还要看鬼吗？！

楚肖逸迅速地拉着妹妹想走，好声规劝道：“这里是鬼屋，你会吓哭的！”

楚肖肖闻言不见慌张，她宛如好奇宝宝，居然兴奋起来：“这是哪个国家的鬼？它们是群居还是独居？它们平时吃什么呢？”

楚肖逸吐槽道：“鬼不是动物园里的动物，不会在园区外张贴介绍……”

楚肖肖：“可它就是在动物园里啊！”

楚肖逸：“……”园长必须为开办鬼屋的决策负责，他让小孩子们对鬼产生了错误认识。

梁双麒振振有词：“动物园里的鬼是动物，外面的鬼是什么再说。”

楚肖逸没法理解小孩们的胡言乱语，只能买票领着两人进去，两只手各牵一个小萝卜头，刚踏进去就感受到迎面的凉风。他面露犹豫，小声喃喃道：“上一个在电影里非要闹着去鬼屋的主角队，下场似乎不太好……”

小孩偶尔比大人还要勇敢，他们属于不知者不畏，类似于部分成年人怕虫，小孩不懂事时却敢抓虫一样。楚肖肖和梁双麒还算镇定，但楚肖逸饱受惊悚电影荼毒，他刚进鬼屋就给自己脑补出全套剧情，步伐顿时有些沉重。

楚肖肖跟着哥哥缓缓挪步，忍不住抱怨道：“你把我都捏疼了。”

楚肖逸进来后就高度戒备，时不时警惕地环视一圈，好像唯恐暗处扑出东西来。

梁双麒安抚道：“哥哥，你不要紧张，你带着那么多黑衣人，鬼遇到你也打不过的。”

梁双麒发现那群黑衣人跟随他们一路，他觉得楚肖逸就像是亡灵法师，遇到危险就可以召唤黑衣人，然后让黑衣人跟鬼掐架。他指导道：“你到时候一招手，让黑衣人们缠住鬼，我们就抓紧时间逃！”

肉盾摄像们：“？”我们真是谢谢你哦，被安排得明明白白？

楚肖肖最后在鬼屋里没被鬼吓到，却被一惊一乍的便宜哥哥吓到，原来逛鬼屋并不可怕，跟哥哥逛鬼屋比较可怕！

楚肖逸脸色苍白地离开鬼屋，干巴巴地笑道：“其实也还好，没那么吓人……”

楚肖肖小声嘀咕：“但鬼有被你吓到……”她亲眼看到有个鬼被哥哥吓到摔倒，最终慌不择路地爬起逃跑，似乎对人类产生了恐惧。

楚肖肖：为了保护鬼的身心健康，还是该像其他动物一样，让它们和人类拉开距离，在笼子里被好好欣赏才对。

楚肖逸在一日游里对动物园留下深深阴影，他最后在大门口拜托工作人员帮忙拍照，三人愉快地合影留念。节目组有个小姑娘带着拍立得，自告奋勇地拍摄一张，还将新鲜出炉的相片递过来。

“谢啦……”楚肖逸只当对方有心，误以为小姑娘是将相片送自己，看到拍立得照片背面的字及日期，不禁被逗乐，“一王带两二？这还挺贴切！”

楚肖逸：我带着两个小萝卜头，不正好应和这句话？

小姑娘将相片递过来，却不料被楚肖逸截和，她闻言尴尬地笑笑，声若蚊吟道：“……这是给肖肖的，不然我再拍一张？”

楚肖肖总是拿家里的水果零食贿赂工作人员，跟广大人民群众建立了深厚的情谊，自然时不时也会收到回礼。她听到相片是送给自己的，立刻理直气壮地伸出小手，向便宜哥哥讨要被截和的礼物。

楚肖逸作为当红流量，头一回自作多情，一时无言以对，只觉得妹妹眼神里透出“你不要仗糊行凶”的意味。

工作人员最后向三人都赠送了拍立得拍的照片，楚肖肖、楚肖逸和梁双麒各自拿到照片，圆满地完成动物园之行。

第四章

母亲纪念册

动物园游玩后，楚肖逸有一段时间没回家，在外面飞来飞去地忙行程，直至某天接到妹妹的视频通话。他不禁面露诧异：“我今天还没写日报呢。”

楚肖逸误以为她来催日报，还挺奇怪她突然打视频的原因。

楚肖肖一向是无事不登三宝殿，她一本正经道：“你最近什么时候回来？”

“最近不行。”楚肖逸扭头询问何鑫，得知自己的行程，他无奈地解释，“我马上要飞外地……”

楚肖肖抿抿唇，严肃道：“我有很重要的事情跟你商量。”

楚肖逸警惕地挑眉：“……你又想骗我做手工？你直接说你要做什么，我们现在视频商量吧。”

楚肖肖看便宜哥哥满脸茫然，对方当真是什么都不明白，她不满地瞪大眼，提醒道：“你都忘记马上到什么日子了吗？”

楚肖逸：“什么日子？”

楚肖肖：“妈妈今年要在家过生日！”

楚肖逸闻言一愣，赶紧切换到日历页面查看，果然发觉马上就是肖碧的生日。他有设置生日提醒，但距离母亲生日到来还有时间，程序就没有启动。如果他到那时才想起此事，生日当天或许就没法从外地飞回来。

楚肖肖显然要比兄长记性好得多，她挺直小身板，有条有理道：“我们商量一下送妈妈什么东西，爸爸说他自己有打算，那就我们俩来讨论吧……”

楚肖肖作为社交小达人，深谙送礼的重要性，依靠水果零食打通节目组关系，也知道在母亲的生日礼物上要跟兄长共进退。她和便宜哥哥处于同一位置，他俩准备的礼物不能差距太大，爸爸则跟他们不太一样。

楚肖逸万分汗颜，没想到还要妹妹提醒自己此事，又疑惑道：“去年是怎么过的？”

楚肖逸：我怎么好似失去记忆，什么都记不住？

楚肖肖无语地瞥他一眼，淡淡道："妈妈去年在学校，她那天非常忙碌，没有在家过生日。"

肖碧去年在带高三班，完全属于"地球不爆炸，高三不放假"，她根本就没空过生日，每天带完晚自习回家都是深夜，第二天早起又去学校看早读。她的学生们倒是在学校祝福了她，但她当天没在家里待太久。

楚肖逸恍然大悟，他去年是给母亲发消息送祝福，怪不得印象不深。再往前计算两年，就是自己做流浪叉烧的时候，根本不跟家里联络，更不知父母的生日，妈妈生他不如生块叉烧。

楚肖逸想起历史遗留问题，不禁阵阵头大，虚心求救道："那你前年送的什么？"

楚肖肖："我给妈妈唱了一首英文歌。"

楚肖逸心下了然，这是小朋友的祝福手段，她还做不了太多事，唱歌表演也算是一种形式。既然楚肖肖以前使用过唱歌技能，他再用歌曲给母亲庆生，便略微显得重复。

楚肖肖面对他一连串的问题，终于忍不住反问："你知道妈妈想要什么吗？"

楚肖逸头疼道："我一时半会儿哪能知道，你起码天天在家跟她碰面……"

楚肖肖听他要甩锅，当即认真道："那你还比我早认识她二十年！你们前面都是怎么过的呢？"

楚肖逸被当场问蒙，一时神色恍惚，迟疑道："我们……不怎么过？"

楚肖逸拼命回忆童年时的景象，但他只有自己五六岁时过生日的记忆，对父母生日的印象却不太深。成年人似乎不再需要所谓的仪式感，中年人的生日更不是值得庆贺的事情，总是平平淡淡地度过，只有孩子和老人的生日会被铭记。

楚肖逸都想到了爷爷奶奶八十大寿的事情，居然也没想起肖碧过生日的场景。他好像年幼时给母亲庆贺过几回，但随着叛逆青春期的到来，有些事情便莫名其妙地消失。父母说他们不用过生日，家里就真的少有生日的形式感。

楚肖肖如今五岁多，当然觉得生日很重要，这对她来说还是新鲜事。她见便宜哥哥毫无建设性意见，无可奈何道："我总觉得跟你视频是浪费家里流量……"

楚肖肖：你怎么什么都不知道？你明明比我多活那么久！

楚肖逸不好跟她解释成人的麻木，只得尴尬道："你先让我想一想，我争取回来跟你商量吧。"

楚肖逸挂断电话后，想了好半天也不知道母亲想要什么。肖碧是物质欲望很低的人，她对别人没那么多要求，换一个角度来看，同样不容易被讨好。她的性格一直是含蓄而稳定的，最混乱的日子就是父子在家掐架的时候，那估计是最让她崩溃的岁月。

楚肖逸和父亲楚家栋逐步和解是各退一步的结果，他们都或多或少地犯下错，最后摸索着找到折中之策。楚肖逸却不知如何跟母亲提起过去的事，他知道自己曾无意识地伤害过母亲，但找不到透露歉意的机会，日常生活里突然提起也奇怪。

肖碧就像过去班里安静又懂事的同学，她不会直接给人难堪，也不会激烈地发表看法，便总是被人忽略。楚肖逸潜意识里觉得母亲会永远包容自己，那时才会莽撞地离家出走，或许是认为做什么都会被她原谅。

楚肖逸现在想要出力弥补，才发现自己能为母亲做的事有限。她在物质和精神上都不欠缺，本身就是足够独立强大的女性，让楚肖逸无从下手、有点无力。

好在楚肖逸如今有妹妹，他回家跟楚肖肖召开会议，认真商议有关母亲生日礼物的筹备事宜。

楚肖肖已经不再对兄长抱有期望，她近日有一些想法，提议道："我打算做一本纪念册，记录我们跟妈妈的回忆，你可以照着做一本，我们分成上下册。"

学霸楚肖肖拿出自己的半成品纪念册，交给学渣哥哥参考，她简直仁至义尽，就差掏出正确答案，直接让他抄作业。楚肖逸翻着她的纪念册，浏览图文并茂的页面，要是忽略她的灵魂画技，这确实是挺有心思的礼物。

楚肖肖制作的是下册，她是根据时间来记录，楚肖逸比她出生要早，当然负责制作上册。她目前是纪念册的出版人及封面设计，楚肖逸算是责任编辑。

楚肖逸看完妹妹的纪念册样本，突然发觉一丝不对，提醒道："等等，你最多只写五年的事，我可是要写二十五年啊！"

楚肖逸：这作业量相差好大，我的是你的五倍！

楚肖肖眨了眨眼，无辜道："这又不能怪我！谁让你要活那么久。"

楚肖逸闻言，立马要怒掐她的小脸蛋："怎么说话呢……"

楚肖肖见便宜哥哥又要找事，立即反击，兄妹俩当即在沙发上掐成一团。鸡飞狗跳的打闹过后，两人平复下来，一同坐在桌前制作各自的纪念册。

楚肖逸简直有无穷的问题，他每画两笔就要跟妹妹搭话，询问她对纪念册的意见，搞得小丫头心烦意乱。

楚肖肖希望能全神贯注地做事，她不喜欢频频被打断的感觉，当即跳下椅子跟他划清界限，正色道：“我们各自回屋创作，不能老是互相打扰！”

楚肖逸见她逃开，幼稚地嗤笑一声：“我还不稀罕跟你一起创作呢！”

兄妹俩短暂的联盟瞬间瓦解，各回各屋制作纪念册，打算过一会儿再来碰头。

没过多久，楚肖肖在房间里聚精会神地绘制完初版，兴致勃勃地抱着纪念册，前往楚肖逸房间巡视进度，却发现他居然躺在床上挺尸！

楚肖逸的纪念册被随意地放置在桌上，他用被子将自己的脑袋盖得严严实实，只露出穿着深色袜子的脚，看上去像是在懒洋洋地小憩。

抓住兄长在偷懒，楚肖肖将自己的纪念册放好，当即不满地跳上床掀被子，抱怨道：“嘿！还不能休息呢！”

楚肖肖：这到底是什么哥哥？我只是一会儿没盯着，他就公然开始摸鱼！

楚肖肖人小力轻，根本掀不开厚重的被子，只能气馁地丢下被子角，转瞬又产生新点子。她揭开被子，犹如一只钻地的小鼹鼠，费力地爬进被窝里，决定给予便宜哥哥正义制裁。

楚肖肖费尽千辛万苦钻进去，却惊讶地发现兄长没睡觉。她借着缝隙处透进被窝的微光，看到楚肖逸是清醒地躺在床上，他藏在用被子给自己营造出的黑暗空间里，不知道在安静地想什么。

楚肖肖将被窝拱起一个小包，他俩被蒙在被子里有点闷热，她强行扩大一点被窝里的空间，诧异道：“你要把自己憋死吗？”

楚肖逸情绪低落，他不想被摄影机拍到，才把自己牢牢蒙住，闷声道：“我没法做纪念册……”

楚肖肖就猜到他要半途而废，当即好声相劝：“你可以压缩一下，不要写那么多！”

楚肖肖只当便宜哥哥嫌弃作业量太多，才会自暴自弃地拒绝制作，宁愿在被窝里挺尸。

楚肖逸沉默片刻，低沉道：“不是，我是觉得没什么可纪念的，我留给咱妈的都是不好的回忆……”

楚肖肖没想到他会说出这话，一时陷入哑然，不知所措起来。

楚肖逸苦笑道：“我原来学习不好，天天调皮捣蛋，高中时还在家大闹一场，好像确实没做过什么正经事。”

楚肖肖完全不知家里以前的事，所有成年人都有意地避开伤口，她隐隐感受过兄长和父亲的争执，但她不明白跟母亲有何关系。她经常听哥哥自吹自擂，难得见他如此失落，茫然道：“但你不是一直说自己现在混得挺好吗？”

楚肖逸：“我混得是还行，但对咱妈又没什么用，我能给她的东西，她自己早就能拥有，有没有我倒是无所谓……”

楚肖逸现在确实当红，但那是他自己的事业，他的名声没给母亲带来什么。肖碧在学校里绝不会提起大儿子，提他无疑会引发挺多麻烦，她在节目里的镜头都极少，偶尔还要节目组进行打码。部分网友觉得阿姨挺好看，却总是见不到她的正面镜头，甚至有点遗憾。

楚肖逸挣到许多钱，但肖碧也不是物质的人。她在吃穿用度上相当低调，作为名校老师的收入算是不错，即使比不上明星那么高，但在普通人中足够出色，能在首都活得不错。如果单从家世上来看，肖碧甚至比楚家栋要强，外公外婆的受教育程度要高于爷爷奶奶，祖上也有一些威望。

楚肖逸觉得母亲完全是满级号，她要是没生自己的话，简直是一生顺遂。妹妹好歹能给她带来一些快乐，他好像就光给她带来头疼和麻烦。

楚肖肖望着打蔫儿的兄长，她向来对他恨铁不成钢，此时见对方如此沮丧，反而惶惶地握着他的手指，无措道：“你突然把我的话都说完，搞得我都不知道该说什么……”

楚肖逸往常嚣张得意地嘚瑟，楚肖肖还能敲打他一两句，他现在将她的路走完，倒是让她无路可走。他将自己贬得那么低，连她都有些看不下去。

楚肖肖用小手握着兄长的两根手指，见他自闭地躲在被子里挺尸，竟不知如何鼓励他打起精神来。

便宜哥哥平时满脸欠揍地调侃自己，楚肖肖还会觉得相当心烦，此时目睹他颓丧失意，顿时于心不忍。她和亲哥的感情就是如此复杂，彼此有些看不顺眼，却不愿对方一蹶不振。

楚肖肖慌乱地握着他的手指晃来晃去，想要借此为他加油打气，又细声细气道：“不要这样，你演戏很好，还能在电视上唱歌，大家都为你感到骄傲！”

楚肖逸低落道：“这对咱妈又没用……”

楚肖肖见兄长又要自贬，一只手捂住哥哥的嘴巴，另一只手紧紧地抱住他脑袋，斩钉截铁道：“不！妈妈也很高兴！”

楚肖逸原本还有些消沉，现在被她猛地抱住头，只觉得窒息感代替自闭感：“……”

楚肖肖觉得哥哥就像搁浅的大鱼，在岸上奄奄一息，但她没法将他挪回水里，只能朝他拼命泼水续命。

楚肖肖以前只在日报中夸奖兄长，如今的彩虹屁却如滔滔江水，肆意地漫出来：“你还长得那么好看，妈妈看到你就会开心的……”

楚肖肖：请老天爷原谅我夸张的说法，现在先将哥哥救活比较重要。

楚肖逸挪开她捂自己嘴的小手，脸上显露不确定，瓮声瓮气道：“……真的吗？”

楚肖肖简直绞尽脑汁，她说得口干舌燥：“是，你还到国外拍戏，坚持学习和读书，经常回家里来，妈妈都很高兴！”

楚肖逸的身体略微松懈下来，懒洋洋道：“说得真好听，再多夸两句？”

楚肖肖听到此话，误以为便宜哥哥恢复了活力，又开始“逸言逸语”、得寸进尺，刚要翻脸伸拳捶他，抬头却发现他仍情绪不高，只是强打精神地调侃。她的小拳头都探出一半，却又无力地收回来，小脸上露出迷惘又怅然的神色。

楚肖逸都做好挨打的准备了，没想到妹妹又收回了手，一时有点错愕：“怎么了？”

楚肖肖头一回发觉兄长不愧是演员，她刚刚差点被他的演技欺骗，真以为他已经振作起来。她拥有感知情绪的小外挂，更不懂他强行活跃气氛的原因，索性抱住他的脑袋撸毛安抚，絮叨道：“呼噜呼噜毛，吓不着……”

她不知道使人马上开心的办法，只能像给猫顺毛一样，给便宜哥哥小心顺毛，或许能帮他缓解一些吧？

楚肖逸察觉她的小心翼翼，一时心里既无奈又发酸。他不想将坏情绪传递给妹妹，刚刚才打算佯装无事地混过去，想着让她打两下就翻过此篇，却没料到她对旁人情绪如此敏感。

楚肖肖就像小动物一样，你要是平时故意招惹她，她对你爱搭不理、横眉冷眼，但她要是发现你难过低沉、郁郁不振，就会在你身边担忧地蹭来蹭去，生怕你会长时间自闭。

楚肖逸觉得自己老向妹妹索取情绪价值不好，她还是懵懂无知的小孩子，没道理天天哄着他。然而，她着实太聪明，他认为自己演技够出色，居然还是骗不过她。

楚肖肖给哥哥摁头顺毛半天，又小声建议道：“你要是实在难受，不如哭出来试试？”

楚肖肖不懂楚肖逸的消沉，只知道他胸腔里溢满酸涩的情绪，或许将那种感觉释放排解出来，他就会觉得轻松，重新找回力量来。

楚肖逸硬气道："男的才不会哭。"

"男生也是人类，人类都会哭的。"楚肖肖瞪大眼反驳，思及兄长要面子的态度，又宽慰道，"这就像沙子掉进贝壳里，贝壳疼得直掉眼泪，但打开后就会露出珍珠……"

"你都躲在贝壳里啦，又没人看你做什么，打开壳还是好好的！"楚肖肖抖了抖被窝示意，她觉得被子就算他的壳，遮挡住外在的视线。

楚肖肖看着兄长的情绪颜色，为他出谋划策，尽管现实中的泪水是透明的，但她总觉得眼泪是蓝色的，说不定楚肖逸爆哭一场，情绪颜色就会好转。她依靠自身贫瘠的美术常识，想在情绪颜色的画板上涂涂抹抹，妄图让兄长变成暖色的。

楚肖逸反问道："你不是人吗？"

楚肖肖停顿数秒，想起自身的存在，迟疑道："如果你需要的话，我可以离开这里……"

"你要哭吗？那我离开喽？我真的出去啦？"楚肖肖一步三回头地往外钻，她频频回望被窝里的兄长，不知道该不该将他留在此处，可听他语气又透出送客的意思。

楚肖肖犹豫不决地蜷缩在被角处，终于还是将被窝留给兄长一人。她着急地围着床边打转，又侧耳倾听里面的动静，却没有听到任何哭声。因为被子将楚肖逸挡得严严实实，她连他的情绪颜色都看不到，更不知道他何时能恢复。

楚肖逸其实哭不出来，他只是不想妹妹陪着他失落，她又没有做错任何事情。这是她出生以前遗留的问题，该由他来独自解决，实在怪不到她头上。

楚肖逸从被窝里出来后恢复正常，却把楚肖肖彻底搞蒙。她突然不敢再提纪念册的事情，唯恐惹得便宜哥哥枯萎自闭，又逼他窝进阴暗的小角落。

然而，母亲肖碧的生日礼物还是要准备的，出版人楚肖肖当即做出大胆的决定，由她来帮便宜哥哥完成上册的制作。

楚肖逸的行程非常忙碌，他能抽一天回来开会、做手工，那都是靠把何鑫逼疯挤出来的时间。他今天说做不出纪念册，那接下来几天有空才有鬼，估计是指望不上。

楚肖肖当机立断，决定替兄写书，既然他写不出快乐回忆，就由她来写哥哥和母亲的快乐回忆。当然，她作为严谨的撰稿人，还专程前往"哥哥和母亲的快乐回忆图书馆"查阅文献，打算在细致的取材后动笔。

楚肖肖拜托爸爸接送自己，打着看望奶奶等人的旗号，回到老城区的家中。她路上还好奇地问东问西："以前爸爸、妈妈和哥哥都住在这边吗？"

“是啊，你哥小时候都在附近上学。”楚家栋想了想，思及那段回忆里没有小女儿，又补充道，“肖肖上小学后也可以常过来，反正小舅爷他们都在。”

楚肖肖跑进老城区家中，立刻兴奋地想要寻找哥哥和妈妈的快乐回忆，然而好半天都一无所获。老城区的房子面积不算大，楚肖逸以前的房间如今是小舅爷住着，墙壁上仍贴着他读书时的课程表和明星贴纸，旁边还挂着超旧的日历，透着深深的年代感。

楚家栋在客厅里陪着奶奶、小舅奶说话，并未察觉女儿的小动作，只当她在家里玩耍。

小舅爷走进屋里，望着四处打探的楚肖肖，疑惑道：“肖肖想要什么啊？”

楚肖肖：“我哥哥以前的东西在哪儿呢？”她对自己兄长的过去一无所知，当然想要找些史料进行研究。

小舅爷：“应该在储藏室里吧，你想找什么东西？要不要问问肖逸？”

小舅爷将储藏室打开，任楚肖肖寻找素材，然而她只发现了泛黄的作业本、旧吉他及旧衣物，还有一堆乱七八糟的零零碎碎。她的考古之行不太顺利，果然盲目寻找的结果就是一团乱麻，实在提炼不出快乐回忆。

“肖肖别闹舅爷啦，待会儿就要吃饭。”听见一老一小在储藏室丁零咣当半天，楚家栋出声叫停小女儿的探宝行为，走到厨房里给小舅奶帮忙。

楚肖肖一无所获，忍不住长吁短叹起来，望着眼前空白的纪念册，毫无灵魂地趴在桌面上。她疲惫地左右看看，突然发现沙发上的奶奶，对方正懵懂而游离地走神，不知道在思索什么。

奶奶现在听不到声音，也时常说不出话来，她没过多久就要睡一觉，一直处于半睡半醒的状态，就像襁褓里毫无意识的小婴儿。她的眼睛已经有一点浑浊，眼神却迷惘而天真，总是静静地活在自己的世界里。

“奶奶！奶奶！”楚肖肖不愿放弃，拼命挥起手来，妄图吸引老太太的注意力，“我想做哥哥和妈妈的纪念册，奶奶有没有素材？”

老太太被楚肖肖的小手吸引视线，缓缓地望向小姑娘，呆滞而无神地望着对方。

楚肖肖索性拿起桌上的纪念册，露出期盼的目光，耐着性子道：“奶奶，你看这个！我想要做这个！”

老太太茫然地望着纪念册，久久地凝望着笔迹稚嫩的纪念册。

楚肖肖屏住呼吸，只盼着奶奶能做出反应，然而她在漫长的等待过后，只瞧见奶奶咧开嘴笑一声，随即又沉浸在自己的发呆时光里。

楚肖肖顿时失望起来，她以前跟奶奶交流同样如此。奶奶偶尔会咧开嘴笑一笑，但就像没有意识的小婴儿，并不知道别人在说什么。

“肖肖洗手吃饭啦。”楚家栋从厨房里钻出来，又走到沙发边扶起奶奶，笑呵呵道：“来来来，我也带妈去吃饭。”

奶奶楚珍现在走路都需要别人搀扶，自己没办法走几步路，长距离的移动还需要轮椅。楚家栋像往常一样扶着母亲，她在中途似乎走得有点疲惫，突然伸手倚住身边的抽屉，轻轻地喘起气来。

楚家栋笑道：“累了啊？那我们歇一歇。”

楚家栋耐心地等待母亲休息，片刻后，他想要扶着她挪到饭桌边，却发现对方死死地拽住抽屉把手，站在原地发起呆来。他只当母亲又开始走神，小心地想掰开她的手，劝道：“妈，吃饭啦，我们到桌边……”

楚家栋终于将奶奶哄走，楚肖肖望着抽屉却心里一动，她忽然有一种奇妙的预感，溜到抽屉边想要查看。她费力地拽着抽屉，然而老旧的木质抽屉纹丝不动，似乎被紧紧地卡住，累得她气喘吁吁。

幸好小舅奶及时过来救场，她显然极有力气，一下子就将抽屉拽开，露出其中的牛皮信封和杂物。

“哇，好大的灰，肖肖快去洗手！”小舅奶望着漫天飞舞的灰尘，立马皱紧眉头地挥挥手，想要驱赶这些邪恶的小精灵。

楚肖肖迫不及待地打开牛皮信封，发现里面是一摞厚厚的照片，牛皮信封外面的日期还各不相同。照片上的面孔眼熟，她准确地认出妈妈肖碧，其他人还要辨别一会儿。

楚肖肖愉快地满载而归，认为自己的迷惑人类研究日记有极大进展，便宜哥哥的过往居然都被她扒出来了！

楚家栋一边认真开车，一边笑着感慨：“今天真是发现好多东西，肖肖别把小黑片弄丢啊，那些都是胶卷。”

楚肖肖握着长长的小黑片，好奇地晃来晃去：“这是做什么的？”

楚家栋：“可以拿它洗照片，但现在都是电子存储，基本用不上啦。”

这都是楚肖逸童年时的拍照手段，楚肖肖出生后就没见过胶卷，她是小小年纪就接触 iPad 的一代，对以前的电子产品没概念。

抽屉里的牛皮信封全都装着照片，外面的日期似乎是照相馆的出片时间，不少照片比楚肖逸年龄还大。大人们本都忘记往事，如今翻起老照片又频发感慨，过去在岁月的滤镜下变得美好无瑕，楚家栋等人为楚肖肖提供了丰富的素材。

楚肖肖望着便宜哥哥的婴儿照，脸上露出嫌弃的神色，吐槽道："他小时候皱巴巴的，一点也不好看呀。"

楚家栋弱弱道："肖肖，你刚出生时也不好看……"他有存储小女儿的婴儿照，只是她本人没有见过而已。

楚肖肖接下来的工作就变得轻松许多，她只要拿起一张照片询问"这是什么"，三位大人便会绞尽脑汁地思索，他们对照日期拼命回忆细节，替她解答困惑。她作为人类幼崽，宛如打开新世界大门，觉得哥哥和她如同活在两个星球。

她不懂 MP3 是什么东西，还有大哥大手机，更别提老人忽然提起的四大件。她云里雾里地听着大人解说，犹如误入饭圈的路人，根本不明白他们的黑话。好在她的归纳能力还行，听不懂就先全部删除，只留哥哥和妈妈的部分。

楚肖肖终于完成纪念册的上册，她生怕妈妈发现自己替兄出书，还特意模仿便宜哥哥的说话语气，只求达到以假乱真的效果。

肖碧生日当天，楚家栋做主在家里吃一顿好的，还特意把自己的礼物留在最后，让大儿子和小女儿先表达心意。肖碧望着一家四口团聚的景象，脸上温和的笑容就没有消失过，看上去已经心满意足。

楚肖逸风尘仆仆地归来，总算没有错过母亲的生日，他跟妹妹一同走到肖碧面前，开始进行送礼环节。

楚肖肖偷瞟一眼兄长，故意咳嗽两声，郑重其事道："我和哥哥一起制作了纪念册送给妈妈。"

肖碧脸上溢满笑容，柔声道："好的，谢谢你们！"

下一秒，楚肖肖和楚肖逸同时掏出纪念册来，唯一不同的是她手里有两册，他手里只有一册。

兄妹二人皆茫然而震惊地望着彼此，楚肖肖颤声道："你、你明明说……"

楚肖逸同样满脸蒙圈："你怎么会有两册？"

楚肖肖彻底被便宜哥哥的骚操作打晕，他明明说自己做不出纪念册，她生怕他开天窗面子上过不去，才亲手替他补了一册，搞半天他又做出来了？！

楚肖肖恨不得用激光般的视线击穿楚肖逸，就像做小组作业时遇到不靠谱的组员，她永远不知道对方会做出什么事情，他根本没有沟通进度的概念。她害怕询问纪念册的事惹兄长伤心，才不敢主动开口，哪想到百密一疏。

楚肖逸也有点尴尬，他确实想不出快乐的回忆，但仔细地思考一番，或许痛苦也是值得纪念的。他一直以来回避着创伤，总觉得现在日子变好了，过去的苦楚就不必再提，却不想没有挑破的脓包永远无法痊愈。

他回忆以前的事就会很酸很痛，可倘若不将其彻底看透，那灰暗的回忆就毫无意义，只会留下灰暗的影子。他的纪念册无关快乐，更多的是反省和自责，他用二十五岁的眼光重看自己十五六岁时的事情，突然领悟到许多当年没懂的东西。

他十五六岁时觉得全天下都对不起自己，只能看到父母对自己的诸多不好，但他二十五岁时不会再这样，他已经触摸到成人能力的边界。

他察觉外面世界的种种不易，他发现每个人都是普通人，自己的父母也是。他近来一直都在思考这些，直至今天上午才完成纪念册，便忘了通知妹妹。

肖碧见儿女们惊愕对视，面露疑惑："怎么了？"

楚肖肖反应极快，立刻拿起桌上的水彩笔，将自己手里的"上册"修改成"中册"，正色道："不好意思，封面设计出现了一点问题，现在已经处理好了。"

楚肖逸迟疑道："……这本中册是什么东西？"

楚肖逸：莫非学霸做作业都是一拍脑袋就变卦，突如其来地增加内容？

楚肖肖不想在妈妈面前露馅，拼命地朝哥哥眨眼示意，慌乱道："这是你的快乐回忆，你都不记得了吗？"

楚肖逸完全不懂小东西的眼神信号，反而颇为诧异地质疑："我哪里有快乐回忆？"

楚肖肖见他冥顽不灵，觉得自己和哥哥毫无默契可言，她崩溃地在原地蹦跳两下，像一颗气愤的小弹球。

楚肖逸看她犹如疯狂蹬腿的小兔子，越发狐疑起来："你做的中册到底是什么？"

楚肖肖听他直接自曝，揭穿中册是由她制作的事，终于颓丧而无力地倒在沙发上，实在带不动便宜哥哥。她毫无灵魂地瘫着，也陷入自暴自弃，宛如一朵枯萎的小花。

肖碧望着小女儿的表现忍俊不禁，温和道："那我们先来看看中册吧。"

楚肖肖无心陪同观看中册，还在角落里自闭。楚肖逸和肖碧好奇地翻看起来，楚家栋也坐在旁边观望，他们欣赏起纪念册的内容。

楚肖逸的视线随着页面浏览，望着中册里熟悉的老照片，他惊叹道："这都是哪里来的？”

楚肖逸根本记不清自己童年的事情，他望着照片上的小男孩觉得既熟悉又陌生，好半天没反应过来是谁。他望着自己的婴儿照，发出跟妹妹相同的评价，凝眉道：“这怎么皱巴巴的，一点也不好看。”

楚家栋再次弱弱道：“肖逸，你刚出生时就是不好看……”

肖碧嘴角漾起笑意，和缓道：“你们俩出生时都算好看了，有些小孩刚出生时就像小猴子。”

楚肖逸望着纪念册发愣，他制作的上册跟自己的酸楚、反省和悔悟有关，妹妹制作的中册还真是他的快乐回忆，只是他快要遗忘了。这些记忆平时就像沉在水底，只有重石砸下去时才会翻上水面，不然就毫无存在痕迹。

当然，纪念册里还有不少楚肖肖的曲解抹黑，楚肖逸一把将角落里种蘑菇的妹妹搂过来，指着照片旁边的文字，皮笑肉不笑道：“来来来，给我解释一下，这句话是什么意思？”

这是一张楚肖逸在小学门口的照片，配图文字是“今天我要上小学了，我的帅气震惊学校”。这行中文还歪歪扭扭，楚肖肖英文写得还行，但遇到笔画多的汉字，她的掌控力就有所下降。

楚肖肖眨了眨眼，装傻充愣道：“这是你自己的话，我怎么好解释呢？”

楚肖逸忍不住捏她小脸，既好气又好笑道：“我什么时候说过这么傻的话？！”

楚肖逸：你居然带头传谣，我有那么憨吗？

楚肖肖闷声嘀咕：“你平时说话都这样啊……”

楚肖肖：我模仿的明明是精髓，你居然还不敢承认？

楚肖肖觉得自己的代笔万无一失，他以前对着她都是“你哥超帅，你不懂”“你哥超多粉丝，你不懂”。她认为便宜哥哥就是自恋得意的口气，并不觉得自己的撰稿有人设崩坏的嫌疑。

楚家栋和肖碧被兄妹俩逗得哈哈大笑，肖碧忽然感慨道：“其实肖肖没有写错，你第一天上小学回来，吃饭时突然跟我说，‘妈妈，我觉得我是全校最好看的人’，当时把你奶奶也逗乐了。”

楚家栋附和：“没错，我也听过这事。”

楚肖逸满脸震惊，他居然还有此等厚颜无耻的岁月，一时难以相信：“？！”

楚肖肖得到父母做证力挺，立刻理直气壮地从哥哥怀里跳起，抬头挺胸地站在沙发上，煞有介事地扬扬下巴，严肃道：“请你不要怀疑我的研究能力，我是非常严谨的，有查阅文献做参考！”

楚肖逸：“……”你研究我能查阅哪门子的文献？！

晚餐完全是在欢乐的氛围中度过，楚肖逸从未料到自己有如此多童年黑历史，全都被妹妹翻出的老照片揭穿，肖碧和楚家栋甚至如数家珍。

楚肖肖每听到一件哥哥的傻事，都要高傲地瞥他一眼，用眼神暗示自己的学术研究能力超强，绝对没有作假的成分。

楚肖逸一度想要找条缝钻进去，他听着童真版的“逸言逸语”只差恼羞成怒，暗叹自己为何有如此傻气的阶段。然而，肖碧的心情似乎不错，她全程都非常愉悦，还难得兴起说了不少往事。

热闹的生日晚餐结束，楚家栋前往厨房洗碗，楚肖肖也溜回房间休息，只剩肖碧和楚肖逸待在客厅里。楚肖逸偷偷打量翻纪念册的母亲，他觉得自己的上册就没那么多开心的事，恐怕要令人难过。

不过肖碧在阅读时非常平和，她嘴角含笑地翻完三本纪念册，又小心地将它们收在一边，看上去心态稳定。她少有大喜大怒的阶段，永远都是温婉而沉静的人。

楚肖逸沉吟几秒，突然道：“妈，我能帮你做点什么吗？”

肖碧闻言一愣，犹豫片刻，轻笑道：“嗯……其实你不用帮我做什么。”

楚肖逸微微垂眸，心虚地将视线挪到一边，终于忍不住问道：“……你当时为什么想生我呢？”

这是楚肖逸长久以来的疑惑，倘若知道母亲生下自己的原因，他就能知道对方想要的东西是什么，搞清肖碧心里的需求。

面对大儿子的发问，肖碧认真地思索片刻，答道：“因为我和你爸当时觉得这是很神奇的事情吧。”

楚肖逸茫然道：“神奇？”

肖碧笑道：“是啊，我们早晚有一天会消失在这个世界上，你和肖肖却会带着我们的痕迹生活下去，你们或许会跟我们相像，或许会跟我们完全不像，这不是很神奇的事吗？”

“所以你不用帮我做什么，你们的存在就帮了我们很多。”肖碧出神地望着上方，若有所思道，“现在的你或许还不懂这种感觉，只有当你拥有自己的小孩，才能真正地体会。我们好像是一样的，又好像完全不一样，只能用神奇来描述。”

楚肖逸确实完全不理解母亲的说法，他垂头丧气道："但我以前经常惹你生气。"

肖碧摇了摇头，温和道："肖逸，虽然你和肖肖不是我和你爸的复制品，但很多时候，身上的特质是由我们而来，我有时候也会回忆很多以前的事情，反思那个时候跟你的相处……

"肖肖善于表达、性格外放，其实有些源自你爸，我时常也在思考，是不是你的性格随我，所以才显得敏感一点。如果我的性格更好一些，是不是你现在也会变得轻松，也会更善于跟人沟通。"

肖碧略微低下头来，她也一直在思索过往矛盾的根本原因，反思自己是否在大儿子的成长中犯下过错。她内敛的性格，可能潜移默化地感染到儿子，对他产生某种催化作用。

楚肖逸听母亲妄自菲薄，当即有些鼻酸，小声地嘀咕："妈你已经足够好了。"

肖碧已经是完美的模范母亲，楚肖逸对她提不出更多要求，自然不愿见她低沉。

肖碧闻言轻叹一声，露出释然的笑容，安抚道："那你也已经足够好了，你也应该相信这一点。"

"肖逸，如果你觉得我足够好了，那你也一定足够好了，既然我们是母子，你就更该坚信这一点。"她的眼中透着柔柔的光，温和而坚定地望着大儿子，让楚肖逸有些怔怔。

他们的身上有着相同又不同的影子，宛如隔着一面神奇而变化的镜子，镜子两边就是父母和孩子。

楚肖逸跟母亲聊完后，突然感觉自己沉甸甸的情绪变得轻盈，胸腔里酸酸胀胀，却又像被注入新的力量。他还跟母亲闲聊许多事情，一切都显得如此美好，他们渐渐走出过去的阴霾，心平气和地面对面交流。

肖碧回屋后，楚肖逸踩在云端上的感觉仍没退去，他怔怔地坐在沙发上，忽然间又头脑发热，猛地冲进妹妹屋里疯狂揉她。

"你疯了？！"楚肖肖本来趴在床上看动画片，骤然间无妄之灾降临，遭遇兄长的一顿狂挼，一时有点崩溃。

这就是毛茸茸和幼崽的悲哀，他们老老实实地做自己的事，还要经常被人狂吸、狂撸、狂揉。成年人类真是让人头疼的生物，他们失落伤心时需要狂挼治愈，欢乐兴奋时又要狂挼冷静，总是有理由对毛茸茸和幼崽下手。

楚肖逸迫不及待地朝妹妹分享，闷声呜呜："咱妈真好……"

楚肖肖满头雾水："……那你应该去搂妈妈！"你搂我做什么啊？

楚肖逸在被窝里消沉、颓丧的时候，楚肖肖会担忧地转来转去，但他要是恢复精神、充满力量，她就有点抗拒被他搂着玩，这让她觉得自己像毛绒玩具。当然，她的小力气面对兄长完全不够，双方又在床上扭打成一团。

楚肖肖：啊——我为什么还没有长高？我明明已经在喝牛奶！

楚肖逸完全不将她的小拳头放在眼里，一只手就能把她摁趴下，妹妹眼里的掐架在他看来就是打闹。如果现实是游戏，楚肖肖是高智慧的魔法师，楚肖逸就是高力量的剑士，魔法师在近身攻击中不占上风。

楚肖逸跟妹妹愉快地玩耍完，扭头就发现小书桌上散落的照片，楚肖肖显然在制作纪念册时还遗留不少素材，便想要探头过去查看。

楚肖肖发现他的视线方向，立刻警惕起来，她生怕便宜哥哥瞧见研究报告，当即伸出小手阻拦，不满道："你不许看我的隐私。"

楚肖肖在老城区家中挖掘到的宝库，能够给她的迷惑人类研究扩充新素材，但由于工作量过大，她还没有整理归纳完。

楚肖逸颇为无语："你满桌子堆的是我的照片，然后跟我说这是你隐私？"

楚肖肖振振有词："这是我找来的资料，现在当然归我啦！"她要捍卫自己的研究结果，不允许便宜哥哥抢夺文献。

楚肖逸见楚肖肖满脸认真，原本还想跟她较真两句，又想到妹妹紧握着自己照片不放手，还专程替他做出纪念册，一时间觉得她还挺甜。

他向来自我感觉良好，既得意又大方道："行行行，给你就给你吧，多看看你哥小学时帅成什么样，保证比你未来同班同学都强……"

楚肖逸：只要妹妹的审美能力足够高，就不必担心她萌发早恋幼芽。

楚肖肖："？"你又在说什么疯话？

楚肖肖被便宜哥哥搞得一愣一愣的，尽管她能看到情绪颜色，但她没有读心的能力，实在不知他的脑袋瓜里在想什么，时常让她跟不上节奏。

《咱家几代人》最新几期播出后，网络上对于楚肖肖的争论终于尘埃落定，神童派网友大获全胜，恐怖的小学超常班考试一出现，再也没人能说她是普通小孩。

李导等人曾在国际幼儿园处饱受磨难，他们特意询问超常班的老师，学校能不能接受节目上的内容，会不会影响到超常班的存在。毕竟超常班在外界时常遭受误解，可能会有网友对此产生过激言论。

令人意外的是，小学超常班对节目的存在相当淡定，校方并没有提出任何意见，展现出泰然自若的状态。这种感觉就像是“他们尽管在网上瞎议论，能听一句算我们输”，还真挺有超常班的风范，完全无视外界的视线。

李导：不愧是有悠久历史的机构，浑身透着不惧举报的气场。

楚肖肖是神童一事对她并无影响，倒是终于洗刷楚肖逸的形象。他比不过自己妹妹这事得到合理解释，他就是一个普通人，当然是普通人的智商。

楚肖逸在小学门口愤愤护妹的言论，还给无数网友留下深刻印象，深深地刺伤众人的心。

“大不了就别上这学！她当一个普通人不也挺好吗？！”楚肖逸激动而担忧地抱着妹妹，怒道，“我就是一个普通人，我现在也过得挺好！”

——普（大）通（明）人（星）？

——我刚笑出鸡叫，突然笑容黯淡，有被刺伤到，好想粉转黑。

——普普通通楚肖逸，考得不好楚肖肖？

——你不是智商不高，你是语文不太好，连普通的含义都不明白？！

楚肖逸稍微摆脱自己脑袋笨的形象，他的普通言论就引发众怒，效果不亚于楚肖肖对他说自己没考好。楚肖逸愤愤于妹妹的学霸考砸论，网友们则愤愤于他的明星普通论，历史真是出奇相似。

动物园之行时，楚肖逸和梁双麒的针锋相对，更是将评论区砰地炸开，一时间众人都看热闹不嫌事大。

“哥哥都不懂什么叫喜欢，你为什么觉得我不懂？”

“法海你不懂爱，雷峰塔会掉下来，我们在一起，永远不分离，法海你真的不懂爱……”

“停停停，都给我停！你俩再在车上说话，我就开窗把你们丢出去！”

面对妹妹和小男孩的友好互动，楚肖逸恼羞成怒、气急败坏地棒打鸳鸯，也让观众们觉得万分有趣和滑稽。

——全场 MVP：BGM《法海你不懂爱》。

——请问你开窗把他们丢到哪里啦？我现在立马冲过去捡！

——法海楚肖逸：FFF 团虽迟但到！

——哥哥做得对！我们可以嗑消气 CP，但你们不许早恋，姐姐就是如此双标！

——气笑 CP。

——消气！肖肖排前面！

——我头一回跟 cxy 产生共鸣，小朋友不许挑衅单身狗啊，汪汪汪！

——感同身受地落泪，幼儿园时跟小男生玩闹被教育，长大后爸妈问我怎么还没男朋友，你问我，我问谁？

当然，节目上必不能少“逸言逸语”的打脸环节，楚肖逸为拆散楚肖肖和梁双麒，强硬地握住小男孩的手，完全将过去的发言抛在脑后。

“……哥哥，我不想跟男的牵手。”

“大家都是男的，有什么不好意思？”

弹幕区瞬间刷满“？？？”，众多网友跟现场摄像产生相同疑惑，这还是钢铁直男楚肖逸说出的话吗？

——楚肖逸：长大后我变成自己最讨厌的样子。

——好歹毒一男的！果然直男才知道如何硌硬直男！

——麒麒：哥哥，你好意思做这种不好意思的事吗？

——cxy，你还记得当年对隔壁某位说过的话吗？现在啪啪打脸？

——前面提某人的直接举报不谢，好好看一王带两二不香吗？肖肖哥哥十八线糊咖只配碰瓷肖肖，其他人就别再碰瓷他啦，好吗？

——你好好地看看节目，我就是可爱肖肖粉，你要敢提隔壁对家，我一秒变身嫂子粉锤爆你，懂？

楚肖逸的粉丝们平时陪着楚肖肖嘲哥，嘴上将他说得一无是处，但真遇到事情还是拎得清，最讨厌的就是捆绑 CP。因为楚肖逸本人对此万分厌恶，加上当年被吸血狠踩一拨，所以粉丝们玩归玩，闹归闹，不会触他的逆鳞。

楚肖逸曾经在节目上掏心掏肺把别人当兄弟，后来却被重伤一拨，连带防备心也变强，好多年都没缓过来。他对陌生人比较高冷，对熟悉的人就憨得多，却在此事上吃到教训。

简而言之，他的性格形成不单单由于家庭，还有初入社会的外界冲击，就像家养小动物刚刚进入野外，保持天真就难免要受伤害。他会渐渐意识到家里的温暖，主要是因为在外面接受过摧残和锤炼。

当然，楚肖逸现在已经不在乎这些事情，他跟父母的关系逐渐好转，加上又有妹妹供他谈心解闷，一时感觉前景大好。他作为成年人，面对父母时偶尔还要一点脸，但面对幼崽就非常不要脸。

楚肖肖觉得哥哥有点黏人，但她只能接着这份甜蜜的负担，忍受兄长的哈士奇行为。自从她考试结束后，她的时间变得充裕不少，可以好好享受最后的幼儿园时光。她还对哥哥放弃数学一事有点困惑，明明他已经坚持好久，如今却不再愿意上数学课。

楚肖肖给杨茵姐姐写完信，又开始继续完善研究兄长的报告，却突然接到当事人的视频。

楚肖逸悠然道："楚肖肖，你晚上要不要出来吃饭？我有一个外国朋友过来，他是金发碧眼的外国人。"

楚肖逸也不知如何形容德斯汀，要是提演技也不会让妹妹感兴趣，他只能抓取对方的形象特征。

楚肖肖偷偷吐槽："我又不是没见过外国人，安妮也是混血啊……"

楚肖肖不太理解哥哥强调"金发碧眼"的缘故，她在幼儿园里见过的外国小朋友挺多，安妮跟自己的发色和瞳色也有稍许差异。

楚肖逸只是想将妹妹带出来，好让德斯汀见识一下自家妹妹有多强，他们幼稚的炫妹行为仍未结束。德斯汀昨晚又给楚肖逸发了自己妹妹的照片及成绩，楚肖逸就打算让对方见一见楚肖肖真人，一举击败对方！

楚肖逸循循善诱："据说他有一个挺厉害的妹妹……"

楚肖肖敷衍道："哦……"

楚肖逸："你不想见见他吗？"

楚肖肖瞥便宜哥哥一眼，淡定道："不想，如果是他妹妹来，那倒可以见一见。"

楚肖肖：我又没有妹妹，自然没理由见，要是去见他妹妹，我们起码能一起吐槽哥哥。

楚肖逸见妹妹拒绝得如此干脆，只能遗憾地挂断视频，然而没过多久他又打来视频，欣喜道："他妹妹也来国内啦，这不巧了吗这不是！"

楚肖肖："？"

楚肖肖作为小女巫，都要怀疑自己的魔法又变强了，不然怎么说什么来什么，简直犹如开光。

楚肖肖觉得自己话说得太早，没想到对方的妹妹真在，所以才说可以见一见。现在，德斯汀带着自己妹妹出席，楚肖逸要是孤身一人，还真是相当奇怪。楚肖肖思及兄长的窘境，最终答应一起吃饭。

德斯汀是来中国拍摄的，恰逢近日没有事情，才带着妹妹梅丽四处游玩，等到剧组正式开始工作后，梅丽就会率先返回海外。两人白天还跑到颐和园观光，傍晚时依旧精力充沛、活力四射，还要去看首都夜景。

德斯汀打量着楚肖肖，好奇道："这就是你妹妹吗？"

楚肖肖看上去比梅丽年纪要小，扎着可爱的小辫子，脸庞白里透粉，还带着东方孩子的礼貌含蓄，乖巧地用英语跟德斯汀、梅丽问好。她在家天天跟楚肖逸掐架，没事就要扭打成一团，在外却矜持、懂事起来。

楚肖逸点头道："对，我们先去看景色，然后再吃饭吧。"现在正值傍晚，天空被夕阳染成金红色，从高层俯瞰首都，壮阔不已，甚至比夜景的灯光还美。

梅丽是一个脸带雀斑、金发碧眼的小姑娘，她眼巴巴地打量楚肖肖许久，接着疯狂拽德斯汀的衣角，用英语大呼小叫起来："她看上去好像日本的瓷娃娃，就像家里书柜上摆着的那个！"

梅丽是语气激动的小话痨，属于典型的美式运动系小女孩，平时热爱游泳、日光浴，完全是外国小朋友的逻辑思维，擅长使用夸张的神态及语调。

楚肖逸听着叽里咕噜的一串话："？"

楚肖逸平时跟德斯汀交流没问题，对方的语速相对和缓，但梅丽说话的速度飞快，他完全跟不上节奏，没听清她在说什么。

楚肖肖对外国小朋友的思维习以为常，她委婉地用英语纠正："我是中国的瓷娃娃。"

楚肖肖倒不介意梅丽的话，外国人好像都分不清亚洲人的长相，就像亚洲人也看不出美国人、法国人、俄罗斯人的区别，经常出现人脸识别障碍。

梅丽发现楚肖肖能顺利交流，立刻热情地挽住中国小朋友的胳膊，活泼开朗地说东说西，拉着楚肖肖跑在最前面。

德斯汀欣慰道："梅丽交到新朋友很高兴，她在学校很擅长交朋友。"

楚肖逸："？"你怎么这种角度都能吹？你没看出是我妹在体贴地附和你妹吗？

楚肖逸不好当场下外国友人的面子，但明明是楚肖肖精通外语，能够顺利地跟梅丽交流，怎么就成梅丽擅长交朋友了？他偶尔还觉得德斯汀的妹妹实在吵闹，一路上都叽叽喳喳、大呼小叫，完全不如自己妹妹淡定，没楚肖肖在外拿得出手。

楚肖逸觉得自己妹妹在家是个鬼灵精，但他对她在外的表现相当满意，她要是跟梅丽一样天天话痨絮叨，他的脑袋瓜能被炸得嗡嗡作响。

楚肖肖被梅丽挽着看夕阳，一边沉醉于大自然的美景，一边在内心感到阵阵遗憾，原因是梅丽并不能跟她共同吐槽哥哥。

两人相识没多久就热络起来，紧接着梅丽就开始大吹德斯汀的优点，认为自己的哥哥天下第一。

梅丽犹如叽叽喳喳的小鸟，对兄长的崇拜如滔滔江水连绵不绝，激动道："他每次回家都会给我带礼物，还陪我到游乐园去玩，连爸爸妈妈都懒得听我讲话，但哥哥会认真地听……"

作为懂礼貌的小朋友，楚肖肖毫无灵魂地击掌赞叹，同时心里产生深深的疑惑，这样一想，便宜哥哥比梅丽哥哥还强？

楚肖肖：我哥还能给我做手工呢，我就不朝小伙伴炫耀了。

不得不说，楚肖肖在此刻跟兄长的心理活动意外同步，他俩听着金发兄妹的满嘴狂吹，内心都毫无波澜，甚至有一点想笑。

楚肖肖、楚肖逸：这还用得着吹吗？那我们俩就是模范兄妹！

东方人的含蓄在此刻展现得淋漓尽致，兄妹俩面对外国友人们的攀谈，连回答都如出一辙。

德斯汀在吹完自己妹妹后，客套道："你妹妹也很可爱。"

楚肖逸在心里想的是"当然"，嘴上却平和地道："还行吧。"

梅丽在吹完自己哥哥后，客套道："你哥哥也很好。"

楚肖肖在心里想的是"当然"，嘴上却平和地道："还行吧。"

楚肖肖在家会土拨鼠尖叫，楚肖逸在家会哈士奇打滚，但他们在外都矜持、理智而高贵，相当有偶像包袱，不会直白地抒发情感，不愧是亲兄妹。

四人在观光高层看到冰激凌摊，梅丽立马一溜烟地蹿到德斯汀身边，围着兄长团团转，撒娇哀求起来，扯着哥哥晃来晃去，犹如晃尾巴的小狗崽。

德斯汀露出为难的神色："马上要吃饭……"

梅丽只差满地打滚，软声道："就一个！就一个！"

德斯汀在梅丽的软磨硬泡下露出无可奈何的笑容，金发兄妹的可怕互动也惊呆旁观的另一对兄妹，让他们神色微妙。

楚肖肖其实也想吃冰激凌，但家里不让饭前吃凉的，她是有自制力的小朋友，便没有出言要求。然而，同伴拼命地游说兄长，搞得楚肖肖也犹豫起来，她内心的小天使和小恶魔开始激烈地打架，让她十分动摇。

楚肖逸似乎感受到妹妹的想法，他们下意识地望向彼此，同时沉默几秒。

楚肖肖欲言又止地张张嘴，但她没法像梅丽一样撒泼打滚、软声卖萌，一时间迷茫而不知所措，看上去有点可怜。

家庭教育让楚肖肖和梅丽的性格截然不同，她不太会提出非分的要求，就像楚肖逸过去骗她没钱，她进入商场也会拒绝他买甜点，认为这样不合适。如果她知道这件事不好，她就不太会张口，而会选择克制自己。

楚肖逸看出楚肖肖脸上的小小纠结，二话没说就直接买了一支冰激凌脆筒，强硬地塞进她手里，果断道："倒也不必。"

楚肖逸：我妹想吃点东西还得哀求成这样，那我估计也看不下去。

楚肖逸跟楚肖肖身处同一家庭环境，深知"求"这件事对家里人的痛苦，他就很难张口求人办事，他们的自尊心不太允许。楚肖肖在家让大人帮忙，都要使用"拜托""请"等措辞，不然就是用肖肖币交易，以互换的形式来平衡。

"谢谢……"楚肖肖双手接过冰激凌脆筒，她的音量犹如幼崽小声呜呜，头一回觉得跟便宜哥哥还算有默契，有种"一切尽在不言中"的感觉。

虽然她还不太理解"倒也不必"的隐含语气，但她发觉便宜哥哥同样对梅丽兄妹的相处感到别扭，他好像也更能接受他们在家的相处模式，当真应了"不是一家人，不进一家门"这话。

楚肖逸都率先给妹妹买冰激凌脆筒了，德斯汀更没有拒绝的理由，哥哥们只能商议稍微晚点吃饭，让妹妹们先吃完冰激凌再说。

梅丽对肖肖哥哥的助攻极度满意，开心地品尝起冰激凌，赞道："你哥哥真好，不然我哥哥肯定不答应！"

楚肖肖手捧香草冰激凌，态度也发生些许转变，她的双眸熠熠生辉，难得不客气地点点头："嗯！"

楚肖肖一方面是因吃到冰激凌感到高兴；另一方面是因不用求人而放松下来，她没法像梅丽一样在大庭广众下缠着家长，她的羞耻心实在过不去。

超常儿童的智力发展离不开他们身上的特质，如自制力、羞耻心、专注力等。这些特质无形地驱动着他们，他们才会学得更快、更好，就像陈光溯非要跟楚肖肖一争高下，他拥有强烈的胜负欲。

楚肖肖由于冰激凌的事情，也变得放松开朗起来，可以跟逐渐熟悉的梅丽闹成一团，还跟新伙伴在高层的夕阳下拍照留念。当然，德斯汀也帮楚肖逸和楚肖肖拍了照，楚氏兄妹对相处方式达成默契，合照时也轻松不少。

游览过后，四人选择在一家环境清幽的创意菜餐馆用餐，由于餐馆装修别具特色，所以此处没有封闭的包间，而是用若隐若现的草木山石间隔开，透着朦胧的东方意境。

楚肖逸定的餐馆常有明星、名流出没，他同样经常在此用餐，才决定带德斯汀、梅丽过来。金发兄妹果然被装修震慑，望着精致的菜谱两眼发蒙，有点搞不明白菜单上的内容，上面只有中文毛笔字。

楚肖肖只能担当现场小翻译，她费力地解释着菜谱，时不时也陷入困惑，茫然地望向兄长："什么叫玲珑果木鸭？"

楚肖肖头一回遭遇翻译滑铁卢，她的翻译难点不在英文，而在于不懂中文！

楚肖逸干巴巴道："……就是一种鸭子的做法。"

楚肖肖面对梅丽期盼的小眼神，也有点头大，追根究底道："梅丽问玲珑果木是什么做法。"

楚肖逸："……"我哪知道创意菜的名字都是啥意思、啥做法！

楚肖肖严重怀疑兄长为难自己，他挑的餐馆让她完全无法翻译，却要面对疑惑重重的金发兄妹。

德斯汀和梅丽探讨起菜谱，兴奋地使用正常语速，叽里呱啦地说个不停，让楚肖逸觉得自己在听说唱。楚肖肖好歹还能加入聊天群，楚肖逸却当场退出群聊，坐在桌边微笑装死。

楚肖肖抱歉地表示自己也不懂菜谱，她不太理解中文说法，好在德斯汀和梅丽并不介意，他们愉快地看图盲选，还觉得这样充满刺激。

梅丽兴高采烈道："我会不会吃到奇怪的东西？他们说中国菜会用奇怪的食材，你有吃过奇怪的菜吗？"

梅丽只知道中国菜里会有没见过的材料，此时自然充满期待，想要开开眼界。

楚肖肖苦思冥想起来，坦白道："我吃过最奇怪的菜就是我哥哥做的。"那是焦黑色的炒肉片。

梅丽："哇哦，你哥哥是大厨呢！"

楚肖肖："……"那倒也不是。

因为创意菜餐馆里的客人不多，所以楚肖逸和德斯汀不用担忧粉丝，都能愉快地摘下墨镜等物交流。然而，餐馆里没有粉丝，并不代表没有圈内人。

"肖逸，好久不见。"

楚肖逸听到熟悉的声音，又见遥遥走来的熟面孔，顿时露出怔然的表情，嘴角下意识地向下撇。他跟外国好友出行当然不带何鑫，哪料到会在此处遇到自己对家！

楚肖逸简直头皮发麻、格外崩溃，他在内心愤愤吐槽：众所周知，首都就是一个村，哪里都能碰到不想见的人。

感受到便宜哥哥的情绪波动，楚肖肖懵懂而茫然地望着过来的人。对方看上去跟楚肖逸差不多年纪，风度翩翩，气质温和，跟便宜哥哥风格不同。

陈枫瀚当年在某选秀节目上跟楚肖逸同时出道，这档节目算是两人大火的起点。他们曾经的 CP"风萧萧兮易水寒"还是无数人的白月光，当年有无数双担粉，在网上炒得火热。

楚肖逸最初是真把陈枫瀚当知心朋友，他跟对方年纪相仿，觉得好友有礼又周全，要是没有拉踩吸血的事情，估计两人不会闹僵。陈枫瀚从没有当面跟楚肖逸撕破脸，但他也丝毫不解释公司对楚肖逸的伤害，这更让楚肖逸没办法接受。

楚肖逸还曾私下让陈枫瀚解释公司的拉踩通稿，对方却采取不面对、不解释、不回复的态度，直接就开始装死。

楚肖逸当然没法容忍这种事，他出去就手拆"风萧萧兮易水寒"CP，这又是他疯狂黑红的起点。无数 CP 粉都转成陈枫瀚粉丝，当年恨不得将楚肖逸踩进泥里，两家彻底成为对家。

正因如此，楚肖逸看到陈枫瀚就闹心，他平时活动都躲着走，哪想到私下会碰见！

德斯汀和梅丽都听不懂中文，他们只当陈枫瀚是楚肖逸认识的人，又听对方切换成英语交流，便礼貌地跟他搭话。陈枫瀚的学历比楚肖逸高一点点，他读了一所比较差的大学，但专业是英语，还算有点积累，娱乐圈本来就不讲究学历。

陈枫瀚望向德斯汀，笑道："我看过你的《致命先生》，你在里面演得真好。"

德斯汀听他说出自己的作品，赶忙道："谢谢……"

德斯汀没来中国市场发展过，他长期活跃在海外，也只接触外国团队，自然对中国娱乐圈不熟悉。说起来，他和楚肖逸都是在剧组里认识的，并不知道楚肖逸和陈枫瀚的恩怨。

楚肖逸哪能不知陈枫瀚的想法，对方无非是要在他面前秀一秀英语，然后再跟德斯汀攀攀关系，最好交换一下联络方式。他露出忍耐的神色，又不想当着外国友人的面丢脸，将国内圈里的龌龊事捅到德斯汀面前，那会让中国演员在外形象大打折扣。

德斯汀等人是搞不明白圈内事情的，他只知道楚肖逸和陈枫瀚都是中国演员，楚肖逸也不想给对方留下国人内斗的印象。

楚肖逸的英语听力不够好，跟不上陈枫瀚和德斯汀的超快语速交流，但楚肖肖听得懂。因为她能够理解，所以她很难忍受，总觉得此人在明褒暗贬便宜哥哥，说出来的话都让她不舒服。

楚肖肖是蜜罐里长大的小朋友，说实话她没怎么见过心思叵测的人或坏人，加上情绪颜色带给她的自保机制总是让她远远地躲开不怀好意的人。然而，正是由于她生活在光明之下，所以对阴暗更加敏感。

陈枫瀚听闻德斯汀带妹妹游玩，欣然提议："不如大家一会儿一起出去转转，肖逸的英语可能不太好，也不好解释景点……"

梅丽懵懂地左右望望，没有弄懂事态，但她有一点小动物的直觉，认为氛围变得挺奇怪。

楚肖肖听到此话，终于无法忍受，学着梁双麒的语气，天真无邪道："哥哥，但你的英语也不好呀。"

楚肖肖平时是给人留足面子的小孩，除了时常嫌弃楚肖逸，她不会随便炫耀自己的优势，但她此刻确实有些不高兴。

楚肖肖：居然敢说我的学生英语不好，你是不把我做老师的放眼里！

楚肖逸没听懂前面的对话，但他没料到妹妹会忽然跟陈枫瀚用英语搭话，而且好像在说什么什么不好。梅丽见小伙伴满脸正色，立刻夸张地用小手捂住嘴巴，露出看好戏的模样，眼睛转来转去。

陈枫瀚原本没注意到安静的楚肖肖，如今被小女孩当场下面子，他强颜欢笑地打招呼："你就是肖肖吧？我看过你的节目，你比你哥哥厉害好多。"

陈枫瀚在德斯汀面前还是要保持风度，仍旧用英语跟楚肖肖交流，看来要彻底将楚肖逸排除在外。

楚肖肖认真道："我哥哥也很厉害，只是要看跟谁比。"

陈枫瀚没想到小女孩还较真起来，他轻松地笑笑："我只是开个玩笑。"

楚肖肖头一回将礼貌及客套抛在脑后，她直直地望向陈枫瀚，用英语硬邦邦道："如果你的玩笑没有让任何人发笑，那就只会显得你没礼貌。"

德斯汀面露犹豫，他发觉楚肖逸妹妹是真实地怒了，她完全将游玩时的乖巧矜持丢到一边，连带语气都变得锐利起来，还使用了相当复杂的句型。

这句型的复杂程度让陈枫瀚都没马上理解，致使他恍然地站在原地琢磨，半天没反应过来。

梅丽紧紧地捂住嘴巴，还帮楚肖肖站台附和，小声道："我没有笑哦，我哥哥也没笑，大家都没有笑。"

梅丽恨不得在脸上写着"你就是没礼貌，难怪被我朋友说"，她是情感直白的小女孩，当然愿意支持楚肖肖。

楚肖逸好像看出陈枫瀚的尴尬，用中文幸灾乐祸道："不然我们都用中文交流吧？"

楚肖逸：装 × 被打脸，这该多致命。

陈枫瀚最终狼狈地离去，楚肖逸和德斯汀还算镇定，梅丽却发出欢快的惊呼，大为赞叹楚肖肖的言行。

梅丽的感情浓烈，她蹿到楚肖肖身边，率性道："你刚刚太酷了！我在学校超讨厌这种人！"

德斯汀想要教育妹妹，欲言又止："梅丽……"

梅丽："哥哥不许插嘴！你也不许跟这种人玩！"

楚肖肖看着陈枫瀚离开，头一回甩掉往日的沉着镇定，加入梅丽吵吵嚷嚷的讨论，显然也对陈枫瀚的踩兄行为满腹怨念。她还没见过多少坏人，见识到表里不一的陈枫瀚，当即气得不轻！

楚肖肖：我哥哥只能我说他笨，用得着你一个外人多嘴？！

楚肖逸眼睁睁看着妹妹忽然抓狂，一秒露出在家中的真实面目，开始语速超快地跟梅丽用英语交流，小脸上还溢满愤怒，就差气得蹦起来。

她就如同一只呜呜奓毛的幼猫，开始骂骂咧咧地诅咒人类，尽管旁人听不懂她的话，但能感受到她的怒火。

楚肖逸已经听不懂妹妹们的暴风讨论，他弱弱地请教德斯汀："她们在聊什么？"

德斯汀无奈道："你妹妹想要对刚才的人使用阿瓦达索命，我妹妹建议她现在追过去补一下。"

楚肖逸听到陌生名词，疑惑道："什么是阿瓦达索命？"

德斯汀："嗯……这是《哈利 · 波特》里的黑魔法，属于比较残忍的类型，一般人不会随便用。"

楚肖逸露出了然的神色，因为楚肖肖还是小朋友，这可能就是属于她的祖安话。

楚肖逸：很好，我妹今天是骂人猫猫头实锤。

楚肖肖和梅丽突然建立起深厚情谊，两人在饭桌上义愤填膺地讨论好久，语速快得德斯汀都翻译不过来。这可能就是小姐妹的感情，一旦有共同的敌对目标，她们就立刻站在统一战线上。

梅丽非常理解楚肖肖的心情，如果有人当面说她哥哥不好，她就要提起棒球棍抡对方。楚肖肖原本性格内敛、不声不响，表现得相当低调，现在突然愤愤直言，更是符合梅丽对东方人的印象，她觉得小朋友说不定就要使出中国功夫。

梅丽：当然，使用魔法也行。

楚肖逸和德斯汀作为工作后的成年人，他们的反应就要平和得多。德斯汀还要辛苦地英译英，将妹妹们词汇量爆棚的闲聊拆解成简单英语，解释给楚肖逸听，例如阿瓦达索命。

楚肖逸倒是看过《哈利·波特》，但遗憾的是，他并不知道各类咒语的英文说法，致使他在饭桌上犹如麻瓜。他觉得魔法世界也该搞一搞全球化，为什么巫师不能说中国话？

服务员陆续上菜，楚肖逸终于摁住楚肖肖，制止道：“行啦行啦，吃饭吧，我看你们不停地聊都累。”

楚肖逸：这就跟在演唱会上连续 rap 差不多。

两个小姑娘终于消停，梅丽奔波一天也感到饥饿，开始愉快地用餐。席间，楚肖逸和德斯汀还聊了聊生活上的事，意外得知德斯汀居然仍在读书。

楚肖逸一直以为友人已经全心工作，不由得面露诧异：“可你学什么呢？”他不太了解国外的表演院校，现在想来德斯汀在剧组里捣鼓电脑，有可能是在做大学作业。

“哲学。”德斯汀无奈地叹气，“但我有可能没法毕业，连作业都弄不完。”

楚肖逸惊道：“我以为你会学表演。”

德斯汀茫然地眨眨眼：“这有什么好学的？我们都演过那么多戏，还是学些不一样的吧。”

楚肖逸感受到德斯汀的思考方式跟国内不同，国内明星基本都往艺术院校扎，德斯汀却觉得自身在剧组已经能接触演技学习，在大学该做些不同的事情。

这也是楚肖逸一直以来的纠结点，他认为在国内就读表演学院或音乐学院并无意义，完全可以用自身资源私下学习，倘若只是为混文凭，根本没必要走一趟。德斯汀的话倒是给他打开新世界大门，他没想到会有演员跑去学哲学。

楚肖逸："你当时怎么会想学这个？"

德斯汀长吁短叹："我当时接触的角色跟哲学有关，演完觉得好酷啊，就去申请哲学系，最后发现戏是戏，我是我……"

德斯汀想起课业就愁眉不展，连文献资料都读不完，更不要提疯狂交作业，他最近都在思索延毕的事情，一度快要想到头秃。

楚肖逸觉得德斯汀完全是自己作死，剧本里写的肯定是哲学系精英，对方演一个角色居然当真，误以为自己真懂哲学。他颇为无语："你可真会给自己制造麻烦。"

德斯汀在短暂的消沉过后，又打起精神来，爽朗道："这有什么关系？即使我最后没毕业，我也切实地感受过，这就是人生经历。你要知道我们的生活不只有工作，校园经历也是很重要的，让人很开心。"

楚肖肖原本闷头吃饭，闻言抬起头来，赞同道："学校确实让人开心。"

德斯汀得到附和，兴奋起来："是吧是吧！"

梅丽却有点犹豫，嘀咕道："如果在学校不用学习，那确实让人开心……"

楚肖逸吐槽道："你们的开心可能不太一样。"

楚肖逸：我妹妹的开心是学霸的快乐，你们的开心是苦中作乐。

不过德斯汀的豁达态度倒是感染到楚肖逸，楚肖逸居然觉得自己学点别的也挺好，实际上他近来逐渐触摸到自身的瓶颈，已经很难有飞速提升的感觉。他的演技和音乐实力在初期进步极快，只要靠资源猛砸，在技法上就能以肉眼可见的速度进步。

然而，技法一旦全部学完，再向上就要拼感受。陈导算是楚肖逸的伯乐，传授给他许多演戏的事情，但陈导也直言："等你学完这些，你就要在生活里接着学，我教不了你生活。"

艺术创造需要生活，但楚肖逸至今不知道生活是个什么东西，他就像连续加班的社畜，连喘口气的机会都没有，从哪里体会生活？长辈们总是神情高深莫测，他们就像武侠小说里的大师，让年轻人们自己悟，可有人一辈子都悟不出来。

楚肖逸现在就像真空环境里的人，从他选择工作的那一刻起，他的生活环境就被牢牢地圈住，很难再有新风景出现。然而，他仍在边界线上徘徊，不知道该不该往外走，外面可能是光明璀璨，也可能是万劫不复，或许会比现在更好，或许会比现在更坏，谁也不知道。

四人愉快地结束用餐，便在餐馆门口告别离开，并交换联络方式。梅丽还盛情邀请楚肖肖出国游玩，她们到时候可以一起前往环球影城。

回家路上，楚肖逸想起妹妹和陈枫瀚的交流，忍不住好奇道："你今天跟中途来我们桌的人说什么啦？"

德斯汀没有翻译陈枫瀚的话，但楚肖逸能猜到对方的语气，不知道妹妹为何气成那样。

楚肖肖都已经遗忘此事，现在想起来又开始愤愤，怒道："他怎么可以那样说话？他的爸爸妈妈老师没教过他吗？！"

虽然陈枫瀚的语气听上去礼貌，但话里话外明褒暗贬，让楚肖肖头一回感受到什么叫阴阳怪气。尽管她如今年纪尚小，但学会那么多门语言，自然明白语气的重要性。

楚肖肖的生活环境极度纯洁，她接触到的同龄人一般都家境优渥、教养良好，连生于农村的杨茵都是体贴善良的好人，属于重话都不会说的类型。

楚肖逸作为见惯圈内冷暖的成年人，对小朋友的愤怒哭笑不得，宽慰道："好啦好啦，你总会碰到不喜欢的人，尽量不接触就行……"

楚肖逸工作多年，没那么天真，在外面遇到不喜欢的人是常态，遇到志同道合的人才是例外。

楚肖肖恨铁不成钢道："中国人的性情就是喜欢调和折中的。"

楚肖逸一听此话，就知道她又是跟外公瞎学来的，忍不住掐她的小脸："你以为自己是鲁迅吗？"

外公肖季同就最爱引经据典地针砭时弊，他看《新闻联播》都能说出一大堆名人名言，别看外公平时就在小区附近溜达，心里却恨不得装着华夏山河。

楚肖肖斜他一眼，难以置信道："你以为自己是周作人吗？"

虽然她没有读过名家名作，但她有听外公讲文人旧事，知道一些作家的亲戚关系。她以前也不清楚王羲之是谁，可外公天天说她是"当代小王羲之"，她就开始知道那是厉害的书法家。

楚肖肖：你都没能成为周作人，我怎么能成为鲁迅先生？

楚肖逸闻言一愣，转瞬反应过来，又跟妹妹掐成一团，怒道："我是你哥，不是你弟，瞧把你横的！"

楚肖肖是心性纯粹的小孩子，她坚信正义会战胜邪恶，别人对楚肖逸不好，他就要努力打败对方！

楚肖逸无奈道："我要怎么打败他啊？"这又不是热血少年漫，他和陈枫瀚没法一同上擂台，然后激动人心地对打一场，生活是更复杂的事情。

楚肖肖斗志昂扬道："你要比他过得更好、更开心、更出色，甚至让他再也碰不到你，那你就打败他啦！"

这是杨茵教给楚肖肖的道理，她说只要努力学习，离开原来的环境，就能够胜出。

楚肖逸还以为妹妹有多厉害的报复手段，她还是天真可爱的小朋友，自始至终都没有带着恶意的想法。他愉快地搂住楚肖肖，安抚道："行啦，那我已经打败他啦，我现在过得比他更好，起码我还有我妹嘛。"

楚肖逸：实在不行，我就蹭我妹的热度，让你们这些人羡慕得眼睛滴血。

楚肖逸现在想得开，他已经接受过社会捶打，感受到家人对自身的维护，再看待陈枫瀚就变得心平气和。他觉得自己比对方幸福快乐，这是他过去无法想象的事情，家人是为他提供温暖的原动力。

楚肖肖没想到便宜哥哥会这么说，她任由他搂着晃来晃去，小表情既犹豫又纠结，最终还是痛下决心，打算自己扛起重任。

楚肖肖：哥哥真是烂泥扶不上墙，还是靠我长大打败那个人吧，救世主是不能指望魔法部的。

楚肖肖代入《哈利·波特》的剧情，更感到自己责任重大，睡前又猛灌一瓶牛奶，继续努力地长高长大。

当然，思及楚肖逸的孱弱无力，楚肖肖加大英语学习力度，突然督促他继续学外语，还传授崭新的知识。她觉得自己没法贴身保护便宜哥哥，他要是出门在外遇到陈枫瀚，需要有自保的能力。

楚肖逸确实不排斥英语课，但他对学习内容提出了异议，疑惑道："我能冒昧地问一句，这些名词是什么意思吗？"

楚肖逸已经从德斯汀处学会"Avada Kedavra"的含义，中文名叫阿瓦达索命，因此他发觉妹妹的授课里混进了奇怪的东西，好像夹杂不少私货。

楚肖肖一板一眼道："这是 Avada Kedavra（阿瓦达索命）、Crucio（钻心咒）、Imperio（夺魂咒），你已经是成年的巫师，要学会自己保护自己。"

楚肖肖还要上幼儿园，她觉得授人以鱼不如授人以渔，楚肖逸应该变强！

楚肖逸："……"我到底是在逐梦演艺圈，还是要出门进行巫师对决？

第五章

“追星”小学生

楚肖逸非常感谢妹妹的好意，但他并不想在自己的“逸言逸语”里增加巫师体系，也不想跟对家在活动里巫师对决，用魔法打败魔法。当然，他还是硬着头皮倾听一拨黑魔法，总算将小东西糊弄过去。

楚肖逸和楚肖肖陪同金发兄妹游玩后没多久，楚肖逸就要前往南方继续参与拍摄好莱坞项目，在此之前要跟李导等人庆祝收官。《咱家几代人》第二季以肖碧生日为结尾，暂时没有筹划第三季的计划，制作团队也要从御融台离开。

这是李导和楚肖逸共同商议后的结果。一方面是李导团队也想开发新项目，不能一辈子吃老本；另一方面是楚肖肖就要上小学，小朋友应该逐渐远离大众视线。

楚肖肖经历过第一季的告别，但她隐隐发觉第二季的结束有所不同，原因是编导姐姐们赠送她小黑模型作为临别礼。她已经习惯隔壁驻扎着一大拨黑衣人，一时有点怅然：“那我们以后见不到了吗？”

李导见楚肖肖小脸上满是不舍，故意逗她，宽和地笑笑：“那倒也不一定，肖肖说不定还能参加我们的下一档节目，到时候我们甩开你哥签约吧，不让你哥作为中间商赚差价。”

楚肖肖恍然大悟：“原来你们是价格谈崩啦？”

楚肖逸听李导胡言乱语，忙道：“喂喂喂，她不混娱乐圈的，怎么就参加下一档节目？除非我跟着一起……”他可不会单独放妹妹录综艺，难保不会遇到奇奇怪怪的人。

李导原本就是在开玩笑，他一本正经道：“我下一档节目做《最强大脑》，你能够跟着一起吗？”

李导：你跟得过来吗？

楚肖逸：“……”要不起，要不起。

制作团队离开御融台，楚肖逸也外出拍戏，楚肖肖的生活便回归平淡，但她挺享受这种安宁的日子，现在想来便宜哥哥才总喜欢找刺激。因为楚肖逸曾带着楚肖肖、梁双麒前往动物园游玩，所以梁宸投桃报李，主动提议带两位小朋友出去玩。

梁宸是在接送孩子们的车上开口的，他悠然道：“肖肖，我下周带着你俩出去逛逛吧。”

梁双麒闻言，立刻惊恐地瞪大眼，将脑袋摇得如同拨浪鼓，拼命暗示楚肖肖拒绝，浑身都散发出抗拒的意味。

楚肖肖望着麒麒哥哥的反应不明所以，但她已经下意识地回道：“……可以啊。”

梁宸欣然道：“那敢情好！我一会儿跟你爸说一声，正好后备厢有瓶酒要带给他！”

杨茵读高三后，梁宸和楚家栋在交替接送孩子的过程中，莫名其妙地建立起友谊，没事还要互送茅台、茶叶等物。因为楚肖肖和梁双麒周末都要去机构上课，所以两位爸爸轮班做司机，没两回就熟悉起来。

楚家栋在外本来就善于表达，梁宸又带着当兵的热情，一来二去就如同挚友。

小院内，梁宸提着酒去跟楚家栋寒暄，梁双麒却在院里满脸无奈，他叹气道：“肖肖，你会后悔跟我爸出去的，他跟你哥哥不一样。”

楚肖肖疑惑道：“但叔叔也是好意，你不想出去吗？”

梁双麒一时难以解释，他神情微妙：“我倒是无所谓，可你估计会对他的安排不感兴趣……”

楚肖肖：“叔叔要带我们去哪儿？”

梁双麒：“我猜是博物馆。”

楚肖肖：“那应该挺有趣！”

梁双麒面露迟疑：“真的吗？我本来还说回家找我妈，让她带我们出去玩呢。”

梁双麒认为，他独自承受做梁宸小孩的压力就好，却没想到楚肖肖居然觉得父亲的计划挺新奇。他原想让赫妍出面，毕竟妈妈喜欢光鲜、时尚、华丽的地方，或许她更能明白楚肖肖想去的地方。

既然楚肖肖没有排斥梁宸的计划，梁双麒自然没有再拒绝的理由，三人便敲定下周前往博物馆。楚肖肖印象中的博物馆都带着书卷气，不然就是故宫等古色古香的地方，但她万万没有想到，梁宸带他们来的是军事博物馆。

楚肖肖突然理解梁双麒的话，他说梁叔叔和便宜哥哥不一样，果然双方敲定的地方都透出职业特色。

楚肖肖：叔叔是技术兵，就选军事博物馆；便宜哥哥选动物园，那他究竟是……

梁宸刚踏进军事博物馆，就犹如回到老家，侃侃而谈："这里可是中国唯一的大型综合性军事历史博物馆，你们知道门口的雕像都代表什么吗？"

梁双麒似乎已经来过无数次，他想要跳过父亲的人工解说，毫无灵魂道："知道，略略略。"

梁宸："肖肖还不知道呢！"

博物馆内，楚肖肖望着大厅内无数枪械和飞机模型深感震撼，觉得自己奇怪的知识增加了，她在武器的海洋里徜徉，看得眼花缭乱。

梁宸一路上都在激情四射地解说，他对各类枪械娓娓道来，恨不得忆往昔峥嵘岁月。

梁双麒望着慷慨激昂的父亲，沉着地道："肖肖，我带着一张五元的现金，我们现在出门坐公交回去还来得及。"

楚肖肖："那叔叔怎么办？"

梁双麒："让他开地下展厅的坦克回去，反正他对这些挺熟悉。"

楚肖肖确实对军事没太多兴趣，虽然飞机、坦克和枪械的展品威风凛凛，但她完全不懂这些东西，自然不像梁宸那般兴奋。不过博物馆里有一些模拟设备，可以让小朋友们发射导弹，或者了解红外线装置，旁边还排起队伍来。

队伍里全都是小朋友，梁双麒以前就玩过这些，并没有表现出太大热情，但他帮楚肖肖排起队来。两人各站一排，眼看着前面的人不断减少，他们依序往前缓缓挪动。

梁宸是成年人，他不好在队伍里跟小孩们挤，便在旁边盯着楚肖肖和梁双麒。楚肖肖前面是一个披着长发的小姑娘，对方跟自己的身高差不多，双方由于排队，挨得还挺近。

前面的小姑娘总算用完设备，楚肖肖刚要欣然地上前，却感觉眼前的秀发迎面一甩，紧接着意外发生！

"肖肖，你来用我这个……"梁双麒走到设备前面，刚要扭头呼唤小伙伴，却发现楚肖肖和陌生面孔站在一起，双方僵持不下。

楚肖肖此时顾不上使用博物馆设备，她手忙脚乱地解着拉链上的头发，小脸焦虑地皱成一团，嘀咕道："解不开了……"

旁边的小女孩倒是神色镇定，她戴着黑框眼镜，还微微侧着头，只是时不时皱紧眉头，好像头发被扯得有点痛。

楚肖肖原本老老实实地排队等待，谁料前面的小女孩下意识地甩头，发丝便紧紧地卡在楚肖肖的外套拉链上。她觉得自己的外套就像捕兽网，啪嗒一声就抓住陌生的人类幼崽，而且半天都拉不开。

楚肖肖想要扯动自己的拉链，却感觉它卡得死死的，她又想扯开对方的头发，却见眼镜小女孩神色痛苦，顿时不敢用力。

眼镜小女孩还没法出手帮忙，只能滑稽地歪着头，偶尔会被楚肖肖带着踉跄两步，像是被牵着鼻子走的小动物。

楚肖肖害怕弄疼对方，小心询问道："你有什么办法吗？"

小女孩推了推黑框眼镜，淡然道："这就像细胞体分裂，是以缢束或起沟的方式完成的，微丝的紧缩使细胞在此区域产生缢束，缢束逐渐加深使细胞体最后一分为二……"

楚肖肖："？"奇怪的知识持续增加？

梁双麒赶来帮忙，他阻止对方的长篇大论，斩钉截铁道："这不是细胞体分裂，这就是单纯的碰瓷。"

梁双麒想要出手帮忙，但他只能双臂悬空，无从下手，楚肖肖不敢让他猛拽拉链，道："她会痛。"

梁双麒立刻面露犹豫，看着黏在一起的两人，他一时无措地围着她们打转。

眼镜小女孩没法离开，她索性靠近楚肖肖，无可奈何道："不然我跟你回去算了。"

梁双麒："？！"

他微微垂眸，抿了抿唇，立马坚决道："长痛不如短痛。"

好在梁宸发现了孩子间的纠缠，他火速地抵达现场，用钥匙和巧劲儿解开发丝，将楚肖肖和眼镜小女孩分开，满意道："这样就好啦！"

双方终于一分为二，梁宸倒是心灵手巧，没有将眼镜小女孩拽疼。

楚肖肖长松一口气，她流畅地拉动起自己的拉链，又望向活动脖颈的小女孩，关切道："你没事吧？"

眼镜小女孩握着自己的头发看了看，应声道："没事，只是毛皮质受损。"

说实话，楚肖肖有点听不懂对方在说什么，她觉得自己很懂语言，但好像也没那么懂。

眼镜小女孩很快就消失在人流里，梁双麒不禁感慨："她居然现在就戴眼镜。"

梁双麒班里已经陆续有人戴眼镜，但他感觉刚刚的女孩跟楚肖肖差不多大，按道理应该是视力正好的时候，自然显得挺稀奇。

楚肖肖望着拉链心有余悸，坦白道："我有点没懂她的话。"

楚肖肖心里产生些许涟漪，感觉自己就如便宜哥哥，头一回无法领会对方的意思，被陌生词汇冲击得恍神。因此，她对眼镜小女孩产生深刻印象，一时有点念念不忘，甚至想探究那些名词的含义。

梁双麒思索片刻，郑重其事道："肖肖，说不定她是想故意引起你注意。"

楚肖肖满脸懵懂："？"

楚肖肖："她为什么要引起我注意？"

梁双麒摸了摸下巴，煞有介事地分析："因为她想要跟你回家，达到她不可告人的目的，所以你独自出门要注意安全，不能总带陌生人回家。"

梁双麒觉得小伙伴体质奇怪，楚肖肖上回就让刘韵涵横穿首都，这回随便逛逛都能钩住小女孩，而且对方想要跟她回家。

梁双麒：这种老套情节我在电视剧里看了太多，你们休想蒙骗我和我的朋友！

梁双麒在家会有一搭没一搭地陪母亲看看电视，他已经在脑海里将故事补充完整，认真道："如果按照电视剧里的套路，肖肖在未来会遇到一个贫穷而善良的朋友，而且你觉得她跟所有朋友都不一样……"

楚肖肖茫然道："那跟麒麒哥哥也不一样吗？"

梁双麒若有所思地扶着下巴："按常规来说，我们可能还会为她吵架，否则后面十几集没内容演。"

梁双麒越想越揪心，他已经对号入座电视剧女配角，总觉得自己要跟楚肖肖分道扬镳，一时神色凝重。他的设定是青梅竹马，在电视里经常是阻碍主角的炮灰，反正没什么好下场。

楚肖肖："？"怎么就有十几集了？

楚肖肖客观地点评："麒麒哥哥，你这个故事比梦中登月还厉害。"不写小说真是可惜。

楚肖肖被梁双麒跳跃的思维打岔，没过多久也遗忘发丝拉链小插曲，以及黑框眼镜小女孩。

游览博物馆后，梁宸带着两个小孩吃烤肉，瞬间冲去游玩带来的疲惫。楚肖肖已经习惯梁叔叔的作风，对方是彻头彻尾的食肉动物，倘若没有肉类摄入，就像没吃饭一样。

梁宸一边烤肉，一边闲聊："肖肖也快上小学啦。"

梁双麒早将两人同校的喜讯传回家中，只差翻译成猫语告知黑猫梁斯特。

楚肖肖点了点头，又犹豫道："但我还不知道小学是什么样。"

楚肖肖上回晕头转向地进学校考试，然后迷迷瞪瞪地随大流出来，完全遗忘校园里的景象。

梁宸立刻指派任务："梁双麒，你给肖肖介绍一下你们小学。"

楚肖肖眼巴巴地望向梁双麒，就听他在短暂的思考后答道："很无聊的地方。"

楚肖肖瞬间大失所望，梁宸眉头一挑，不满地提醒："……我还坐在这儿呢。"

梁宸：逆子，居然又开始厌学！

梁双麒叹气道："就是很无聊的地方，周一到周五都要穿校服，刚入学还要系绿领巾，体育老师总在期末生病，食堂的饭菜也很一般，连假期都没有肖肖的幼儿园多，放假还要编十几篇作文……"

梁双麒一直对学校假期少耿耿于怀，楚肖肖的幼儿园连圣诞节都有假期，他却要苦哈哈地复习小测。

楚肖肖越听越沮丧，她没想到小学是如此严格的地方，不但有各式各样的规矩，还要天天统一服装，更别提数不清的测验。她的小脑袋瞬间耷拉下来，看上去忧心忡忡，幼儿园似乎更自由自在。

梁宸察觉到小姑娘的低落，当即提醒道："喀喀……"

梁双麒接收到父亲的暗示，抬头就发现小伙伴如同打蔫儿的小花，似乎对未来充满担忧。他顿时打起精神，改口安慰道："不过肖肖要是跟我同校，说不定就没那么无聊啦，学校也是变化发展的！"

梁双麒刚才是真情流露，他确实没有对小学的情况撒谎，但他也没有劝楚肖肖别上学的意思，只是小学和国际幼儿园的确有诸多不同。他的小学竞争压力挺大，从乐团到年级都有统考，考试后还要发成绩条，就像成年人的工资条一样。

楚肖肖心知梁双麒没瞎说，她以前就发现麒麒哥哥和杨茵姐姐的作业好多，跟自己似乎不太相同。

梁宸赶忙往回找补，说道："没他说的那么夸张，肖肖以后就知道啦。"

楚肖肖点了点头，她现在只知道自己的学号是三号，这是被超常班录取后自动产生的编号。除此以外，她对小学一无所知，只能通过别人来了解。

楚肖肖对小学怀抱着些许不安，楚肖逸则在半年间成绩大爆发，他主演的电视剧在电视台及网上大爆一拨，正是楚肖肖和刘韵涵相识的那部现代剧。楚肖逸凭借这部作品，不但被提名某电视剧大奖最佳男主角，最终还成功地夺得奖项。

这可不是毫无含金量的奖项，跟楚肖逸当初被嘲讽为“影帝”不同，他这回确确实实地成了“视帝”！

楚肖逸再次走上领奖台，一时感慨万千，难得透露心声：“我想在此感谢一直包容及支持我的家人，他们确实教会我很多东西……”

拍这部现代戏时全家人头一回集体来探班，楚肖逸那时只记得自己在剧组挺放松，却没想到会获得如此好的成绩，或许冥冥中自有天意。

听到此话，何鑫站在台下也只差感动得泪流。楚肖逸过去频频在发言时翻车，如今终于严肃正经一回，居然没有发表“逸言逸语”。

虽然明星感谢家人的话语偶尔显得官方，但何鑫知道自家艺人确实是有感而发。楚肖逸现在要平和得多，他不再像过去那般尖锐，倒不是失去年少锋芒，只是学会不再刺伤别人。

当然，楚肖逸获奖后也少不了记者采访，他在领奖台上镇定从容，下台后却瞬间跟不上趟，又开始间歇性尬聊。

记者：“你说家里人教会你很多东西，那肖肖都教会你什么呢？”

如果换作其他明星谈感谢家人，记者们当然不会较真对方家人教了什么，但楚肖逸的家人里有楚肖肖，这算是好聊的话题啊！

楚肖逸进可以谈妹妹教会自己爱和亲情，退可以谈妹妹教会自己英语和数学，在记者看来是绝不会翻车的采访问题。

楚肖逸听完问题，想起曾经的摧残，犹豫着试探道：“魔法？”

楚肖逸：实不相瞒，那些乱七八糟的咒语可比英语难太多！

记者：“？”新任“视帝”靠魔法上位？

楚肖逸获得“视帝”后，团队又官宣他参演好莱坞大作，他更是在第三次春晚舞台上将一首《饺子》唱响大江南北，一时间风头无两，隐隐有飞升架势。如果楚肖逸的好莱坞试水成功，他相比同期就能迎来晋升，真正地打入国际化舞台，但他要是一脚踏空，也有可能摔得极惨，谁让他最近曝光太多。

人都是相当势利而现实的存在，倘若楚肖逸此回一飞冲天，他就是为国争光的青年演员；倘若他跌下云端，那立马是谁都能踩他两脚，酸言酸语一秒爆棚。

楚肖逸向来脸皮厚，最近也被外人捧得有些惶恐，一时有些无所适从。他以前是好评和差评都有，都已经习惯此等状况，如今耳边溢满夸赞声，反而觉得不真实。这让他觉得自己就像在走钢丝，下方都是鼓掌及喝彩声，实际上危机重重。

酒店内，楚肖逸翻着营销号的通稿，忍不住吐槽道："你们能别给我发这种捧杀的通稿吗？我有你们说的那么好吗？"

楚肖逸看着稿件都茫然，他已经被吹成爱家敬业、敢刚、真性情、唱演双栖的流量小生第一人，要知道自己以前得到的外界评价都是"当场黑脸、情商低、不会说话、歌曲只受粉丝热捧"，现在一朝逆转，果真话都让这些无良媒体说完了。

何鑫为难道："嗯……你想太多了，我们没钱发这些，可能是发行方的意思。"

楚肖逸如今商业价值极高，自然会有资方帮忙下场，假如他的好莱坞作品上映反响不错，无数新的橄榄枝就会投来。这就是逐利的资本，他们并不在乎明星是否长线发展，只要现在将利益榨干就好。

楚肖逸是当红的，但他也是可替代的，资方没打算考虑他未来几十年的职业生涯，自然要抓住他曝光度最高的黄金期。

楚肖逸头疼地刷手机："我现在想找一条骂我的微博都难，全都被这些通稿挤掉了……"

楚肖逸：我就想感受一下现实的冷空气，怎么连当初的黑号都被人炸掉了！

何鑫见楚肖逸还想找骂，一时神情微妙，不知如何满足对方的离奇要求，他弱弱地提议："……不然你找肖肖骂你两句吧？"

何鑫：虽然网络上的黑子被炸号，但肖肖好歹还是黑子头领。

没过多久，楚肖肖就在家接到便宜哥哥的视频，同时接收到他莫名其妙的要求，让她骂他两句清醒一下头脑。

楚肖肖："？"我从未听过如此离谱的要求……

楚肖肖微微凝眉，小嘴一撇，便要挂断视频："虽然我年纪小，能比你活得久，但你也不能老浪费我时间……"

楚肖肖：我宝贵的光阴总是被你奇奇怪怪的需求所吞噬！

楚肖逸忙道："等等！我就是最近听了太多别人的表扬，亟须知道自己的不足，借此稍微冷静一下……"

楚肖逸觉得自己老听吹嘘不好，就盼着妹妹能点醒自己，让他稍微脱离掌声及鲜花。

楚肖肖正在搜索资料，她满腹抱怨，当即不满道：“你知道什么是细胞体分裂吗？它是以缢束或起沟的方式完成的，微丝的紧缩使细胞在此区域产生缢束，缢束逐渐加深使细胞体最后一分为二……你什么都不知道，你只知道你自己！”

楚肖逸：“？？？”这跟细胞体有什么关系？

楚肖肖挂断视频后，楚肖逸似有所悟，忍不住附和何鑫：“我觉得你对我妹的认知很准确，她确实能找到别人找不到的黑点。”

何鑫：“……她说你什么了？”他觉得自家艺人的行为就是上赶着找骂，还是套娃式的逻辑。

楚肖逸：“我说我最近好评太多，她说我不懂细胞体分裂。”

何鑫：“……”

楚肖逸：瞧瞧，黑子头领的逻辑就是强大，总能找到不一样的黑点！

楚肖找领骂成功，心态顿时平和不少，发觉自己还有诸多不足，尽管他是新晋“视帝”，但他还是不懂生物嘛，还有上升空间！

楚肖肖可不理解便宜哥哥突如其来的失心疯，她最近的事务相当繁忙，不但要在幼儿园参加毕业典礼，还要跟好友及老师们泪别。好在她和安妮仍能频繁见面，安妮会继续就读国际学校，她是外籍小朋友，没法读首都的普通小学。

虽然幼儿园的毕业给楚肖肖带来一丝伤感，但同样有好消息传回来。

假期里，杨茵高考归来，由于她的父亲如今已不在御融台工作，她专门乘车前来看望楚肖肖和梁双麒。

御融台三人组重聚，顿时有聊不完的话。杨茵高考的分数不错，如愿地考入南方某大学。她如今在老家兼职打工赚学费，等到开学就要飞往外地。

杨茵现在终于拥有手机，她告知两位小朋友自己的号码，还到小院里检查橙子树。楚肖肖望着对方的头发愣神：“杨茵姐姐，你把头发剪得好短啊。”

杨茵以前留着长发，总是扎着辫子，如今却是利落的短发，看上去挺清爽。她好像还长高了一些，又或许是改掉了爱驼背的习惯，显得精神得多。

楚肖肖仰头望望杨茵，又扭头看看梁双麒，总觉得伙伴们都在蹿高，只有自己停滞不前。她总跟梁双麒见面还没感觉，现在看到久别的杨茵，顿时发觉自己像两根竹子间的小竹笋，高度完全没法比。

楚肖肖：我明明有在喝牛奶！

杨茵无奈地摸摸头，笑着解释道：“因为我们高中查得严，所以女生都留的短发。”

杨茵刚刚离开高考地狱，还没时间捣鼓自己的形象，依旧保持着冲刺期间的造型。

梁双麒面露惊讶：“为什么听上去像军队一样？”

杨茵苦笑道：“其实确实有点相似，好在我已经出来了……”

如果没有就读这所寄宿学校，杨茵真不一定能考出如此好的成绩，但她同样不想再经历高三的一切，那一度快要将人熬垮。家里人本来就不支持她读书，她在校期间就靠姑姑及楚肖肖的信件在撑，现在总算是盼到曙光。

杨茵听闻楚肖肖对小学的担忧，以及对方第三名的成绩，不由得鼓励道：“肖肖，没关系，我刚转学时排名也不高，后面努力就追上啦！你也可以重回第一的！”

见到凯旋的杨茵，楚肖肖受到鼓舞，也打起精神来。

梁双麒怕楚肖肖压力太大，宽慰道：“实在不行我还可以在咱们三人组里垫底……”反正他一直是橙园三结义里的吊车尾，是御融台种橙小分队里的后进生。

杨茵想起他忽高忽低的成绩，无奈道：“……你也不用如此执着。”

因为杨茵的父亲不再在小区工作，她也没法在此落脚过夜。她跟小伙伴们团聚过后，又交给肖碧一小沓钱，那是当初欠下的部分补习费用。尽管肖碧再三婉拒，杨茵还是拜托对方收下，麻烦肖碧代交给楚肖逸，并表示剩下的费用会慢慢还。

欢乐的时光过后，楚肖肖和梁双麒在小区门口将杨茵送走，三人这次可以坦然地告别，不再像上回一样泪流不止。杨茵眼中盈满自信的光亮，她和伙伴们相约以后再见，便跟他们挥手告别，乘坐汽车离开。

楚肖肖似乎在杨茵身上捕捉到朦胧模糊的东西，她透出向往的神色，感慨道：“杨茵姐姐好像变厉害了。”

杨茵没有违背跟楚肖肖的土豆约定，她在黑暗深处拼命地努力，带着萌芽的朝气跟他们重新见面，确实在越变越好。

梁双麒解释道：“杨茵姐姐长大了。”

杨茵度过高考，基本就等于跨过成人礼，她在逐渐成为独立自主的成年人。

楚肖肖沉吟几秒，轻轻道：“如果长大是越变越好，那长大似乎也不坏。”

如果她能像杨茵姐姐一样越来越好，那小学或许也是值得期待的事情。

夏日的余温里，楚肖肖告别同学、见过旧友，终于迎来前往小学报到的日子。虽然她还没有正式开学，但要提前领校服、拿教材，跟班里同学见面。

楚家栋原本打算送楚肖肖去学校，然而热心的梁宸却接过重担，他主动提出开车接送孩子们：“反正家长也进不了学校，梁双麒还要过去练琴，我干脆把他们一起送去。”

楚家栋：“那多不好意思……”

梁宸却摆摆手示意没事，他还提出两家可以根据限号换着送，这才说服老父亲楚家栋。楚肖肖今日最多是领东西、听班会，的确不会在学校待太久，没必要两家人都出动。

楚肖肖已经习惯坐梁宸的车，她眼看梁叔叔今日将大提琴放进后备厢，不由得好奇道：“麒麒哥哥去报到还要带琴吗？”

梁双麒叹气道：“我今天不是去报到，而是乐团要排练。”

今天是低年级新生报到的日子，梁双麒开学就是五年级，他正式报到的时间是明天，现在出发去学校是要为开学典礼排练。

梁宸上车后，刚刚握住方向盘，突然想起什么来，出声询问道：“对了，你暑假作业写完没有？”

梁宸看着即将报到的楚肖肖，忽然想起明天报到的梁双麒，对方可是要交作业的。

梁双麒：“不要在新学期开始前提如此不吉利的事。”

梁宸：“？”

楚肖肖同样惊异地望向梁双麒，她突然想起麒麒哥哥总是在假期末尾狂赶作业，主要他老是在暑假里参加乐团集训，连带作业都攒到最后。他们前两天还跟杨茵姐姐见了面，又莫名其妙地消耗一天，他做作业的时间再次减少。

梁双麒面对楚肖肖探究的眼神，顿时露出些许赧意。他悄悄地瞟了一眼前面的梁宸，这才小心翼翼地凑到她耳边，偷偷道：“放心吧，我抄也会抄完的，不会让老师面子上过不去。”

梁双麒：即使老师不会认真判，我也会认真地抄完，绝不会交白卷！

楚肖肖：“……这好像不是老师的面子问题。”

楚肖肖不太赞同朋友的想法，但她也没办法出言阻止。毕竟安妮做过类似的事情，对方还信誓旦旦地表示“没有抄过作业的童年是不完整的”，以此理由借走楚肖肖的英语小作文。

楚肖肖：幼儿园的作业那么少，安妮都要追求完整的童年，这么想来麒麒哥哥要更完整好像也没错？

好在梁宸没有继续追究，他提醒道："你自己心里有点谱就行，暑假作业我不管你，到时候别期中考过不去，又惹得你妈在家说你。"

梁双麒这才出声应下，他现在都是关键考试拼一把，平时成绩就忽高忽低，以此平衡大提琴和学习。

梁宸对儿子的告诫结束，又开始关怀楚肖肖："肖肖就要见新同学啦，现在开心吗？"

楚肖肖垂眸道："还不知道大家好不好相处……"

她刚刚突然想起安妮，又不知小学里还有没有像对方那样的好友，自然有点小小的低落。虽然她在幼儿园里跟谁关系都还行，但安妮无疑是她幼儿园里最好的朋友。

梁双麒似乎察觉到她的不安，认真地思考片刻，转身在书包里翻找起来，取出一包崭新的抽纸。他利索地将抽纸口拽开，将其递给楚肖肖，提议道："肖肖，你拿着这个进班吧。"

楚肖肖望着他清透的黑眸，小脸上闪现一丝不解："为什么？"

梁双麒掷地有声道："只要你把它放在自己的桌上，你就能成为全班最受欢迎的人！"

楚肖肖满脸疑惑，不太理解同伴的意思，婉拒道："那还是麒麒哥哥拿着吧，你也可以成为全班最受欢迎的人。"

梁双麒前一秒还兴致勃勃，下一秒就不屑扭头，嗤道："我不需要他们欢迎。"

梁双麒是怕楚肖肖在新环境里没朋友会失落，他才会将打开的抽纸送给她，但他又没有跟班里人打成一片的爱好，自然露出嗤之以鼻的神情，恢复斯文张狂的本色。

梁双麒：我不交友，他们不配。

楚肖肖见他一秒变脸，好奇道："为什么？"

梁双麒："我们班的人都无聊得冒泡。"

楚肖肖："人类是不会冒泡的，只有水里的生物会冒泡。"

梁双麒："会冒，鼻涕泡。"

楚肖肖最终被梁双麒说服，同时深深感受到他的间歇性傲慢，好在她已经习以为常。麒麒哥哥在乐团训练期间也常看不上其他小男孩，偶尔会冒出稀奇古怪的想法，偶尔又有点小小的嚣张，情绪变化速度堪比便宜哥哥。

梁宸只能将小孩们送到学校门口，他将大提琴盒递给梁双麒，又嘱咐儿子给楚肖肖带路，这才开车离开。

楚肖肖不愿耽误梁双麒的排练时间，抵达一年级所在的楼层，她便跟同伴相约待会儿见，自己顺着班级牌子寻找教室。

小学超常班是用四年时间完成小学课程，孩子们在十岁时就要报考中学超常班，再用四年完成初高中课程，最终在十四岁时考上大学。如果有人中途掉队或考学失败，那就会被分配到普通班，结束超常班生涯。

这就导致全校只有四个超常班，而且年级还不一样，甚至不在同一楼层。楚肖肖的班级如今跟一年级同层，超常班的教室被藏在走廊的最深处，需要经过好几个教室才能抵达。

楚肖肖走到教室门口时，发现班里已经有不少同学，桌面上还贴有学号。大家是按号码入座，跟幼儿园里的大桌不一样，单独的桌椅似乎也拉开了彼此的距离。

楚肖肖找到自己的座位，将梁双麒赠送的抽纸放在桌上，望着陌生环境有点茫然。老师还没有进屋，旁边的桌椅也是空的，她一时竟不知该做什么。

楚肖肖索性拿出外文书来看，以此打发空闲的时间，却没想到梁双麒的礼物发挥了作用。

班里的同学逐渐变多，他们在教室里晃来晃去，时不时就要经过前排的楚肖肖，当然也发现了她桌上的抽纸。

“同学，请问你叫什么名字？”面生的小女孩在附近徘徊许久，终于小心翼翼地开口，恳求道，“你可以借我一张纸巾吗？”

“我叫楚肖肖。”楚肖肖望着对方彷徨不安的神情，大方道，“你拿吧。”

“谢谢你，我叫许晓！”许晓听对方答应，立马欣喜而感恩地抽走一张，同时飞速朝走廊另一头的厕所冲去，快得犹如奔跑的兔子。

没过多久，楚肖肖面前的纸巾就被抽空一半，同时认识了班里大半的同学，果真成为全班最受欢迎的人。

梁双麒作为总来排练的老生，早就料到假期时学校厕所没卷纸，凭借信息优势携带稀缺资源，并献上“纸巾之计”帮同伴楚肖肖“建交”。

楚肖肖甚至自己都没用一张，便先被班里同学借去大半。

她后期看到有人在桌前驻足，甚至会主动开口招呼，犹如营业的小机器人般痛快点头：“拿吧，拿吧。”

楚肖肖：别说借不借的，好像会还一样。

楚肖肖书包里装着妈妈准备的小包纸巾，倒不会出现没纸用的情况，她推测麒麒哥哥送自己抽纸的用意就是这个，自然没有拒绝借纸。抽纸只是新同学初遇时的破冰工具，接下来的相处全靠自己。

许晓归来后，想起楚肖肖的名字，主动上前攀谈，不由得惊喜道："你是三号呢，我们好有缘！"

楚肖肖："啊，你是……"

许晓："我是三十号，比你多个零！"

超常班一共有三十人，许晓就是压线进来的幸运儿，不过她对此相当坦然，并未有任何自卑感，倒是有一种撞大运的喜悦。她开心地摇头晃脑："我原以为自己考不上啦……"

许晓突然江湖式抱拳："你们排名前三的都是大佬！大佬受我一拜！"

楚肖肖不知道"大佬"是什么东西，为难道："对不起，其实我是小年轻。"

楚肖肖：我既不大也不老，目前又小又年轻。

许晓："哈哈哈哈，你好好玩儿哦！"

楚肖肖思及便宜哥哥对自己的狂揉，义正词严道："不能玩。"我不接受被玩。

许晓闻言笑得更加放肆，她说话隐隐带着一股京腔，有种吊儿郎当的感觉，但是性格非常爽朗，而且言语相当幽默，透着勃勃的生命力。她能没话找话地跟人唠嗑许久，畅谈中西历史，总有讲不完的话题。

楚肖肖望着新朋友，总觉得许晓家里不是讲相声的，就是说评书的。当然，她不反感许晓的侃侃而谈，倒感觉挺有趣，况且对方为人热情。

许晓和楚肖肖瞎掰良久，班里的同学们也差不多到齐，连班主任都进屋打招呼。班主任是一位姓陆的女老师，她上讲台转悠一圈，又不好意思地走下来，朝楚肖肖笑道："你可以借我一张纸吗？"

楚肖肖直接将抽纸奉上，痛快道："老师，你把这个放讲台上吧。"

楚肖肖突然理解梁双麒不想受人欢迎的原因，她面前人来人往都要抽纸，次数多后就有点受打扰，倒不如放在讲台上任旁人使用。这是一件神奇的魔法道具，尽管效果奇佳，但也有副作用。

陆老师见楚肖肖如此坦然，也就不再推却，将抽纸随手搁在讲台上，又跟班里同学打一声招呼，表明大家可以用楚肖肖带来的抽纸。

正式报到的流程很简单，陆老师依次下发教材、校服、绿领巾和小黄帽，并表示同学们开学后的着装要符合学校要求。绿领巾是给没入少先队的小同学们准备的，小黄帽则是安全交通帽，要求孩子们在上下学时戴上。

教室后方还有带锁的小铁柜，同学们拿到自己柜子的钥匙，便可以将部分物品锁起来。楚肖肖望着各类物品有些为难，好在她很快就理出顺序来，小学跟幼儿园不一样，老师不会再帮你做所有事，基本要靠自己。

看着班里同学整理教材，陆老师拍了拍手，示意道："好啦，那我们再做一下自我介绍吧，这回就先按照学号来，从一号开始！"

"大家好，我叫刘雯沛……"小女孩站起身来，推了推自己的黑框眼镜，一板一眼地进行自我介绍。

楚肖肖看着站起的人颇为惊讶，对方正是她在军事博物馆里碰到的人！

楚肖肖：我居然跟细胞分裂体同班！

刘雯沛介绍完便坐下，陆老师望着空出的二号位，头疼地挠挠头："好像还没来呢，那我们先跳过二号，顺着往下吧。"

楚肖肖闻言站起自我介绍，班里同学依次排下去，直到许晓说完，二号同学都没出现。

陆老师无奈道："我们就不等没到的人啦，先给大家排一下座位。"

班里同学现在是按照学号入座，实际身高却不太合适，便由陆老师进行调整。刘雯沛以视力不佳为由，请求待在前排的位置。楚肖肖在班里不算高，也被排在靠前的位置。

陆老师望着三十号的许晓，左思右想一番，还是将其调整到前排。因为许晓的入学考成绩在班里排名最低，所以陆老师便让对方坐在前三附近，说不定能被学霸们带动感染。

许晓瞬间跳跃到楚肖肖身边，将自己的东西摆好，又望望前三名的位置，扭头笑道："你这个位置很好呢。"

楚肖肖没感觉自己有多大变动，不解道："好在哪里？"

许晓完全是小历史库，别看她入学成绩不高，各类闲书却看得不少，她摸了摸下巴，评价道："两极争霸，你是第三。"

许晓：按照前两名大佬的座位来看，绝对是两极格局无疑。

楚肖肖："那你第几？"

许晓："末位吧。"

两人正窃窃私语着，陆老师已经开始安排新任务："我们超常班一直有个传统，就是每周安排一位同学在早读做课题分享，跟大家介绍你感兴趣领域的知识，第一周就由刘雯沛来做，行吗？”

刘雯沛点了点头，陆老师笑道：“如果你觉得有些吃力，私下跟老师或家人商量都行，你现在有想法吗？”

刘雯沛淡定道：“我打算介绍微生物在可降解塑料生物降解中的重要性。”

楚肖肖：“？”

楚肖肖：“她在说什么？”

许晓：“你们大佬间的话题，我怎么会知道。”

楚肖肖完全没懂刘雯沛要讲什么，但她仔细一想，听完估计就能懂，又将此事抛在脑后。超常班里充斥着奇奇怪怪的小朋友，每个人在没入学前都有各式各样的故事，在这里，普通才是奇怪。

楚肖肖很早就展现出语言天赋，许晓则是名家历史随口就来，更不用说满嘴生化知识的刘雯沛。尽管大家的成绩高低不一，但肯定有各自擅长的技能，能展现出不一样的聪慧。

楚肖肖完成报到的任务，便愉快地带着校服回家，她还真听话地系上绿领巾、戴上小黄帽。然而，她刚刚踏进家门，就遭到便宜哥哥的无情嘲笑。

楚肖逸见妹妹脖子上系着萝卜缨般的绿领巾，脑袋上还有亮得刺眼的小黄帽，忍不住捧腹大笑，惊道：“你这是什么萝卜造型！”

楚肖逸：绝对是土潮第一人，土到极致就是潮！

楚肖肖的新校服还是红白配色，配上绿领巾和小黄帽，真挺像小萝卜头。她没想到楚肖逸会突然归来，怒道：“这是安全帽！老师说戴着能安全！”

安全帽是为提醒往来人流车辆，让司机注意礼让小学生，防止孩子在路上遇麻烦。

楚肖逸去扯她的萝卜缨子，嘲道：“那这是什么？别人的都是红的，你的怎么是绿的？”

楚肖逸上学时还没有绿领巾，他只见过红领巾，自然感到稀奇。

楚肖肖愤愤地拽回自己的领巾，懒得再搭理烦人的兄长，她拜托妈妈帮自己将校服丢进洗衣机，还不满地丢下一句：“你的瓜皮帽也很丑！”

楚肖肖：你的衣服明明都是窟窿，还经常有亮瞎眼的荧光色，凭什么说我？

楚肖逸闻言一愣，转瞬领悟过来，高声纠正道：“那是渔夫帽！”

楚肖逸：我又不是《少年闰土》里的小少爷，什么时候戴过瓜皮帽？

楚肖肖更是抓住把柄，她理直气壮地叉腰：“你又不会钓鱼，你装什么渔夫？渔夫知道这件事吗？”

楚肖逸：“……”

楚肖逸：行吧，别人看我戴渔夫帽是觉得又酷又潮，我妹看我戴渔夫帽是觉得不配。

楚肖肖其实也觉得自己的上学装扮配色奇怪，但她如今被便宜哥哥当面狂笑，又有点郁闷及不服气，感到小小的受挫。

楚家栋安抚道：“好啦好啦，肖肖的安全最重要，还是要坚持戴小黄帽。”

楚肖逸见小东西气性还挺大，又懒洋洋地逗她：“我不就说两句真话嘛，瞧你这副小模样，你胸怀稍微宽广一点，说不定我愿意帮你做点事呢？”

楚肖逸的本意是帮楚肖肖包包书皮、搞搞文具，他觉得笨拙的妹妹做不了此事，没想到此话却让她想起别的事情。

“哦？那你愿意跟我做课题分享吗？”楚肖肖刚刚还闷闷不乐，此时犹豫地瞟他一眼，试探道，“你要给我们班同学唱歌跳舞？”

楚肖逸见她似乎有求于人，立刻挺直腰板，悠然道：“你知道你哥是什么咖位吗？你居然让我唱歌跳舞，真是杀鸡焉用宰牛刀！”

楚肖肖撇撇嘴：“那你还能分享什么呢？”

楚肖逸深知学校套路，课题分享必然又是折腾小朋友的把戏，便率先问道：“其他同学都分享什么？”

楚肖肖：“刘雯沛下周要讲微生物，她说开学后要带团队来讲。”

楚肖逸茫然道：“什么团队？”

楚肖肖迟疑地摸摸脑袋，她其实也没懂刘雯沛今日的话，便老实地转述：“博士团队？她的家人好像是研究微生物的，就是她家里人带的团队。”

楚肖肖对博士还没清晰的概念，楚肖逸却微微凝眉，感到一丝不对：“嗯……她家里人正在带博士团队？”

楚肖逸：等等，倘若有人能带博士团队，那得是什么级别？博士后？

楚肖肖点点头，懵懂道：“她家里人好像正在申请院士。”

楚肖肖连博士都没搞明白，自然更不知道院士的意义。

楚肖逸：“……”

楚肖逸刚刚还大放厥词，说着“杀鸡焉用宰牛刀”，不愿意唱歌跳舞，如今却一秒乖巧，露出标准的营业笑容，难得和善地道：“你们班同学喜欢听什么歌？我该给大家唱跳几首呢？”

楚肖逸发现自己太艰难了，他以前偶尔觉得不读大学也没事，现在越发感到家庭地位卑微。如果楚肖肖以后考完大学，他岂不是一家四口里的学历底层，说话都不够硬气？

楚肖肖瞥他一眼，嘟囔道：“我不要分享歌舞课题。”

楚肖肖当然不会让便宜哥哥去唱跳，她刚刚只是见他得意扬扬，所以随口一提。她打算一个人完成课题分享，一是带着家长上阵，爸爸、妈妈、哥哥难免要被攀比；二是团队作业好麻烦，详情可以参考肖碧的纪念册，兄妹俩毫无默契地翻车。

楚肖肖：和不靠谱的组员合作，还不如自己单打独斗，起码能控制进度。

楚肖逸闻言松一口气，他也不想上台表演，当即嘘寒问暖起来：“那您需要我帮忙做什么吗？小的给您搞一搞开学前的筹备工作？”

楚肖逸刚刚还肆意诋毁妹妹的绿领巾，如今一想她都跟准院士的孩子同堂上课，顿时热情、客气不少，可谓一人得道，全班升天。

楚肖肖见他如此谄媚，小脸上露出怪怪的表情：“你能不能好好说话？”这样好吓人啊。

楚肖逸带着妹妹包书皮，他将各式各样的花纹纸裁好，开始比照着教材折叠。花纹纸颜色清淡秀气，还有漂亮的纹路，摸上去很舒服。

楚肖肖跪在椅子上，双臂还倚着桌面，她探着小身子，观望他的工作，好奇道：“许晓说有塑料的透明书皮，往书上一套一贴就好。”

许晓在老城区活动，她说放学后可以到附近小卖部购买，店里全都是各式各样的书皮。

楚肖逸正忙着叠纸，头也不抬道：“塑料不好，你哥我是环保大使，提倡少用塑料制品。”

当然，楚肖逸不会承认他觉得包书皮挺好玩，这种不费脑的工作有时可以排解压力，让人感觉心情平静。他刚开始非常抗拒帮楚肖肖打工，如今却有点乐在其中，认为自己是平平无奇的手工小天才。

楚肖逸将诸多教科书用花纹纸包好，又在封面注明科目名字，同时被迫接受楚肖肖在上面添加英文的行为。

她给英文书写上“Charms（魔咒课）”，语文书写上“Defence Against the Dark Arts（黑魔法防御术）”，数学书写上“Transfiguration（变形术）”，以此给小学课程名进行修正。

楚肖逸由于她的英语私货教学，居然能看懂她在写什么，同时产生深深的疑惑。语文被称为黑魔法防御术勉强能理解，可以看作学习“如何跟杠精对抗”，也算是黑魔法防御，但为什么数学和变形术能画等号？

楚肖逸：莫非是“奇变偶不变，符号看象限”，所以数学就是在瞎变？

楚肖肖完全不知他微妙的心理活动，她望着封面漂亮的新书，一时爱不释手、欢欣鼓舞，连带看便宜哥哥都变得顺眼。她觉得自己的书皮独一无二，跟同学们批量生产的书皮不一样，有着浓厚的个人风格。

楚肖肖愉快地抱着教材，又偷偷地瞟楚肖逸一眼，嘀咕道：“虽然你没有博士团队，但你包的书皮比他们包的厉害，这也可以啦……”

楚肖肖察觉便宜哥哥得知“院士”两字时过于震撼，尽管她不理解称号背后的意义，但估计又是将人进行分类。

她觉得总用自身的短处跟别人的长处相比不好，就像她考第三名时家里没有苛责，便宜哥哥也没必要苛责自己。大家都像许晓一样开心、爽朗，不要执着于排名也挺好。

虽然便宜哥哥不懂可降解塑料、微生物研究，也不是正在申请院士的厉害人物，但他愿意在生活里坚持少用塑料，这已经足够啦！

楚肖逸听她声若蚊吟地说完，又见小丫头低头去看脚尖，佯装无事发生过。他一时颇感讶异，没想到她还会安慰自己，顿时心里软成一团。

楚肖逸其实早猜到超常班家长不一般，已经做好躺平任嘲的心理准备，没料到她却顾忌起他的自尊心。别看小东西经常嘴上损自己，偶尔还是有小天使的一面，她挺在乎家人的情绪。

小孩子平时让人觉得头疼又麻烦，但他们总能在不经意间流露真挚的爱。

楚肖逸闻言大感欣慰，立刻感动地搂着楚肖肖，又开始得寸进尺地逗她，故意卖惨道：“那你这学期考个第一名吧，我实在比不过他们的家长，家长会只能靠你的成绩啦……”

楚肖逸：虽然我比不过他们，但我妹可以比过他们的孩子，我就是无耻靠妹上位第一人！

楚肖肖听着他可怜兮兮的絮叨，不禁满脸迷惑：“？”你是什么品种的魔鬼？我出言安慰你，你却让我考第一？

穷人家的孩子早当家，傻子家的孩子能早慧。因为便宜哥哥拼不过别人家长，所以楚肖肖早早地扛起重担，她只能凭借自己在学校崭露头角、发光发彩。

楚家栋在旁听着兄妹闲聊，弱弱道：“……原来不是我去开家长会吗？”

楚肖肖的家长会以前都是楚家栋、肖碧轮替参加，只是《咱家几代人》让楚肖逸参与过一回，大儿子便好似瞬间找到乐趣。

楚肖逸见父亲要争夺家长会名额，不满道：“爸，你就不能让我被学术氛围熏陶一下？”

楚肖逸：我还没见过扎堆的 SSR 呢！

楚家栋：“？”你当年高考时可不是这么说的！

楚肖肖思考片刻，又征集兄长的意见，问道：“那我课题分享能使用你的数据资料吗？”

“我的数据资料？”楚肖逸面露愕然，他一想自己如今好歹算是“视帝”，便痛快地摆摆手，“用吧用吧，我不介意，你想搞艺术相关的专题吗？”

“不，我想搞教育学。”楚肖肖说完就一溜烟地逃走，她可以跟班里分享一下如何让憨憨学会英语，正好还有翔实的资料文献。

楚肖逸：“？”你怎么还能搞上教育学？不该由我来分享育儿心得吗？

正式开学当天，楚肖肖穿好新校服，戴着小黄帽，背着兄长包好的新书，开开心心地上学。

楚家栋今日负责接送两位小朋友，他瞧见梁双麒背着大提琴盒及书包过来，赶忙朝小男孩跑两步，关怀道：“麒麒扛得动吗？这重不重啊？”

梁双麒婉拒楚家栋的援手，摇了摇头，礼貌道：“谢谢叔叔，这不算重。”

梁双麒经常带琴外出参赛，在乐团里老师不会帮你收乐器，孩子们都是自己管自己，谁也不能娇气地说扛不动。

楚家栋将后备厢打开，见小男孩自己将琴盒稳稳放好，不禁感慨道：“嚯，力气还挺大。”

梁双麒将大提琴盒放好，便也带着书包上车，坐到楚肖肖身边，跟她问好打招呼。他没有穿红白配色的校服，而是穿着白衬衣及黑裤子，完全是彬彬有礼的小绅士，浑身透着高雅气质。

楚家栋启动车子，又开启导航，他笑着寒暄：“麒麒总待在乐团里，倒是能交不少朋友。”

梁双麒认真道：“其实并没有，我们乐团只有人嫌狗厌的男生。”他甚至想将范围再扩大一点，不仅仅是在学校乐团，小学男生都有点人嫌狗厌。

楚肖肖忍不住提醒：“麒麒哥哥，你不也是乐团的男生？”

梁双麒：“我是人嫌狗厌又有自知之明的男生。”

楚家栋被小男孩逗乐，他听梁双麒公然自嘲，安抚道：“哪有你说的那么夸张，这个年纪的男孩就是稍微调皮一点……”

梁双麒叹气道：“我可能跟叔叔对‘稍微’的理解不同吧。”

楚肖肖戴着小黄帽、系着绿领巾，见小伙伴跟自己着装不同，她好奇道：“麒麒哥哥，为什么你不穿校服也不戴绿领巾？”

梁双麒：“我已经不戴绿领巾了，现在班里戴红领巾。”

楚肖肖：“那你的小黄帽呢？”

梁双麒望着她天真无邪的眼神，没好意思说他觉得太丑：“……”

虽然梁双麒还是小学生，但他好歹已经五年级，不像楚肖肖那样听老师的话，再加上乐团表演都穿礼服。他只要提着大提琴就不会被人拦，门口查着装的师生们都会放行，他们知道今日乐团有开学演出。

梁双麒进校就要去乐团，他书包里装着红白配色的校服，本打算等表演完再换上，此时面对楚肖肖的明亮眼眸却不好解释。小朋友在车里都戴着小黄帽，他要是独自美丽，实在太不义气。

梁双麒僵硬地望着楚肖肖，好半天都说不出话来，楚肖肖直直地盯着梁双麒，眼神中充满好奇及探究。

片刻后，梁双麒终于败下阵来，发出咕噜咕噜的不满声，有点像委屈的大猫，转身从书包里取出校服及小黄帽。

他动作缓慢地将校服外套披在白衬衣外面，又将傻气的小黄帽扣在头上，最终毫无灵魂地系起红领巾，这套流程莫名透出三分屈辱。他还是向友情默默地低头，从高傲的大提琴手沦落为傻得冒泡的小学鸡，牺牲自己的偶像包袱。

楚肖肖看双方着装一致，露出愉快的神色，兴高采烈道：“我们只有领巾颜色不一样！”

楚肖肖原来觉得上学的打扮有点丑，但她发现所有人都一样，顿时又开心起来。

梁双麒强颜欢笑，没好意思说自己平时只穿校服，愿意使用小黄帽及红领巾才有鬼。

下车后，楚肖肖和梁双麒踏进校门就分道扬镳，一个要去教学楼，一个要去小礼堂。梁双麒背着大提琴盒，又提着自己的书包，无暇改变自己的小黄帽、红领巾着装，刚进小礼堂就遭到乐团人的疯狂嘲笑。

乐团孩子们都穿着黑白西装或礼服，他们还有精致的小领结和黑皮鞋，见到梁双麒，顿时狂笑不止："哈哈哈哈哈哈哈哈，梁双麒你丑到我了！"

"我的天哪，这是啥造型，你今年刚上一年级吗……"

梁双麒面对楚肖肖时忍辱负重，老实地戴上小黄帽，此时却低气压爆棚，语气不耐道："你、们、好、烦。"

梁双麒：所以我讨厌人嫌狗厌的小学男生，他们简直无聊得冒鼻涕泡。

楚肖肖进班后，将自己的教材放在桌上，立刻吸引了许晓的注意力。许晓望着花纹纸书皮，不禁惊讶道："你的书皮好漂亮。"

楚肖肖望了一眼教材，内心涌现三分自豪，面上却强作镇定："我哥哥帮我包的。"

许晓诧异道："你还有哥哥？真好，我妈怎么就不能给我生个哥哥呢？那样我就不用自己包书皮了。"

楚肖肖思索片刻，说道："……你只能有弟弟。"

许晓："那算了，我还得给他包书皮。"她不要做工具人。

楚肖肖第一天上小学有点兴奋，她看着同学们陆续进来，刘雯沛也背着书包出现。当然，报到当天缺席的二号同学同样露面，他刚刚踏进教室里，便正好看到楚肖肖和刘雯沛，露出难以置信的表情。

"他眼圈怎么是红的？"许晓瞟了一眼小男孩，又见他坐到二号空桌上，顿时语调悠扬，"哦嗬，来了。"

楚肖肖觉得许晓偶尔像学校门口遛弯的老大爷，他们会聚集在树荫之下，一边挥舞着蒲扇，一边用着流利的京片子，畅谈世界政治格局，好像人人都懂国家大事。

看到陈光溯，楚肖肖也有点惊讶，她都好长时间没见对方了，印象中他还是含着眼泪吃豆沙小饼的男孩，他泛红的眼圈瞬间勾起她的回忆。她没有盯着他太久，很快就翻开书自习，看看小学课程的内容。

看见楚肖肖，陈光溯如遭晴天霹雳，他由于入学考试错失第一而满腹怨气，报到当天公然拒绝来校，今天也在校门口号啕大哭挺久。如果换作是往日，母亲一定会心软地带走自己，但偏偏陆老师经过校门口，直接将陈光溯从母亲手里接走。

陆老师完全不像幼儿园老师，她对陈光溯的哭闹毫无反应，反而平静道："光溯，我知道你没有读过幼儿园，但从今天起你就是超常三班的一员，必须学会独立起来。"

陈光溯想要朝班主任撒泼打滚，他以前就仰仗着自身聪慧威胁大人，无奈陆老师见过的神童过多，根本没将他的小把戏放眼里。

陆老师见他哭也哭完、闹也闹完，小男孩似乎有点疲惫，她沉着道："你现在可以去班里了吗？"

陈光溯发现新老师不为所动，只能哀怨地抹去眼泪，闷闷不乐地走向班里。

陈光溯觉得自己接触小学后霉运连连，他探头探脑地张望楚肖肖，最终看到她桌子上的三号，顿时长舒一口气。然而，他扭头又看见刘雯沛桌上的一号，再次遭受迎头痛击，一时有些手足无措。

陈光溯：对手非但没有减少，反而变得越来越多！

班中同学调整座位都是连桌椅一起，他们的入学排名成为学号，将陪伴四年的学习生涯。陈光溯盯着楚肖肖瞧许久，又盯着刘雯沛瞧许久，他觉得当前的主要矛盾是与刘雯沛的矛盾，顿时对楚肖肖转变态度。

楚肖肖的前两节课是数学，她发现小学课程内容挺多，老师还经常进行拓展，课上根本没有休息时间，脑袋一直跟着在转。幼儿园老师总是耐心地询问，她们还要等进度慢的小朋友；小学老师却不是如此，对方好像笃定众人都懂。

更可怕的是，尽管班里同学学得稍显吃力，但似乎都能消化、理解，没有像安妮般迷糊的小孩。许晓就是要课下翻书看看，也不会落后别人太多。

下课前，数学老师合上教案，和气道："书上还有一个课外拓展板块，如果有同学对此感兴趣，可以私下研究研究，来办公室找我讨论……"

楚肖肖对此挺感兴趣，翻着数学书寻找起来，恰好陈光溯途经她的座位。他好似看透她的小动作，高傲地微微扬起下巴，出声提醒道："那是 35 页的内容。"

"哦，谢谢。"楚肖肖莫名其妙地瞟陈光溯一眼，今天没听到"我要打败你"的言论，她一时竟有点不太习惯，发觉小哭包似乎改变性格了。

"书上的内容不够多，你可以看看我的笔记。"陈光溯主动拿出自己的笔记本，他现在没将楚肖肖视为竞争对手，觉得她对自身没有威胁力，顿时心平气和，念起旧情。

陈光溯由于性格，没上过幼儿园，在他眼里，楚肖肖已经算是认识久的同龄人，她时不时还会勾起自己对豆沙小饼、薯角的回忆，他不禁怀念地咂咂嘴。

虽然陈光溯像一只趾高气扬的小公鸡，但他确实是助人为乐无误，让楚肖肖也遗忘过去的不愉快。她客气地谢过对方的笔记，只见对方露出自豪得意的神情，大大方方地摆摆手，一副不用放在心上的感觉。

楚肖肖捧着笔记有点蒙："虽然他是在好心帮助我，为什么我还是觉得怪怪的？"

楚肖肖：情绪颜色是友善的，做出的事也是友善的，究竟是哪个环节不对？

许晓："世界警察都这样，帮你归帮你，让你不爽归让你不爽，这两者不是一码事儿！"

不得不说，许晓在某种意义上看透了陈光溯的本质，他觉得自己已经算是击败了楚肖肖，立刻将她划分在自己的管辖范围内，展现出一对一帮扶的大国风范。

楚肖肖摇了摇头，低头翻看起陈光溯的笔记，发觉对方私下还真补充了不少资料，好像早早就预习过小学课程，就是字迹有点丑，需要费力地辨别。

楚肖肖看完将笔记还给陈光溯，再次向对方道谢，发觉他果然态度有变，不再像拉丁语课上一样争强好胜。

开学第一天，楚肖肖过得充实而愉快，一扫她先前对小学的恐惧。她跟许晓成为好朋友，还在开学典礼上看到麒麒哥哥拉大提琴，同时担任班里的临时学习委员，可谓收获颇丰。

梁双麒没想到小朋友会火速升官，忍不住敬佩道："肖肖好厉害！"

梁双麒班里的班委基本是受老师喜欢的好学生，虽然他对班委没什么特殊感觉，但既然是同伴成功上任，自然要真心实意地祝贺。

楚家栋笑着调侃："哎哟，这么快就当官啦？"

楚肖肖摇摇头，纠正道："这只是临时的，陆老师说先这么安排，等过两周再让同学们选，班里前三名都当了班委。"

因为同学们还互相不熟悉，所以陆老师就钦点了前三当班委，打算等众人彼此了解后，再重新进行选举。刘雯沛是班长，陈光溯是副班长，楚肖肖是学习委员。楚肖肖对班里的官职大小并不介意，倒是陈光溯气得不轻，他对刘雯沛压自己一头愤愤不平。

楚肖肖回家后做完作业，还在晚上跟楚肖逸视频一拨，一方面是收取日报，另一方面是扩充资料。楚肖逸最近正在筹备演唱会，他觉得自己近几年原创歌曲攒得够多，是时候完成开演唱会的梦想，一直在忙着彩排练习。

楚肖肖严谨地询问："你最近英文歌唱得怎么样？"

楚肖逸误以为她关心自己的工作，还得意扬扬地给她发短视频，炫耀道："给你看看你哥的彩排片段，不要随便往外传啊，一般人都见不着呢。"

楚肖肖点开视频观赏，又回忆一番兄长以前的英文歌水平，顿时在心里有了主意，对他的口语水平进行了重新评估。她细心地问东问西，详细地记录着数据，终于引发楚肖逸的怀疑。

楚肖逸："你怎么好像望闻问切的医生？"

楚肖逸：总觉得语气中透露着"哪里病啦、病得重吗、病好点没"的微妙感觉。

楚肖肖："这份工作跟医生也差不多。"教育主要就是治笨笨的毛病。

楚肖肖如今刚刚学会用 Keynote，还不太擅长做幻灯片，需要向母亲多番请教，专题进度就比较缓慢。好在第一周是刘雯沛展示，她倒不用过于着急，可以进行学习、借鉴。

刘雯沛确实是带着团队来的，博士们提着各类小设备，指导班里同学们使用，用于了解微生物。准院士家长并未出现，他只是将自己的团队借给小孩，顺利地让刘雯沛完成展示。

当然，专题分享上也有一些小小的摩擦，陈光溯多次对刘雯沛进行提问，质疑她的研究结果，他高高在上道："这些都是你家里人的研究吧，怎么证明是你自己做的呢？我觉得这不算你的分享。"

刘雯沛神情淡然，扶了扶眼镜，沉着地道："文献综述也是研究里重要的一环，我既然要讨论微生物，当然要参考前辈的资料，只是他们恰巧是我家人而已。"

刘雯沛一直是脾气古怪的小朋友，她以"不说人话"而闻名全班，经常说些楚肖肖无法理解的句子，而且不爱跟班里人交流。

陈光溯双手环胸、眉头紧皱，他显然不赞同刘雯沛的说法，认为对方是搬出外援、胜之不武，恶意在班里大出风头。

正副班长公然对峙，立刻让原本愉快的早读变得不愉快，最后只能由陆老师出面劝和。

许晓兴奋道："要打起来啦，要打起来啦，我就要见证历史了！"

楚肖肖不明白课题分享为何还能掐架，忍不住吐槽道："倒也不必如此较真……"

楚肖肖：这不就是一个知识分享会吗？怎么学习还能搞得不愉快？

因为陈光溯在报到当天缺席，所以楚肖肖在第二周进行分享，她结合自身外语学习情况及授课经验，以脑袋愚笨、不思进取的“Y 同学”为例，分享如何激励厌学儿童对英语焕发热情，还有具体案例分析。

刘雯沛望着翔实的数据，大为惊叹：“世界上还有不愿学习的人吗？”

刘雯沛立刻在心里飞速回忆家人们的学历，其中最低的是普通 985 本科毕业的堂哥，但他也没有抗拒过学习英语。刘雯沛的世界观遭到莫大震撼，怎么会有人连主动学习的能力都没有！

楚肖肖欲言又止，她替兄长挽尊，解释道：“嗯……也不能算不愿学，他只是觉得有点难。”

楚肖肖：幸好为保护隐私使用了化名，不然便宜哥哥更要被说。

陈光溯诧异地反问：“学习有什么难的？”

两位正副班长意见难得地达成统一，他们认为学习是世界上最容易的事情，展现出另一种“何不食肉糜”的心态。

楚肖肖也觉得学习没那么难，但她还是沉着冷静道：“所以我搬出这个案例进行分享。”

刘雯沛若有所思地点头：“这确实具有特殊的代表性，我以前从未听说过。”

许晓附和道：“我以为自己就够不爱学习了，原来人外有人，天外有天。”

楚肖逸还没在家长会上见过扎堆的 SSR，自己倒是先被一群 SSR 热情研究起来。他在演唱会彩排现场打了个喷嚏，一时奇怪地摸摸鼻子，还不知道自己在超常班里名声大噪，以化名“Y 同学”引发小同学们的诸多疑惑。

超常幼崽们好奇地望着他的资料，众多 SSR 深入探讨 R 为啥不够强大，他是御魂装得不对，还是经验等级不够，到底是哪里出现问题？

楚肖肖的专题分享在班里效果不错，甚至获得班主任的表扬。

陆老师意有所指道：“我觉得楚肖肖的分享就很好，大家应该用自己擅长的东西帮助别人，就像她私下让 Y 同学好好学英语一样，而不该用自身优势去炫耀、攀比……”

“我们每个人都有擅长或不擅长的东西，不能由于你暂时比别人强，就产生高人一等的思想。”陆老师首先要引导这群小神仙们转变思想，部分人过早地尝到天资带来的胜利，已经在性格上留下烙印，现在要学会逐渐接受平凡。

有人在超常班外可以傲慢地彰显天资，但在超常班里就显得普普通通，后期必然会存在落差感，需要慢慢地调整心态。

楚肖肖的课题分享不但获得老师肯定，还得到大佬们的认可。刘雯沛头一回主动跟人搭话，她镇定地道："你的案例分析好完整，我都想要见见 Y 同学了。"

刘雯沛好像对军事博物馆的事情印象不深，所以楚肖肖也就没有再提此事。她现在当真对"Y 同学"产生了兴趣，想要看看楚肖肖案例分析背后的真人，满足她看大熊猫一般的好奇心。

楚肖肖老实道："他最近有点忙，我都见不到他。"

楚肖逸最近忙着筹备演唱会，根本没有时间回家，有时候发日报都在深夜，看上去极为忙碌。

刘雯沛生于研究人员家庭，带着一股子执着劲儿，坚持道："没关系，我可以配合他的时间，只要知道他的活动区域，我可以自己登门拜访。"

楚肖肖总觉得刘雯沛的语气挺有趣，对方好像在蹲守神奇的珍稀动物，或者捕捉野生的宝可梦，还愿意在便宜哥哥的活动区域里蹿来蹿去。

楚肖肖思及兄长的行程不算秘密，索性大方道："那我放学后给你发信息。"

刘雯沛点了点头，他们上学期间不能玩手机，只能在放学后掏出电子设备，否则会被老师批评。

放学后，楚肖肖跟刘雯沛交换联络方式，她将便宜哥哥发给自己的消息，又转发给新同学。楚肖逸当初发来的时候，楚肖肖完全没将其放在心里，没想到在此派上用场。

刘雯沛点开页面，望着售票时间及平台有点发愣，疑惑道："这是什么？"

刘雯沛：原以为是野生动物的活动地点，为什么还需要买票？

楚肖肖："演唱会的售票信息及地点，这就是他最近两三个月的活动区域。"

楚肖肖如今是见不到便宜哥哥的，他说搞完演唱会再回家里，所以御融台现在不算他的活动区域。

刘雯沛了解地点点头，决定回家研究一番，便跟楚肖肖道谢、告别。

当天晚上，刘雯沛按时间登录购票平台，她是准时严谨的小朋友，卡点刷进平台购票，刚刚点击购买最便宜的门票，页面却突然显示网络繁忙。

刘雯沛："？"

五秒后，刘雯沛重新刷新页面，却发现售票栏全都变灰，一张票都没有留下！

她难以置信地再次刷新，完全没懂意外的发生，怎么连看台票都售空了，明明刚刚还能选择购票！

刘雯沛深感做研究的困难：居然有那么多人想看楚肖肖的案例分析！

“雯雯，你有买到想看的讲座吗？”刘雯沛妈妈见女儿一动不动地坐着，半天都没说一句话，她索性主动出言询问。

刘雯沛拿的是母亲的手机，她看着页面相当郁闷，面无表情道：“我根本就没有进入付款页面。”

刘雯沛以前曾在此平台上买过博物馆、知名讲座的门票，但她那时都能顺利地进入下一页面，这回只是点击购买就卡住，再一刷新便全部变灰，让她感到迷惑不已。

“为什么？网络太卡吗？”刘雯沛母亲闻言凑过来，她看到演唱会售票万分诧异，神色古怪道，“你居然会想看演唱会？”

刘雯沛纠正道：“不，我是想亲眼看看同学的研究案例。”

刘雯沛母亲没有对女儿想买演唱会门票的行为发火，甚至在心里微微松一口气，觉得刘雯沛总算是正常了一点，开始帮女儿查看此明星的演唱会门票。

刘雯沛自小跟家里长辈生活，不但遗传对方先天近视的毛病，还完全复制长辈们的学究气。她一直就对常规的玩闹不感兴趣，却能在各类博物馆里流连忘返，跟其他孩子截然不同。

虽然家里人惊叹于刘雯沛的天赋，但刘雯沛母亲一直有点忧虑，她曾弱弱地提议：“雯雯，你可以像其他普通小孩一样，多出去跑一跑、玩一玩。”

刘雯沛当时听完却推推眼镜，有条有理地反问：“‘普通’是如何定义的呢？如果没法定义‘普通’的概念，那我们接下来没法探讨这个问题。”

刘雯沛母亲：“……我的意思是你可以多一些爱好。”

刘雯沛：“我的爱好就是学习和搞研究。”

刘雯沛母亲：“……”嗐，谁还能拦着孩子学习呢？

母女二人捣鼓购票平台许久，最终还是遗憾地没有捡到漏，成功达成演唱会购票陪跑成就。刘雯沛着实心情不佳，她刚开始只是有些好奇，如今却被硬生生地激起斗志，因为抢票失败，反倒越发想看。

刘雯沛眉头微皱，百思不得其解：“为什么有这么多人搞这个研究？”

刘雯沛：楚肖肖明明是刚在班里分享，学术成果还能传播得那么快？

刘雯沛母亲感到哪里不对，她搜索一番楚肖逸的资料，无奈地解释：“雯雯，这是明星演唱会，这不是在搞研究……你到底哪里有误会？”

因为楚肖肖特意将楚肖逸打码成“Y 同学”，又完全没提哥哥在其他领域的成就，所以刘雯沛自然对明星演唱会没概念。小朋友还没有追过星，就先一步被粉丝手速吊打，坐在沙发上万分懊恼。

刘雯沛父母思及女儿执拗的性格，决定私下搞搞票源，无奈都不是追星族，连如何找黄牛都不知道。刘雯沛母亲好歹懂一点明星，刘雯沛父亲对此是一窍不通，他迷茫地摸着后脑勺：“……我该去找谁要票呢？”

刘雯沛过去想看讲座，那都是生物、化学、人工智能等领域，他们只要知道讲座类型，就能找到相关业内人士，娱乐音乐好像跟这些有壁垒。

刘雯沛父亲：求人办事好歹要探清门路，我现在却连找谁都不知道。

刘雯沛母亲浏览着楚肖逸的资料，很快就发现一丝不对劲，奇怪道：“咦？楚肖逸和楚肖肖是兄妹，楚肖肖是不是雯雯班上的？”

虽然刘母不懂楚肖逸的百科成就里为何还有“肖肖哥哥”一项，但她点进去发现楚肖肖居然是他妹妹，似乎正好跟刘雯沛同班，这不是现成的门路？

父母二人商议一番，又跟刘雯沛严肃交谈，探讨如何推动女儿的研究进展。刘雯沛母亲语重心长道：“雯雯，你也是时候跟同龄人多接触了，既然你那么想看案例分析，为什么不多跟楚肖肖交流一下呢？”

刘雯沛父亲附和道：“没错，搞研究不是闭门造车，你总要跟人有必要的社交。”

刘雯沛向来不喜欢交友，质疑道：“我以前搞研究也没社交。”

刘雯沛母亲掷地有声道：“那是我们家里人在帮你社交，否则你怎么看到最新资料？怎么接触优秀团队？这都是家里的人脉啊，你该学会逐渐靠自己，不能老靠家里！”

刘雯沛以前是小孩子，她想要了解什么，自有人双手奉上，反正家里不缺资源，但她也变得独来独往，不喜欢跟同龄人交流。

“这些都是你家里人的研究吧，怎么证明是你自己做的呢？我觉得这不算你的分享。”

刘雯沛听到母亲的话一愣，脑海中忽然浮现出陈光溯的话，一时内心有点憋闷和不爽。虽然她当时态度坚决地反驳了对方，但陈光溯的话并不是毫无道理，她的研究资料来自家中积累，楚肖肖的研究资料却是自己归纳的。

刘雯沛想到要跟人打交道，为难地低下头，沮丧道：“可我只想做简简单单的研究人员。”

刘雯沛父亲："研究人员也是要交友的，你要是想做什么项目，跟别人关系不好，别人只愿掏三分心力帮你，跟别人关系很好，别人就愿掏七分心力帮你，这里面的门道可多着呢！"

刘雯沛只是生在科学世家，她的亲属愿意掏心掏肺地帮她，这才能避免社交环节。如果换作是普通草根，性格上还不够懂事，谁会上赶着助人为乐？

刘雯沛听父母一席话，如读十年书，突然有醍醐灌顶之感，想到楚肖肖是该领域的前辈，看来有必要跟对方搞好关系。

"你能跟我做朋友吗？"

体育课上，刘雯沛作为超强执行派，立刻向楚肖肖发送好友申请，直接将新任学习委员和体育委员搞蒙。

楚肖肖手上还捏着跳绳，她迷惘地看着刘雯沛，又扭头瞅瞅许晓，不好意思道："对不起，我已经答应跟许晓组队啦。"

同学们在体育课上组队跳绳，还能玩一带一的花样。许晓作为新任体育委员，表示自己玩跳绳超强，便提议带楚肖肖跳，哪想到刘雯沛会冷不丁冒出来。

刘雯沛镇定道："没关系，你不用跟我跳绳，也不用陪我做什么，跟我做朋友就好。"

许晓："……也不用陪你上厕所？"

刘雯沛："不用。"她其实就想一个人待着，要是不社交就有朋友最好。

楚肖肖闻言更是满头雾水，迷惑地道："什么都不用，还用朋友吗？"

楚肖肖：这是什么奇怪心态？难道就像"虽然我不花钱，但我要有钱"的想法一样？或者就像便宜哥哥的穿着打扮，虽然他的裤子破破烂烂，但他好歹有一条裤子穿？

刘雯沛当真是掩耳盗铃第一人，让楚肖肖半天摸不着头脑。

刘雯沛抿抿唇，索性坦白道："我想要一张你哥哥的门票。"

楚肖肖恍然大悟，长叹一声："嗐，其实你不是想跟我做朋友，只是想要我哥哥的门票……"

楚肖肖：我只是小小的工具人而已。

刘雯沛诚实道："可以这么说。"

楚肖肖大大方方道："我可以帮你回去问问，如果他愿意的话，我就把票拿给你，你不用跟我做朋友。"

楚肖肖又不是缺朋友的人，她只需要晚上询问一下楚肖逸，并不会费多大工夫，最后能不能成也是看便宜哥哥，她就是小传话筒而已。

刘雯沛见对方心胸如此豁达，对自身研究资料毫无保留，更感楚肖肖的高风亮节。她真心实意道："如果我能拿到研究案例的票，那你就是我最好的朋友，这是研究人员的社交礼仪。"

楚肖肖面对硬核交友，小脸上露出一丝为难，甚至说出兄长口头禅："……倒也不必。"

楚肖肖年纪尚轻，以前只见过正常的小朋友，哪有像刘雯沛如此直白的人？对方冷不丁从旁边冒出来，忽然紧紧地握住你的手，只差大吼"你这个朋友我交定了"，甚至让你无法拒绝。

体育课都是两人一组结伴跳绳，女生和女生扎堆，男生和男生结伴，刘雯沛却是一人跳绳还乐在其中，甚至捏着两根绳一起跳，还婉拒别人的邀请。

许晓啧啧道："大佬就是大佬，我们两人跳一根，她一人跳两根。"

楚肖肖算是看出来了，刘雯沛真的挺讨厌社交，对方能找上门实属不易，连带对要票的事都上心起来。她觉得刘雯沛鼓足勇气开口，自己要是不帮忙都说不过去，求人是一件考验自尊的事。

刘雯沛对楚肖肖低头申请成为朋友还被拒，面对陈光溯却我行我素又任性，两人矛盾不断加剧。陈光溯想要打败刘雯沛，总是跟其针锋相对，刘雯沛却是"关我屁事，关你屁事"的态度，完全没将他放在眼里。

两个小孩的性格都有些古怪，加上正副班长经常共事，自然少不了摩擦。楚肖肖作为学习委员，总是在办公室遇到他们，她简直要变成夹心饼干里的夹心，天天被两块饼干挤来挤去。

因为刘雯沛曾开口要票，所以楚肖肖也胆大一点，询问道："为什么你们不能好好交流呢？"

刘雯沛冷静道："他身上又没有我想研究的项目，我为什么要跟他交流？"

刘雯沛在班里跟人零交流，又不是单纯针对陈光溯，她就是不喜欢跟人打交道。

楚肖肖瞥班长一眼，欲言又止道："因为我能帮你开口要票，所以你愿意跟我交流？这么现实的吗？"

楚肖肖：我以为便宜哥哥让我考第一就够直白了，没想到你还可以更简单直白。

刘雯沛沉着地点点头，淡然道："你很介意这一点吗？"

楚肖肖："……倒也没有。"刘雯沛完全不加遮掩，楚肖肖都不好介意。

小学班委们时不时要参加年级会议，然后领回各式各样的小册子、小物件在班里发放。因为楚肖肖是学习委员，所以她的参会次数不算多，一般只听跟学习相关的。

散会后，老师们在礼堂前方招呼道："班长们留下来搬资料，其他人可以先走啦。"

刘雯沛和陈光溯刚刚发生口角，她干净利落地站起身来，朝副班长平静地道："你的话那么多，就由你来搬吧。"

刘雯沛才不管陈光溯恼得满脸通红，她神情自若地离开礼堂，完全没有搬资料的意思。陈光溯顿时气得跳脚，想要跑去找陆老师告状，认为刘雯沛玩忽职守，根本不履行班长义务。

楚肖肖闻言，为难地望望前方排队的其他班长，又瞅瞅要去告状的陈光溯，叹气道："我帮你搬吧，你别出去了。"

楚肖肖：其他班的班长都和和气气，我们班的两个班长要世界大战。

陈光溯顿时一愣，没想到楚肖肖还有一副好心肠，支吾道："真的吗？"

楚肖肖点点头，她有一种家丑不可外扬的意识，就像在家里跟楚肖逸掐得天翻地覆，出去还是要体体面面、有商有量。虽然她上小学的时间还短，但她是超常三班的一员，班长们互相掐架耽误事情，最后还是班里丢脸。

刘雯沛不搬书，陈光溯去告状，事情又耽误下来，还不如现在解决。

陈光溯被楚肖肖一打岔，很快就遗忘告状的事情，跟她一起在前方排队领书。今天的资料书看上去数量多，但抱起来并不算重，两人稍微分一分，便一人一摞抱着走了。

走廊里，陈光溯抱着书又开始愤愤："刘雯沛太不负责任啦，我必须让陆老师知道！"

楚肖肖小声嘀咕道："你要是不惹刘雯沛，不会有太多事情的。"她不喜欢告状的行为，这让人觉得又弱又无力。

虽然刘雯沛不管不顾地甩手走人不对，但陈光溯要是不老找对方碴儿，他们也不会吵起来。楚肖肖是公正的小朋友，自然不会偏袒任何一方。

副班长陈光溯认为楚肖肖主动帮忙搬书，应该是站在自己这边，此时听她替班长说话，他立刻难以置信道："那、那你为什么还要帮我搬书……"

陈光溯：我们居然不是盟友，你这家伙早就叛变了！

楚肖肖眨了眨眼，天真无邪道："因为你上回也借过我笔记啊。"

楚肖肖觉得陈光溯主动借出笔记，他们过去的不快就烟消云散，自然愿意投桃报李。

陈光溯没想到原因在此，顿时恼羞成怒："你就是跟刘雯沛关系好，所以故意帮她说话！"

楚肖肖迟疑道："不，真不是，我们连朋友都算不上，我只是说一句公道话……"

陈光溯怒道："我早就看透你们这些说公道话的人！你们每回'说一句公道话'，后面一定不是公道话！"

楚肖肖沉吟几秒，改口道："……那我说一句不公道的话，你对刘雯沛态度挺好的。"

陈光溯："……"

楚肖肖觉得，陈光溯要是对刘雯沛少一些敌意，班里的矛盾就可以减少挺多，她没觉得自己有任何错误。

陈光溯的感觉却不同，他突然发现楚肖肖跟自己不是同一阵营，立刻既委屈又气恼，口不择言道："你、你都没有我考得好，已经被我彻底打败，凭什么还能说我？"

"说你就说你，还用比你考得好吗？"楚肖肖莫名其妙地瞟他一眼，心平气和道，"我也没觉得被你打败，只是暂时比你排名低而已。"

楚肖肖没觉得陈光溯比自己排名高，对方就有多么了不起，她还会继续努力，而且说人又不看成绩。楚肖逸成绩没她好，照样在家天天说她，嘲笑她的绘画、手工、饺子、绿领巾，一样都没有落下。

楚肖肖：如果成绩差就不能说话，那我哥早在家里做哑巴了，哪会一天到晚地叭叭！

"你怎么耍无赖呢？！"陈光溯难以置信地瞪大眼，"明明都已经输了！"

陈光溯：我都已经打败你啦，你跟我说再开一局？

楚肖肖耸了耸肩，坦然道："我从没说要遵守你的规则啊。"她在拉丁语班时就没要跟他比，明明是他强行把她往规则里套。

刘雯沛和陈光溯是冷战模式，楚肖肖却是客气地打太极，愣是把陈光溯气得脑袋瓜嗡嗡的，觉得比冷战都辛苦。她总是满脸无辜地"我不是、我没有、别瞎说"否认三连，让人如一拳砸在棉花上，根本不知如何打败她。

陈光溯气急败坏道："我不要理你了！你就是在我和刘雯沛之间摇摆不定！"

楚肖肖面露犹豫，试探道：“真的吗？”

陈光溯：“真的！”

楚肖肖：“……那好吧。”

陈光溯听楚肖肖语气迟疑，误以为她被自己震慑，却见对方将手里的书往他怀里塞：“？”

楚肖肖将手里的教材堆进陈光溯怀里，放置的动作小心翼翼，宛如在惊险地堆积木。她将资料书高高地摞起，无可奈何道：“既然你都不愿意再理我，那我也没法帮你搬书啦，怕你看到我就生气。”

楚肖肖将所有书放好，用空出的双手握拳，替陈光溯打气：“副班长，加油！”

陈光溯：“？？？”为什么还要强调“副”？！

楚肖肖察觉陈光溯的情绪颜色是愤怒，他嘴上又说“不要理你”，自然认为他表里如一，当即决定溜之大吉，不惹人烦。他看到自己就生气发火，她还在他眼前晃荡，那该多不礼貌啊？

陈光溯眼睁睁地望着楚肖肖离开，顿时心里更气，又没办法立马追上，只能龟速地移动。

班里，陈光溯艰难地搬书归来，立刻朝楚肖肖投来愤怒的视线，尽管资料书并不算太重，但他无疑是被对方“鸽”了。

许晓察觉到副班长的不满，好奇道：“你怎么还跟他掐架？”这跟时间线不符啊。

楚肖肖：“不是，他觉得我替刘雯沛说话。”

许晓：“嗐，他以为你是小弟，没想到你居然是中立派。”

陈光溯原本觉得楚肖肖是小弟或伙伴，哪想到她翻脸就不认账，还说两边都不帮，自己是和平公正派。

没过多久，班中的格局再起变化，陆老师在班会上重选班委，刘雯沛却退出班长竞争，转身选择学习委员一职。她的理由相当充分：“我只想做简简单单的研究人员，不想参与斗争，实在是太麻烦了。”

楚肖肖：“？”怎么就是斗争了？

刘雯沛抢先选择学习委员一职，楚肖肖也不好再跟她抢，索性就在班长候选里混，这回的候选人还挺多，同学们已经彼此熟悉起来。

选举结果公布后，楚肖肖以高票当选正班长，陈光溯再次屈居副班长。

“流水的正班，铁打的副班，还真是万年老二。”许晓赞叹地鼓起掌来，她又看看隔壁新学委刘雯沛，不由得感慨道，“这个世界变化真的太快了。”

同学们投票会参考成绩及性格，他们先圈定班里的优等生，紧接着认为楚肖肖比较正常，当然选她的比选陈光溯的多。

陈光溯看着结果差点要昏厥在地，他哪想到楚肖肖前不久还嘲笑自己是“副班”（其实没有），现在摇身一变就成为他的同僚，而且职级还比自己高。

陈光溯：这是我带过最差的一届！你们完全就是在瞎投！

楚肖肖可没把这些事放在心上，她还心心念念地帮刘雯沛问票，最近都要紧盯此事。楚肖逸现在着实太忙，他倒是一口答应下来，说要给家里人及妹妹同学找专座，但纸质票一直没有送到家。

楚肖逸的演唱会门票飞速售罄，他正在考虑要不要加场，顿时面临一大堆杂务，隔好久才让何鑫将门票送来。何鑫也不敢在御融台耽误太久，他匆匆忙忙地跟楚肖肖打过招呼，又火急火燎地要离开。

楚肖肖拿到票挺开心，忍不住问道：“你们还要忙很久吗？”她觉得都好久没见到便宜哥哥了。

何鑫：“忙过这阵子就好，因为最近要加场，所以还要再搞一拨营销宣传！”

演唱会宣传很重要，事关加场的门票，何鑫下午就要去开宣传会议。

楚肖肖似懂非懂地点头，她给楚肖逸发条消息表示收到，紧接着又联系刘雯沛，通知对方演唱会的时间及地点。

楚肖逸最近忙得脑袋要炸裂，不但要彩排，还要盯流程，好歹是第一场演唱会，他自然忍不住亲力亲为。演唱会总有无数零七碎八的杂务，他都差点忘记寄票的事情，好在妹妹比他记忆力强，适时地进行提醒。

何鑫归来后，团队又开始商量宣传工作，讨论如何在楚肖逸演唱会话题上造势。因为演唱会门票快速售罄，楚肖逸等人打算进行加场，势必要接触更多的商业合作，金主爸爸是要看宣传力度的。

开演唱会是楚肖逸的梦想，这是粉丝们等待许久的盛宴，也是衡量他品牌价值的重要标准，更不要提现今无数的商业变现手段。电视台的大型晚会都有无数商业化程序，这是有专门的宣传和商务团队负责的。

何鑫兴致勃勃道：“这次的票卖得那么好，我们也搞一搞几秒售罄的热搜？我觉得这次成绩很能打！”

楚肖逸揉了揉太阳穴，吐槽道："又不是周董一秒售罄，我们就不用瞎吹了吧？"

楚肖逸觉得"楚肖逸演唱会 × 秒售罄"的热搜有点傻，他又没有牛掰到一秒售罄，部分超级歌星也有超过他成绩的，倒不必特意搬出来说。

宣传人员："那直接从演唱会里提取概念呢？比如'陪你逸万斯年'，毕竟是首场演唱会，还是要有仪式感。"

楚肖逸满脸蒙圈："什么东西？你刚刚说什么？"我怎么连中文都听不懂？

宣传人员将"陪你逸万斯年"写出来，楚肖逸看到一秒被酸，总觉得好像有点怪。他较真地在网页上搜索起来，发现对方是把"亿万斯年"写成"逸万斯年"，开始打情怀文艺牌。

楚肖逸淡淡道："亿万斯年，'意思是亿万年，形容长远的年代，旧时多用于祝国运绵长'。你们居然敢说国运绵长，这是在影射什么呢？思想非常危险。"

宣传人员："那都是旧时的说法，你看现在的使用方式……"

楚肖逸："我又不是木乃伊，还能有一万年，木乃伊都没一万年，一万年前那是猿人。"

宣传人员："……"你怎么比黑子还会挑刺？你怕不是披皮粉？

商务人员发言道："那不如还是用粉丝应援概念，上一回的宣传就搞得挺好，我觉得演唱会粉丝应援也容易出圈……"

许多明星的演唱会应援都会冲上热搜，这也不失为一大热点，而且能引发粉丝共鸣。

楚肖逸："你们又盼着我粉丝出头！你们都是成熟的团队，不要老像散粉一样，等着被大粉带节奏！"

商务人员："……"我们啥时候被带节奏？

何鑫望向频频发言的楚肖逸，耐心地询问："那你有什么想法吗？"

楚肖逸理直气壮道："没有，但我可以给你们提建议，帮助你们加工想法。"

何鑫："……把他带出去彩排吧，我觉得他更适合表演。"或者去工地抬杠。

楚肖逸脑袋里想不到好的营销概念，但他可以硬生生将别人的灵感火花掐灭，真是好一出辣手摧花。

何鑫觉得团队私下先探讨，再将整理完的提案给楚肖逸看，这种方式比较快速有效，否则对方坐在屋里，谁也想不出来东西，全被他扰乱了思路。楚肖逸原本还想在房间里坐镇，无奈被团队暂时开除队籍，只能等晚上整理完的提案。

楚肖逸扒着门边，试图挽回：“我觉得我在团队里有重要位置……”

“你放心，你放心，我们晚上至少给你五个方案挑！”何鑫斩钉截铁地拒绝组队邀请，又强调道，“但你要是一直待在这里，我们聊到晚上都不一定能有一个！”

何鑫突然跟楚肖肖做纪念册时有相同感受，带着楚肖逸做小组作业太累，还不如直接让对方划水。

演唱会当天，楚肖肖和刘雯沛如约碰面，她们还带着各自的父母。楚家栋和肖碧当然不愿错过大儿子的演唱会，他们只是怕小女儿畏惧此类环境，所以最初打算只派一人来。既然楚肖肖主动提出来看，那自然是全家上阵，奶奶等人则在家看直播。

楚肖逸的首场演唱会跟平台达成商业合作，平台掏出天价，推出直播的形式，想要借此提升数据。当然，即使网上能够看直播，现场也是人山人海，让两个小孩分外震撼。

刘雯沛望着密密麻麻的人流，好奇地左看右看，迷茫道：“究竟哪个是研究案例？”

刘雯沛：我从小到大就没见过那么多人。

刘雯沛母亲面对楚肖肖父母，不愿让女儿的说法显得失礼，出声制止道：“雯雯，不许说研究案例，我们还没入场呢。”

成年人们倒不在乎孩子的戏言，反而是楚肖肖疑惑道：“为什么叔叔不跟我们一起？”

刘雯沛的父母都来到演唱会现场，刘雯沛和她母亲跟着楚肖肖走，刘雯沛父亲却独自离开，没打算前往特殊看台。楚肖逸有给家人留出位置，跟其他座位稍微有点距离。

刘雯沛母亲不好意思地解释：“嗯……他要跟朋友一起，不能和我们同行。”

楚肖肖：“？”刘雯沛爸爸还要跟朋友一起看我哥的演唱会？

刘雯沛父亲当时曾询问演唱会票源，但他身边确实没朋友了解，此事便不了了之，让孩子们解决。然而，楚肖肖弄到门票过后，刘雯沛父亲周围的人也搞到了门票，一时便陷入尴尬的境地，最终决定各自陪各自的朋友。

刘雯沛父亲：票又不能浪费，人家专门搞来的，那就一起看吧！

刘雯沛及母亲跟随楚肖肖前往超强家人 VIP 席，刘雯沛父亲跟随友人前往普通座席，两边都不耽误。刘雯沛父亲在演唱会里无所适从，他望着座位上无数的小姑娘，一时既尴尬又局促。

刘雯沛父亲无措地望望周围，发现小姑娘们手里都握着应援棒和横幅，不然就是端着单反相机，越发窘迫，道："我们该做点什么呢？坐在座位上就行吗？"

研究人员好友A同样额头冒汗，迷惘道："我不知道啊，我第一次来……"

好友B："不是你姑娘帮你买的票吗？你咋还啥都不知道？！"

好友C："对啦，你女儿怎么不陪你看，她不都买票啦？"

好友A："她买的是前排票，说要跟朋友一起看，不跟我们在后排看，嫌没有意思……"

刘雯沛父亲颇有共鸣，语气苦涩道："我女儿也去陪朋友啦。"

中年F4都没看过演唱会，他们在热闹的氛围中迷失灵魂，很快就明白什么叫后排"没有意思"。舞台灯光绚烂，快节奏的鼓点中明星及舞者登场，全场顿时爆发高昂的尖叫，紧接着就是排山倒海般的应援声，其间还夹杂破音。

"楚肖逸——"

"楚肖逸——太帅啦——"

"啊——我死了我死了我死了我死了——呜呜呜呜呜呜——"

刘雯沛父亲犹如瑟瑟发抖的鸵鸟，被无数疯狂的小姑娘包围，一时吓得说不出话来："……"

刘雯沛父亲：我才要死了，这都叫没有意思，前排还要多有意思？！

另一边，楚肖肖和刘雯沛被家人们举起来观看，她们望着苍穹星河般的舞台惊叹不已，双眼闪闪发亮地盯着台上的人。楚肖逸带着舞台妆上场，在星光下当真是英俊潇洒、丰神俊朗，在快速切换的灯光下他又献上一段帅气唱跳。

家人席距离前排观众席挺近，那都是最能氪金的粉丝们，她们伴随着楚肖逸的歌舞呐喊应援，声音洪亮恨不得刺破穹顶。

楚肖肖望着舞台上陌生的兄长，内心陷入激烈的斗争之中，一方面脑海中徘徊着他在家里的蠢样，另一方面又被舞台上的他所迷惑，她的小眉毛紧紧地皱起，内心纠结地望着对方，感到万分矛盾。

因为楚肖逸在演唱会上的造型比春晚强一百倍，所以楚肖肖当真是有些迷茫。

楚肖肖：这是我哥吗？这是我哥吗？这是我哥吗？

刘雯沛同样神情严肃，但她并不是在质疑楚肖逸的实力，而是在质疑自己的装备，懊恼道："我们的研究设备比她们差好多！"

楚肖肖原本还沉浸在歌舞中，此时回过神来，疑惑道："什么研究设备？"

刘雯沛伸手指向前排热情的粉丝，义正词严道："她们都是有备而来，我们却显得非常仓促，这样很难做出好的研究成果！”

亲眼看到舞台上的楚肖逸，刘雯沛终于得偿所愿见到“Y 同学”，顿时在心里获得极大满足，但没过多久就惶恐起来。

她发现竞争对手们搞研究都比自己强，她们不但携带高清单反相机，还有各式各样的物料、资料，甚至能随着他的歌词大声应援，而她却什么都不会！

刘雯沛：我真是最差劲的研究人员，这要是换作导弹领域，别人的原子弹都上天了，我却连图纸都没有画出来！

楚肖肖听着前排姐姐们的真情应援词，思及要对兄长说出此等直白的话，一时头皮发麻，婉言推拒道：“我们就不用了吧……”

楚肖肖：如果让我当众对便宜哥哥表达爱意，那我情愿去选择社会性死亡。

刘雯沛露出颇不赞同的眼神，煞有介事道：“搞研究不能怕丢脸、怕失败！”

刘雯沛深知自己涉足此领域太晚，但她愿意虚心向其他研究人员学习，既然她们已经落于人后，就更要大步地向前追赶。她觉得每场讲座都有自己的氛围，只有真正地参与其中，才能体会其中的魅力及乐趣。

楚肖肖吐槽道：“我总觉得我们跟她们搞的不是一回事……”

虽然家人席位上有放置应援棒，但应援横幅、应援词等东西都出自粉丝之手，楚家栋等人也没办法要到。楚肖肖和刘雯沛索性从父母怀里跳下，一溜烟地跑到栏杆尽头处，隔着保安大叔朝粉丝们喊话。

刘雯沛有点不擅长跟人打交道，楚肖肖便带头喊道：“姐姐！姐姐！我们也想要横幅！”

前排粉丝们本来正嘶声呐喊应援着，听到声音转过头来，就看到隔着栏杆张望的两个小萝卜头。她们立马齐刷刷地将手机转向小朋友，不再拍摄舞台上的肖肖哥哥，而是选择直拍楚肖肖，毅然追随流量一姐。

粉丝：能拍楚肖逸的站子太多，能拍楚肖肖的站子少见！

楚肖肖原本在暗处并未引人注意，此时暴露才被粉丝发现，她望着众多镜头满目茫然，误以为对方没听清喊话内容。她努力提高音量，想要盖过台上歌曲，高声道：“横幅！横幅！！”

粉丝们同样大声回话：“叫声嫂嫂就给你！！”

楚肖肖：“？！”

楚肖肖头一回领教兄长粉丝的战斗力，仔细一想自己又没损失，求人办事说句软话也正常，立马向黑恶势力低头，焦急道：“嫂嫂！嫂嫂！”

刘雯沛生怕对面的姐姐们听不到，还陪着楚肖肖乱叫，跟着卖哥求荣：“嫂嫂——嫂嫂——”

刘雯沛：这都是为推动研究进展，这是研究人员的社交礼仪。

两个小丫头在栏杆后犹如留守儿童，眼巴巴地望着前排粉丝，只为拿到一份应援会物料，顿时逗得姐姐们哄堂大笑。粉丝们开始低头凑物料，她们在小纸袋里塞入一堆横幅、毛巾等物，听着小孩们奋力呐喊，居然还厚颜无耻地应声。

“嫂嫂——嫂嫂——”

“欸——”

“？”楚肖逸握着话筒站在舞台上，总觉得应援声里好似有不和谐音，但戴着耳返又没有听清楚。

因为双方距离过远，所以最后由保安大叔提着粉丝应援物过来，将其递到小朋友们手中。他作为目击证人，围观黑心姐姐们的行骗现场，语重心长地教育道：“小朋友，重婚罪是犯法的，不要搞事情啊。”

楚肖肖听到“犯法”二字顿时瞪大眼，她没想到问题如此严重，一时都不敢伸手去拿应援物。刘雯沛胆大地替她接过，还难得出言安抚：“这都是为了研究。”

粉丝们好像也听到了保安大叔的话，她们隔着栏杆大声安慰：“肖肖不要怕！！重婚也是你哥去坐牢，你肯定没有事情的！！！”

楚肖肖：“？？？”我怎么好像更加害怕了！

楚肖逸粉丝为占偶像的便宜，可谓不择手段，煞有介事地哄骗楚肖肖。

楚肖肖原本只是有些隐忧，但听到重婚罪的诸多细节越发惶恐，总觉得便宜哥哥就要坐牢。她不会信傻里傻气的谎言，然而牵扯到法律领域，粉丝们又真假参半地描绘，她顿时有些不确定。

纸袋里还装着沉甸甸的易拉宝，刘雯沛费力地将其拽走，镇定道：“我们会记住你哥哥的牺牲，是他推动我们的研究。”

楚肖肖：“……”

楚肖肖总觉得小同学犹如科幻电影里的生化反派，对方满脸沉着地带走研究资料，以达到她不可告人的目的。

刘雯沛愉快地带走粉丝物料，开始回去学习他人的长处。楚肖肖的心情却不轻松，她犹如游魂般飘回父母身边，倚进母亲的怀里，失魂落魄道：“妈妈，我哥好像要坐牢了，都是我的错……"

三位大人坐在家人席里，并未去到尽头处的栏杆边，不知道小孩们的离奇遭遇。肖碧无可奈何地笑道："怎么会？哥哥在舞台上好好的呢。"

楚肖肖："他犯下重婚罪……"

成年人们顿时啼笑皆非，父母二人都不知儿子结婚了，怎么可能还会重婚？

楚家栋安慰道："不会的，肖肖你都忘掉自己的话了？你说过哥哥没有人要，哪里还能重婚呢？"

肖碧："……话也不是这么说。"这种安慰方式也有点硬核。

楚肖肖在父母的科普之下，终于得知自己没将兄长送进监狱，立马放松下来。她内心里又有点懊恼，觉得保安大叔和姐姐们跟便宜哥哥般没谱，将她当小傻子蒙骗，一天到晚净搞些有的没的，还说得绘声绘色。

她还不懂什么叫"饭随偶像"，只是感到深深迷惑：为什么大人不是喜欢骗小孩玩儿，就是喜欢把小孩们揉来搓去？

楚肖逸的演唱会歌舞不方便随便发微博，但楚肖肖看演唱会的随手拍可以，没过多久就被握着手机的粉丝传上网。

视频里，楚肖肖和小伙伴可怜兮兮地望着前排，她们隔着栏杆费力大喊，时不时还要蹦跶两下，犹如笼子里的两只红眼小兔子。

——今夜闻君嫂嫂语，如听仙乐耳暂明！

——我不管！虽然我没法去现场，但我看到了饭拍视频，四舍五入就是肖肖的网络嫂嫂。

——肖肖，别喊啦，别喊啦，出门在外低调点，嫂嫂回家给你买糖。

——但凡有一粒头孢，你们也不至于喝成这样。

——你花那么多钱买前排票，难道你"爱豆"会娶你吗？他娶不娶我，我不管，我就想听肖肖喊嫂嫂。

——孙悟空：嫂嫂！嫂嫂！铁扇公主：欸！牛魔王：？？？

——一旦接受这个设定……

——别问我楚肖逸重婚咋办，自己的牢要自己坐，我们只是受害人。

——建议拓展监狱应援及探班，下回集资就搞这个吧，还没送过牢饭呢 @ 楚肖逸全球应援会。

——惊！当红流量小生演唱会后当众被捕，背后原因竟然是这个！

没过多久，“肖肖喊嫂嫂”“楚肖逸重婚”等词在网上迅速发酵，一举冲上热搜前排，还诱骗不少无辜网友误入。他们看完后皆大呼上当，想吃瓜却吃到假瓜！

小草莓：我以为 cxy 晋升法制咖，心想小伙子还挺猛啊。

玉娜：村通网，楚肖逸啥时候开的演唱会？我现在还来得及买票吗？？

云啊云啊：姐你现在立马打车赶往会场，说不定能在演唱会外面听个响儿。

352345：我要不是手慢没有抢到票，哪用在网上跟沙雕网友唠嗑？

逸小兔：欢迎关注 ×× 视频的楚肖逸演唱会直播！看看大帅哥的实力舞台吧！唱跳俱佳、独立编曲、全程策划，不再是演员楚肖逸，绝对是魅力四射的反转印象！

熊 bear：看看栏杆后的肖肖小可怜，你们再不看她哥的演唱会，小朋友哪还有钱买动画片周边？这好歹是她工具人的个唱首秀，别管对她哥有没有意见，再苦不能苦孩子啊！

树树：如果正主不够红火，黑子头领也会落寞，你们忍心肖肖糊吗！保护好她的韭菜，她未来才有的割！！

长安：割（哥）韭菜，这是双关啊，姐妹妙极了！

无卤味：肖肖未来没韭菜可割时，没有一个网友是无辜的！

因为微博上搞笑有趣的热搜，所以一大批网友涌入直播平台，还美其名曰“守护肖肖最好的韭菜”。虽然大家现在买不到演唱会门票，但可以线上给楚肖逸的个人演唱会增加流量，努力让韭菜哥哥茁壮成长，好让楚肖肖有东西可割。

路人网友们冲入直播平台，瞬间让演唱会弹幕区出现新鲜内容。他们就是挂着有一搭没一搭地看，时不时还要在弹幕里快乐唠嗑、嘴炮几句。楚肖逸的超强唯粉基本都在现场，直播平台以散粉、路人居多，氛围意外还挺融洽。

——我好久没见过不控评的弹幕区了，这里可比好多微博要干净。

——谁说不控评？守护全世界最好的肖肖，今天也要为她的韭菜浇水。

——我去，我写论文摸鱼看会儿直播，好像在观众席看到了我导师？我是不是精神压力太大啦？？

直播镜头时不时会扫过观众席，加上中年 F4 在女粉丝中格格不入，自然很快就引发旁人注意。粉丝们都要激动得跳起，他们却在席位上正襟危坐，仿佛在看什么严肃的学术报告。

粉丝们都大声应援、嘶声呐喊，中年 F4 却只是随着旋律点头，听到喜欢的段落，也只会拍手打节奏，还经常跟不上趟，显得又呆又萌。

——这不就是第一次看演唱会的我！我和旁边的巨巨们不一样！

——楼上你高估了自己，这可是大名鼎鼎的生化四杰，你居然觉得跟他们一样？

——我去我去我去，王老师留那么多作业，自己却跑去看个唱？我要气死了！

——王老师：学好数理化，个唱抢票也不怕。

拿到票后，刘雯沛父亲是跟自己多年好友相约看演唱会，基本都是同行。他们过去一起搞研究，还在业内有花名叫“生化四杰”。中年 F4 原本就常结伴听讲座、听音乐会，只是这回换成看演唱会而已。

他们被称为“生化四杰”，来自学子们的某表情包，原因是研习该领域绕不开这四人。不管你想往哪个方向逃窜，势必要学习他们一人的成果，总归是被笼罩在魔爪之下。

——楚肖逸是生化人实锤？

——别问，问就是人形兵器！

——这四位最近在研究啥？难道听楚肖逸的音乐有助于神经纤维的髓鞘化发育？

——生化四杰都已经中年，大脑怎么还会发育？

——王老师：你搞研究就这能力，我都怀疑你脑子没发育，能说点靠谱的吗？

——前面真有那味儿了，吓得我立马去学习！

楚肖肖可不知道网上的弹幕大战，她正跟生化四杰之一的女儿研究粉丝应援词，终于搞明白兄长的歌词。

刘雯沛有模有样地学着粉丝，很快就学会应援套路，她沉着地握紧应援棒，大声地随着应援呐喊，竟有一种畅快淋漓的滋味。演唱会环境给予刘雯沛神奇的感受，让她在吵闹中莫名释放压力，总觉得振奋不已。

刘雯沛：这真是新鲜的研究体验。

刘雯沛兴致勃勃地望向楚肖肖，提议道：“你要试试吗？”

楚肖肖连忙将头摇成拨浪鼓，她才不要大庭广众下吼着“爱哥哥”，慌张道：“不了不了……”

刘雯沛皱眉道：“你看她们研究团队里的同伴，全都十分配合地一起呐喊，还会抱在一起晃来晃去。”

楚肖肖：“如、如果你坚持的话……”

楚肖肖和刘雯沛如同做广播体操，也模仿着前排的粉丝姐姐，抱成一团蹦跳两下，不过刘雯沛是感到新奇，楚肖肖却是毫无灵魂。

肢体接触或许真是化解尴尬的绝妙方式，跟楚肖肖一同看过演唱会，刘雯沛再看对方也莫名顺眼，总觉得胸腔内回荡着一股激动，她郑重其事道：“我们的研究情谊也很浓厚！”

虽然刘雯沛还不懂共同追星的友情，但她觉得自己跟楚肖肖的情感变得不一样了，这是一种难以形容的感觉。她们或许还不够了解彼此，可一同处于热闹的演唱会中，志同道合的情绪却在发酵。

楚肖肖能够感受到他人的情绪，她在躁动的演唱会中也有点热血上头，同样有着喝醉酒般的兴奋感。她见同学如此认真，立马双眼明亮地应和：“没错！”

周围的音乐声一浪盖过一浪，刘雯沛被热烈环境催化，高声道：“你哥哥的歌很好！”

楚肖肖也激动得脸露粉晕，难得不复谦虚，理直气壮道：“我也觉得是！”

在这一刻里，楚肖肖和刘雯沛竟摸到一丝追星族的心境：既然你我喜欢同一个明星，那我们以后就是异父异母的好姐妹！

两人莫名其妙地达成默契，头挨着头研究起楚肖逸的歌词，打算跟上接下来的应援，却遇到一些小小的技术难题。

刘雯沛迷茫地指着一句歌词，询问道：“这句歌词是什么意思？”

楚肖肖：“嗯……我也不知道呢……”

楚肖肖望着歌词发蒙，她也不知“躁动之红铭刻DNA的记忆，肃穆的白克制年少时叛逆”是何含义，便宜哥哥的英文歌词太幼稚，中文歌词又不像人话，自然让人满头雾水。

刘雯沛满脸诧异：“这首不是写给家人的歌吗？我记得你语文很好啊。”

刘雯沛：写给家人的歌，家人却不明白？

家人楚肖肖有口说不清，她觉得理解兄长的歌词跟语文无关，便有条有理地甩锅：“但歌词里写着DNA，这应该属于你的领域，不算语文吧。”

楚肖肖：你搞生化的人都不懂DNA，扭头询问我一个学文科的？

刘雯沛：“……”

两位SSR捧着楚肖逸的歌词分析，恨不得当场写一套阅读分析题。因为楚肖肖真的无法解释明白，所以干脆将皮球踢给刘雯沛，认为这是一道生物题。

刘雯沛觉得楚肖肖的话不无道理，歌词里确实有DNA无误，看上去算是一道生物题。她百思不得其解，还跑去询问母亲，无奈母亲也没有主意。

楚家栋、肖碧和刘雯沛母亲作为三位高知成年人，竟然也无法破解楚肖逸的歌词，还各有各的说法。他们提出可能是“红玫瑰和白月光”，但又无法解释玫瑰如何躁动，为什么会有DNA。

刘雯沛是较真的小朋友，她就想知道这句歌词到底在说什么，然而直到楚肖逸在台上唱完他们都没有讨论出结果。

“刚刚那首歌是写给家里人的，我一直都想要感谢他们，而他们今天也来到现场……”楚肖逸握着话筒站在台上，扭头转向VIP家人席，却由于光线昏暗，看不到家人们的表情。

台下粉丝听闻楚肖逸家人到场，立马猜到有谁，顿时发出兴奋惊呼，翘首以盼起来。

楚家栋听到工作人员的指引声，赶忙叫道：“雯沛，你跟着我们一起来吧！你自己上台去问问他！”

楚家栋深谙踢皮球的招数，楚肖肖将皮球踢给刘雯沛，他又将皮球踢给大儿子。

楚家栋：自己写的词自己解释，我们是没办法说清的！

舞台上，楚肖逸跟父母温情搂抱，紧接着轮到两个小朋友。刘雯沛在台上立马不太好意思，面对台下密密麻麻的人群，她顿时有点社恐发作，感觉抬不起头来。她隐于昏暗台下敢出声喊，站在明亮台上就挺别扭。

楚肖逸看出刘雯沛不适，他还算善解人意，耐心地询问：“小朋友，你今天来看演唱会开心吗？”

刘雯沛被舞台灯光晃得眼晕，低头应道：“开心。”

楚肖肖替同学说话：“刘雯沛很喜欢你的歌，她有问题想要问你。”

刘雯沛想起纠结的疑惑，立刻一扫紧绷感，严肃地点点头：“是的，我想问一句歌词。”

刘雯沛不喜欢跟人打交道，但她一想到研究就振作起来，恢复往日的气势。

楚肖逸一听小孩们还要问歌词，便知她们真心实意地将歌听进去了，当即愉快而大方地摆摆手，嘚瑟道：“问吧问吧！知无不言，言无不尽！”

刘雯沛推推黑框眼镜，认真道：“‘躁动之红铭刻DNA的记忆，肃穆的白克制年少时叛逆’，这句词是什么意思？‘躁动之红’和‘肃穆的白’都代表什么呢？”

楚肖逸竟被当场问蒙，一时无言以对：“……”

楚肖逸：我当年为押韵写的，我怎么知道啥意思？音乐人为了歌词押韵，那是什么事都敢做！

楚肖逸当初只觉得这么写符合他的心境，但让他有条有理地解释，他还真说不出所以然。

刘雯沛见他不答，又逻辑严谨地道："哥哥，难道'躁动之红'是红细胞、'肃穆的白'是白细胞吗？"

刘雯沛左思右想许久，只能从中推断到这一步，不然如何跟 DNA 有关？

楚肖逸眼见台阶递来，觉得先糊弄过去再说，忙不迭点头："对对对，你说得对，是这样的……"

刘雯沛迟疑道："但 DNA 存在于细胞核里，成熟红细胞没有细胞核，红细胞里就没有 DNA，'躁动之红'又怎么铭刻 DNA 的记忆呢？"

刘雯沛现在一头撞在死局里，她如何都想不明白这句，真是万分迷惑。

楚肖逸："……"

楚肖逸难以置信地瞪向楚肖肖，用眼神怒斥妹妹：你怎么还带着 SSR 砸场呢！你知不知道她触碰到了我的知识盲区？！

楚肖肖同样双手叉腰，愤愤不平地回瞪哥哥：你当初为什么要瞎写乱七八糟的歌词？！你知不知道我在台下没法跟小朋友解释，完全没法抬起头做人？！

楚肖逸确实在台上被问蒙了，他仔细一想觉得"红"似乎是血液，"白"应该是"白发"，但他刚刚已经说是红细胞、白细胞，顿时进退两难。他向来嘴快，否则不会在采访时屡屡翻车，演唱会上也没改掉此毛病。

楚肖逸尴尬地握着话筒，前排粉丝们顿时发出爆笑，她们看热闹不怕事大地起哄，立马让当事人想起什么。

楚肖逸转过身来，他看不得这帮假粉幸灾乐祸的模样，索性将话筒递向观众席，厚颜无耻道："这个问题很有意思，不如我们来问问现场的歌迷朋友吧，相信喜欢我音乐的各位肯定明白……"

前排粉丝："？"突如其来的现场互动？

楚家人踢皮球的技术一脉相承，楚肖肖将皮球踢给刘雯沛，楚家栋将皮球踢给楚肖逸，楚肖逸又将皮球踢给现场粉丝。

前排粉丝们对楚肖逸的坑粉行为见怪不怪，演唱会本来就是偶像和粉丝的交流场所，她们立马在台下喊着"求求你做个人吧""逸言逸语"等话，试图反抗某人的暴政。

工作人员们已经带着话筒下台寻人，他们直接找上前排笑得最嚣张的女粉丝，强行进入生物问答环节。

楚肖逸露出营业笑容："你来解释一下红细胞、白细胞的问题？"

小姑娘哪料到现世报如此之快，她同样告别高中生物许久，此时干巴巴道："……我现在脱粉还来得及吗？"

小姑娘：没跟我说过追星还得学生物啊？

"看来不是真粉啊……"楚肖逸见粉丝答不出来，立刻找回一丝面子，突然有一种老师在大课上点名的愉悦感，兴致勃勃地环视一圈，"那我们再找一位吧！"

楚肖逸顿时产生恶趣味，这帮家伙还想看我的笑话，让我瞧瞧到底是谁看谁的笑话！

粉丝们见他兴趣盎然、左右环顾，哪能不知台上某人的想法，他可是说出"别对彼此有太高期待"一话的"爱豆"，没事就能跟粉丝互黑、互掐一场。

粉丝们：我们不是啥好人，但你是真的狗！

粉丝们瞧见楚肖逸又要点人，恨不得四散奔逃，高声道："我们其实都是假粉！"

"别点啦别点啦，鬼知道你写的啥！"

"为什么你不去问问神奇的海螺呢？"

全场人瞬间哄笑起来，她们好像都被"逸言逸语"勾起回忆，在台下大声对楚肖逸进行反击，气氛顿时欢乐、愉悦起来。楚肖逸本来就属于能开玩笑的明星，他没事还要嘴欠地撩粉，否则怎么会有一堆"粉到深处自然黑"的粉丝？

——太惨了太惨了，楚肖逸被当众戳破歌词，便恼羞成怒对粉丝痛下毒手，现场简直杀红眼！

——楚肖逸：宁教我负天下人，休教天下人负我。

——当红小生楚肖逸，生物洗粉第一人！

——我只是想用直播看演唱会，居然看出网课点名的紧张感？

——粉丝：我花那么多钱买内场票，就为来跟你生物问答？

——个人演唱会看出德云社内味儿。

楚肖逸的坑粉行为终于踢到铁板，工作人员握着话筒来到普通席，隐姓埋名的生物四杰再次出山！

大屏幕上，长相忠厚的中年男人推了推金属框眼镜，煞有介事道："'躁动之红’应该是未成熟的红细胞，因为它还没有成熟，所以能够躁动，此时它是有细胞器及遗传物质的。当红细胞成熟后，它就要参与氧气运输，寿命变得很短，自然也躁动不起来……”

中年男人周围还坐着三位同行，他们皆赞同地频频点头，神情严肃如在进行学术讨论，像是面对记者采访的中年偶像男团。

刘雯沛恍然大悟，若有所思道：“原来如此，怪不得歌词里要强调躁动……”

楚肖逸：“……”不是，我写词时真没想那么多，你们都是怎么解读的？

——王老师，我错怪您啦，原来您是来演唱会答疑的！

——我快被 cxy 的表情逗死了，他满脸都是“我就是瞎写的，你们都说啥呢”。

——这是一场生物四杰共同出席的大型学术讨论会议！绝对是实锤！

——那么问题来了，请问“天青色等烟雨，而我在等你”是何意？

——答：因为古人无法改变湿度，青花瓷最上等的天青色，只有在烟雨天才能够烧制而成，这种碰运气的小概率事件，就像我能等到你一样难。

——？？？清华北大任你选，你就是文科状元？

——这种氛围好有趣啊，我突然想买票去看！

——姐妹们快把前面的弹幕举报，我不许有人跟我竞争抢票！

楚肖逸首场演唱会恨不得将热搜上遍，平台直播弹幕区更是段子、金句频出，连带他的歌词“躁动之红铭刻 DNA 的记忆，肃穆的白克制年少时叛逆”也成功出圈，后来很长时间都频繁出现在大众视野。

这首歌本来就写得动人而富有真情，算是楚肖逸比较满意的作品之一，但他万万没想到有一天会这样红遍大江南北，连生物题的题干都会强行扣热点。

在未来的日子里，每当生物试卷提及红细胞、白细胞等知识点，前面的题干一定要引用此句歌词，出题老师非要用此种方式彰显自己的时尚和前沿。毕竟是生物四杰解析过的歌词，用来做题干真是再合适不过！

躁动之红有没有铭刻 DNA 的记忆没人知道，无数学子倒是在脑海中铭刻了楚肖逸的歌词。

这场演唱会下来，直播平台数据爆炸，楚肖逸加场票大卖，刘雯沛的研究也有显著成果，可谓一举三得！

演唱会结束后，刘雯沛跟楚肖肖及其家人告别，她郑重其事道：“我今天学习到很多，脑袋里已有研究提纲，非常感谢你对我研究的帮助。如果你以后有研究需要我帮忙，请尽管开口跟我说。”

刘雯沛在演唱会中感到充实及投入，她甚至遗忘最初是想看“Y同学”的愚钝，现在已经想出新的研究方向。她觉得楚肖肖给予自己很大帮助，自然出言许诺，想要投桃报李，为对方的研究做贡献。

楚肖肖如今没有做研究，当然不知道如何让刘雯沛帮忙，便礼貌地谢过对方，并跟同学及其家人挥手告别。

刘雯沛看完演唱会后好似多了一丝人味儿，她镇定地挥挥应援棒，开口道：“那么我们周一学校见，再见！”

“再见！”楚肖肖看她带着应援物料离开，没有像往日般不说人话，不禁嘀咕道：“她好像确实学到很多……”

刘雯沛以前在班里很少跟人告别，说话都直来直往，而且不爱跟人打交道。

楚肖逸站在妹妹身后，凉飕飕道：“那我能冒昧问一句两位学到和研究出什么了吗？”

楚肖逸：演唱会已经结束，终于可以打孩子了。

“哇！”楚肖肖猝不及防被兄长举起，她立刻惊慌失措地攀着他的肩膀，尖声朝父母求助：“爸爸妈妈……”

楚家栋和肖碧见状只是笑笑，只当是兄妹间的吵吵闹闹，继续跟何鑫攀谈。

楚肖逸当即制止她恶人先告状，高声道：“你少来！你看看你们做的好事，我都要被热搜挂遍啦！”

楚肖逸：刚通网的我才得知自己差点成为法制咖。

楚肖肖不满地嘟囔：“那肯定是你们团队的宣传……”何鑫跟她说过。

楚肖逸一只手举着她，另一只手捏她脸，皮笑肉不笑道：“真遗憾，我们团队准备的方案全被你们挤掉了……”

何鑫原本有筹备营销方案，但他感觉今晚演唱会热搜太多，就把本来的计划推翻，干脆助推自然热搜。楚肖逸严重怀疑团队在对自己进行打击报复，因为他先前毙掉他们的内容，他们就干脆做妹妹的内鬼！

楚肖逸：总有奸臣想害朕，周围全是她的人！

楚肖逸就像举猫一样，举着妹妹晃来晃去，直把她气得要舞拳头。楚肖肖原本觉得便宜哥哥今日在台上挺帅，加上好久没见他还挺想念，如今被举着玩儿，她又气得要死，认为他变回了讨厌又赖皮的兄长，完全不再有舞台上的风采。

楚肖逸坏心眼地折腾妹妹许久，又开始信誓旦旦地说自己给她搞票，她应该还一些大礼感谢自己，直接把楚肖肖想夸他演唱会的话堵回肚子里，使她只想张牙舞爪。

楚肖肖心情复杂，觉得便宜哥哥在台上和台下是两个人，她严重怀疑今天演唱会上帅气唱跳的是替身，不然差别怎会如此之大？

她刚刚还记得楚肖逸的舞台魅力，如今愣是被他的直男举动给晃没了！

楚肖肖满脸嫌弃，拒绝被他贴着，忙道："你不要碰我，你身上有汗！"此人在舞台上唱跳全场，身上没汗才有鬼。

楚肖逸在台上人模人样、闪闪发光，如今却幼地稚道："气死你，气死你……"

楚肖肖："……"

楚肖肖：你真的好不注意细节，毁了我好多的温柔！

楚肖肖小嘴一撇，双手环胸，在角落里对兄长的幼稚行为生闷气。楚肖逸则趁空闲跟父母闲聊起来，他现在还不能回家休息，要等加场演唱会全部办完，才能够彻底松懈下来。

楚家栋和肖碧跟大儿子聊着近况，楚肖肖的小耳朵却竖起来偷听，她忍不住嘀咕道："所以你今天不回家吗？"

楚肖逸："是啊，你哥我哪有那么闲！"

楚肖肖一边觉得他有点嘚瑟，一边内心又有点失落，闷声道："哦……"

何鑫已经去安排车辆，他一会儿就将楚肖逸亲属送回去，楚肖逸本人却还要跟团队待在一起。

楚肖逸似乎察觉到妹妹的小情绪，兴致勃勃地提议："正好我下次回家的时候，你的期中考差不多结束，你不该考个第一名欢迎我吗？"

楚肖逸倒不是真要强迫她考第一，知道此话容易激怒小朋友，他只是在享受雷区蹦迪而已。

果不其然，楚肖肖刚刚还有些离别的伤感，见他又提起此事，立刻气得要捶他，愤愤道："你都没在明星里做第一，为什么老让我考第一名？"

楚肖逸眼神飘移，振振有词："明星又不像你们有排名，再说也没有量化的数据……"

楚肖肖："你就是在找借口！"

肖碧作为和平大使，出面劝和道："好啦好啦，你们都是第一，不考也是第一……"

兄妹二人只要见面就能掐起来，而且他们每回的角度都不一样，从外貌到成绩，理由千奇百怪。楚肖逸仗着明星没有排名，就肆意调侃妹妹，反正他们做艺人又没有统一标准的成绩单，网上都是一些不靠谱的野榜。

临别前，楚肖逸在车外继续挑衅，他还嘴欠地朝妹妹喊："记得考第一哦！答应好的第一啦！"

楚肖肖只差下车来跟他掐，她下意识地握紧拳，着急地反驳："没有没有没有答应……"

楚家栋将小女儿摁回座位上，安抚道："好啦，哥哥跟你开玩笑的，我们回家啦。"

车门缓缓地关上，楚肖肖透过车窗看到哥哥还对自己做鬼脸，顿时犹如被点着的小炮仗，柔软情绪都被熊熊怒火烧光。如果他还有胆子回家，她一定把他摁着暴锤！

夜色下，楚肖逸目送载着家人的车离开，见到亲属的兴奋及放松退去，他这才感觉演唱会后体力透支，浑身轻飘飘的，不由得长叹道："啊，好累呀……"

虽然楚肖逸筹备演唱会有做体力训练，但连续的唱跳还是让他相当疲惫，只是许久没见亲人的喜悦冲昏头脑，让他显得神采奕奕而已。他活动一下胳膊，又转身回去继续工作，争取早日完成最近的行程。

演唱会结束后，楚肖肖回到学校继续上课，她都遗忘了刘雯沛的研究，没想到隔些日子却收到对方的学术成果，居然是一份论文。

刘雯沛将纸质版论文递给楚肖肖，推了推黑框眼镜，解释道："我晚上再把电子版发你，这是我在此领域的最新成果。"

刘雯沛在演唱会上被唤醒研究热情，因为难以忘怀现场的激动感，她竟然又去看了几场别人的演唱会，最后发现还是"Y 同学"比较有趣。既然楚肖肖已经研究过"Y 同学"的愚钝，她决定换一个方向来做研究。

刘雯沛思及自己的研究引路人，便将论文分享给楚肖肖，希望对其有所启发。她沉着地道："因为我刚刚接触此领域，所以研究初期费了些功夫，好在最终成果还算不错，应该对你在'Y 同学'领域的研究有帮助。"

"谢谢你……"楚肖肖不知所措地捧着厚厚的纸质论文，等刘雯沛回到座位后，她就好奇地翻看起来，想知道对方研究出什么。

刘雯沛的研究成果数据翔实、文献充分，简而言之就是用科学的方式追星，深入浅出地概括了 Y 同学在职业上面临的机会及挑战。如果说楚肖肖研究的是 Y 同学的内在特质，刘雯沛研究的就是Y同学的外在环境，方向有所不同。

论文描绘楚肖逸在娱乐圈里的起起落落，时间线从出道节目至首场演唱会，甚至列出同期竞争对手及新生代偶像，作者以各类数据进行对比论证，严谨程度吊打各大网络数据野榜。

论文末尾，作者还做出趋势预测曲线图，认为楚肖逸在未来一两年会处于爆发期，同时达到数据拐点。倘若他及时地做出定位调整，说不定能真正地脱离流量偶像身份；倘若他没有抓紧时间进行转型，势必会面临人气下滑、数据掉落。

说实话，楚肖肖看不懂部分专业术语，她在追星领域还没有开窍，甚至不如疯狂突击的刘雯沛。但她在报告里看照片认出了陈枫瀚，陈枫瀚属于同期竞争对手部分，她还记得自己少给对方一记阿瓦达索命的事情。

随着各类选秀节目层出不穷，二十六岁的楚肖逸也要面临年轻后辈们的挑战，二十八岁将是他事业的重要转折点。许多流量在此之后逐渐退出大众视野，如何进行身份上转变，维持住自身商业价值，是他们都要面对的难题。

楚肖肖望着兄长的竞争对手们，顿时在内心警醒起来：你还有脸让我考第一，显然你现在更加关键!

当晚，楚肖肖就将刘雯沛的论文报告发给兄长，以此推翻对方“明星无排名”的鬼话，这不就有现成的数据流报告?

楚肖逸看到电子报告两眼发蒙，难以置信地给妹妹发语音：“楚肖肖，你未免太狠了吧？就为考第一名的事情，你居然给我写报告？！”

楚肖逸：更可怕的是，你居然写得还挺对，让我越读越焦虑。

楚肖肖严肃道：“这是刘雯沛分享给我的报告，你还说你们没有排名，她都把数据列给我了。”

楚肖肖颇有家长般的不满语气，听上去跟“你还说学校没作业，老师都把作业发家长群了”有异曲同工之妙。

楚肖逸：“……”我哪想到你们还能现造一份排名?

楚肖逸故意拿“第一名”给妹妹制造焦虑，想要恶趣味地逗逗她，何曾想到妹妹更会制造焦虑。她反手就给自己一个超级加倍，跟小伙伴一起搞出自己的职业规划报告。

楚肖肖认真道：“你还不快点努力，这要是高考的话，你都该像杨茵姐姐一样封闭学习啦。”

楚肖逸竟被她气笑："你俩是我的事业粉吗？！"

楚肖逸深感SSR们的可怕，他察觉妹妹及其同学的研究能力，突然灵光一闪，若有所思道："欸，你说你们考大学是不是会被抢着要啊，新闻里不是说男友考上名校要求录取女友嘛，你考大学时要求带上我，我不就能够成功转型……"

楚肖逸觉得自己事业成熟后，不一定非要天天在圈子钻营，他可以感受一下多样的校园生活，这也不失为一种转型手段。当然，他挺头疼申请学校的事情，一时半会儿还忙不过来，现在就算入学只怕也会像德斯汀般疯狂挂科。

楚肖肖："？？？"我发报告是想激励你上进，你却突然开始白日做梦？

楚肖肖实在扛不起这份生活的重担，怒挂语音通话，回绝便宜哥哥厚颜无耻的妄想。

第六章

鞋子的阴影

刘雯沛的报告后来还被何鑫使用过两回，他认为其中吹捧楚肖逸的部分透着数据流的冷静客观，非常适合工作室发通稿。

刘雯沛得知后倒无意见，她最近主攻生物研究，闲暇之余搞追星研究，还大方地表示楚肖肖可以随时取用自己的资料，两人好歹是该课题的元老级伙伴。

卸任班长一职后，刘雯沛的学习生活愉悦不少，一方面是找到了研究外的新兴趣，另一方面是不用跟陈光溯打交道。尽管她在班上有点孤僻，但并不会招人讨厌，偶尔不说人话，大家也能包容。

许晓曾对此做出评价："大佬就是大佬，大佬有点性格也正常。"

刘雯沛在班里的风评普普通通，主要她也不管别人的闲事，反正就是埋头搞研究，又不妨碍其他人。陈光溯的风评则有下滑趋势，他略显高傲的性格有点招人烦，逐渐让班里人看不过眼。

楚肖肖总是跟许晓等女生玩耍，还感受不到男生那边的暗流涌动，但矛盾似乎慢慢显露在水面之上。

课间时，有男生听不惯陈光溯的语气，直白地回撑："你神气什么啊？你成绩比不过刘雯沛，竞选也比不过楚肖肖，一天到晚就跟我们瞎神气，柿子挑软的捏呗！"

虽然班里其他小孩成绩不在前三，但他们也不是没脾气的，刚开始或许会敬佩优等生，熟悉后就逐渐有各自的玩伴儿，前三名也摘下最初的光环。班级就像小社会，成绩是重要指标，可不是唯一指标，交友结伴要更加复杂。

陈光溯没想到自己会当众被撑，顿时恼得满脸通红，在班里有点下不来台，连眼里都要泛起泪光。面对其他人探究的视线，他索性猛地蹿出班级门，竟然没有出言反击。

"等等……"楚肖肖本来要跟他一同去找陆老师，哪想到突如其来的矛盾扰乱了一切。陈光溯显然没心情再去办公室，他的身影消失在吵闹的走廊里，根本没让楚肖肖追上。

许晓见状，提议道：“不然我陪你去办公室？”

陆老师是想找正副班长开会，但陈光溯已经将其忘在脑后。

楚肖肖：“不用吧，我猜去一个也行。”实际上，陆老师好几次只需要一个班长过去，她是为避免不必要的麻烦才总叫上陈光溯，但他今天应该顾不上。

办公室里，楚肖肖难得地失策了，没料到今天要搬习题册。陆老师见楚肖肖一人过来，又打量一番她的小身板，迟疑道：“陈光溯没来吗？我还说让你们叫刘雯沛也过来。”

楚肖肖看到高高的习题册，立马转身道：“我现在回班里叫人……”

陆老师：“等等，正好我有话想问你，我们先聊两句吧！”

楚肖肖满脸茫然地走回来，不知班主任想说什么。陆老师沉吟几秒，斟酌着措辞，小心翼翼道：“肖肖，你现在跟光溯一起做班长感觉如何？你们相处得还好吗？”

陆老师对刘雯沛和陈光溯的掐架挺头疼，虽然刘雯沛最后避其锋芒，退选班长，但楚肖肖估计也会遇到相同的麻烦，自然要有所留意。

楚肖肖不喜欢私下说人坏话，她的视线飘移起来，小声道：“还好吧……”

楚肖肖：反正我心情每天都挺好，他心情好不好我不太知道。

陆老师闻言松一口气，下意识地脱口而出：“那就好，我还怕他又讨厌学校。”

楚肖肖眨眨眼，好奇道：“为什么他要讨厌学校？”

楚肖肖觉得上学还挺有趣的，除了要穿不好看的校服，她每天跟同学们在校都很开心，加上超常班总有课外活动，还能去周围的博物馆、名人故居等地游览，生活可谓多姿多彩。

陆老师欲言又止，不知该不该向楚肖肖透露，但思及小班长性格还不错，或许更能盯紧班里情况，便无奈道：“陈光溯以前在学校的经历不太愉快……”

陆老师说得挺含糊，楚肖肖也只能勉强理解，简而言之就是陈光溯曾经被人欺负，就绝食不愿再去幼儿园。家里人见他如此强硬，最终也只能同意。

陆老师还让她多多包容副班陈光溯，倘若楚肖肖做班级工作时感到委屈，也要及时向班主任汇报，老师会想办法调整。

楚肖肖点点头，痛快道：“陆老师，我没什么委屈。”她有委屈当场就解决，绝不会让情绪过夜。

楚肖肖思及陈光溯趾高气扬的嘴脸，很难想象对方还被欺负过，那得是什么样的画面？

陆老师跟楚肖肖闲聊过后，就让她回班里叫人搬习题册，幸运的是楚肖肖出门就找到了工具人。梁双麒从对面的高年级办公室走出来，他今天同样穿着红白配色的校服，跟随同伴们鱼贯而出，脸上还有一丝无语的怨气。

老师们的办公室是分开的，陆老师位于低年级办公室，正对面房间则属于四至六年级的老师。

“麒麒哥哥？”楚肖肖看到熟人，顿时双眼放光，立马出声喊同伴。

梁双麒见到楚肖肖，也颇感意外，还没来得及张口，身边人却已拥上来。他们好奇地围着小不点打量，还嘻嘻哈哈起来：“梁双麒，这是谁啊？”

楚肖肖对此类视线习以为常，她当初上拉丁语课时总是面对乐团人的目光，大致接触过同样的套路。

梁双麒面露不耐烦，如同赶苍蝇般将同学驱散，冷声道：“我妹妹！”

五年级学生们笑闹着离开后，楚肖肖才沉着地道：“你又撒谎了。”

楚肖肖：为什么如此执着地想做我哥呢？

梁双麒义正词严道：“我只是还没成功上岗，这并不算撒谎，还能避免麻烦。”

楚肖肖：“什么麻烦？”

梁双麒今日心情一般，难得抱怨道：“我要不这么说的话，他们又屁话一箩筐，一天到晚说个没完。”

梁双麒如今已经五年级，班级里的同学逐渐迈入青春期，也开始有朦胧的男女意识，这让他越发感受到周围人的愚蠢。他以前还会说“喜欢”一词，但现在已经不会继续使用，总觉得这话会被无知同学抹黑，带上羞耻而另类的色彩，变得不再纯粹。

低年级时男女同学间的交流毫无问题，到高年级时就有被人说闲话的可能性，这致使梁双麒绕着班里女生走，唯恐又被烦人的男生们调侃、取笑。小学生们刚刚意识到男女差别，在他们看来，“喜欢”“男女朋友”已经是足够刺激的话题，可以让人羞红脸。

楚肖肖没懂他的意思，面露不解：“为什么他们要说呢？”

梁双麒不想跟她解释班里人的龌龊思想（其实在成年人看来也不龌龊），便慢条斯理地回避话题，慢悠悠道：“因为世界上总有无聊的人说无聊的话，借此打发无聊的时间。”

梁双麒适时地出现，有人帮楚肖肖搬习题册了。陆老师看到梁双麒也没多说什么，虽然一年级和五年级实在相差太远，但她曾意外得知两个小孩家在同一小区。

楚肖肖觉得习题册看上去很高，但梁双麒搬起来就游刃有余，他如今就像蹿起来的竹竿，没过多久又达新高度，让他身边的小竹笋楚肖肖焦急不已。她不明白为何大家都在长个儿，就她半天都没有长起来。

走廊里，两人抱着习题册往超常三班走，楚肖肖想到刚才的景象，索性随口问道：“麒麒哥哥，你为什么会来办公室？”

梁双麒顿时眼眸幽幽，不悦道：“老师找我们班后排男生谈话，我恰好也坐在后面，只能跟着过来。”

楚肖肖：“为什么要谈话？”

梁双麒想起班里男生的智障举动就来气，索性跟楚肖肖分享迷惑行为，嗤笑道：“我同桌把前排女生的头绳扯掉，直接让她的辫子全散开了，导致她在厕所哭了好久，班主任让我们指证是谁干的。”

梁双麒没跟楚肖肖说后半句，男同桌私下居然还说自己喜欢对方，所以才将前排女生的头绳扯掉。

最初听闻此话，梁双麒的表情完全就是“黑人问号脸.jpg”。

梁双麒：我常由于不够沙雕而在班里感到格格不入！

楚肖肖过去还不懂梁双麒对同学的反感，此时却陷入相同的茫然，诧异道：“……他干吗要这么做呢？”这得是多大仇啊？

梁双麒莫名遭遇牵连，如今怨气还挺重，他淡淡道：“我怎么知道？如果你们班有人拆你头绳，你就直接告诉我，我把他头发薅秃。”

楚肖肖：“……”

楚肖肖脑海里突然浮现出梁双麒握着镊子拔毛的画面，她晃了晃小脑袋，将奇怪的场景清除。

梁双麒长吁短叹起来：“做人好难啊，在班里做正常人更是难上加难。”

梁双麒在低年级时还不排斥学校，但近来真是厌学情绪高涨，根本不理解周围人的思维。他一度想飞速地进入初中，不过又会见不到伙伴楚肖肖，果然天下没有两全其美的事情。

楚肖肖听到他的感慨，忽然想到班主任的话，迟疑道："……麒麒哥哥，你是不是讨厌学校啊？"

梁双麒："最近有一点吧，但还算能接受。"

楚肖肖面露担忧，小心道："那你这算是被欺负了吗？"

班主任说陈光溯跟别人不一样才会起矛盾，那梁双麒也跟班里人不一样，他该不会也被欺负吧？

梁双麒悠然道："当然不算啦，谁能欺负我？"

楚肖肖顿时放松下来，思及对方的薅秃言论，认为他战斗力惊人，应该不会被欺负："那就好。"

梁双麒嗅出一点线索，顿时眼睛一眯，瞬间警惕起来："你被欺负啦？"

楚肖肖赶忙摆手："没有没有！不要薅秃！"

楚肖肖如今对"欺负"还没有概念，在她看来，扯头绳已经挺过分，自然不理解班主任的话。她向梁双麒简单描述一番，当然还要提前说明陈光溯是谁，梁双麒显然都要遗忘此人了。

梁双麒摸了摸下巴，若有所思道："原来小哭包跟你同班啊？以他的性格肯定会吃苦头，人只要稍微有点才华，没错都会被人找茬，更何况性格还一般……"

梁双麒一直待在乐团里训练，长时间地体验集体生活，自然深有感触。楚肖肖等人算是乖巧可爱的小孩，有些小孩讨厌起来则不需要理由，如梁双麒在乐团里听到的酸言酸语。陈光溯性格还不好，估计当初更难熬。

楚肖肖迟疑道："……我就没有被找茬过。"莫非是我没有才华？

梁双麒相当坦然："因为肖肖比较好相处吧，我们就只是人嫌狗厌的小学男生。"

楚肖肖神情微妙，又想起他过去的话，略微无语道："还是有自知之明的那种？"

梁双麒镇定点头："对，性格不好我知道，但我又不想去改。"

楚肖肖："……"

楚肖肖彻底被同伴"虚心接受，死不悔改"的态度搞蒙，觉得麒麒哥哥自身达到了微妙而神奇的平衡，他既能自我批判，又能批判外部，但批判完有没有变化再说，听上去还挺潇洒。

楚肖肖在梁双麒的帮助下将习题册运回班里，进教室后仍未见到陈光溯，她索性将此事抛在脑后，回到座位继续看书。虽然她没将便宜哥哥的"第一名调侃"放在心上，但她还是忍不住想争一口气，这可能就是好学生的尊严。

楚肖肖：我要是又考第三名，回去肯定被他嘲笑！

楚肖肖的弱项主要是数学，刘雯沛和陈光溯都是心算高手，陈光溯更是宛如人形计算器，他还没识字时就先学会了算数，数字才是他的第一语言。楚肖肖在数学上就没有那么神，她还要打草稿核对，否则转不过弯儿。

不过期中考试也加入楚肖肖的优势项目，阔别已久的英语重归其中，这可是她的老朋友！

因为各大幼儿园在英语上的进度有所不同，所以超常班入学考并没有英语这一科目。楚肖肖可是在国际幼儿园待过，再加上她可怕的语言能力，成功在英语上斩获满分成绩。

文科满分一向比理科要难，主要因为作文是由老师来评判，并不具备标准答案。老师们很少给出作文满分的成绩，他们总会时不时地进行控制，倘若要打出一个满分，就需要英语组的所有老师来讨论，俗称“挑毛病”环节。

英语老师们轮流翻看着楚肖肖的试卷，他们着实挑不出刺来，这才给出满分成绩。

教室内，许晓欣喜地捧着楚肖肖的英文卷子，感慨道：“这是高手！这真的是高手！你借我看看吧！”

楚肖肖同样被朋友的欢乐感染，对自己的成绩挺满意。班里其他人闻言纷纷凑过来，他们好奇地想要观摩英语满分作文，连大佬刘雯沛也不例外。

刘雯沛难得地离开自己座位，她探头读完楚肖肖的作文，又低头看看自己的卷子，小声道：“确实写得挺好。”

刘雯沛的英语成绩是九十八分，两分都扣在作文上面。她阅读完楚肖肖的英语作文，承认对方的语感要比自己好，句子也更加流畅。既然楚肖肖的实力不假，那刘雯沛也输得心服口服，又慢悠悠地回到自己的座位上。

其他同学也想看自己跟满分的差距，楚肖肖倒没有吝啬，别人借，她就愿意给，教室里顿时热闹起来。

几乎传阅完一圈，楚肖肖发现角落里徘徊不定的陈光溯，似乎看出他心中所想，她试探道：“……你要看吗？”

陈光溯瞬间涨红脸，他其实想斩钉截铁地拒绝，但思及刘雯沛都看过，万一自己落后多不划算，最终扭捏道：“可以吗？”

楚肖肖点点头，随手将试卷递给对方，陈光溯接过后立马认真地钻研起来，最后怅然地将试卷还回去，不得不承认楚肖肖写得挺好。他其实早就知道对方的语言能力很强，毕竟在拉丁语班曾被吊打过。

陈光溯心里在焦虑其他事情，他隐隐感觉自己又要排第二。尖子生们的分数互相咬得很紧，可谓一分就能分胜负，楚肖肖瞬间就比刘雯沛、陈光溯要高两分，这两分很难在其他学科追回来。

然而，现实比陈光溯想得更加残酷，他引以为傲的数学也被超越，刘雯沛居然在数学上拿到满分。

班里前三名瞬间洗牌，楚肖肖的语数英分别是 98、99、100，名列第一；刘雯沛的语数英分别是 98、100、98，名列第二；陈光溯的语数英分别是 98、99、98，名列第三。

超常班的单科平均分都在 90 以上，完全是一分一分地厮杀，稍一马虎就会跌落下来。虽然许晓的数学、英语考得一般，但她意外成为 99 分的语文状元，作文更是大受表扬，语文老师说算得上引经据典。

作为班中三十号，许晓愉快地靠在椅子上，舒畅地道："我竟然也有跟大佬们谈笑风生、激扬文字的一天，开学时可没法想象……"

许晓的班级排名同样上升，她目前位于班级中下游，不再是第三十名。

楚肖肖捧着好友的作文阅读，忍不住赞叹道："你的比喻用得真好，读起来很有意思。"

楚肖肖：许晓的作文写得就像相声或评书，透着绘声绘色的诙谐趣味，还时不时有一句古诗词。

期中考试名列第一，楚肖肖在班里还能谨遵母亲教诲，没有喜形于色、四处炫耀，回家后便暴露出真面目，快要开心地爆炸，迫不及待地给便宜哥哥发消息。

她以前在幼儿园考第一都不会如此高兴，如今这样，是因为她认为刘雯沛和陈光溯的确是强敌，这是真正的高手对决！

楚肖逸打开手机时，看到十几条消息，吓一跳，赶紧点开微信翻一翻，映入眼帘就是满屏的表情包，往上滑好久才看到妹妹的成绩单。

楚肖肖发来的照片是第一名的成绩单，那是像工资条般的小字条，上面标注着成绩及排名。她显然内心狂喜，还兴致勃勃地连发数条表情包刷屏，都是学霸赫敏的得意挑眉笑，表情包上还配着"interesting"的字样。

楚肖逸："……"你真是第一个敢用表情包刷屏我的人，我还以为家里出急事了！

楚肖逸突然想起《范进中举》的故事，他感觉那状态跟妹妹现在有异曲同工之妙，范进高喊着“噫！好了！我中了！”，楚肖肖则是用表情包高喊着“夸我夸我快夸我”，显然都喜不自胜。

楚肖肖发完自己的成绩，又想提一句便宜哥哥做明星第一名的事情，她现在正好有底气，却突然发现楚肖逸回了一条语音消息。她好奇地点开播放，紧接着就听到楚肖逸怪里怪气的腔调，忍不住打了个寒战。

楚肖逸掐着嗓子，惟妙惟肖地模仿《范进中举》中老太太的哭腔，故意逗妹妹道：“怎生这样苦命的事！中了一个什么举人，就得了这个拙病！你这一疯了，几时才得好？”

楚肖肖听到陌生而古怪的声音，满脸茫然。

楚肖肖听不懂戏腔，更不懂《范进中举》，她索性打了语音通话，诧异地问道：“你是生吞了一只鸭子吗？为什么听着不像人话，倒是好像鸭子在叫？你快把鸭子吐出来。”

楚肖逸：“……”我高超的表演技能在你眼里就是鸭叫？！

楚肖逸叹气道：“哎，我真是对牛弹琴，可怜我满身本事……”

楚肖肖：“你为什么要对牛弹琴？你上回弹琴吓到麒麒哥哥还不够吗？”

楚肖逸：“……”对不起，有被冒犯到。

“是是是，牛现在不想听我弹琴，她就想要听表扬，毕竟刚考第一名……”楚肖逸见着实躲不过去，只能硬着头皮吹捧起来，却还要嘴硬地含沙射影，嘀咕道，“牛老师真是太厉害啦，居然能在期中考第一名，愚笨如我实在比不过！”

楚肖肖听着便宜哥哥不情不愿的彩虹屁，顿时感到浑身舒畅，竟比听父母称赞还高兴，连带原谅了他部分冒犯的措辞。她一直对兄长演唱会后的“第一名威胁”耿耿于怀，如今算是得偿所愿，自然要拿捏他两下。

楚肖逸刚开始还不好意思夸人，熟练后便能逐渐放下架子，将妹妹吹得飘飘然起来，又循循善诱道：“牛老师，那我上大学的事情……”

下一秒，楚肖肖就干脆利落地挂断语音通话，顿时从彩虹屁中清醒过来，绝不给他开口的机会。

楚肖逸难以置信地望着微信，惊道：“这么现实吗？！不能救助一下失学儿童吗？！”

楚肖逸都没有公开媚过粉，好不容易夸人一回，还被妹妹无情挂断通话，顿时感到世事多艰。楚肖肖挨夸结束，便一溜烟地逃跑，完全没有多停留的意思。

楚肖逸：你还真是理直气壮地白嫖！

虽然楚肖逸申请带飞大学的妄想被打破，但他还是兴致勃勃地提出参加家长会，想要到妹妹小学溜达一圈。楚肖肖这回没有拒绝，她觉得谁开家长会都没关系，反正她又不会出现在会场。

楚肖肖原本考得第一是普通快乐，强行收割兄长的彩虹屁就是双倍快乐。她如今正是心情好的时候，除了便宜哥哥的痴心妄想，基本都不会拒绝。

父母的表扬都不会让楚肖肖如此欢喜，毕竟他们本来就没有要求，但让烦人的兄长低头就很快乐，甚至令她感受到用成绩援便宜哥哥的乐趣！

然而考试就是几家欢喜几家愁，楚肖肖最近在学校挺愉快，陈光溯却在期中考后失魂落魄、神情涣散。他都已经不是斗败的小公鸡，而是完全变成了小病鸡。

课堂上，陈光溯屡屡走神，不止一次被老师点名批评，连向来喜欢他的数学老师都提出意见。

数学老师正在讲解期中试卷，他察觉得意门生的视线飘移，严肃道："陈光溯，你要是上课还不听的话，那就不是下滑一个名次的问题，而是期末考能不能过平均分的问题，你最近的作业水平很低。"

超常班的竞争压力非常大，不乏许晓等后起之秀，这都不是停步不前被超越的问题，而是前进速度不够快就会落后。大家在入学前接触的教育资源高低不等，如今同班就是站在同一起跑线，常有人能追赶上来。

陈光溯过去备受数学老师喜爱，他原本在数学上就颇有天分，又热衷于课外拓展思路，经常能拿到老师的水果、酸奶等物。这是数学老师的保留项目，他会奖励想出新解题思路的小同学，发一些小零食来激励他们。

众人头一回见好脾气的数学老师批评陈光溯，顿时面面相觑，大气都不敢出。陈光溯咬了咬嘴唇，低下头没有应声，不知在想什么。

数学老师见状，没有说得太过分，又缓和语气道："好啦，我们接着看这道题。"

楚肖肖颇感担忧地望向陈光溯，总觉得对方的情绪颜色最近很黯淡，并不是颜色变冷或变暖，而是慢慢地变浅，就像被清水冲散，甚至若有若无。

即使楚肖逸刚回家时内心封闭，他的情绪颜色都是浓烈的，否则不会刺激到楚肖肖，陈光溯却像是眼看着就要消失。

下课后，数学老师还将陈光溯叫到讲台边，苦口婆心地开导起小男孩，希望对方能打起精神来。毕竟是有数学天赋的孩子，老师们都不愿他莫名泯然众人。陈光溯却显得魂不守舍，也不知道听没听进去。

数学老师离开后，陈光溯缓缓地往自己的座位走，却恰巧迎面碰到想出去的楚肖肖和许晓。楚肖肖一愣，刚想让出过道，却见陈光溯默默地绕开她们，显得小心翼翼，唯恐避之不及。

许晓两眼发蒙："他怎么啦？我怎么没看懂这集？"

楚肖肖讶异不已，嘀咕道："我还以为他又要说'打败你'之类的话……"

刘雯沛坐在第一排，原本正在读书，如今却转过头来，推推黑框眼镜道："他已经打蔫儿很久了，昨天见我都没说话。"

刘雯沛和陈光溯的斗争矛盾由来已久，楚肖肖一向待人不软不硬，刘雯沛就要直白得多，她脸上只差写满"小老弟，你看我爱理你吗"，自然跟陈光溯掐得更狠。

许晓相当惊愕："这只是期中考，至于要这样？那我入学考第三十名不得颓好几天？"

刘雯沛："应该不光是成绩问题，他现在都不跟男生扎堆。"

楚肖肖沉吟几秒，忽然发现哪里不对，若有所思道："你对他观察好细致！"她都没发现陈光溯和班里男生的关系。

刘雯沛不屑一顾道："当然，毕竟我们不一样，我是真不想跟人扎堆，他是装得不想跟人扎堆。"

刘雯沛享受独来独往的感觉，觉得周围人太多会打乱自己思路，但陈光溯跟她不一样，他期盼融入集体又傲慢嘴硬，这才会显得招人烦。

刘雯沛推推黑框眼镜，又认真地望向楚肖肖，一本正经道："其实我对你的观察也挺细致，我没有区别对待。"

楚肖肖："……那我谢谢你哦。"尽管她不需要这种公正待遇。

许晓兴奋道："那我呢？那我呢？"

刘雯沛："你看上去比较简单，观察几天就能结束。"

许晓不满地拖长调子："哎——"

陆老师似乎也察觉到陈光溯的异常，楚肖肖发现他们私下相谈多回，偶尔还有一位陌生老师陪着，但班主任总会注意回避着班里同学，像是有着小秘密。楚肖肖没有偷听的习惯，她每回都老实地离开办公室，自然不知他们说了些什么。

真正的变故是在体育课上发生的。

体育老师经常会让同学们玩躲避球，楚肖肖等人使用的是一种皮质软球，表面摸上去光滑，但打在身上并不疼。因为一年级新生还没能力玩篮球、排球，所以他们就用这种玩具球来替代。

然而，即使是低杀伤力的软球，还是会有一些意外发生，例如不小心被击中脸部。

“陈光溯，你没事吧？我不是故意的！”男生们本来还在操场上嬉闹玩球，见软球直接命中陈光溯脸部，让对方痛苦地躬身捂脸，他们顿时便神色慌张起来。

体育老师听到动静，立马赶过来查看，扶着摇摇欲坠的陈光溯检查，担忧道：“我看看，你觉得哪里疼吗？”

丢球的男生同样被吓坏了，他误以为陈光溯能躲过，赶忙从另一头匆匆奔来，手足无措道：“我真是不小心的！”

班里人听闻意外都聚拢过来，关切地围着陈光溯打转，望着老师怀里的同学。楚肖肖却发现陈光溯有点奇怪，他的手脚不自觉地痉挛，在众人目光中浑身都在颤抖，脸色更是十分苍白。

楚肖肖：“老师，他好像喘不过气来啦。”

体育老师确认陈光溯泛红的脑门没事，立刻出言驱散众人，指挥道：“许晓，你去办公室叫雷老师，让她替我来盯一会儿，我带陈光溯去医务室……”

陈光溯闻言死命摇头，扶着自己的脑袋，好像要从操场逃走，坚持自己去医务室。

体育老师面露迟疑，软球确实没有杀伤力，否则不会被投入使用。他见陈光溯似乎恢复过来，又见对方执意独自去，索性道：“楚肖肖，那你送陈光溯一趟吧。”

楚肖肖作为班长，对此安排没有意见，点点头便跟上陈光溯。操场上的超常班逐渐恢复平静，毕竟陈光溯还能独自离开，显然没有什么大事情。

陈光溯的脚步迈得挺快，他身后仿佛有恶鬼在追赶，楚肖肖几乎追不上他。她察觉对方的方向不对，连忙提醒道：“医务室在这边！”

陈光溯对她的话充耳不闻，一头扎进走廊的尽头，直奔陆老师的办公室。

办公室内，陈光溯的出现让老师们混乱起来。陆老师望着止不住发抖的陈光溯，终于遗憾地长叹一声，有种意料之中的感觉，开始给他的家长打电话。她对旁边的楚肖肖道：“肖肖，麻烦你帮我去医务室叫一下李老师。”

“好的。”

楚肖肖今日完全是跑腿小达人，体育课就在奔波中度过。她前往医务室寻找李老师，发现李老师就是当初在办公室里陪着陆老师的陌生面孔，她们当初私下跟陈光溯交流多回，就是不知在聊什么。

“是陈光溯吗？行，我知道啦，谢谢你呀。”李老师跟着楚肖肖起身，她的办公桌上贴着心理老师的名牌，楚肖肖也不懂她为何跟校医待在一起。

办公室内，心理老师将陈光溯带往医务室，楚肖肖的任务也算结束，但她不经意间听到了陆老师的通话。

陆老师：“是的，是的，如果他真的需要办理休学，学校这边能按流程来，您赶来后我们面谈也行……”

陆老师挂断电话后，楚肖肖大为惊诧：“休学？陈光溯伤得那么重吗？！”

楚肖肖：我用跑的都追不上他的步伐，他居然被球砸得那么狠？

陆老师看着她惶恐而担忧的神色，为难道：“这倒不是体育课的事，只是陈光溯最近有应激反应，可能不适合待在学校……”

楚肖肖满目茫然：“什么叫应激反应？”

陆老师耐心地解释许久，楚肖肖终于明白过来，陈光溯待在同龄人过多的环境里就会紧张、焦虑、呼吸不畅，这是生理反应和心理反应的双重作用。他开学以来算是坚持了挺久，只是现在又复发了。

陆老师用纸杯给小班长接水，嘘寒问暖道：“肖肖是不是累啦？你喝点水回班休息吧，今天辛苦你跑好几趟。”

陆老师内心也万分感慨，她在开学前就了解过学生情况。陈光溯入学考后表现如常，成人们便觉得他逐渐融入了集体，哪想到状况会突然恶化。这是他在幼儿园时留下的烙印，尽管大人们想尽办法引导，但让他慢慢走出来不容易。

陈光溯上幼儿园前还算正常，尽管他偶尔会显出几分小嘚瑟，但还没有力争第一的偏执劲儿。他相比同龄人要早慧，在幼儿园里相当出众，很快就引发班里某孩子头的不满，逐渐被班里小朋友排挤。

孩子们的喜恶过于简单直白，他们有时能被几句闲话牵着鼻子走，刚开始是抱团扎堆、冷漠排挤，紧接着的行为就有点越线，时不时就要推推搡搡，或者进行恶作剧。班中大概总有头领和小丑，孩子头那时担任头领，陈光溯就是班中小丑。

如果陈光溯在幼儿园里有所失利，孩子头就会带头嘲笑，让人围着他起哄：“陈光溯，我还以为你有多聪明，你不也就这样吗？”

陈光溯和孩子头当时是班里最聪明的孩子，他们永远在各个方面竞争，也就是那时起陈光溯变得固执起来。他必须事事争第一，不争第一就要被嘲笑起哄，就要被其他人围着欺负。

然而，陈光溯表现得越出色，孩子头就越讨厌他，欺负力度就越大。即使陈光溯向老师反映也没有用，他的竞争对手惯会在大人面前装乖卖惨，否则也拉拢不了幼儿园其他人。

孩子头从不会在明面上欺负陈光溯，他比陈光溯要狡猾得多，只是使一些小手段。

即使陈光溯回家向父母汇报，父母也没法替他在幼儿园盯着，最多是劳烦老师看管。

陈光溯告状的次数过多，老师又抓不住孩子头的把柄，自然会感到无奈，只能好声建议道："陈光溯，如果大家都不愿意跟你一起玩，你是不是也要想想自己的问题呢？"

年幼的陈光溯听闻这话如遭晴天霹雳，他完全不懂被欺负为何要想自己的问题，他甚至都混淆了"没法跟人相处"和"被大家欺负"的概念，自此对所谓说公道话的老师都排斥起来。

陈光溯的幼儿园生涯在某个宁静午后结束，他午睡过后毫无防备地穿上小鞋，却踩碎了一只藏在鞋里的毛毛虫，终于彻底地崩溃。

自此以后，陈光溯选择绝食，不去幼儿园，即使父母给他更换学校，保证不会再出此类事情，他也心如死灰地不肯松口，偶尔重回学校也待不了两天就会再次进入绝食状态。

陈光溯父母头疼地引导儿子许久，如替他报课外班来缓解紧张，但他仍不能在同龄人多的环境待太久。如果班里大人多还好，只要孩子超过三个，陈光溯就开始变得紧张，他当初在茶水间也只敢接杨茵手里的东西，原因是杨茵不是同龄人。

与此同时，陈光溯身上沾染了一些孩子头当初的特质，比如他要事事争第一，又如超过别人就傲慢。因为他落后时被人带头欺负过，所以他觉得做第一就能安全，就能够带领其他人。

孩子头嫉妒陈光溯的聪慧，陈光溯却羡慕孩子头的人缘，至此便陷入僵局。

陈光溯先一步离开拉丁语班，就是去接受心理疏导，这才通过入学考，顺利进入超常班。只是好景不长，他还是故态复萌。

班级里，陈光溯的座位一直是空的，他迟迟没有归来，让班里人越发忧虑。失手的男生颇为慌张："他真的没事吧？我是不太喜欢他，但我没故意砸他……"

一年级的小朋友还比较乖巧，陈光溯的事情好像惊动不少老师，自然让当事人有点害怕。

楚肖肖同样面露迟疑，他们最终没有等来陈光溯，反而等到陈光溯的家长。陈光溯母亲看上去挺面善，她来帮儿子收拾书包，说是要带他回家。

失手男生见状，仓皇道："阿姨，陈光溯头还疼吗？对不起，我是不小心砸到他的。"

陈光溯母亲看着凑过来的小萝卜头们，忙摆手安慰道："没事没事，他头已经不疼啦，他就是身体不舒服……"

班里众人思及陈光溯的异常，这才放松下来，议论道："可能是感冒吧。"

"我看他最近精神都不好。"

其他人逐渐散去，只当陈光溯感冒了，最近确实是感冒爆发期。

楚肖肖是唯一知道真相的人，她听到陆老师的通话，总觉得不是简单的"身体不舒服"，陈光溯看上去好像不会再回班里。

陈光溯母亲的动作相当利落，楚肖肖见状赶紧追出去，出声喊道："阿姨，陈光溯明天还来上学吗？"

陈母回头看到小女孩，一时间面露尴尬，不知如何作答："这……"

楚肖肖为难道："他是由于考试成绩的事情吗？"

楚肖肖考了第一名很开心，但她不知道这是不是打击到对方，连最初的喜悦都消散不少。虽然许晓说这不过是期中考，但陈光溯显然跟许晓不是一类人。

"咦？你是不是叫楚肖肖啊，我好像以前见过你，是在外面上课的时候？"陈母总觉得小女孩分外眼熟，她又在家里听儿子絮叨，说要击败楚肖肖、刘雯沛之流，连忙安抚道，"没事的，跟你们没关系，不是考试成绩的问题。"

陈母心知超常班的氛围没问题，否则陈光溯坚持不到期中考，楚肖肖等人还真没那么强的影响力。

楚肖肖更感疑惑："那他为什么不来上学呢？"陈母完全是将陈光溯的东西清空，连柜子都没有放过，不像短期请假的样子。

陈母同样无可奈何，索性坦白道："因为他自己钻入了怪圈，总觉得别人要欺负他，所以需要回家调养一段日子……谢谢你的关心，他要是恢复得够快，说不定过两天就会来上课。"

当然，陈母还有潜台词没对孩子说，要是心理疏导没效果，陈光溯本学期基本就没戏。

陈光溯如今状态不佳，原因就是他每天都有头上悬刀的感觉，总觉得自己处于弱势，总认为下一秒就要被欺负，自然天天魂不守舍。

楚肖肖似懂非懂，她没明白“总觉得别人要欺负他”就不上课的逻辑，总归是年纪尚幼，对心理方面认知不多。

陈母说完，又请教道：“你知道校长处怎么走吗？我有事要过去一趟。”

楚肖肖推测陈母要去办理休学，伸手给对方指完路，她心里又有点怅然若失。虽然陈光溯平时在班里有点小小的烦人，但她也没有让对方直接消失的意思，班里人刚刚同样在关心他。

医务室里，陈光溯独自缩在病床的被子里，好半天才舒缓过来，重新能够喘上气。心理老师安慰完他，又出门去拿东西，如今屋里静悄悄的，只有他一个人。

陈光溯听到母亲赶来，顿时觉得放松下来，摸索着想要下床穿鞋，又下意识地倒转鞋子抖一抖，检查里面有没有异物。这是他离开幼儿园后养成的习惯，他记得虫体爆浆的黏腻感，至今想起都会头皮发麻。

虽然当初的鞋和袜子被远远地丢掉，他还回家疯狂地洗脚，但他仍觉得有东西粘在自己的右脚脚底，一直以来挥之不去，甚至越发沉重起来。

医务室的门吱扭一声响起，穿鞋的陈光溯顿时被吓一跳，他冷不丁道：“啊！”

楚肖肖刚刚敲门没人反应，小心翼翼地推门进来，却忽然听到一声暴喝。她同样错愕而惊恐地立在原地，一动不动地握着门把，慌乱地望着屋里人。

两个小孩大眼瞪小眼，他们都被彼此吓到，一同沉默好几秒。

看到楚肖肖，陈光溯松一口气，又有点别扭地转过头来。他倒没有对她过于排斥，主要是曾经一同上拉丁语课，有种潜移默化的熟悉感。不过他也不知如何面对新任第一名，他心里还是对排名在前的人有畏惧感，加上楚肖肖近来总让他想起心理阴影。

楚肖肖在拉丁语班时还未显现特质，一到超常班就开始有孩子王的特点，例如班里人愿意给她投票、她跟别人相处得很好，甚至超越刘雯沛。这种发展趋势让陈光溯分外紧张，他有点害怕历史重演。

陈光溯如今面上强作镇定，实际上内心慌得不行，但他见楚肖肖又没带人，便摆出纸老虎的架势。然而，他的心理活动根本骗不过楚肖肖的眼睛，她将对方乱颤的情绪看得一清二楚。

楚肖肖还算沉着，她在最初的慌乱过后，泰然地踏入医务室，小心询问道：“你是由于成绩，所以不上学吗？”

楚肖肖不太理解来龙去脉，想要问问当事人的意见，然而陈光溯却低头不言，又展现出神色游离的态度。

见他不言，楚肖肖察觉对方紧绷的情绪，认真地思考片刻，又小心地推测：“因为我考得比你好，你害怕我欺负你，所以才不上学吗？”

陈光溯这回被踩中痛脚，顿时涨得满脸通红，甚至急得结巴起来：“谁、谁跟你说我被欺负……”

楚肖肖看他反应如此之大，便感觉自己接近了事情真相，索性又往前走两步，立马将陈光溯吓得往回缩。

说实话，医务室的环境让陈光溯想到许多糟糕回忆，他以前就总是在无人处被孩子头捉弄、取笑，完全没办法取证。

陈光溯见她还在往前，尖声警告道：“李老师马上就回来！”

楚肖肖对他的厉声喊叫毫无反应，她执着地凑过去，还伸出一根手指，直把对方吓得脸色苍白。

陈光溯慌得都要跳下床飞奔而逃，却见她的手指不偏不倚地戳在自己脸上，这只是简单的一戳，就像大人戳小孩。

楚肖肖模仿便宜哥哥戳自己脸的状态，用手指戳戳陈光溯富有弹性的脸蛋，煞有介事道：“这样就算是欺负过了，这回的成绩现在清零，我们下次考试再开一局。”

楚肖肖的想法很简单：你不就是怕被人欺负嘛，那我欺负完不就行啦？

既然他觉得考得比自己差会被欺负，她只要现在欺负完这一次，下次考试又是新开始，哪还用得着休学啊？

楚肖肖现在对“欺负”的概念挺简单，扯人头绳算是一项，但陈光溯没头绳，那就只剩下兄长式欺负——戳来揉去、挼来挼去。

陈光溯都被她戳蒙了，他现在的感觉就像是怕对手闪现用大招，对手却虚晃自己一枪。

楚肖肖双眼明亮，有条有理地说道：“我考试成绩比你好，现在也欺负过你了，你就不用再害怕，那你明天能上学吗？”

陈光溯：“……”这算是哪门子的欺负啊？！

陈光溯内心是崩溃的，他觉得这根本就不能算欺负，但他觉得自己指导楚肖肖欺负自己也不对，顿时脑海里有些混乱，被她的逻辑给搅蒙了。

两人顿时在医务室陷入僵持，楚肖肖又没被人欺负过，她所想象的恶也就这样。

陈光溯摸了摸脑袋，努力地寻找逻辑，迟疑道："等等，不对，你让我想一想……"

陈光溯：究竟是哪里不对？你给我几分钟理理。

正值此时，医务室的门吱扭一声响起，刘雯沛从屋外探头进来，看到正副班长的样子，不由得神色古怪："你们在做什么？"

楚肖肖镇定道："我比他考得好，正在欺负他。"

陈光溯看到意外出现的另一位竞争对手，当即愤怒地辩驳："那才不叫欺负！"

刘雯沛："？"

刘雯沛对陈光溯的话充耳不闻，她听到楚肖肖的解释，露出颇感兴趣的表情："还有这种事？带我一个。"

楚肖肖和刘雯沛犹如左右门神，立刻将陈光溯的去路堵住，开始进行欺负行为——戳戳第三名的脸。她们一人戳左脸，一人戳右脸，力度都不重，就是戳着玩，愣是把小男孩戳蒙了。

刘雯沛伸手戳戳陈光溯的脸，又收回手指戳戳自己的脸，若有所思道："确实手感挺好。"

刘雯沛偷瞄一眼旁边的楚肖肖，觉得对方软糯的脸蛋看上去手感更好，忍不住伸手戳一下，立刻引发对方的不满。

楚肖肖遭遇偷袭，立刻皱眉道："嘿！你怎么不按成绩来？你这回不能戳我的！"

刘雯沛遗憾道："哦……"原来排序如此严格，她在考第一名的时候，怎么就不知道此娱乐活动？

楚肖肖对刘雯沛偷偷伸出的魔爪感到不公，索性又伸出一只手戳戳刘雯沛的脸，两只手都没有闲着，一只手制裁第二名，另一只手制裁第三名。

刘雯沛一边被戳脸，一边虚心请教："所以我现在只能戳他？"

楚肖肖："对。"

陈光溯终于被前两名气爹毛，他对她们的戳脸行为忍无可忍，恼羞成怒地喝道："我不会再被你们欺负啦！不要以为你们成绩好就能为所欲为！"

他总觉得这句话在自己心里埋藏好久，无奈他逃离幼儿园过后，再也没有机会吼出来。那些酝酿许久的晦涩情绪却在戳脸二人组的弱智行径中彻底爆发，他在说出心声后竟感到一丝放松，尽管对象不太对，但总归是喊出来了。

楚肖肖和刘雯沛听到他的暴喝都一愣，随即缓缓地收回手指，默契地呱唧呱唧鼓掌，看上去在庆祝什么重大喜事。

陈光溯听着她们的掌声满目茫然，完全没懂为何是这种反应。

刘雯沛淡然道："好吧，那就不欺负你了。"

楚肖肖点点头，一边鼓掌，一边欣慰道："你终于知道成绩好不能为所欲为了。"

刘雯沛感慨道："我开学时真是被他烦死了。"

楚肖肖思及拉丁语课，不由得感叹："谁当初又不是呢？"

楚肖肖和刘雯沛作为曾被打扰的当事人，思及陈光溯过去的好斗言论，突然又莫名蹿出几分怨气，顿时遗忘"不欺负你"的前言，忍不住继续伸手戳戳他的脸蛋，以此缓解心头之恨。

楚肖肖、刘雯沛：是时候让他接受社会的毒打了。

陈光溯只能在前两名手下忍辱负重，又气又恼地挡脸，以此隔绝她们的手指，怒道："……你、你们不要太得意！我一定还能考回来！"

楚肖肖："那你明天还上学吗？你不上学应该考不回来。"

陈光溯一愣："那就上吧……"

刘雯沛冷漠地推推眼镜："反正他下午已经耽误了两节课，而我在研究上取得了关键性进展。"

陈光溯："？！"你是魔鬼吗？

楚肖肖唱红脸，刘雯沛唱白脸，竟然让陈光溯忘却最初的想法。他刚刚还想自闭地逃回家里，再也不要到学校来，如今思及下午的课程落后，又莫名恐慌起来，难道他下回还要被戳脸？

"哇，好多人啊……"

校医进屋时看到三个小学生，不由得露出诧异的神色，疑惑道："你们不回家吗？"

刘雯沛见到校医后，立马想起自己此行的正事，面色沉着地开口："老师，我觉得我最近看不清东西。"

校医："好好好，我给你查查视力，你现在戴多少度的眼镜？家里有说你是真性近视还是假性近视吗？"

刘雯沛："我是遗传性近视。"

校医："那估计是度数又深了，咱们先验光看看……"

学校现在提倡保护孩子的视力，在医务室设有验光的设备，不过都是高年级学生才会过来，少有一年级就近视的人。刘雯沛不但遗传家里人的智商，还遗传家里人的近视，她天生视力就不太好。

楚肖肖听陈光溯说会来上学，感觉自己的班长任务告一段落，便痛快道："那我也回家了。"

陈光溯被刘雯沛一刺激，不由得焦灼道："等等，今天下午讲什么啦？今天的作业是什么？"

陈光溯：我今天下午是不是错过了一万个知识点？！

陈光溯的情绪颜色原本相当黯淡，但经历今日心绪的大起大落，他又慢慢地振作起来。他觉得自己脑袋里紧绷的弦缓缓松下，连日以来的紧张状态一旦被人打破，好学的热情又重新回到身体里。

"妈妈，你有帮我拿卷子吗？"

陈母提着书包来医务室接人，迎头便遭遇儿子的询问，她诧异道："我应该是拿了，但你不是说……"

陈母：你不是说想在家休养一段时间吗？

陈光溯听她语气含糊，索性自己拿过书包翻找，他看到试卷松一口气，舒缓道："拿了就好。"

陈母关切道："光溯，你今天还要做试卷吗？我约韩医生晚上过来，你们要不要聊一聊？"

韩医生就是给陈光溯做心理疏导的人，陈光溯在他的帮助下才能报考超常班，平安无事地度过开学的日子。当然，韩医生也说成人们的引导有限，陈光溯最终还是要靠自己战胜恐惧，他害怕的不是大人，害怕的是有同龄人的环境。

这就类似于"道理谁都懂，实操就不行"，周围的成年人给他灌输再多的理念，他自己无法彻底消化，仍然会走不出来。他是被同龄人所伤害，但同龄人不可能给他做心理疏导，他在大人处获得指导，回到环境里依然犯怵。

陈光溯这才想起韩医生，他让班主任打电话时迫切地想要逃离学校，如今被楚肖肖、刘雯沛一搅和，恐惧情绪逐渐消退，闷声道："我好像又不想跟韩医生聊了，我还得做试卷呢……"

他突然又觉得学校不是很吓人，好像继续上学也没什么问题。如果韩医生要跟他沟通，放学后的时间就会被侵占，影响他的作业进度。

陈母好声建议："不然你晚上跟韩医生聊聊，今天就别辛苦地做作业了，体育课上还闹出那种事，不如就好好休息一天？"

陈母觉得陈光溯在期中考前绷得太紧，或许也是他应激反应的诱因，但大人是劝不住他别学习的，他就是有一种要超越同学的固执劲儿。

陈光溯果断道："不行！那我又要落后啦！"

陈母听到熟悉的语气，沉吟几秒，硬着头皮道："……那你要是期末还落后呢？"

这简直就是死循环，陈光溯落后就会影响情绪，情绪不佳就会出现应激反应，但他永远改不掉这种心态。只要家里人一提此话题，他就恼羞成怒、极度激动，总认为家人的关心像是暗中嘲讽，恨不得暴跳如雷。

陈母还等着他大发脾气，却没料到儿子今日没动怒，简直一反常态。

"落后……"陈光溯难得没有发火，他的视线飘到一边，嘀咕道，"落后就落后呗，大不了就是被戳脸，也不会死人的。"

陈母头一回听到新答案，顿时露出愕然的神情，难以置信地望着他。

下一秒，陈光溯重新焕发斗志，坚定道："但我不会落后的！按顺序也该我拿一回第一名了！"

陈光溯：她们俩都拿过第一名，风水轮流转，该转到我了！戳脸之仇必须报！

虽然陈光溯吵吵嚷嚷地拒绝见韩医生，表明会耽误作业进度，但陈母晚上还是强押他进行沟通。心理问题是有科学可依的，陈光溯好没好，不能由自己或家人决定，要靠专业人士来判断。

韩医生："我觉得他明天能上学，他状态看上去不错，不但比前两天要好，甚至比入学前还好。"

专业人士都已发话，陈母这才赦免陈光溯，让他能够写作业。

陈母看着儿子打鸡血的状态都担忧，总觉得他想超越前两名的心态没变，但好像又有一些细微的变化，反正让人难以形容。好在休学手续还没有办妥，陆老师得知陈光溯重归学校的消息，当晚也感到庆幸和高兴。

次日，陈光溯又拖着一大堆资料回到班里，还被周围人询问起病情。体育课上丢球的男生无疑是最担忧的，他不禁紧张道："你真的没事吧？对不起，我昨天失手了。"

陈光溯昨日的动静闹得挺大，他第一次被班里人围着嘘寒问暖，别扭地低头道："没事，没什么事……"

陈光溯就跟纸老虎一样，平时总是虚张声势，如今境遇发生变化，又有一点不好意思。他就没做过群体里受欢迎的对象，所以现在跟人正常寒暄起来，又拘谨又新奇。

大家只是打探陈光溯的病情，加上他今日没傲慢得意（还莫名有点怂），气氛算得上融洽。

期中考过后，学校的两项活动便紧随其后，一项是家长会，一项是运动会。

陈光溯的龟缩状态在下午彻底结束，他又恢复往日的底气，找上楚肖肖理论："为什么我被报名参加运动会？"

陈光溯刚才被男体委通知，一时如遭晴天霹雳，怎么要搞运动会？

楚肖肖理直气壮道："因为你是班长啊，我们都要报名的。"

许晓直接抽出报名表来，悠然道："别问了，班委全都要上，刘大佬也不例外，我有三个项目呢！"

陈光溯大感受骗，震惊道："你昨天骗我回来上学，莫非就是为运动会抓人？！"

楚肖肖没想到他还有此等阴谋论，面色迟疑："这也算部分原因吧。"主要原因是她觉得休学太遗憾了。

陈光溯才不要参加跑步比赛，他顿时开始卖惨，扶住自己额头："不行，我昨天才被球砸过，我脑袋现在还嗡嗡的……"

陈光溯：我突然又想休学，起码等运动会结束，才能够回校上课。

楚肖肖淡然地戳破谎言："胡说，你昨天在楼道里走得比我跑得还快。"

楚肖肖如今为抓壮丁，已经识破班里人的谎言。他们各个跑得贼快、跳得贼远，却连连婉拒运动会报名，死活都不肯上场，展现出空前的谦逊。

陈光溯："……"

楚肖肖倒是想要报效班级，无奈她的实力不允许。她在体育项目上表现一般，还真没有许晓能跑能跳。刘雯沛在跳绳上还有些水平，楚肖肖就只能报接力赛跑，许晓说她能把楚肖肖落下的进度追回来。

虽然楚肖肖只能做滥竽充数的小壮丁，但她还可以动员班里其他人，反正有能力的人统统不会放过，甚至形成了职业习惯。

放学路上，梁双麒难得没有乐团训练，跟楚肖肖一同乘坐楚家栋的车回来，自然会提及家长会和运动会相关话题。

楚家栋正在开车，随口问道："麒麒，你们家谁给你开家长会？"

梁双麒欲言又止："嗯……这要看前一天的抽签结果，我还不知道抽中的会是中下签，还是下下签。"

梁宸和赫妍估计要前一天才决定谁去，所以梁双麒也不确定自己的结局。

楚肖肖："上上签去哪里啦？"

梁双麒："它从来就没存在过。"家长会何时有过上签？

楚肖肖有点迷惑，但她很快就职业病发作，关心道："麒麒哥哥在运动会上报名什么项目？"

梁双麒悠闲地应声："晒太阳、吃零食项目，我还要在椅子上放一个软坐垫……"

梁双麒才不会响应班里的运动会动员，更不会将班委的话当回事儿。他觉得运动会就要嘴部运动，这才是运动会的真谛啊！

楚肖肖露出真挚而向往的神情，循循善诱道："你不觉得跑步回来晒太阳、吃零食会更开心、更美味吗？麒麒哥哥腿那么长，一定跑得非常快！"

她现在见人就想劝对方报名运动会，已经练就一套游刃有余的话术，立刻在车里展开安利。

梁双麒总觉得这话哪里不太妙。

梁双麒万万没想到，在班里逃过自己班委的安利，却没在车里逃过别人班委的安利，最终只能在第二天报名参加运动会。他的举动简直震惊四座，要知道他一向是班中的自由主义者，根本不会被男体委打动。

男体委顿时激动起来："我的天啊！太阳打西边出来啦，我都劝你好几年了，到底是谁说服你的？！"

梁双麒在体育项目上不弱，但他一向懒得掺和这些事，别人让他为班争光，他却说自己大提琴争的光够多，反正有各式各样的理由搪塞。

听闻周围人的惊叹，梁双麒懒得搭理他们的视线，低声道："班长劝的。"

男体委："班长还能制裁你吗？！"

男体委作为《王者荣耀》的低段位玩家，没觉得班长的出装能制裁梁双麒。梁双麒出的可能是六双鞋，他每回都一溜烟地逃走。

梁双麒："我是被跨年级的班长制裁了。"

他逃过班里的围追堵截，好不容易离开学校，没想到被车里的一年级班长蹲了，反手就是一记斩杀。

男体委：“？”

楚肖肖和梁双麒相识在小区，她自然没觉得自己用一年级的剑斩五年级的官，是越级杀怪的壮举。毕竟御融台三人组年龄相差挺大，楚肖肖当初过家家也将梁双麒、杨茵安排得明明白白，致使梁双麒稀里糊涂地报名了运动会。

梁双麒报完名才反应过来，他跟楚肖肖不是同班啊，他就算报名成功似乎也不算她的业绩？

楚肖肖作为基层小班长，倒不介意自己的业绩，她本着从群众中来到群众中去的工作方法，连五年级都不放过。当然，正式的运动会前还有一道关卡，那就是即将到来的家长会。

楚肖逸早就表明自己要参加家长会，他还将当天的明星晚会推掉，特意留出这一天的档期。

何鑫对此深表无奈，不由得叹息道：“家长会比晚会还重要吗？”

明星晚会可谓群星荟萃，基本上当红的明星及大佬都会出席，缺席容易引发争议。家长会又不非要楚肖逸在场，他其实让父母过去也可以。

楚肖逸振振有词：“你知道竞争有多激烈吗？我跟我爸竞争好久了！”

楚家栋前一天又委婉地给大儿子发消息，表示对方要是工作繁忙，他可以代替出席家长会。如果不是肖碧在学校也有期中工作，或许竞争要更加激烈。

楚肖逸：我就想看一眼扎堆的 SSR，才不会被人代替出席！

何鑫略感无语，只好让团队晚上盯着，不要由于缺席而出现抹黑通稿。

家长们是在下午抵达小学的，楚肖逸先跟随人流前往礼堂，参加一年级的年级会，然后才能来到超常三班，跟妹妹楚肖肖碰面。他戴着黑色口罩，好奇地左右打量，嘀咕道：“这变化也不大嘛……”

他以前在此小学读过书，但当年的老师早就退休，如今都是陌生面孔。

教室内，小同学们正在收拾自己的桌子，他们要腾空位置给家长，待会儿就要开班级家长会。

“楚肖肖，外面有奇怪的人盯着你。”陈光溯路过教室门口，看到鬼鬼祟祟的人影，打了个寒战，越发感觉高个儿男人相当可疑，完全是电影里反派的打扮。

楚肖肖闻言一愣，她的位置看不到门外的人，倒是许晓好奇地探头张望，诧异道：“呦，现在偷小孩都直接进校啦，这么明目张胆！”

楚肖逸戴着黑色口罩和黑色渔夫帽，他出礼堂后就将自己遮得严严实实，看着像诡异人贩子，自然吓坏小朋友。

刘雯沛坐在第一排，她在海量的追星知识熏陶之下，率先认出对方，提醒道："那是 Y 同学。"

"那是 Y 同学吗？刘雯沛你见过？"教室里顿时议论纷纷，班主任现在还没来，同学们立马探头看热闹。

楚肖肖一听此话，哪能不明白门外的人是谁，当即蹿出去跟便宜哥哥碰面。她惊道："你怎么现在就过来了？老师明明说还要一些时间。"

年级会结束后，家长们会前往各班参加班级会，陆老师让孩子们在此之前收完东西。

楚肖逸刚开始还怕走错路，如今见到妹妹就放松下来，慢悠悠道："我先过来了，他们还在开。"

礼堂里是一年级的年级会，会议内容跟班里同学没半毛钱关系，都是学校领导们的官方套话。楚肖逸在会场里昏昏欲睡，他旁边的男家长还开始打呼噜，自然有点受不住，赶紧先一步逃走。

楚肖肖难以置信道："你居然早退！"

楚肖逸："开会不早退，领导才心碎，年级会没干货，你就放心吧！"他当年也听过母校的年级会，还真是多年不改风格，依然有强效催眠实力。

楚肖肖只得领着楚肖逸进教室，将他安排在自己的座位上，她则站在一边继续收拾。班级里如今闹哄哄的，众人都在忙乱地收书包，时不时还偷偷打量黑衣人楚肖逸。

楚肖逸别扭地挤进狭窄的座位，觉得自己的大长腿根本无处安放，又摘下帽子、口罩，终于长松一口气。他刚要抬头环视一圈，却发现自己被小同学们团团包围，他们满眼都是新奇和希冀，好像在观赏野生大熊猫。

SSR 幼崽们探究地打量楚肖逸，后排的人还要踮脚张望，他们脸上全都写着：让我看看！让我看看！

楚肖逸："？"难道我的小学生粉丝很多？

楚肖逸原本就没有普通家长年纪大，再加上他职业的特殊性，私下也把自己捯饬得光鲜靓丽、帅气潇洒，非常有偶像包袱。小朋友们同样是看脸的，刚刚还觉得他鬼鬼祟祟，现在却越发有欣赏珍稀物种的心态。

许晓感慨道："Y 同学长得还挺好看。"

楚肖肖听闻好友的评价，震惊地望着对方，心里全是惊涛骇浪：“怎么可能？！”

许晓迟疑地望她一眼：“你不觉得吗？他好像明星哦。”

许晓哪知道楚肖逸不是像明星，对方就是货真价实的明星。她只是单纯地评价颜值，认为Y同学跟想象中不太一样。

楚肖肖斩钉截铁道：“你肯定是近视啦，刘雯沛把你传染了！”

楚肖肖：便宜哥哥才不好看，这肯定是刘雯沛近视出现了人传人现象！

许晓：“……”近视会传染吗？

楚肖肖总是能见到楚肖逸，自然没觉得对方有多好看，凭借天生的兄妹滤镜，只偶尔认为他好烦。班中同学如今都眼巴巴地盯着兄长看，她顿时感到不可思议，长久以来的认知被打破，莫非她才是视力不好的人？！

楚肖逸同样发觉超常班的小孩们友善而古怪，他们不但好心地递给自己酸奶或零食，还要时不时欢快地高呼“Y同学”，没事便掏出一道简单的数学题，希望自己能尝试解一解。

楚肖逸不会做图形推理，但他起码会正常算数，随口答道：“524。”

周围的小萝卜头们顿时骚动起来，他们惊呼道：“他解出来了！解出来了！”

“Y同学喝酸奶了！他喝酸奶了！”

楚肖逸：“？？？”

楚肖逸：这语气好像“大熊猫从树上掉下来啦”或者“大熊猫开始啃竹子啦”。

因为小同学们对Y同学的智力期许非常低，所以楚肖逸现在稍微做一点事，他们都觉得远超自己的想象，自然感到惊喜不已。楚肖逸哪知道自己曾被妹妹妖魔化，他只是觉得小孩们热情又有活力，偶尔显得比自己粉丝还激动。

刘雯沛望着班中的热闹场面，若有所思道：“这其实是自然选择的结果，因为Y同学靠外表优势就能存活下来，所以他的脑部能力就变得不再重要。”

即使SSR幼崽们知道Y同学的无知又怎样，他们依然表现得相当愉快，谁会强求大熊猫、树懒等可爱动物的智商，只要好看又有趣就行啊！

楚肖肖看着同学们的好客同样震惊不已，难道她的审美真的跟旁人有差异？

不得不说，楚肖肖的三观经受强烈冲击，好在班里的家长们不断增多，围着楚肖逸的小同学们也逐渐散去。

楚肖逸见妹妹背好书包，嘱咐道：“你到校门口找何鑫就行，可以让他先送你回去，或者你等我一起走。”

“嗯……”楚肖肖心情复杂地瞟了一眼哥哥，恨不得在他脸上看出一朵花。

楚肖逸奇怪地摸摸脸：“你这是什么表情？”

楚肖肖看着他两只眼睛一个鼻子一张嘴，依然没看出他哪里出众，不禁失魂落魄道：“我可能是近视……”

楚肖肖：他又没有三只眼睛，到底有什么好看的？！

楚肖逸：“？”

楚肖逸：“那我一会儿带你去验光。”

楚肖肖摇摇头：“不，我都近视好多年了，打从认识你就近视……”

楚肖逸：“？？？”

楚肖逸顿时感到莫名其妙，然而楚肖肖已经背着书包离开，他只能坐在班里等着开家长会。因为他早知超常班家长藏龙卧虎，所以在班里就显得非常乖巧，不敢做从家长会早退的事情。

陆老师先表扬班里孩子，又开始苦心劝导：“孩子的教育不仅仅是在学校，也希望各位在家里能有好的引导作用，大人们饭后少刷手机、少看电视，给孩子们做榜样，更不要周末睡到中午才起，自己就作息混乱，孩子也会被影响……”

楚肖逸顿时如坐针毡，总觉得自己莫名中了好几枪。他绝对是家里作息最乱的，经常周末睡到中午，还要楚肖肖进屋来叫。

当然，班里中枪的不止楚肖逸一人，某家长忍不住嘀咕：“晚上不刷手机、不看电视，我们还能做什么呢？”

许晓父亲理直气壮道：“你开广播听相声评书嘛！那不比电视节目好玩得多！”

陆老师：“……”倒也不是这个意思。

家长会相当漫长，会议中间还有休息环节，少不了家长闲聊。许晓父亲跟谁都能唠两句，他很快就跟楚肖逸攀谈起来，惊奇道：“你是小孩哥哥啊？”

“我就说看着好年轻，你现在还在读书吗？”

刘雯沛母亲作为查过楚肖逸资料的人，不由得接茬道：“他已经工作啦，事业还很厉害呢……”

“没有，没有，真没有！”楚肖逸赶紧否认三连，他被众多家长关注，小声嘀咕道，“现在没读书啦，以后可能试试……”

楚肖逸如今心态逐渐平和，已经敢鼓起勇气想这件事，不像过去般提都不敢提。他在记者面前是不会说这些的，但现在身边都是对自己印象不深的圈外人，身处此等生活化的环境里，反而敢不经意地流露。

许晓父亲热心道：“读书好啊！你来做我校友嘛，我们学校老搞 MBA！”

楚肖逸：“您的母校是……”

许晓父亲：“我是 P 大的！虽然 MBA 有点水，但还算可以啦！”

楚肖逸：“……”不不不，它并不水，水的是我，我高攀不起。

刘雯沛母亲一听 P 大，顿时露出颇不赞同的神情，语气幽幽：“如果要上 P 大的话，倒不如去隔壁吧，反正也就几步路的事儿。”

许晓父亲顿时乐呵起来，阴阳怪气道：“哎哟，贵校还真是无处不在。”

“哪里哪里，我是觉得就三百米距离，他可以多一些选择。”

楚肖逸哪料到战争一触即发，顿时头皮发麻，赶紧摆手道：“不不不，您都误会了，这两所学校不在我的计划内……”

楚肖逸：我是稍微有点飘，但还不敢那么飘！

旁边的家长立刻附和道：“没错，眼界别老局限在国内，也就国内老爱提这两所，放眼望望常青藤 TOP5，英国那几所也还行！”

楚肖逸：“……”诸位是要彻底把我吓晕吗？！

楚肖逸哪想到自己随口一句“想要读书”，立刻让战火燃烧起来。各大名校校友纷纷加入战局，从原本的两校之争发展到国内外厮杀。他们开始撕咬起学历鄙视链，还现场查起大学最新排名，简直宛如饭圈争斗。

“我朋友是资深 HR，她说国内现在都不认海归学历，别老守着早几年的思想！”

“胡说！你看现在外面认不认常青藤，名校和野鸡大学还不同呢！”

“他又不考虑就业，随便读读就好啦，也不用非读国内高校前两名，高校第三也还行啊……”

“等等，你展开说说国内高校第三是哪所？你说的是我想的那所吗？”

楚肖逸看着混乱的局面，宛如十八线小明星坐看一线巨星们厮杀，如今只差高声大吼：大佬们都别吵啦、别掐啦！你们对我的学术水平有严重误解！

家长们嘴上都说自己的母校一般般，但要真有外校人敢附和确实一般，那战火就会熊熊燃烧。因为有些人本硕博还不在一所学校，所以战况就越发复杂。他们如今就像在探讨自己孩子读哪所大学，开始激烈而认真地探讨起楚肖逸的学业。

楚肖逸休息期间一直在劝架，他犹如复读机，恨不得只会说一句话：“这些都很好，这些都很好……”

楚肖逸：这些都很好，只是我不配。

另一边，楚肖肖已经在包间写完作业，她跟楚肖逸的团队待在一起，老老实实地等待兄长结束家长会。因为期中考试刚刚落幕，所以她的作业不算太多，还有不少闲暇时间，可以跟宣传小姐姐们交流。

楚肖逸今天缺席明星晚会，他的团队便在包间内盯着直播，借此打发时间。

楚肖肖好奇地看着直播屏幕，询问道："这是什么呢？"

工作人员耐心道："这是晚会的直播。"

楚肖肖似懂非懂，就像好奇宝宝一样，又指指旁边的屏幕："这又是什么呢？"

工作人员："这是微博页面，我们一会儿要用它发东西，所以先打开预备着。"

楚肖逸工作室的账号是由团队来运营的，他们晚上要发一些营业的内容，只是还没确定具体时间。

何鑫让生活助理给团队订饭，又扭头询问楚肖肖："肖肖，你想要吃什么？你哥估计还要好一会儿才能过来。"

楚肖肖和兄长团队一起分享工作餐，顿时感觉新奇不已，还跟姐姐们一同看直播。她一边享用晚餐，一边盯着屏幕，突然道："他们吵架啦。"

宣传人员正埋头吃饭，他们含糊地安抚："不会的，他们不会在晚会上吵架……"

明星们是要脸的人，绝不会在现场撕破脸，连楚肖逸在公众面前都有所收敛。

楚肖肖指着屏幕上穿礼服的两人，认真地询问："这不是吵架吗？"

工作人员们抬头查看，果然见到角落里两人纠缠在一起，然而下一秒该镜头就被切掉了。

"明星晚会翻车""明星晚会后台争执"等词没过多久就冲上热搜，据说某前辈和某小生在座位及入场环节发生争执，由于晚会团队的粗心安排，现场状况一度十分尴尬，致使前辈当场大发雷霆。

尽管直播团队及时地切掉翻车镜头，但网友们还是在回放中发现蛛丝马迹。这场明星晚会前期造势很猛，现在突然出现翻车情节，自然引发热议。因为吵架的两人都是背影加远景，男明星们又基本穿黑色西装，他们的身份便众说纷纭。

——这吵架的看着像 cxy 啊？

——前面弹幕眼瞎吗？瞎带什么节奏呢，官宣明星都没他！

——好多明星没官宣照样来啊，这场晚会估计有娱乐圈半壁江山吧。

——真的像楚肖逸。

——我还像你爸呢!

何鑫望着直播弹幕的大批水军下场，忙不迭叫道：“来了来了，我就知道，虽迟但到！”

何鑫：今晚要是没有抹黑通稿，自己都要怀疑楚肖逸在圈里糊掉了!

楚肖肖原本还在安静扒饭，眼看着屋里的哥哥姐姐们突然骚乱起来，就像值班的人终于蹲守到工作，她一时有点摸不着头脑，茫然地望着忙碌的人群：“我可以做点什么吗？”

楚肖肖：大家都好忙的样子，只有我没正经事做。

何鑫激动道：“肖肖什么都不用做！你简直是锦鲤，今晚逃过一劫！”

何鑫本来打算今晚安静地苟着，不要暴露楚肖逸没出席晚会的事情，因为这样显得自家艺人很爱耍大牌。然而，明星晚会现场出现此等闹剧，楚肖逸的大名还像坐火箭一样冲上热搜，显然是有其他公关团队下场，打算找人挡枪。

何鑫：这时候就不用管耍大牌啦，赶紧跟晚会撇清关系为好!

片刻后，楚肖逸工作室在微博上火速发送视频，生怕吃瓜网友们被恶意热搜带偏节奏，索性自曝楚肖逸没去明星晚会。

楚肖逸工作室：老板正在开家长会，看看小小老板跳绳。

视频里，楚肖肖饭后休息片刻，便跟着助理等人跳绳。周围大人们都流畅地玩起双摇，只有楚肖肖连绳都没整理明白，颇为手忙脚乱：“呀——”

评论区粉丝哪能不懂工作室发博的含义，他们一秒读懂团队的意思，连带跟黑子掐架都挺直身板。

飘呀逸呀：潜台词是，没去，勿 cue，家长会在忙。

YIC：这是工作室反黑最快的一天，果然换小小老板带队就是不同？我以前误解团队能力，原来是老板的问题？建议以后让小小老板掌权。

仙人掌：楚肖逸都能抽空开家长会，你还凭什么说自己工作忙？!

麦麦：前两天官宣明星没他，论坛恨不得高楼嘲爆，估计现在都后悔自家“爱豆”怎么没家长会可去呢!

9893：家长会>明星晚会，人间正能量，好人有好报!

小牛奶：反正肖肖哥哥也不爱发自拍，建议工作室以后发肖肖来营业，我们支持谋朝篡位，这一届“爱豆”不行，可以扶持新帝啦!

楚肖逸团队光速否认出席明星晚会，瞬间有大批小生跳出来自曝，以各式各样的理由力证自己不在场。前几天，众多网友还嘲没受邀的都是糊咖；这一刻，无数小生都盼望自己一秒变成糊咖！

开玩笑，谁敢被扣上“公然跟前辈呛声、撕咖位”的恶名，流量小生就是原罪，不管有错没错，都能被唾沫淹死。如果楚肖逸今天参加明星晚会，那他估计少不了一拨黑热搜，谁让他长得就像爱跟前辈呛声的人。

何鑫完成今晚的反黑任务，在放松的同时，不免唏嘘八卦：“这到底是哪家啊？这要是明天没爆出大名，估计会把其他团队都得罪一遍吧。”

没过多久，开完家长会的楚肖逸同样筋疲力尽地归来，他瘫倒在包间的沙发上，犹如咸鱼。

何鑫兴高采烈地祝贺：“幸好你今天没去晚会，不然就被卷入咖位之争了！”

楚肖逸声若蚊吟道：“你以为家长会就没咖位之争吗……”

楚肖逸：明星晚会能撕咖位，家长会也照撕不误，有人就有江湖，吵得不可开交！

楚肖逸在众多家长的辩论中仓皇而逃，不过他加了一位家长的微信，主要因为对方的职业是做留学教育，看上去要靠谱得多。他觉得在国内读书不太现实，容易在学校里引发骚乱，还是到国外读书更合适，不会被粉丝困住。

这让有国内学历的爸爸妈妈们很不高兴，他们认为楚肖逸是奔向常青藤系，顿时有留校教授拉他回自己母校，还义正词严道：“时代变化啦！国内高校真的挺好，我改天带你去未名湖转转！”

楚肖逸：“不不不，未名湖很好，是我太糊了，是我太糊了……”他只差当场唱一句“我们不一样”。

楚肖逸如今刚开完家长会，走起路来都开始带飘，宛如深受冲击的游魂。

楚肖肖诧异道：“我都考第一名了，你怎么还这样？”麒麒哥哥说，班里前三名的家长一般不会在家长会上受冲击，为什么便宜哥哥还如此游离？

楚肖逸欲言又止：“因为你考了第一名，所以情况更微妙。”正因如此，众多家长才对他抱有不合理的期望，总觉得他分分钟奔向名校。

楚肖逸带着妹妹买运动会零食，又请她吃冰激凌，这才带着她回家。他错过明星晚会的吃瓜热议，回去后立刻熬夜翻起瓜田，跟随众多网友做直播画面的列文虎克，想要探究某小生究竟是谁。

楚肖肖则早早地睡觉休息，她第二天还要参加运动会，跟夜猫子哥哥不同。

运动会当天晴空万里，无数小萝卜头齐聚运动场，按照班级扎堆坐好。楚肖肖的四人接力项目在下午，所以她上午相当悠闲，被太阳照得要睁不开眼。

许晓、陈光溯等人非常厉害，他们相继夺得短跑冠军，如今胸前都挂着胜利的金牌，看上去闪闪发亮。楚肖肖作为基层动员干部，自然与有荣焉，觉得此届成果不错，开心地拆着糖纸。

刘雯沛也在跳绳上夺得亚军，她戴着一块银牌，突然转过头来，若有所思道："那我现在能戳你脸吗？"

原本正快乐吃糖的楚肖肖："？"

陈光溯闻言，顿时恍然大悟："对，我们现在比你奖牌多、排名高！"

许晓好奇道："什么戳脸？"

楚肖肖刚刚还津津有味地吃零食，哪想到周围人转瞬就叛变造反，连许晓都临阵倒戈，朝自己伸出罪恶的魔爪。她见势不妙，当即一溜烟地逃跑，同时暗自嘀咕刘雯沛记忆真好，居然仍对医务室的事耿耿于怀。

楚肖肖：只要我逃得够快，戳脸就追不上我。

刘雯沛见楚肖肖找借口离开，一记戳脸未得手，她推推黑框眼镜，沉着地道："她还会回来的。"

许晓忍不住吐槽："你的神情好像反派。"

她思及好友的小脸，随即也感到手痒，露出反派笑容："不过我喜欢。"

楚肖肖的垮台来得猝不及防，她哪料到自己没有奖牌，顿时遭到班里人围追堵截，连带他们被哄骗参加运动会的往事也被翻出来。她不愿牺牲自己的脸蛋，决心在厕所闲逛一圈，避避风头再回去。

厕所位于运动场看台下方，距离跑道不远，现在正巧是五年级比赛。梁双麒稀里糊涂地报名赛跑，最近刚从楚肖肖的彩虹屁里走出来，决定浑水摸鱼地完成项目，反正报名和拿奖是两回事嘛！

男体委站在梁双麒隔壁跑道，不由得嘀咕："你上回体育课成绩是多少来着？我们班应该能有一块奖牌吧。"

梁双麒漫不经心道："你去拿奖牌吧，我就想混一混。"

男体委面露迟疑："这样不好吧？大家都在为我们加油。"

梁双麒："太阳好晒啊，跑完都是汗，而且运动会项目又不重要，你没看横幅上说友谊第一，比赛第二……"

梁双麒觉得运动会就是学校活动，又不是市级、国家级大赛，拼得你死我活没必要，不想却忽然听到熟悉的声音，顿时犹如上班摸鱼被抓的员工般紧张。

“麒麒哥哥，你要比赛吗？加油啊！”楚肖肖本来就不想上厕所，她在门口晃一圈发现队伍太长，索性缓缓地往回走，意外看到场上的熟人，便主动打起招呼。

梁双麒刚刚还跟男体委瞎谈体育精神，此时见小伙伴凭空出现，他恨不得一秒打起精神来，正色道：“好的，我会的。”

梁双麒在家里练琴时听到赫妍的声音就会一秒清醒，在茶室写作业时听到楚肖肖的声音同样一秒清醒，差别就是前者需要拿小棍威胁，后者目前还只需要语言激励。

因为楚肖肖和杨茵都是好学派优等生，所以梁双麒为维护自己在御融台三人组的位置，可谓做出不小的努力。他们当年的暑期玩耍就是在茶室做作业，这谁顶得住？

楚肖肖看到同伴上场比赛，哪可能率先离开，当然要为他加油助威，目光期许地站在场边。

梁双麒前一刻还吐槽“会流汗”，等到发令枪一响，顿时跑得比谁都快，在跑道上遥遥领先，差点让第二名的男体委破口大骂。

男体委望着出尔反尔的同学，顿时气得半死，怒道：“有必要吗？有必要吗？说好的混一混呢！”

男体委：我信你个鬼，你真坏得很！

梁双麒和男体委分别夺得冠亚军，他俩之间还拉开极大的距离。梁双麒跑得比体育测验时还快，让男体委感到很没面子。按道理，他们是同班，已经包揽前两名，后面就不用如此卖力，哪想到梁双麒跟疯了一样。

当然，因为楚肖肖一时半会儿没有离场，所以梁双麒接下来犹如体育特长生附体，在运动会上屡创佳绩，不知情者真以为他学的是锯木头而非大提琴，否则怎么会有体育特长？

男体委从刚开始的愤怒，逐渐变得麻木，最后感到无语，他忍不住吐槽：“我以前怎么没见你如此有集体荣誉感……”

梁双麒偷瞟一眼跑道边的楚肖肖，又警惕地跟男体委拉开距离，告诫道：“不要乱说话，领导视察呢。”

梁双麒：平时可以收敛些力气，关键时刻不能掉链子！

男体委：“？”

梁双麒深谙社畜哲学，他在老板出席期间相当卖力，绝对不会被抓住把柄。楚肖肖看着他满载而归，顿时大感满意，敬佩道：“麒麒哥哥好厉害！”

梁双麒在小领导面前表现完，还要谦虚而收敛地道：“没有没有……”

男体委：“……”这个人真是太可怕了，幸好他无意参与班委斗争，否则谁能比他会拍老师马屁？

梁双麒见楚肖肖空着手下来，便好奇地询问：“肖肖也要参加比赛吗？我去给你加油。”

楚肖肖顿时目光游移，迟疑道：“我下午才有比赛。”

她将班里的事情跟梁双麒一说，这才小声嘀咕：“我打算躲躲再回去……”

不过楚肖肖觉得自己躲不过去，她对自身的体育实力有正确认知，下午比赛完应该也拿不到奖牌，势必会被众人戳脸，一时有点无可奈何。

梁双麒露出若有所思的神情，随即提议道：“那我们玩个游戏吧，给你一次翻盘的机会！”

楚肖肖迷惑道：“什么游戏？”

梁双麒将双手藏在校服外套的兜里，满脸正经，拖起长调来：“年轻的肖肖啊——你掉的是我左手这枚金奖牌呢，还是我右手这枚银奖牌呢？”

楚肖肖听到熟悉的故事，犹豫片刻，闷声道：“……我没有奖牌可掉。”

楚肖肖：对不起，原故事还能掉一把破斧头，自己却连一枚破奖牌都没有。

梁双麒见她不按常理出牌，同样相当镇定，赞叹道：“你真是一个诚实的好孩子！我必须奖励你！”

梁双麒从兜里取出三枚刚刚拿到的金牌，直接将它们戴在她脖子上，随即轻松地笑道：“现在你就有金牌啦！”

三枚金牌在半空中叮当作响，被阳光一照更是亮眼，简直是闪闪发光。梁双麒大大方方地将其赠予楚肖肖，目光悠然地望着她，看上去没有半分不舍。

楚肖肖戴着金牌一愣，没想到同伴如此痛快，顿时不知所措起来：“但这是麒麒哥哥赢来的，这是你的荣誉吧……”

梁双麒：“没关系，我把荣誉送给你，现在就算你的啦。”

楚肖肖：“这还可以送吗？”

梁双麒：“当然！”

“那我只拿一枚就行，剩下两枚还给你……”楚肖肖见他执意要送，打算摘下另外两枚，不好全都留下来。

梁双麒推却道："你都拿着吧，以后送我其他荣誉就行，一枚或三枚也没差别。"

楚肖肖迟疑地握着金牌，绞尽脑汁地思索一番，随即落寞道："可我好像没有荣誉能送你。"

楚肖肖既不会拉大提琴，也不擅长体育项目，她考第一名也没奖杯或奖状，还真是没办法回送对方荣誉。她考虑到自己没法回礼，顿时更不好将金牌收下来。

两人陷入僵持，见她相当固执，梁双麒出其不意地伸出手指，轻轻地在她脸上一点，犹如蜻蜓点水。他眼眸明亮，轻松道："这样就行啦，这就公平啦！"

楚肖肖顿时愣怔地望着他，她没想到自己为防戳脸而逃跑，最终还是没躲过此劫，好在也不算太亏，戳一下就赚到三枚金牌。

既然他故意戳她的脸，那她拿他金牌顺理成章。

楚肖肖立刻决定带着新武器丝血反杀，回班清剿诸多叛臣贼子！

其他人哪想到楚肖肖出去一趟便摘得三金，一时难以置信："你从哪里找来的金牌？！"

刘雯沛仍不愿死心，她的戳脸大计再次折戟，不由得认真地研究起金牌："这造假也太快……"

楚肖肖："这是真的！这是真的！"我眼睁睁地看着它出炉呢！

楚肖肖愉快地凭借三金戳他们脸蛋，还高高兴兴地戴着金牌回家，自然引起便宜哥哥的注意。

家里，楚肖逸听着妹妹脖子上叮当作响，立刻放下手机，停止吃瓜，诧异道："……你居然还能拿金牌啊？"

楚肖逸：我以为你就会泥坑蹦迪，没想到还是一名运动健将。

楚肖肖完全没有多想，她对兄长的调侃语气习以为常，也没有往自己脸上贴金，坦白道："麒麒哥哥送我的。"

虽然楚肖肖凭借金牌戳到同学们的脸，但她没有真以为是自己跑的第一，表现得相当低调。

楚肖逸原本还没任何想法，此时一听梁双麒的名字，顿时面色古怪："他为什么要送你？"

楚肖逸心中警报骤然拉响：好小子，原来在这儿等着呢，幸好哥哥我眼尖！

楚肖肖奇怪地望他一眼："这需要为什么吗？你朋友不送你礼物？"

楚肖逸作为白菜守卫，顿时露出营业笑容，坦诚道：“不送呢，因为我没有朋友。”

楚肖肖：“……”你要是这么说话，我都没办法接。

楚肖逸见妹妹沉默，他的笑容越发灿烂，热情地朝她招招手。楚肖肖顿时头皮发麻，总觉得他有各种阴谋，迟疑地靠近对方，警惕道：“又怎么了？”

楚肖逸如今卖惨之术出神入化，只差当场挤出两滴鳄鱼泪，厚颜无耻道：“现在仔细一想，我真可怜呢，竟没有朋友送我金牌，虽然我们是兄妹，但也算得上朋友……”

楚肖肖读出他的深层含义，斩钉截铁道：“不行的，我不能转送你，这样太不礼貌。”

楚肖逸顿时演得更动情，越发哀怨道：“果然呢，我就知道我没有朋友，更不会有人送我礼物……”

楚肖肖：“……”

楚肖肖被便宜哥哥演蒙，尽管她偶尔知道对方是故意为之，但楚肖逸的套路屡试不爽。他都公开放话自己没有朋友，难道她还能继续往他心上插刀吗?

楚肖肖欲言又止：“这样真的不好……”她确实也想安慰兄长，但借花献佛实在不好。

楚肖逸继续假哭，语气沮丧道：“你就不能满足我这一点小小的心愿吗？那我打三块真金的奖牌跟你换，我们交换礼物，我用来跟你换的奖牌还比这三块值钱呢！”

楚肖肖诧异道：“那你为什么对我的金牌如此执着？你不都有真金牌了！”

楚肖逸心想当然是为拆散你俩，他又假惺惺道：“那是我自己的真金牌，又不是别人送我的，完全不一样！”

楚肖肖望着一哭二闹三上吊的便宜哥哥，顿时觉得对方跟大庭广众哭闹着要买糖的同龄人无差异，只能硬着头皮道：“你让我想想吧。”

听她好似松口，楚肖逸的表演立马戛然而止，他振作道：“那你快去想，我在这里等。”

楚肖逸：果然，我的卖惨战术就没有输过，音乐木匠还是太嫩，居然还想跟我争宠!

楚肖肖颇为无语地瞪他一眼，扭头就回房间摘下三枚金牌，同时给梁双麒发消息询问。金牌是小伙伴送的，尽管便宜哥哥是她的家人，但她直接转手也有点过分，还是应该打一声招呼。

楚肖肖小心翼翼地询问能否转送，谁料梁双麒的回答倒挺坦然。

梁双麒听闻来龙去脉，果断道："当然可以啊！真金牌比学校金牌值钱，现在黄金价格很贵的，学校的是假金牌！"

楚肖肖原本还担忧小伙伴生气，没想到梁双麒关注点完全不同，她不由得嘀咕道："……这是黄金价格的问题吗？"

梁双麒怅然道："早知道我就多报两项比赛，多拿一点金牌，没想到你哥哥喜欢那个，还愿意拿真金牌来换。"

梁双麒觉得自己错过了一个亿，倘若他能拿到五六枚学校金牌，现在楚肖肖就能换五六枚真金牌，按照如今的黄金价格，那简直是大赚一笔！

楚肖肖询问前还有一点犹豫，询问后就被马云信徒说服，甚至产生不换就是血亏的念头，立马出门答应兄长的礼物交换。兄妹俩互换金牌，便算作互送礼物，双方都感到相当满意。

楚肖逸兴高采烈地搂住妹妹，得意扬扬道："果然还是我妹对我好，校友哪有我重要，对吧？"

楚肖逸已经不将梁双麒划分在"朋友"行列，直接将对方打入"校友"列表，暗戳戳地拉远双方距离。

楚肖肖看他飘飘然的模样，小声道："幸好你不管家里的钱……"

楚肖肖：如果是哥哥掌控家中财政大权，那我们一家人都要喝西北风吧。

楚肖逸拿走楚肖肖的三枚学校金牌，将潜在的定情信物直接没收，还如约地给妹妹打了三块真金牌，完成金牌互换。他觉得不能让妹妹被小恩小惠迷花眼，但凡以后学校小男孩送礼没比过自己，都该果断退出妹妹的视线，不要妄图高攀。

楚家栋和肖碧听闻消息倒无意见，只是肖碧特意叮嘱道："肖肖，哥哥送你的金牌不能随便戴出去。"

毕竟楚肖逸送的是货真价实的黄金，楚肖肖真要戴出去也挺离谱，那她可能跟戴大金链子的说唱歌手差不多。

"我知道。"楚肖肖收到真金牌，立刻将它们锁在小柜子里，还特意用杂物在上面遮一遮。梁双麒已经向她科普过黄金价格，反正真金牌很贵重，她心里早有概念。

梁双麒还在心里算起小账，振振有词道："明年学校也有运动会，那我到时候再把金牌给你，你又可以去跟你哥哥换，肖肖没两年就能暴富了……对了，他收不收大提琴的奖杯啊？我有一柜子呢！”

在梁双麒眼里，楚肖逸已经成为回收专业户，对方可能没事就会吆喝“收旧奖牌旧奖杯旧奖状，用不要的旧奖牌旧奖杯旧奖状，换黄金”。

楚肖肖若有所思：“我不知道奖杯行不行，实在不行，我可以找许晓回收金牌……”

虽然不太理解楚肖逸如此喜欢学校金牌的原因，但这并不妨碍小朋友们薅羊毛的念头，他们不由得对明年的运动会产生期许。

第七章

转型倒计时

明星晚会翻车事件后，网上的舆论发酵比想象中还要快，原本只是前后辈间座位、番位的撕扯，但随着战火的蔓延，竟然上升为前辈痛击流量、弘扬行业新风，还有不少网友跑出来站队支持。

许多人都认为前辈没有错，加上近年来流量偶像的剧增，大众也对其出现生理疲倦，现在自然跑出来踩后辈一脚。

楚肖逸最近相当低调，尽管他在明星晚会上逃过一劫，但他好歹是近年来的当红小生，势必也会被拖下水。众人原是就事论事地吃晚会的瓜，现在话题转变为讨伐流量，谁都不能保证他不会躺着中枪，当然得安静一段时间。

因此，楚肖逸近日常回家休息，还时不时跟圈内人聚会，对外则控制自己的曝光，别在这时候被有心人狙中。

饭店内，楚肖逸和陈导私下见面，自然又提起前不久的晚会之争，两人难免唏嘘起来。

陈导嗤道："老董也是够没劲的，自己年轻时没什么本事，现在这把年纪倒挺能摆谱。"

陈导口中的老董就是晚会上的前辈，对方公然跟陈枫瀚呛声。尽管双方名字都被压着不外传，但有心的圈外人早就扒出瓜来，更何况是其他知情人。

因为陈导年轻时跟老董有过节，所以他提及对方相当不屑，两人在某种程度上也算对家。

楚肖逸作为陈枫瀚对家，立马振振有词道："不过陈枫瀚作品没董老师多，这事儿本来忍忍就过去了，倒也不用搞得那么糟，他确实业务能力一般，就直接躺平任嘲嘛。"

陈导："陈枫瀚演得差，起码还年轻，老董都那么大岁数了，你看他干出来啥？现在还真把自己当行业清流啦，瞧瞧网上那堆人把他吹的，他那几部作品都是混圈蹭人脉搞来的，跟他自己有什么关系！”

楚肖逸：“陈枫瀚不也总是想搞一个大新闻吗？现在董老师特意送给他大新闻，这也算是求仁得仁啦。”

两人可谓你一言我一语，各自诋毁着自己对家，陈导最后都听不过去，迟疑道：“……咱俩是不是太阴阳怪气了？”

楚肖逸立马喝茶掩饰：“没办法，都是老阴阳人了。”

老董和陈枫瀚的事本来就是狗咬狗一嘴毛，两人在同期的圈子里风评都不好，只是现在网友们极度厌烦流量，自然骂陈枫瀚骂得比较狠。这可能就是普通人的惯性思维，人一旦在圈里熬出所谓的资历，那后辈有错没错都要被打压。

陈枫瀚确实自身有问题，但由此被波及的楚肖逸等人就比较惨，现在略带流量的男星全都不敢冒头，生怕被这场无妄之灾击中。

因为楚肖逸跟陈枫瀚是同期出道，所以他现今也时不时被拖出来陪聊，好在他当年全网嘲时已被消耗过热度，如今真是嘲无可嘲。他最近同样谨小慎微，不敢在大众面前蹦跶，资源和代言倒是没受影响。

陈导感慨道：“你真以为老董有影响全网舆论的能量？我看就是背后资本的较量，估计有些人看不过去，打着旗号瞎搞事……你现在倒还好，作品和成绩都有，其他人接下来估计挺难熬。”

每年都有新的流量小生出现，再加上各大资本要培植新力量，楚肖逸、陈枫瀚等老流量就成为对方前进路上的绊脚石。

这是由盛转衰的自然过程，谁都没有办法从此规律逃脱，即使音乐和演技逐渐精进，楚肖逸也清楚自己早晚会步入下坡路，最好的结果是趋于平缓。他们过去被流量的浪潮捧得太高，现在就是慢慢退潮、接受现实的过程。

楚肖逸过去曾对此惶恐不已，毕竟圈内人谁不怕糊掉，如今却能轻松道：“盛极必衰，这挺正常的，实在不行我就去读书！”

陈导不料楚肖逸如此豁达，不由得意外地看他一眼，佩服道：“你居然那么早悟出我四十岁时才懂的道理，真挺可以啊！”

大家都懂各式各样的人生哲理，可要自己真碰上事，那就很难想通。大红的人跌下云端，少有人能立马爬起来，即使嘴上不说，心中难免失落。

楚肖逸懒洋洋道：“我就是觉得没劲，跟同期斗完，又要跟前后辈斗，斗来斗去，生活却一塌糊涂，还没有在家逗我妹妹有意思。”

陈导："那倒也是，你前几年确实工作太忙，出去读书歇歇也挺好，打算去哪儿读啊？"

楚肖逸："国外学校吧，认识我的少。"

陈导已为人父，略懂留学申请，便寒暄道："可以可以，打算去哪个国家？你留学申请到哪一步啦？"

楚肖逸沉吟几秒，欲言又止："嗯……我刚刚买完考试书……"

陈导："？"

楚肖逸虚心请教："对了，陈导，你知道雅思和托福的差别吗？"

陈导："……"搞半天你连预备环节都没弄明白，这还有哪门子的大学上？！

楚肖逸被陈导暴风痛斥一顿，但陈导还是好心地给他讲解一番，还说推荐信找不到合适的人写，自己可以找关系帮帮忙。陈导算是楚肖逸的伯乐，他近几年拍的戏比较少，但在国际上还挺有名气。

楚肖逸得到前辈指点，瞬间打起精神来，粗略地了解留学过后，便回家准备学习。

客厅里，楚肖逸掏出自己的考试书，郑重其事地向妹妹宣布："我要学习啦！"

楚肖肖原本坐在沙发上看 iPad，此时莫名其妙地望他一眼，闷声道："哦……"

楚肖逸："我打算留学！"

楚肖肖闻言更感迷惑，迟疑道："Fine."但这跟她有什么关系呢？

楚肖逸见她冥顽不灵，有条有理道："你们班主任说要在家培养良好的学习氛围，减少刷手机、刷 iPad、看电视的时间，树立榜样！"

当然，班主任是让家长给孩子树立榜样，楚肖逸如今却胡乱地往里套，非让妹妹做家中榜样。

楚肖肖哪能不懂他的意思？她早就将周末作业写完，此时坦白道："……可我不想跟你一起学习。"

楚肖逸："为什么！"

楚肖肖："因为总是雷声大雨点小。"

楚肖逸："？？？"这叫什么话？

楚肖逸顿时挺不服气，楚肖肖着实没有办法，只能将自己的书取出来，同时跟便宜哥哥迁移到茶室，两人约定要结伴认真地自习。

楚肖逸斗志昂扬地翻开英语书，义正词严道："今天起码要学三小时！"

楚肖肖："……真的吗？"

楚肖逸："当然是真的！"

楚肖肖颇为无奈，但她还是翻开数学教材，开始拓展起解题思路。

半小时后，楚肖逸望着英文教材头昏脑涨，感觉自己面前的根本不是英语书，应该改名《留学从入门到放弃》，一时气弱道："我们稍微休息一下……"

楚肖肖："学！接着学！你刚刚都打了半小时的雷，今天起码要下三小时的雨！"

楚肖逸："……"

楚肖逸最终还是没下三小时的雨，因为晚饭打断了兄妹二人的自习，所以他得以逃出生天。

饭桌上，楚肖肖还对便宜哥哥的违约愤愤不平，她头一回向父母告状，难得地抱怨道："他非让我陪他学习，自己却中途跑去喝水吃零食，完全是践踏我们的圣地！"

楚肖肖认为自己被放了鸽子，她学到一半发现哥哥消失，茶室里只剩自己一人，自然相当不满。这就像约朋友出来玩儿，中间却自己跑回家一样。

楚肖逸嘀咕道："我们什么时候有过圣地？"

楚肖肖振振有词："茶室是我、杨茵姐姐和麒麒哥哥的学习圣地，杨茵姐姐原来坐在那里，后来就考上了好大学，你坐在那里却违背圣地精神！"

楚肖逸："……"你们学习的仪式感不比我弱啊！

楚家栋出面当和事佬，安抚道："哥哥好久没学习啦，他也需要复健时间，你不要太苛刻嘛，他以后会越来越好的！"

楚肖肖虚心请教："什么叫复健？"

楚家栋："就是人受伤后要做恢复训练，逐步恢复健康……"

楚肖肖上下打量一番兄长，越发疑惑："……他伤到了哪里？"

楚肖肖觉得兄长的胳膊和腿都挺好，莫非是一种看不到的内伤？可跟学习有关的不就只剩脑袋瓜子？

虽然楚肖肖满腹牢骚，但她还是不情不愿地陪楚肖逸学习了几回，同时体会到古代做太子伴读的苦楚。她以前听许晓讲故事，还不懂太子伴读的工作内容，现在觉得便宜哥哥就是太子，她就是可怜的太子伴读！

好在楚肖逸没在家里待太久，尽管他减少了在商业活动上的曝光，但仍有电影资源在接触，没过多久就要进组拍戏。

因为楚肖逸哄骗妹妹学习却放鸽子的行为伤害到楚肖肖幼小的心灵，两人约好他得在暑假前背完第一阶段的单词，否则楚肖肖就要辞去太子伴读一职。

当然，楚肖肖并未对此抱有太高期望，她忍不住吐槽："每回都是单词一个都不背，却能够立下无数的约定……"他似乎生怕无法打脸。

楚肖肖现在脑海里已经有兄长杀青归来却违约，厚脸皮地说"下次一定"的画面。

楚肖逸忙道："这一回我保证不违约。"

楚肖肖看他义正词严，立刻提出要云监工，楚肖逸也满口答应，许诺每天背单词。

楚肖逸的计划制订得挺好，但他没想到进组后却有点小麻烦，居然跟前辈董培海待在同一剧组。董培海就是陈导的对家，在明星晚会上跟陈枫瀚起冲突的人，他最近借助抨击流量小鲜肉在网上名声大噪，一时间风头无两。

何鑫得知消息时同样两眼一黑，团队早就跟电影剧组签订完合同，谁知道董培海现在临时加盟。因为近日在网络上的名气，董培海最近的戏约也不断增多，两人居然在此处尴尬碰面。

何鑫头疼道："这可真行啊，不然我去找制片人说说……"

楚肖逸嗤笑一声："那就是上赶着往他手里送人头，人家正愁找不到人立下马威，你还敢往里面瞎搅和。"

何鑫："难道就这样啦？他戏份确实也不多，估计比你杀青得早。"董培海的角色不算太重要，没有楚肖逸的拍摄时间长。

楚肖逸："是福不是祸，是祸躲不过，不就比谁会演吗？"

楚肖逸心知自己不占优势，主要董培海是演艺圈的前辈，又有陈枫瀚的倒霉事件在前，他还真不好跟对方硬碰硬。好在他跟陈枫瀚的外在形象有所不同，也不是没有斡旋的机会。

开机仪式前，众多主演陆续带着团队过来，齐聚会场，等待电影剧组的烧香流程。楚肖逸没带几个人，在演员里显得比较低调，索性站在旁边跟导演闲聊。导演来自陈门，他以前给陈导做过执行导演，所以跟楚肖逸还算有缘。

没过多久，董培海同样带人抵达，跟制片人结伴入场。董培海稍微有点国字脸，还有些许小肚腩，他的形象气质一般，向来是配角专业户，但也演过几个出彩的角色，用陈导的话来说就是"最适合演道貌岸然的小人"。

按道理，制片人进场后就要找导演碰面，偏偏两人身边都带着演员，可谓不是冤家不聚头。

董培海原本正跟制片人聊着，冷不丁瞧见楚肖逸，一愣，随即意有所指道："还说小王能有多厉害，选角的眼光也就那样嘛……"

董培海口里的"小王"是剧组选角导演，主要工作是敲定各类角色的演员，然而楚肖逸等主咖都是制片人或资方来谈，跟小王的工作扯不到半分钱关系。董培海的话听上去是接着剧组话题瞎聊，实际都要内涵到楚肖逸脸上了。

董培海朝制片人笑笑，又语气幽幽道："咱们刚才也聊过，那小鲜肉人设和角色塑造是两码事儿，稍微懂行的都明白！"

董培海和陈枫瀚的撕扯最近快要尽人皆知，他攻击陈枫瀚的观点就是流量偶像塑造完美人设，实际上演技根本不行，资方却照着偶像人设来选角，简直是贻笑大方。

这话一出立刻占据网络道德高地，再加上陈枫瀚演技确实不行，董培海可谓大获全胜，被网友们奉为清流前辈。他在陈枫瀚身上尝过胜利的滋味，现在又打算杀杀楚肖逸的威风。

旁边的导演偷偷瞟一眼楚肖逸的脸色，尽管他是电影导演，但年纪比董培海小。董培海和陈导是同辈人，电影导演师从陈导，这又差出一辈来。

制片人哪能不懂董培海在指桑骂槐，但他同样是圈内人精，笑呵呵地装傻充愣："是吗？我觉得小王眼光还行啊！"

制片人不想得罪楚肖逸，也不想得罪董培海，没想到董培海上来就开战，他立刻就开始和稀泥。

董培海索性询问对面两人，理直气壮地道："你们觉得小王眼光好吗？那人设和角色能是一回事儿？"

导演还没来得及发话，楚肖逸便悠然道："小王确实选角水平一般，不过那也不能叫外在人设，只能说是生活里的性格，但的确跟角色塑造不是一回事……"

董培海见楚肖逸挺沉得住气，只当对方是好拿捏的后辈，便笑着拍拍肚子："是吧，你也觉得小王眼光一般？"

楚肖逸露出营业笑容："是啊，小王当初选我来演时，我就觉得他眼光一般，现在董老师也来剧组，我就更确信这一点！"

董培海："……"好家伙，这还能杀敌一千，自损八百？

楚肖逸见董培海脸色微变，忙不迭解释："嗐，董老师您别误会，我没有别的意思，我就是一向情商低容易说错话，外面的人都知道，您权当是我的人设，别跟我一般见识……”

被对方当面影射偶像人设，那楚肖逸索性将人设彻底坐实，他又不是装假好人的陈枫瀚，还有人设崩塌的空间，他被嘲情商低可有很多年了！

董培海面色铁青，导演居然还有脸附和：“对对对，您不要把他的话当回事儿，他还有一个专属名词叫‘逸言逸语’呢！”

制片人也陪着装疯卖傻，乐呵地圆起场来：“哈哈哈，我们剧组都挺一般的，导演和制片人也很一般，但一般的我们现在聚到一起，肯定能搞出不一般的作品来！”

董培海：你怎么连这都能剧组正能量？！

董培海对楚肖逸施展下马威失败，只能悻悻地跟着制片人离开，心知今日不好再找话头。楚肖逸比陈枫瀚要难对付，一是他确实积累有影视作品，二是他没靠偶像人设吃过红利，早些年还由于性格被掐过，真是毫无嘲点。

楚肖肖作为黑子头领，对着便宜哥哥都嘲无可嘲，更何况是不够熟悉楚肖逸的董培海？

导演见董培海离开，终于长松一口气，道：“你可真敢胡说啊，你不知道他小心眼啊，陈导没跟你说过吗？”

楚肖逸：“陈导哪跟我说过这些，他就教我如何阴阳怪气了。”

楚肖逸算是陈导提携起来的，估计会被董培海狙得更狠，谁让董培海和陈导还有过节。

接下来几天，楚肖逸倒是表现得能屈能伸，他现在不像过去般锋芒毕露，偶尔遇到冷嘲热讽也无反应，隔天还能照常跟董培海打招呼，整天“董老师”长“董老师”短，直将董培海硌硬得半死，还让对方抓不住半分把柄。

导演对楚肖逸的状态甘拜下风，私下佩服道：“我看你情商也不低啊，换我天天打招呼不被理，那绝对是没法忍受的……”

楚肖逸淡然道：“我妹曾经说过一句话。”

导演：“什么？”

“你打招呼，别人却不理，那是对方待人没礼貌，丢脸的是他又不是你，是他爸爸妈妈没教好……”楚肖逸缓缓地将视线挪向天空，若有所思道，“当然，董老师的爸爸妈妈确实不在了，我可以理解他的行为。”

导演：“……”这话一听就是老阴阳人！

虽然楚肖逸在剧组里跟董培海暗中较劲，但他没有遗忘单词约定，还真每天都抽空背背。他在碎片时间里背单词，竟比在家端端正正地记忆效率要快，或许是学习比工作轻松一点，背单词倒成为他的休闲方式。

楚肖逸饭后偶尔会跟楚肖肖视频，他们通话时会用英语交流一段时间，让楚肖肖完成线上太子伴读的工作。楚肖肖最近感受到兄长的些许进步，顿时大感欣慰，起码他还能坚持下来。

因为楚肖逸总在休息间隙看英语单词，所以剧组的人也逐渐注意到此细节。导演见他天天都背，不由得调侃道："这是又接到好莱坞项目了？你倒是提携提携我啊！"

楚肖逸跟导演关系还行，但他此时也忙解释："没有没有，随便背背……"

导演朝楚肖逸使使眼色，笑道："我懂，我懂，项目不好透露就算了！"

楚肖逸心知对方有误会，无可奈何道："……真没有。"

楚肖逸愿意向陈导透露上学意向，原因是陈导确实是自己的贵人、伯乐，而且对方基本不可能害他，但电影导演还是隔着一层。他如今在剧组拍戏，周围人全都算同事，说实话，杀青后关系能不能维持还两说。

楚肖逸可以向超常班家长坦白，毕竟他们全都跟自身无利益关系，但他并不希望圈里人知道这些事。他的心态就像在私企里偷偷考研或考公务员的人，倘若最后能够成功考上，那算是皆大欢喜，可要是凄惨地落空，又会背后被人嘀咕，倒不如就别说此事，还免得未来丢脸。

董培海在旁边听到两人闲聊，颇为不爽地瞥楚肖逸一眼，又面带烦躁地重新入场，终究是什么都没说。他知道楚肖逸参与过海外项目，连带想起在国外吃得开的陈导，自然回忆起跟老对家的旧账，一时心情不好。

晚饭后，楚肖逸站在场边等夜戏，索性给妹妹打个视频，完成今日的例行检查。两人用英语简单地交流，加上楚肖逸举着手机不像在视频，让经过的董培海误以为他又在背单词。

"这回又是什么人设？"董培海恰巧从对方身后经过，见楚肖逸聚精会神地讲英语，不由得出言嘲讽道，"努力好学的人设？真那么重视学习，早干吗去了，非在剧组学？"

"一天天不做正经事，就爱搞些有的没的，这都演给谁看呢？！"董培海嗤笑一声，根本不给楚肖逸开口的机会，便头也不回地直接离开。

董培海最近知道楚肖逸学历不高，在他看来，对方就是装模作样，估计又是虚假的偶像人设。他打心眼里瞧不上陈枫瀚、楚肖逸等人，一方面是前辈莫名其妙的优越感，另一方面是隐隐嫉恨对方的年少成名。

这是一种复杂的“多年媳妇熬成婆”心态，董培海在圈里苦熬那么多年，他不明白这些毛头小子凭什么就能出头。他一辈子如此辛苦，拼命地积攒角色，到头来还是比不过他们，甚至得给楚肖逸做配角。

陈导跟董培海玩不到一起挺正常，陈导也属于年少成名派，加上家境很好，当年没少被董培海酸。董培海对楚肖逸怨气深重，也有对方出自陈门的缘故。

楚肖逸没想到董培海神出鬼没，还没来得及回嘴，视频里的楚肖肖就先一步不满地挑眉，难以置信道：“He's so mean!”

尽管楚肖肖没看到董培海的长相，但她听到对方浑厚却刻薄的声音，顿时感觉不太对，同时询问道：“什么叫人设？”

楚肖逸思及妹妹的年纪，斟酌着措辞，迟疑道：“嗯……就是他觉得我假装学习，觉得我在表演好学努力……”

楚肖逸心里同样挺不是滋味，他不愿跟组里人交流英语，就是厌烦此类闲言碎语。因为他目前的学历确实拿不出手，所以还真没实绩马上反驳对方。

楚肖肖作为天生学霸，难以置信地瞪大眼，不明白学习为何还会被人议论，顿时有种躺枪的感觉。楚肖逸的学习时间那么短都被说是表演，那她天天学那么久，岂不是更要被对方嘀咕？

楚肖肖顿时对号入座，莫名其妙地感到被冒犯。

楚肖逸发现自己妹妹只要听到不善语气就奓毛，就像上回面对陈枫瀚，而且她会开始狂飙英语，连神态都变得像外国小孩，一直叭叭地说个不停。她说中文时含蓄而礼貌，但说英语时就会大呼小叫，估计是靠动画片、电影等进行语言入门的后遗症。

楚肖肖像小鸟般用英语暴风输出，看上去颇为愤愤不平：“&*&#$@*&……”

楚肖逸：“……请你稍微理解一下学渣，骂人也请用中文输出，好吗？”

楚肖逸：这一天天的，我英语不好都听不懂儿童脏话！

楚肖肖一键切回母语，怒道：“他凭什么那么说？你学习跟他有什么关系，他为什么不能管好自己？你好歹还能表演学习，他连表演学习都做不到！我一直以来都学那么长时间，怎么能叫作故意表演？”

楚肖逸听她说漏嘴，赶忙提醒道：“不不不，他没有说你，他说的是我，你不要生气，他是说我在剧组背单词……”

楚肖肖好不容易看兄长走上正轨，此时见人搅局，立马气得不行：“为什么不能在剧组背单词？你又不像他那么闲，不在剧组背还能怎么办，一天到晚连家都没法回！”

楚肖肖：居然抨击便宜哥哥在剧组背单词，那你就是在抨击我的教育理念！

楚肖逸：“……”我看你也挺能阴阳怪气的，这就暗示董培海没戏拍、比较闲？

楚肖逸刚刚心里还不舒服，此时见她反应比自己还大，竟被她的怒火逗乐了，劝哄道：“姐，你是我的姐，没必要，真的没必要，别气了别气了，剧组里都这样……”

楚肖肖恼道：“你们班级的学习氛围太差！你学习不好有他们一半的锅！”

楚肖肖原本还觉得楚肖逸又笨又傻，对方背单词简直奇慢无比，但她现在发现他的学习环境乌七八糟，周围真是什么人都有，顿时原谅他缓慢的进度。她难以想象有一天学习还要被人酸，这跟她从小接受的理念完全不同。

楚肖逸作为社会人，哭笑不得道：“嗐，因为我已经不是在班里，他们也并不是我同学啊，加上我都成年工作好久了，他们自然不理解我的行为……”

楚肖肖面露诧异：“这跟成年工作有什么关系？你年纪也不是很大啊。”

“因为成年工作以后，生活就很难变化……”楚肖逸说完，又嘚瑟起来，得意扬扬地摸摸脸，“你哥我是长得显年轻。”

楚肖肖坦白道：“不，这跟长相没关系，我是觉得你跟陈光溯差不多。”不过陈光溯是真哭包，楚肖逸仅仅是假哭包。

楚肖逸警惕起来，立刻询问道：“陈光溯又是谁？你现在很危险啊，小区里那个就算了，外面还有其他人呢？”

楚肖肖：“陈光溯是我们班的副班长。”

楚肖逸思及超常班幼崽，顿时发起拷问：“他很优秀吗？”你还挺念念不忘？

楚肖肖：“数学上挺优秀，但你俩相似点不在这儿，而是性格都挺一言难尽，就像小孩儿一样。”

楚肖逸：“……”

楚肖逸见她坦坦荡荡地评价自己，当即皮笑肉不笑道：“楚肖肖，你今年才六岁，我已经二十六岁，你居然好意思说我像小孩儿一样？你多大的勇气，让你有脸对你哥说这话啊？”

楚肖肖完全没懂他强调年纪的理由，莫名其妙地瞟他一眼，反问道：“你跟我有什么差别吗？”

楚肖肖真没觉得自己和兄长有差异，主要父母在家也不会强化他们的年龄差距，加上楚肖逸又喜欢撒泼打滚、无理取闹。她一直将他视为同龄人，兄妹确实也是同辈。

楚肖逸理直气壮："当然有差别，小孩子可以瞎胡闹，还能够做好多事，我是大人……"

楚肖肖更感迷惑："……你也没少瞎胡闹啊。"

楚肖逸："……"你非要把话说那么绝吗？

楚肖肖见他语塞地说不出差别，顿时涌出无限底气，继续发起攻击，振振有词道："对呢！你胡闹的次数还比我多，你学外语还比我慢，你还没考班里第一！这样看来，我们是有差别的，我好歹都六岁啦，你撑死就三岁半！"

楚肖逸听她越说越起劲，恨不得抱头逃避，当即叫道："别骂啦别骂啦！我们换个话题！"

楚肖逸本来想靠年龄摆摆兄长威风，哪想到瞬间激起妹妹的新仇旧恨，当场倚老卖老失败。

楚肖肖义正词严道："所以这跟你成年工作才没关系！你也可以瞎胡闹，你也能够做好多事，我们就是没差别！"

楚肖肖才不懂成年人的顾虑，她就是觉得便宜哥哥跟自己没区别，二十年的时间差也改变不了什么。

楚肖逸没想到她如此较真，他很想说两人真的不一样，又被她的话深深触动，不禁苦笑道："你可能是世界上唯一还觉得我是小孩儿的人吧，估计连爸妈现在都不会这么想了……"

因为是小朋友，楚肖肖才能理直气壮地说这些话，认为他做什么事都不离谱。即使是身为父母的楚家栋和肖碧，也会将大儿子视为成年人，世界上怎么可能有二十六岁的小孩？楚肖逸自己都觉得可笑。

因为她还是小孩子啊，还是梦想长大后当科学家或宇航员的小孩子，还是挥舞着魔杖希望拥有魔法的小孩子，自然对自己的观念深信不疑，认为自己未来可以做任何事，也认为他可以做任何事。

这真是一种微妙而神奇的感觉，她还将他看作小孩，认为双方是同类，他却清醒地明白自己不是孩子，已经过了敢想敢做的年纪。那些童年时天真热血、傻里傻气的妄想，全都消逝在成长的过程中，如今倒是在她身上看到残影。

楚肖逸突然感慨起来，连带语气都变得和缓，他认真道：“楚肖肖，我真不是小孩了……”

虽然他已经不再是小孩的年纪，此时却在她身上捡回几分小孩的勇气，好像又有一种年少轻狂、什么都敢想的朝气蓬勃。尽管有一点傻气，但并不让人讨厌。

楚肖肖隔着手机却没读出他的情绪，只当他又开始跟自己掰扯，还要扯起年龄的问题，忙不迭道：“是是是，你不是小孩！你是婴幼儿！”

楚肖逸刚想开口煽情，情绪却被打断，一时被堵得无语。

楚肖逸：“……你再骂，你再骂！真是反了你啊！”

虽然楚肖逸的煽情技能释放失败，但他也没有过于懊恼，反而理直气壮地接受妹妹的理念。他觉得被她视为小孩挺好，做大人还得让着她，做小孩就可以闹她，怎么想都是做小孩比较划算。

因为楚肖逸中间稀里糊涂地打岔，所以楚肖肖也遗忘视频里的刻薄男声，不再纠结一开始的话题。两人约好楚肖逸杀青后检查背单词的进度，看看他最近的努力程度如何。

自从董培海发现楚肖逸背单词后，他又或明或暗地内涵过几回，甚至在媒体面前暗戳戳地影射，让楚肖逸烦不胜烦。

董培海杀青时间比较早，他在外面对采访记者，意有所指道：“我觉得有时候努力没必要搞得尽人皆知，你说非弄一些努力好学的人设有什么用啊？真的就是真的，假的就是假的，原来刚赚钱时不想这些，现在赚到钱又在乎名声……”

记者们嗅到八卦的味道，想起董陈之战，他们立刻追问道：“这是您最近在剧组里的感受吗？”

董培海此时却虚伪地摆摆手，半遮半掩道：“也不能说是最近在剧组的感受，反正就是我接触到的一些年轻演员……”

董培海可不会将电影剧组的人得罪死，但他可以模棱两可、闪烁其词，只要放出一点隐隐的风声，媒体就会顺理成章地完成接下来的事。董培海已经在陈枫瀚事件上尝到甜头，很明白如何阴阳怪气地带节奏。

董培海再次发声，“流量小鲜肉不要搞努力好学人设”，新闻一出，立马引来诸多拥趸，网友们开始狂扒他最近的合作演员。

楠男：董老师说得对！明星天价片酬还说自己努力，不就是拍戏划伤两道，那叫什么努力啊？国家早该整治这些人！

52456：这回又得是哪家房子塌了，他最近说过好几次流量鲜肉吧。

云柯：他刚杀青的戏里就只有一位流量，你们不会自己去看名单吗？

骆峰枫：楼上是说 cxy 吗？但我觉得他戏还行啊，据说还能自己写歌，跟前几个不太一样。

花花儿：笑死，cxy 还算流量小鲜肉吗？我现在都当妈了，他该算老腊肉了！

微鸦：不可能是楚肖逸，说他努力好学都是抬举，他要有人设，真不是这种！

寒气丝丝：评论区的粉丝开始急了，cfh 和 cxy 可是同期，怎么前者被狙就是理所应当，你们家被狙就是前辈没说？

剧组里，楚肖逸拍完一天戏筋疲力尽，一边翻着背单词的 App，一边听何鑫说起此事，颇为无语道："他还真是小心眼，陈导一点没说错！"

董培海在剧组里只会或明或暗刺两句，等到杀青离组后才给记者放料，还是此类模糊消息，实在硌硬人。因为董培海没有指名道姓，楚肖逸还不能伸头去认，谁会上赶着对号入座？

何鑫："这事儿对你影响不大，远没有到陈枫瀚的地步，就是……"

楚肖逸："就是恶心人呗！我还见不到他，没法恶心回去！"

楚肖逸如今困守在剧组，董培海却在组外飘荡，双方根本碰不到面。

何鑫看艺人烦躁，赶忙安慰道："你也别气坏自己……"

楚肖逸愤愤地低头："气得我再多背两个单词！"

何鑫："……"

制片人和导演显然听闻了风言风语，私下还安抚楚肖逸两句，但中心大意也是只能认栽。毕竟后辈公然跟前辈掐架，不管有理还是没理，总要被人说道两句，更何况董培海没有直接点名。

楚肖逸心里也明白，这事儿得等日后再说，自己目前只能在剧组里拍拍戏、背背词。

全组杀青当天，剧组里召开盛大的杀青宴，连提前杀青的演员们也回来逛逛，还有不少参与宣传的娱记出现在会场。会场里，楚肖肖抱着新鲜花束，跟随着楚家栋、何鑫的步伐，来接便宜哥哥回家休息。

楚家栋思及小女儿的体力，询问道："肖肖累不累，我帮你抱一会儿？"

楚肖肖低头看看花束，嗅一嗅鲜花的芬芳，顿时舍不得撒手，摇头道："不重，它很轻。"

肖碧预订一束鲜花庆祝大儿子杀青归来，楚肖肖在家看到漂亮的花束，立刻固执地要带上鲜花，还在车里捧了一路。尽管何鑫说剧组里也会给演员订花，但楚肖肖还是坚持要从家里带花，认为自己手里的花最好。

“肖逸那边就快结束了……”何鑫领着两人往里走，又出言寒暄道，“肖肖放假没有？”

楚肖肖：“前两天是期末考试，过完周末就出分讲试卷，然后才会正式放假。”

楚肖逸一拍戏就好久不回家，剧组里又没有周六日，以至于楚肖肖期末考完两人才能碰面。

楚肖逸还在会场里跟主创们交流，见到父亲和妹妹，他也挺高兴，可还是道：“不然让何鑫带你们去房间里歇歇，其实我可以让他们送我回去……”

楚肖逸本来说自己回家，哪想到家人执意要来接，还劳烦父亲及妹妹跑一趟。

楚家栋语气和缓：“没事，离得近嘛，你要是在横店拍戏，我们还接不了呢，你先忙你的！”

何鑫要领着楚家栋、楚肖肖到房间里坐坐，没想到会场里的人却认出了楚肖肖。他们发现了抱花的小女孩，又见楚肖逸站在一边，立刻反应过来：“这是肖肖吧，好像长高啦！”

“哎呀，我以前就在电视里见过，当时感觉还是一点点……”

“这是来给你哥哥送花吗？”

楚家栋属于长辈，周围人不敢随便搭话，但楚肖肖是人类幼崽，旁人找起话题就容易得多。楚肖肖抱着花束，听到别人说自己长高了，立马自豪地挺挺后背，想要显得更高一点。

楚肖逸察觉她的小动作，吐槽道：“别挺你的小腰啦，人家是单纯客气，你长没长高自己心里没数吗？”

楚肖肖被便宜哥哥当面拆台，恼羞成怒地瞪他一眼，像是被狠狠踩中痛处，气愤道：“浓缩就是精华，就像浓缩果汁味道更好！”

楚肖肖：我跟你才不一样，不像你是傻大个！

楚肖逸理直气壮道：“浓缩果汁也分大小瓶啊，你怎么就是小瓶装呢？”

楚肖肖被他堵得说不出话来，气得都不想牵他的手，更是将大人们逗得哈哈大笑。

因为周围人对楚肖肖挺感兴趣，所以楚家栋干脆让大儿子带着小女儿，自己先跟何鑫去喝茶休息。楚肖逸还要跟主创们聚餐，他给妹妹找一个座位，又将花束安置一旁，给她拿了一些小点心。

楚肖肖百无聊赖地吃着点心，旁听周围的大人们说废话，偶尔做一下吉祥物。他们基本都在讲票房大卖、电影大爆等套话，实际谈话内容没什么营养，还时不时跟她合影留念。

楚肖逸如今带着妹妹，就没到隔壁桌社交，他还惦记着回家的事。他附近的人换来换去，没过多久董培海也露面，过来跟众人搭话。董培海一靠近，知情人都是脸色微变，担忧地望向桌上的楚肖逸，生怕又起摩擦。

剧组人倒不是为哪边站队，他们只是不想在庆祝的日子徒生事端，圈内人总是抬头不见低头见的。

董培海瞧见楚肖逸，眉头一挑，出言不逊："最近怎么样？还在剧组里忙着学习呢！"

楚肖逸还没来得及张嘴，导演就干笑着起身，想要岔开话题："董老师，我以茶代酒敬您一杯，来来来，您往这边坐……"

周围人不想让双方正面对线，绝不给他们直接交谈的机会。

董培海正要走向导演，却不经意地瞟到角落里的小姑娘。楚肖肖直直地望着董培海，董培海也直直地望着楚肖肖，双方似乎都在打量对方，陷入大眼瞪小眼。

制片人见楚肖肖丝毫不怕生，连忙解释道："这是肖逸的妹妹！"

楚肖肖原本就不算高，她乖乖地坐在椅子上，就像一个安静的瓷娃娃。董培海不看综艺节目，更不知道楚肖肖的名气，只当对方还是不通世故的小不点，没有跟小女孩多纠缠，反倒借其刺楚肖逸两句。

"这是你妹妹？"董培海打量一番楚肖肖，又看看旁边的楚肖逸，告诫道，"还是少带小孩来这些地方，免得她以后也像你一样，该学习的时候不学习，最后还得跑到剧组学英语。"

楚肖逸平时还能稍微忍忍，听到此话却神色不悦、火冒三丈，顿时想跟董培海当面掐起来。

楚肖逸：我妹妹智商超群，你一介凡人懂个屁！

制片人见势不对，小声劝道："肖逸，肖逸……"

董培海觉得楚肖肖听不懂这些话，他本来就是借题发挥敲打楚肖逸，没有跟小丫头理论的想法，没料到她却突然开口。

楚肖肖振振有词："不，我以后不会在剧组学习，我又不做明星或演员。"

制片人拦住楚肖逸，却不料楚肖肖会回话，他也不确定小朋友如何理解大人的话，不由得露出犹豫的神色。虽然小姑娘确实挺聪明，但能不能读懂阴阳怪气，其实跟智商没什么关系。

董培海见她如此胆大地回话，同样面露讶异，嘀咕道："那你倒是聪明一些。"

董培海只是想硌硬楚肖逸，其实对楚肖肖兴趣不大，还把她当小萝卜头。

导演觉得桌上气氛紧绷，顿时找起轻松的话题，笑呵呵道："那肖肖以后想做什么？不然你来跟我做导演呀？"

楚肖肖沉着地道："我以后想要做老师，那样遇到没礼貌的人，就能代替他们爸爸妈妈教他了。"

听到熟悉的措辞，导演明白自己活跃气氛失败，顿时面色微妙："……"你们兄妹俩的内涵技术原来是一脉相承！

楚肖肖其实对语气很敏感，非常清楚说什么话别人会高兴，说什么话被人讨厌，只是对着外人会有所收敛，在家跟兄长才毫无顾忌。然而，董培海不是普通的外人，他是带着恶意的外人，她身上所有的刺就立了起来。

董培海察觉她的人小鬼大，顿时脸色一沉，视线又飘向楚肖逸："那你该先教教有些人才对。"

楚肖肖说话比他坦率，索性挑破道："我觉得我哥哥挺好的，他现在已经很努力了。"

董培海嗤道："果然还是小孩儿，你都没走上社会，他现在努什么力了，要我说，如今对努力的标准真低，谁都能说自己努力……"

董培海完全没把她放在眼里，她不过是没成年、没工作的黄毛小丫头，怕是连生活的苦都没吃过，能懂什么努力？！

楚肖肖被他讥笑也不哭不闹，反而一字一句地说道："为了以后不变成你这副样子，不变成一个令人讨厌的大人，他已经够努力了，你还要他多努力呢？

"他为了以后不用只拿年纪说事，不用在小孩面前没用地摆谱，已经很努力很努力了，非要像你现在这样丢脸才叫作努力吗？"

楚肖肖淡淡地瞥他一眼，语气幽幽道："所有人都在照顾你的面子，你还一直说个没完，不觉得自己丢脸吗？"

楚肖肖才不是不懂人情世故的小朋友，她当然看出导演和制片人在做和事佬，他们不想便宜哥哥和此人起冲突，一直在从中调解，对方却喋喋不休。

楚肖肖怜悯道："你真可怜，大家照顾你是看你的年纪，而不是看你的能力。"

楚肖肖难以想象便宜哥哥年老时如此凄惨，幸好他现在已经开始努力学习，未来应该不会像董培海一样在晚辈面前无能狂怒。

楚肖肖全程没说一句脏话，后面甚至都没阴阳怪气，却莫名其妙地打出一记暴击，一番话可谓扎心。

世界上最可怕的不是互掐对骂，而是敌人坦荡地说出真话，自身却无法反驳，顿时被割得鲜血淋漓。

董培海的脸色青一阵白一阵，他哪能不知自己是靠资历而非靠能力，其他人不过是嘴上称自己前辈，心里有没有他还两说呢！

这就像楚肖逸跟导演、制片人同坐一桌，董培海却要溜达过来一样。他们表面上挺热情周到，实际上根本没敬意，然而连这层薄薄的窗户纸都被小女孩捅破。

陈导已经是金盆洗手、低调内敛的大咖，而董培海却还要跟对手后辈混在一起，甚至还没有后辈们混得好，他心里哪能过得去？

楚肖肖的眼神既像怜悯又似轻蔑，就像在直接对他明示：你真是又没用又好面子的老人，而且还不知道自己有多丢脸。

楚肖逸见董培海气得手抖，赶忙将妹妹一把抱过来，直接捂住她的嘴巴，打哈哈道："哈哈哈哈！董老师，她是童言无忌，你不要跟她一般见识！"

楚肖逸：我真怕他下一秒恼羞成怒打孩子，或者把自己气进医院急救室！

楚肖肖在兄长怀里奋力挣扎，她觉得自己说的全是实话，顿时不满地呜咽："呜呜呜呜呜（我又没说谎）……"

楚肖逸："……"你确实没说谎，但你的话过于真实，老人家估计受不了！

成年人们都是看破不说破，楚肖逸过去才不会轻易接茬，谁料小孩子都是有话直说，她还真能明白人情世故间的弯弯绕儿，反把董培海衬得像不懂事的小孩儿，她才六岁都觉得丢脸，你一把年纪还不明白！

制片人见董培海面色惨淡，顿时脸上带笑，又开始和稀泥："董老师，来来来！咱俩碰一杯吧！"

导演同样装疯卖傻，想要大事化小，笑道："董老师就是逗逗小朋友，哪想到肖肖就着急啦，肖肖哥哥好得很、特别好！"

董培海看着他们的官方嘴脸，顿时又想起楚肖肖的戳心之语，更觉得对方是在敷衍、应付自己，突然莫名地感到羞辱。他一时没法再待下去，气得连导演敬茶都没喝，脚步匆匆地离开会场，任谁都拦不住。

董培海离场后，制片人和导演作为人精也不再提刚刚的事，他们随口就用童言无忌将事情化解。

杀青宴时间挺长，楚肖肖待到后面也疲惫起来，开始在座位上犯困打蔫儿。

楚肖逸终于结束社交活动，抱着入睡的妹妹上车，他不禁对父亲嘀咕："下回别带她来了吧，本来外人就比较多……"

楚肖逸思及饭桌上的横生枝节，也觉得妹妹不该接触过于复杂的环境。虽然董培海屁话连篇，但他有一点还是正确的，小朋友不要见太多剧组社会人，容易跟他们早早学坏。

楚家栋赶忙解释："这可不是我和你妈的错，是她自己非要闹着过来，老说你被班里同学欺负，也不知道你哪来的班级……"

"你们班级的学习氛围太差！你学习不好有他们一半的锅！"

楚肖逸脑海里突然浮现妹妹的话，又瞧见车里角落歪倒的花束，索性伸手将其扶正，望着鲜花释然道："还真是人小鬼大，都说了我不是小孩……"

他真没料到她记忆力那么好，连隔了好久的闲聊都能记得，还觉得自己被剧组霸凌。他又不是在学校被欺负，还需要她跑来伸张正义，让人啼笑皆非。

楚肖肖如今倚着座椅安睡，长长的睫毛垂在白净的脸蛋上，还真像是微光下的小天使，似乎在做着愉快的美梦。

当然，小天使睡醒后立马就成为小恶魔，楚肖肖次日就想起遗忘的正事，面色严肃道："昨天我太困，忘记给你做小测，我们来看看你单词背得如何。"

御融台内，楚肖逸望着试卷上的无数单词，顿时就要眼前一黑，难以置信道："我才刚刚回家！"

楚肖逸：你好歹让我抱抱佛脚，真是一点机会都不给？

楚肖肖："但约定的时间到了，说好的时间，差一小时，差一分钟，差一秒都不行！"

楚肖肖想想觉得逻辑不对，好像理应昨天测验，又赶忙改口道："……不对，应该说都差一晚上啦，这就更加不行了！"

楚肖逸："？？？"

楚肖逸的单词小测成绩居然不错，虽然他完全没复习，心慌慌，但每天坚持在碎片时间背词，居然真有不少单词被牢牢记住。他当时硬着头皮瞎写，发现自己稀里糊涂地写出好多，没有想象中惨烈。

楚肖肖同样既意外又惊喜，握着笔在试卷上打钩钩，还在分数旁边画了一颗红色五角星，开心道："竟然还可以……"

楚肖逸刚刚还万分气弱，现在却挺起胸膛，不由得嘚瑟起来："当然，你哥我以前是懒得学，但我学起来也不差的，高中老师过去老夸我聪明！"

楚肖肖闻言，认真地歪头思考一番，这莫非就是老师们经典的行骗金句"你真的很聪明，就是不好好学"？

当然，楚肖逸光是背单词还不够，他距离考试还有好长一段路，打算结束最近的行程后，趁寒假好好地突击一番。今年春晚团队有新策划，基本没邀请年轻艺人，全是老艺术家，他也能安逸地过年，不用再来回跑彩排。

年底本来就闹不出大事，楚肖逸最近就是跑跑宣传、做做采访，不可避免要被问及跟董培海有关的问题。

董培海和楚肖肖在杀青会场交锋两句，此事当然不可能被新闻报道，何况制片人会给宣传媒体封红包。圈内知情人也只是私下闲聊两句，绝不会不识趣地往外传，最多在匿名的八卦论坛有些传闻。

董培海被楚肖肖的童言气坏，他当然没法抹黑圈外的小女孩，只能将新仇旧恨都算在楚肖逸头上，在各类采访中越发恼羞成怒、气急败坏。因为他阴阳怪气地批评年轻后辈从不提名字，所以搞得流量小生圈风声鹤唳，各家粉丝都怕被他狙中。

采访里，记者知道楚肖逸和董培海刚刚合作过，自然也提起此事："你知道董老师最近对年轻演员的评价吗？"

记者聪明地没用流量小鲜肉一词，但楚肖逸已经猜出对方的暗示，坦然道："你是说努力好学人设吧？"

记者头一回见流量小生敢提此事，忙不迭道："对对对，你知道啊……"

楚肖逸大大方方道："知道，因为他说的就是我，你们也别乱推测，还要拉其他无辜的下水，说的就是我。"

楚肖逸当然清楚网上几乎要将小生圈猜个遍，所有人都想瞧热闹吃瓜，看看谁会被董培海狙中，索性直接自曝身份，免得其他人又被波及。

陈枫瀚事件爆发后，流量圈简直要被他的团队拖下去共沉沦，但楚肖逸不想用旁人挡枪，而且他觉得自己没错。楚肖肖在会场里说"不变成一个令人讨厌的大人”，那他为什么不能实话实说，非要跟他们虚与委蛇？

楚肖逸：反正我今年只有三岁半，你就权当我童言无忌！

楚肖逸冷不丁地摊牌，竟然直接将记者震蒙。记者顿时有点摸不着头脑，说话都开始打磕绊：“但、但董老师为什么要这么说……”

楚肖逸语气洒脱：“我在剧组里背英语单词，本来想要偷偷摸摸地背，却被在片场的董老师发现。他出言调侃我两句，就是一个小小的玩笑，被你们过度解读而已。”

记者屏住呼吸等大料，此时却难以置信道：“……就这？！”这算个头的大新闻，简直是整段垮掉！

楚肖逸眉尖一挑，理直气壮道：“不然呢？你以为是什么？”

记者心想董培海在外面可骂得挺凶，完全不是开玩笑的感觉，但楚肖逸都锤死是背单词，又没法让人多说什么，便迟疑道：“可你为什么要偷偷摸摸背单词呢？”

楚肖逸悠然道：“因为我学习不好啊，害怕其他人知道我背单词，最后又背不下来搞得丢脸，还不许学渣有点自尊心？学渣没有人权吗？”

记者：“……这可有点过于真实，我都不知道如何写稿。”难道娱乐新闻要写董楚矛盾源于学习理念不同？

楚肖逸平静道：“这才是现实，我不是完人，既没有别人说的那么好，也没有别人说的那么坏，但你们想要报道的不是这些，你们想要看到的是你们心目中的我。”

“所以不用继续瞎猜董老师说的是谁，他说的就是我，别再提其他人，我现在直接摊牌啦！”楚肖逸坦坦荡荡地靠在椅背上，他说完忽然轻松不少，竟然还玩起自己的梗，笑道，“你就当我‘逸言逸语’吧。”

他学习不好就直接认了，但他没觉得自己做错了，何必在意他人的看法，活得跟他们一样累？他说出的话大概又会被人曲解，可他不想为此放弃发声，说和不说在他心理上造成的影响不同。

楚肖逸都坦然地认领董培海的骂声，记者还能再纠结什么，只能上传新鲜出炉的“逸言逸语”。这条采访终于让人人自危的流量圈重获生机，楚肖逸都已经自曝身份，别家粉丝顿时松一口气，不管怎样骂不到自己“爱豆”头上啦！

采访弹幕区居然比楚肖逸想象中柔和，或许是流量圈近日被董培海打压得太厉害，无数粉丝都只能聚在此处小声叭叭，说一些在别处不敢说的话。

——流量圈真男人！敬业地接好每一条诋毁言论，绝不让其他家莫名背锅，值得尊敬！

——这跟某家简直高下立见，明星晚会万家热搜共沉沦，如今还当无事发生过呢？

——但这理由太扯淡，背单词有什么好说的？

——你真当是背单词呢，给前辈留几分薄面，强行用玩笑圆场。

——cxy你天天假装不学习、私下却偷偷地背词，这种行为很过分啊，这拨被内涵不冤（狗头保命）。

——每天说自己学习不太好，背着我们私下拼命学？

——有一说一，董好苛刻，我觉得他俩演技半斤八两，楚比不过其他前辈，但好歹也算是“视帝”，打董没问题吧？

——楼上小心点，我上回说一句董演技差，就被扣帽子，说我是流量粉丝，路人不配上网冲浪（别杠我，杠我就是你对）。

——董就靠狙流量翻红，这事还有人不知道？

楚肖逸粉丝看到采访都心情微妙，因为早就习惯自家偶像语出惊人，所以并不觉得楚肖逸在说谎，只当他又为自己的语录添砖加瓦。他们现在看到各类英语资料，还胆大地开始分享给楚肖逸，搞得其评论区像考研英语分享专区。

逸风：光背单词没用，你倒看看语法。

耶耶耶耶：哥，等你学好英语后，我能期待一下未来的英文歌词吗？咱能不能别写得那么羞耻啦，歌不错，词吓人。

白鱼：不然给肖肖付点零花钱，让她帮你写，等你自己学出来太慢。

由于“爱豆”认骂，楚肖逸粉丝都很低调，其他家粉丝顿时舞得挺凶，开始连环扒董培海。董培海原来暗示过的人可不止楚肖逸，现在简直是犯了众怒，只是楚肖逸跳出来扛起骂声，其他艺人没法吭声而已。

其他家粉丝给出的理由也挺充分：我们又不是楚肖逸的粉丝，四舍五入在董楚之争里没有粉籍，怎么董培海还不许路人扒他？

事情最精彩的地方莫过于陈导下场，随着网上舆论越发热闹，百年不发微博的陈导突然更新照片，还配上文字：“一晃就是三四十年。”陈导发的是一张老照片，正中间是陈导及诸多大咖，角落里则是董培海，这是当年的电影剧照。

虽然陈导的微博像是在感怀时光，但聪明人立刻读出潜台词，明白他的深意。

云烟雾饶：一瞧就是老阴阳人，陈导还挺记仇呢，没忘被鸽的事。

小饼干：董心说，骂了小的，来了老的？

红红珠：现在网友都换了一批，有人不知道董年轻时巴结李，转身刺陈导一刀，开机后却离组的事情吗？李当初也是靠脸吃饭，董却跟在人家屁股后面转，如今开始骂流量靠脸啦？

空空：这张照片简直给董提咖，我是不了解现在流量乱象，但董当年也不是好货，算个头的清流前辈。

面巾纸：陈导心说，老子就是几年没拍戏，老董居然在外喘上啦？

董培海在流量小生面前如此嚣张，无非是仗着年纪和资历，知道他们不敢硬碰硬，陈导可不吃这一套。两人算是有恩怨的同辈人，陈导也知道楚肖逸有被自己牵连的原因，索性也来一拨暗戳戳地内涵。

虽然陈导许久没有露面，但他的影响力犹在，没过多久就被顶上热搜，一时间无数旧账被翻出。

大家原本还不会想起董培海的陈年往事，如今看着同辈的陈导发微博，两相对比之下，顿时唏嘘起来，真要论前辈，大有人在，好像也轮不到董培海？

董培海前段时间在网上风头太盛，此时遭遇舆论的反噬，被骂得犹如过街老鼠。许多人以前看不惯董培海却被前辈论胡拧，如今爆发出无穷的怨气，恨不得把他老底都翻出来，让他也尝尝被网络道德卫士痛批的苦楚！

网上的声浪就是千变万化而危险，可以将人捧上浪尖，也能将人击于浪下。

楚肖逸得知消息后，还特意跟陈导通话，无奈道："没必要，真的没必要，怎么还特意发微博呢……"

陈导好久都没在媒体上露面，这回出来就搞一个大新闻，楚肖逸担忧对方名声会受损。

陈导："玩儿呗！我这把年纪还怕什么，我就是要痛打落水狗！"

楚肖逸觉得"老小孩"一词相当精准，人年纪越大还真是越孩子气，陈导记仇程度不亚于楚肖肖。楚肖肖连冰箱里的果冻被偷吃都要气好久，陈导连三四十年前的事情都能气到现在，可谓念念不忘，必有回响。

第八章

学习冲刺跑

楚肖肖在期末考时成功维持住了班级第一的位置，原因是英语期末考难度极高，让班里哀号阵阵，前几名的分差也被拉开。前三名原本在期中考时差距不大，可英语试题难度暴增，顿时打破平衡。

陈光溯取得第二名，他一时愤愤不平，抱怨道："为什么数学不增加难度呢？"这样他说不定就能翻盘。

刘雯沛比陈光溯的英语分数还低一些，她推推黑框眼镜，严谨道："即使是数学题增加难度，你也不一定能排第一。"

期末考结束后，楚肖肖就迎来愉快的寒假，但她最近有新麻烦，就是待在家里的便宜哥哥。楚肖逸过去总是不在家，没事就到剧组飘荡几个月，还让她有些许想念，可他不营业，天天在家，又使她略感烦恼。

楚肖逸往年都要参加春晚录制，今年头一回能在家里清闲几日，缓解拍戏期间的疲惫。

厨房里，楚肖肖打开冰箱门，左右环顾一圈，终于委屈到爆炸："你又这样，你又这样，你又自己偷偷吃掉！"

楚肖肖每回想要吃果冻，打开冰箱都发现被偷，最可气的是便宜哥哥光吃不补货，还总是夜里起来翻冰箱。家里父母不吃小果冻，冰箱里都是楚肖肖的存货，她每回就吃一两个，兄长却能吃一袋！

楚肖逸原本在屋里编辑音乐，听到妹妹的哀叫顿时头皮一麻，回想起昨晚自己做的好事。他作为神出鬼没的夜猫子，晚上当然想吃点小零食，无奈睡醒后却老忘记买零食，自然引来小东西埋怨。

果不其然，楚肖肖已经气势汹汹地杀过来，开始拼命晃荡楚肖逸，看上去颇为悲愤。

楚肖逸自知有错，干巴巴地笑道："下次一定，下次一定……"

楚肖肖怒道："你都好几回下次啦！你上回还不许妈妈买，非说自己会买也没买！"

楚肖肖已经看破兄长大猪蹄子的本质，他没有何鑫等人打点日常就健忘，肖肖坚持让他现在跟自己出门购物。

楚肖逸见此回实在躲不过去，让步道："我叫人送货上门，这次肯定不会忘！"

楚肖肖探头看着便宜哥哥用手机下单，这才原谅他的月夜偷果冻行为，在沙发上静待新零食的到来。

没过多久，外面就传来敲门声，楚肖逸惊道："这也太快了！他应该没法把零食送进小区才对。"

楚肖逸开门后，看到的却是提着零食大礼包的梁双麒，不禁欲言又止："音乐圈真是不好混，学古典的沦落到送快递……"

梁双麒："？"这是上来就开战？

梁双麒镇定道："家里有好多零食大礼包，妈妈让我提着送过来。"

楚肖逸熟练地接过礼包，客气道："谢谢你，那我们就收下零食，知道你练琴比较忙……"

梁双麒听对方要送客，立刻眨了眨眼，聪明地高声道："肖肖，我来找你玩啦！"

楚肖逸："……"

楚肖肖惊讶地抬头，往门口张望："咦？外面是麒麒哥哥吗？"

楚肖逸就是故意逗逗隔壁家的小鬼，没有真将梁双麒拦在门外的意思，但见小萝卜头们开始聚头看动画片，顿时又感到轻微的不爽，有一种被排除在外的感觉。

两个小朋友可以有聊不完的话题，从动画片到学校趣闻，让楚肖逸觉得自己像孤寡老人。他在客厅里溜达两圈，突然瞧见桌子上的英语书，索性一拍脑门道："你们寒假作业写完没？我们一起学习吧！"

楚肖逸：我就不信你们学习时还能唠嗑！

楚肖肖倒无意见，以前也总跟梁双麒、杨茵相约茶室，她面露迟疑道："可以是可以，但你不会又溜走吧……"她还对便宜哥哥的放鸽子行为耿耿于怀，总觉得他会中途逃跑。

楚肖逸掷地有声道："这回肯定不会！"他要一刻不停地关注两人，绝不会在中间离开一步！

梁双麒难以置信地瞪大眼，没想到敌军还会出这种损招，简直是杀敌一千，自损八百，他忍不住吐槽：“哥哥你真的好会聊天……”哪壶不开提哪壶？

梁双麒觉得肖肖家简直有毒，他每回来玩都会被骗着学习，连杨茵上大学后都没逃过，如今又组成新的御融台三人组。

不过楚肖肖、杨茵和梁双麒是橙园三结义，楚肖肖、楚肖逸和梁双麒可能是魏蜀吴乱斗。

因为梁双麒来时没拿作业，所以他还要回家取一趟。梁双麒临走前，还警惕地瞥一眼楚肖逸，嘀咕道：“哥哥，你该不会现在锁门吧。”

梁双麒可不想被关在门外，他总觉得肖肖哥哥很有可能做出这种事。

楚肖逸心想小鬼头还挺敏锐，楚肖肖却出言宽慰道：“肯定不会，麒麒哥哥可以从小院进来，我们在茶室见面。”

梁双麒思及茶室的位置，这才放心地回家拿东西，兄妹二人则往茶室搬运零食。

楚肖逸用新鲜水果切出果盘，再由楚肖肖端到茶室里，她在途中略感担忧，再次确认道：“麒麒哥哥这回也在，你真的不会逃跑吧？”

楚肖逸：“当然不会，你就放心吧，要我说，他也学不了太久！”

楚肖逸确信梁双麒跟自己属于同类，世界上将学习视为玩耍的人才少见。小男孩估计很快就会坐不住，楚肖逸到时候就顺理成章地送客，简直“计划通”。

茶室内，桌上铺满各式各样的习题册，三人各坐在桌子的一边，楚肖肖恰巧位于中间。楚肖肖翻开习题册后，就低头写起来，楚肖逸和梁双麒却陷入漫长的沉默，他们愣怔地望着面前的书出神。

梁双麒的加载速度稍快，他在接受必须学习的残酷现实后，率先翻开寒假习题册，回忆老师布置的作业内容。

楚肖逸就要无精打采得多，他索性叉起一块水果吃掉，金属叉子和瓷盘碰撞发出清脆的声响。梁双麒被声音吸引，顿时抬眼望向果盘，也拿起叉子吃水果，同样发出叮当声。

楚肖逸再次叉起一块，瞟了一眼梁双麒，梁双麒也不甘示弱，继续紧随其后。

片刻后，两位音乐人对此种新奇的游戏产生兴趣，他们互相应和地敲击瓷盘，竟然莫名其妙打出节奏感，默契地沉迷在神奇的配器声之中。

楚肖逸、梁双麒：学习时真是什么都好玩儿！

楚肖肖原本安静地写着作业，耳边却突然充斥瓷盘架子鼓的声音，她当即抬头看向果盘边的叉子音乐会，忍不住规劝道：“你们要吃就好好吃吧，非得在水果死前奏乐吗？”

楚肖肖：水果被吃就够可怜了，还要听你们奏一曲。

梁双麒闻言，立刻停止为水果敲鼓送行的行为，心虚地放下金属叉子，重新低头看习题册。

楚肖逸就要理直气壮得多，振振有词道：“音乐人的灵感都是这样，生活里不经意间的刺激就能诞生新曲，你是没听懂我们的节奏……”

楚肖肖对音乐一窍不通，显露出似懂非懂的神色，还真不确定他们有没有在做正经事。

梁双麒适时地插嘴：“哥哥，我觉得刚刚那段很好听，不然你回屋编辑记录一下，待会儿忘记就太可惜了。”

楚肖肖顿时信以为真，她害怕兄长的音乐灵感消逝，忙道：“真的吗？那你回屋编音乐吧，我和麒麒哥哥一起写作业也行。”

楚肖逸总说自己晚上音乐灵感最充沛，如今难得在白天有灵感，楚肖肖当然不敢阻拦。虽然她对便宜哥哥学习时逃跑的事有所抱怨，但工作显然要比学习重要，事情总有轻重缓急。

楚肖逸：好小子，你真是心眼儿一点没少长，这就想把我忽悠走？！

楚肖逸难以置信地瞪向梁双麒，没想到小男孩如此有心机，对方却满脸无辜、泰然自若，还在楚肖肖面前说得有模有样。

楚肖逸好歹是经历过圈里风浪的人，立刻露出营业笑容，公然说出违心之语：“没关系，学习最重要，工作往后放。”

梁双麒见肖肖哥哥还真死磕着不走，不由得遗憾地轻轻叹气，他看到一边亮起的手机屏幕，拿过来瞧瞧新消息。

楚肖逸见状，顿时活学活用起来，佯装温和道：“麒麒是不是有事要忙？你要是有急事，不然就先……”

梁双麒：“不不不，只是乐团的集训通知。”

没过多久，楚肖逸刚刚拿起手机要看，梁双麒便警觉地出声：“哥哥是不是有事要忙？你要是有急事，不然就先……”

楚肖逸：“不不不，只是工作室的行程通知。”

楚肖肖：“？”

楚肖肖感觉两人像是在打哑谜，她试探地拿起自己手机，然而没听到任何声音，她又举起手机在半空晃晃，紧接着拿到面前来看，但身边二人仍不说话。她顿时爆发不满，不可思议道："你们刚刚是炫耀自己有事忙吗？！"

楚肖肖：为什么没有人问我忙不忙？这是欺负我没乐团和工作室！

楚肖肖头一回尝到被排挤的滋味，茶室里只有她不懂音乐，而且没有事情忙。

楚肖逸没懂妹妹的脑回路，下意识地答道："可你也确实没事忙啊……"她既没有乐团培训，也不用出社会工作，现在处于清闲状态。

梁双麒却突然嗅到危机的味道，沉吟几秒，试探地开口："肖肖是不是有事要忙？你要是有急事……"

楚肖肖惨遭兄长打击，好在小伙伴及时递出台阶，她低头看起手机，悲愤道："我有事忙，我有急事在忙，我忙着给杨茵姐姐发消息呢！"

自从杨茵离开后，楚肖肖在茶室里顿感格格不入，品尝到梁双麒过去的滋味。她现在觉得御融台三人组没有自己的容身之地，明明她才是元老级人物，为什么他们却因音乐话题而走到一起？

楚肖逸："……"发消息叫什么急事，你能有多少好友？

如果换作是平时，楚肖逸必然会嘴欠地乘胜追击，继续调侃自己妹妹，但他现在看出梁双麒拍马屁一流，便老实地闭上嘴，绝不给对面的佞臣机会。他算是看明白了，忠言逆耳利于行，如今做忠臣不容易。

三人终于消停下来，老实地学习一段时间。楚肖逸和梁双麒也不敢在桌上公然看手机，生怕激起楚肖肖的怨念。她发现自己如今是闲人，恨不得拂袖而去，将茶室留给两人。

楚肖逸和梁双麒偷偷在桌下看手机，自然也逃不过楚肖肖的法眼。她自暴自弃地趴在桌上，又思及已经学习挺久，便嘟囔道："你们拿上来看吧，我们休息一会儿。"

楚肖逸和梁双麒面露干笑，异口同声道："确实是工作室（乐团）有事……"

楚肖肖不满地滑动手机："我知道，我也有事！"

楚肖肖：我要给所有好友发消息问候，我也每天拿着手机忙得要命！

楚肖逸也不是故意刷手机，主要是何鑫不断地给自己发资料，让他查看团队最近的收获。他现在将上学读书纳入未来计划，但自己不可能莽撞地将团队一甩，就去追逐所谓的生活，那对一路帮助他的同事们过于残忍。

何鑫等人是要靠工作养家糊口的，而楚肖逸读书期间曝光会降低，折中之策就是他们逐渐培植新人，将工作室往成熟公司发展。即使楚肖逸有一天真的减少活动，也不会对周围人造成重创，大家还有事情能做。

楚肖逸最近向楚家栋请教不少管理公司的方法，但当前的关键是搜刮好苗子，否则何鑫等人连运作的可能性都没有。他并不想急匆匆地抓人就推，起码要好好地培养训练几年，再将新人推到屏幕前。

因为楚肖逸是男星，所以他现在偏向找男新人，这样资源承接起来更容易。如果他们计划实施成功，男新人稍微有起色，就能逐步寻找女新人，到时公司也会有更多资源。

楚肖逸手机上的简历花里胡哨，大多是 12~16 岁的艺术苗子，引得两个小萝卜头也好奇地观看。

楚肖肖发现文档居然叫“培训规划”，不由得好奇道：“你以后就不做明星，专搞青少年教育吗？那我们似乎算同行。”

楚肖肖：这东西跟我给便宜哥哥做的档案好像。

梁双麒则面色古怪，撞上楚肖逸时不时打量自己的视线，狐疑道：“哥哥，你突然盯着我做什么？”

楚肖逸仔细地打量一番梁双麒，又低头看看简历上的照片，立刻点开下一份简历：“不行不行，这看着还没你像样，何鑫眼光真是低。即使没我小时候长得好看，怎么也得超越你才行吧。”

梁双麒：“？？？”你真是好生自大，我怎么就没你好看？

楚肖逸觉得梁双麒已经是自身标准的底线，他现在被 SSR 幼崽们拉高了眼光。先不提超常班的神童，他们要找有艺人潜质的好苗子，那就暂且忽略智商，但怎么也该有梁双麒的颜值和绝对音感，听上去才像样。

楚肖逸总是担忧梁双麒偷白菜，自然也对小男孩用上了丑化滤镜，觉得他就是普普通通的小学生，反正比不上自己独一无二的妹妹。他基本对照梁双麒的条件，编辑一条艺人标准，发给眼光拙劣的何鑫，很快就等来经纪人回复。

何鑫的措辞委婉却残酷现实，大意就是“你在想 peach”，找得到才有鬼。

何鑫还专门发来一条语音，语重心长地规劝：“你在瞎想什么？这条件列得挺容易，好像上街逛逛就能找到，但要有如此厉害的小孩，他为什么不去老牌大公司，非要来签我们呢？”

楚肖逸还挺不服气，同样回一条语音：“哪里需要上街逛，小区里逛就行啊！”有时候都不用特意逛小区，他自己就提着零食摸过来了，还赶都赶不走。

何鑫的语音回得挺快："你在小区里看到就快让他签啊！"

楚肖逸听完后，恍然大悟地将视线移向梁双麒，露出若有所思的神色。

梁双麒似乎察觉到其深意，不等对方开口，脑袋就晃成拨浪鼓，浑身透出抗拒的意味，赶忙慌张道："不不不，你们家能做我老板的不是你！"

"麒麒哥哥以后要做马云，他并不想要做明星……"楚肖肖出言帮腔，突然又想起什么，机智地出谋划策，"不过他同学里或许有感兴趣的？"

楚肖肖回想起梁双麒乐团里的人，那可真是什么年龄段的都有，每次都闹哄哄的。

楚肖逸瞬间被点醒，忙不迭道："对对对，你们乐团里有没有比你优秀的，可以向我推荐一两个……"

梁双麒斩钉截铁道："没有。"

楚肖逸："？"

楚肖逸思及对方音感出众，又循循善诱道："不一定要拉琴比你好，比你长得好看也行……"

梁双麒当着楚肖肖的面，丝毫没有退让，绝不为敌军增加帮手，干脆道："不存在的。"

楚肖逸："？？？"你真是好生自大，怎么就没比你好看的？

楚肖逸刚以为能从乐团里找到突破口，哪想到小男孩斩钉截铁地切断出路，丝毫不给机会。

楚肖肖缓和局面，出面解释道："不过麒麒哥哥不喜欢跟他们玩，可能确实不熟……"

楚肖逸恍然大悟："原来你在乐团人缘不好！"

梁双麒眉毛一挑，双目幽幽，振振有词道："哥哥，我不喜欢和他们玩，跟他们不喜欢和我玩是两码事，熟不熟是由我来决定的。"

"真难为肖肖在家忍受你那么久……"梁双麒长叹一声，思及肖肖哥哥对自身诋毁，顿时双手交叠、端正坐姿，严肃道，"拜托别人做事要客气，这才是社会人的准则，明明你已经工作了那么久。"

楚肖逸："……"我这是被小孩教导如何做社会人？

梁双麒显然不是拒绝帮忙，而是仍对楚肖逸的话耿耿于怀，他一会儿被说没有小时候的肖肖哥哥好看，一会儿被问乐团有没有比自己优秀的，换谁都咽不下这口气，自然开始坐地起价。

梁双麒是记仇的小朋友，他连母亲的抱怨都出言还击，哪能容许自己总被肖肖哥哥拿捏，顿时便起了范儿。他直直地盯着楚肖逸，脸上只差写着“快来拜托我，态度客气点”。

楚肖肖思索片刻，觉得梁双麒的逻辑没毛病，附和道：“不过请人办事是要客气一点，只要有礼貌就不太会被拒绝……”

楚肖肖在学校里受人帮助，同样要好好地道谢，加上梁双麒确实在乎这些，她也就不觉得对方过分。陈光溯当初接受杨茵姐姐的薯角没道谢，梁双麒都要出言打抱不平，看上去很重视此类流程。

楚肖逸哪能不知小鬼头的主意，对方就是想趁机反击自己，但他作为老谋深算的大人，可不会如此轻易地中套。他露出若有所思的神色，随即意有所指道：“说得对，我拜托别人办事，确实应该客气点。”

梁双麒矜持地点点头，摆出洗耳恭听的架势，看上去一本正经。

楚肖逸见小男孩真以为自己中招，目光一暗，狡黠道：“楚肖肖，请你让你的校友帮帮我吧，真是麻烦你啦。”

楚肖肖：“？”怎么你拜托的人是我？

楚肖逸见小萝卜头们都大为震惊，不由得心中得意，语气越发真诚：“请你说服你的校友吧，我现在的态度应该够有礼貌？”

楚肖肖有点发蒙：“好、好像是挺有礼貌……”

梁双麒顿时瞪大眼，没想到自己被邪恶大人反将一军，难以置信道：“这是在作弊！你太狡猾啦，你知道我没法拒绝她！”

梁双麒本来还想摆摆架子，谁让楚肖逸是竞争对手加敌军，没想到对方还能搬外援，不求自己，改求肖肖。

楚肖逸懒洋洋道：“哎，她要是特意拜托你，你却连这点事都做不到，那你们的友情也就那样嘛……”

梁双麒：“……”

楚肖肖一时有点无措，瞧瞧楚肖逸，又看向梁双麒，犹豫道：“那我……”

梁双麒飞速地捂住耳朵，生怕听到楚肖肖的请求，坚决道：“我还能垂死挣扎一下！”

楚肖逸立马在妹妹身边煽风点火，添油加醋道：“你看看，你看看，他现在就开始不愿意听你说话！”

梁双麒：“？！”

楚肖逸挟肖肖以令麒麒，他早知妹妹吃软不吃硬，只要哀声请求、软磨硬泡，她基本上就没法拒绝，连带梁双麒也被控制。他才不会向小男孩低头，依靠大鱼吃小鱼的链条，楚肖逸成功地夺取胜利。

梁双麒最终发出不满的猫呼噜声，但还是尽职尽责地筛选一番，不情不愿地跟乐团人进行联络，率先打一声招呼。他沟通结束，便交出联络方式，嘀咕道：“那就这几个人吧，他们拉琴也就那么回事儿，出去当明星没准是一条出路……”

古典音乐的圈子本来就有限，许多乐团人靠乐器升学后会转向其他音乐专业，不然就是彻底改行不再拉琴，他们还真不一定排斥娱乐圈。

楚肖逸好奇道：“你怎么连比你大的人都认识？这么社会！”

楚肖逸原以为自己只能找到一拨小学生，没想到还有初中生、高中生的身影。

梁双麒：“乐团是看谁拉琴好，又不是看谁年龄大。”

梁双麒小升初前，必须跟着心仪中学的乐团活动，通过考核后才能享受特招政策，自然接触到一些初、高中生。当然，他严肃地表示他们没有自己优秀，起码在琴技方面不行。

楚肖肖见事情顺利解决，开心地替兄长道谢：“谢谢麒麒哥哥！”

虽然梁双麒对楚肖逸的狡诈行为略有抱怨，但他见楚肖肖满脸真挚，心里的不满也烟消云散，反倒显露些许赧意，闷声道：“……不客气。”

梁双麒只是提供联系方式，具体筛选、签约还要由何鑫等人来。三人又在茶室里晃荡一会儿，梁双麒也起身告辞，带着作业回家。

因为首都的冬天相当寒冷，所以两人没让楚肖肖送，由楚肖逸代为送行。楚肖逸当着妹妹的面不服软，等他将梁双麒送出小院，这才悠然道：“今天谢啦！”

楚肖逸才不会在妹妹面前对梁双麒有好脸，他要让小朋友们有界限感，但不代表自己会故意针对小男孩，私下该谢还是要谢。

梁双麒瞥对方一眼，小声地嘀咕：“反正肖肖谢过了……”

楚肖逸立刻伸手轻戳小男孩脑门，皮笑肉不笑道：“你、不、许、老、提、我、妹。”

梁双麒被他猝不及防地戳一下，立马灵敏地往后退好几步，躲避肖肖哥哥的魔爪。小男孩摸摸额头，镇定道：“也不全是由于肖肖，还有觉得哥哥跟我像的缘故。”

楚肖逸饶有兴趣道："哦？终于知道拍我马屁啦？你以为这么说，我就会让你来家里乱晃吗？不可能的！"

"肖肖可以给我开门。"梁双麒淡淡地瞟对方一眼，直白道，"我是活鸭子嘴硬，哥哥是死鸭子嘴硬，还是有相似之处的。"

梁双麒觉得自己是会好好说话而不说，肖肖哥哥是真不会好好说话，所以两人本质都是"鸭子嘴硬"，只是死活的问题。

楚肖逸："……"

梁双麒见对方脸色微变，立刻聪明地一溜烟逃走，绝不让楚肖逸有追上来的机会，展现出丰富的挨打经验。

"这小子……"楚肖逸看他逃得飞快，既好气又好笑道，"……长大后得什么样啊？"

梁双麒离开后，楚肖逸就将从乐团挑人的工作交给何鑫，同时跟楚肖肖迎来一年中最难熬的时段。因为楚家栋和肖碧人脉广，所以过年期间前来走动的人真不少，这简直是楚肖肖最为疲惫的日子。

楚肖肖每次看到客人就要担当吉祥物，少不了要说几句拜年祝贺词，好在便宜哥哥今年在家，为自己转移不少火力。

楚肖逸面对各类客人也头皮发麻，他被问及最多的话题，无非就是"你们娱乐圈有没有我们不知道的瓜啊""圈内是不是特别乱，你过得辛不辛苦""现在有成家的打算没"。

楚肖逸对前两个问题还能佯装不知，但涉及个人问题就不好回避。他只能干巴巴地露出营业笑容，同时后悔怎么没找点活儿干，不去春晚也该出门工作才对。

实际上，外婆卢素曼也曾在视频里旁敲侧击过楚肖逸，然而每到关键时刻楚肖肖就蹿出来搭茬，成功地将话题引歪。

现在家里坐着的是客人，这又是常见的寒暄话题，楚肖肖就不好插嘴。

楚肖逸硬着头皮道："现在不合适，现在不合适……"

楚家栋替大儿子说话："他现在事业为重，先让他忙事业吧。"

"这也是要忙的，现在开始谈两年恋爱，然后就该结婚生子啦，你们也要替儿子上心啊！"

肖碧笑道："儿孙自有儿孙福，倒也不用管那么多。"

客人看上去还要再劝，楚家栋忙道："肖逸，你带肖肖回房间吧，她学习英语的时间到了，你陪她练一练。”

楚肖肖原本正在看 iPad，此时莫名被提到，迷茫地抬头。我上小学后就不再有英语时间，再说便宜哥哥陪我练口语，确定哪里没出错吗？

楚肖逸哪能不知父亲为解围乱说话，好在妹妹没有当众拆穿。她显然也不想待在客厅里，老实地站起身往屋里走，逃离是非之地，将空间留给唠家常的大人们。

兄妹二人躲进楚肖肖的房间里，总算是不用再应付客人。楚肖逸心烦意乱地翻着英语书，想要继续学习大业，无奈他还没从被盘问的状态中走出，只将书页翻得哗哗作响。

“不要欺负书。”楚肖肖出言叫停，又好奇地询问，“你是真觉得不合适，还是的确没有人要？”

虽然楚肖肖过去说过便宜哥哥没人要，但她觉得他现在进步很大、越来越好，倒也不会一语成谶。

楚肖逸不由得挑眉，吐槽道：“……怎么连你也开始了？咱们的统一战线终于瓦解了？”

楚肖肖小声嘀咕：“本来就没有统一战线……我就是问问，不想说就算了。”

楚肖逸犹豫片刻，不知道该不该跟妹妹讨论这些，但思及她如今都开始上小学，估计早晚也会有烦人的小男孩招她，索性坦白道：“因为这件事情是很严肃的，并没有他们说的那么容易。”

楚肖肖：“什么意思？”

楚肖逸干脆转过身跟她面对面，有条有理地打比方：“比如说我现在想要上学，我是不是得有很多前期准备？我要背单词、找学校、安排团队的人、考虑毕业后的就业，总不能脑袋一热就上学吧？”

楚肖肖大感惊讶，眼眸里溢满惊愕，不可思议道：“我真以为你是脑袋一热要上学……”

毕竟便宜哥哥那天回家翻开书就吼着要留学，却在疯狂打雷后没下两滴雨，她确实没想到他心里还有那么多计划。

楚肖逸被她气笑，毫不客气地捏她脸蛋：“你的感觉错啦！”

“等等，我说到哪里了？”楚肖逸被妹妹一打岔，略微沉吟几秒，才重新找回话题，认真道，“所以恋爱结婚也很严肃，就先不提你有没有遇到合适的人，你是不是要有时间陪对方、要考虑自己职业的影响、要考虑双方未来的规划？总不能由于你很忙，别人就要迁就你吧？”

楚肖逸可不是天真的小孩，他现在要是被曝光谈恋爱，另一半就要承受无边骂声。他如今还没有时间陪伴任何人，连能够回家的日子都有限，所以才说时机不合适，上赶着谈也是耽误别人，倒不如独自待着。

楚肖肖以前还真没想过这些，她对恋爱结婚的概念就是《哈利 · 波特》的结局，主人公们都组建幸福美满的家庭，充满大团圆的浪漫。她若有所思地点头，赞同道：“好像是这样的，你说得没问题。”

楚肖逸慢悠悠道：“所以外人都是不负责任地瞎劝，真遇到这些事还要靠自己，他们是不会为你考虑的。喜欢不是最重要的，重要的是你能不能承担对方的未来。”

楚肖逸还是挺羡慕父母感情的，虽然父亲跟自己童年时交流存在矛盾，但他对母亲确实没话说，也让家里生活越来越好。他大概还是保有着父亲的基因，在他不确定能否承担另一半的未来前，不会贸然地踏出一步。

楚肖肖头一回见他如此正经，惊叹道：“你还挺有担当。”

楚肖肖听闻此番话，竟然觉得不顺眼的便宜哥哥都变帅了点，对方其实是有主意的。

楚肖逸见妹妹上钩，立刻朝她招招手，让楚肖肖走到自己身边来。他完成前情铺垫，终于温和地摸摸妹妹脑袋，语重心长地笑道：“你这么想就对啦，以后就照着你哥我的标准找，一定要挑愿意给你做实事的，别老挑那种爱拍马屁的，懂吗？你可千万别被人两三句就骗啦！”

楚肖肖哪料他话题转移如此之快，不由得吐槽道：“……怎么就跟我扯上关系了？”他们聊的不是便宜哥哥的话题吗？

“现在当然跟你没一点关系，但你有必要了解这些事情！”楚肖逸拼命给妹妹上眼药，开始肆无忌惮地抹黑，义正词严道，“混古典的很难赚到大钱，以后真不一定有未来，不要看现在琴技不错，还没到定型的时候，一切还都难说呢，起码要等到成年……”

楚肖肖：“……”

楚肖逸只差直接提到梁双麒的名字了，他作为御融台教导主任，决不允许妹妹成年前出现任何早恋幼芽！

楚肖肖觉得便宜哥哥的脑回路无法理解，她莫名其妙地瞟他一眼，便缩回床上看 iPad，嘀咕道：“你好无聊啊。”

楚肖逸和梁双麒总要在音乐话题上发生纠纷，但楚肖肖对流行和古典都一窍不通，起码他们在茶室里敲盘子时，她没听出任何差别。她只当兄长又开始抹黑古典乐，除了认为他话题跳跃过快，并没有将他的话放在心上。

春节前的客人拜访结束，楚家栋也开车将奶奶等人接到御融台，全家共度新年。外公外婆已经飞往温暖的南方，这是他们在冬天的习惯，等到开春才会回京。

御融台内，两边特意接通视频拜年，外婆卢素曼看到沙发里的奶奶楚珍，顿时兴奋地扯着嗓子喊："珍儿啊，你还记得我吗？你还记得我是谁吗？"

视频画面外，外公肖季同无奈的声音传过来："不要喊那么大声，不要喊那么大声……"

卢素曼："她现在耳朵不得行啦，我不喊，她哪里听得到？！"

全家人围在奶奶身边看双方视频，将沙发上的老人逗得乐呵起来。她颤颤巍巍地伸出手指，笑着指了指卢素曼，但是没法张开嘴说话。

奶奶楚珍难得地做出反应，更让外婆卢素曼高兴起来，她不由得愉悦道："还是记我记得清楚哦，毕竟我们在一块儿耍得多！"

奶奶原来身体康健的时候，老跟外婆约着出去旅游，双方由于性格互补，关系处得还不错。

肖季同吐槽道："因为你闹得慌，所以记得清吧……"

卢素曼："你怎么话那么多？"

视频里外公外婆就快吃晚饭了，老人们又跟孩子们寒暄一番。楚肖逸率先给老人拜年，他聊了聊自己的近况，接着就轮到楚肖肖，她说了一些拜年的话。

外婆热心道："肖肖，别看外公外婆这两年没在首都过年，压岁钱都给你攒着呢，到时候回去就给你！"

老人还不习惯线上转账，总要将现金塞到小孩手里，才有给压岁钱的仪式感。

"谢谢外婆！"楚肖肖开心地应下，她又想起什么来，瞟一眼刚聊完的兄长，犹豫道，"那我哥有吗？"

楚肖逸早没有领压岁钱的概念，还真没想到她记得自己，一时间受宠若惊。

卢素曼："你哥比你早领二十年呢，等你以后成年，外婆也不给了！"

楚肖肖闻言才放下心来，原来压岁钱是按岁数给的，那她和兄长都是领取十八年，听上去还算公平。

楚肖逸见妹妹放松，却要故意逗她：“你亏了，真是生不逢时，现在通货膨胀，钱没有过去值钱！”

楚肖肖还没来得及发话，外婆卢素曼忙不迭道：“没有，我和外公有根据通胀调整的，我们算得明明白白！”

楚肖逸：“……”您退休后就在这些方面发挥余热？

视频结束后，时常昏睡的奶奶也打起精神来，她好像被外婆的活力感染，头一回左右打量起兄妹二人，用稍显浑浊的眼球观察起他们。

楚肖肖察觉奶奶的状态，开始拼命地朝对方招手，又起了吸引老人注意力的念头。这似乎是她出生以来的执念，因为奶奶处于老年痴呆的状态，所以她的情绪颜色小外挂也不起作用。她就像一只小兔子，蹲在沙发边乱晃。

楚肖逸发现老人神情恍惚，索性也握住奶奶的手，又伸手指指楚肖肖，柔声道：“奶奶，你看她，你看看她……”

奶奶扭头看看右边的小丫头楚肖肖，又瞧瞧左边高大的楚肖逸，忽然陷入漫长的沉默，随即仿佛体会到什么，猛地推开楚肖逸的手。

楚肖逸顿时面露诧异，便见奶奶推开自己后，伸手虚拍一下，惊道：“哎呀！”

楚肖肖刚刚还左蹦右跳，此时也惊愕道：“奶奶怎么了？”

小舅爷坐在饭桌边择菜，赶忙擦擦手赶过来，认真地观摩一番，似有所悟道：“她是不是分清你们啦？”

楚肖逸满脸迷茫：“什么意思？”

果不其然，奶奶左看看楚肖逸，右看看楚肖肖，脸上瞬间溢满笑容，笑呵呵地乐一阵子，紧接着就悠然地看向电视，仿佛重归自己的精神世界，让其他人摸不着头脑。

小舅爷：“她经常这样的，认出人来就高兴一阵，不过待会儿又忘了……”

“因为你们今天都在家里，所以她可能分清了吧。”

奶奶是不会记住周围人的变化的，她对旁人印象都是记忆里的模样，而且记忆也是散乱不堪的。她能记住过去的楚肖逸，但她认不出现在的楚肖逸。因为她觉得楚肖逸应该长得像楚肖肖一样矮，所以她总是会混淆，对着肖肖喊肖逸，对着肖逸不会喊，好像遇到陌生人。

楚肖逸突然有点鼻酸，一时不知该说什么。楚肖肖闻言却兴奋地凑上去，趴在奶奶身边试探：“真的吗？真的分清了吗？”

楚肖肖还想再试试，但奶奶的精神头过去，又打起盹来，让小丫头只能遗憾地闭嘴。

小舅爷一边择菜，一边闲聊道："肖逸是想去留学吗？我听你爸妈说的，大概什么时候走呢？"

楚肖逸："是，今年先通过语言考试，明后年就开始申请，具体时间还没定。"

楚肖逸的档期都排到了明后年，他总要把行程都弄完再走，而且还要将学校申请下来。

小舅爷："啊，上学要四年吧，那又是好久……"

楚肖逸原本还觉得留学四年不久，但看看沙发上并排坐着的妹妹和奶奶，小孩正认真地看电视，老人则斜靠着在打盹，顿时又有点不确定起来。他以前不常回家还没感觉，在欢聚的节日里却有些触景生情，莫名有些动摇。

楚肖逸几年来第一次在家过了个完整的年，突然觉得自己被温情的蜘蛛网覆住，开始有点迈不动腿。

大年初一，梁双麒带着鞭炮上门，来找楚肖肖玩耍。楚肖逸刚开始还满目茫然，诧异地嘀咕："市内不是全面禁止放鞭炮吗？"

楚肖逸踏进小院里，看到两个小孩手里的鞭炮玩具，终于忍不住吐槽："这也能叫鞭炮啊？"

梁双麒带来的是鞭炮形状的玩具，它可以花里胡哨地亮灯加乱响，模拟出放鞭炮的声音。不得不说，这代孩子没有机会放鞭炮，只能用此种方式感受一下。

楚肖肖振振有词："这当然叫鞭炮啊，红色的、成串的，还能发光。"

梁双麒点头附和："而且会发出噼里啪啦的乱响，肯定就是鞭炮无误。"

楚肖逸见他们指鹿为马，指着玩具喊鞭炮，颇为无语道："按照这种逻辑，我要是红色的、成串的，还能发光，而且会发出噼里啪啦的乱响，那我也能叫作鞭炮呗？"

梁双麒一愣，眨了眨眼，悄悄挖坑道："不然哥哥现在示范一下，给我们乱响看看？我们看完才能知道。"

楚肖肖懒得跟兄长斗嘴，正忙着挥舞新玩具，随口道："去看往年春晚就行，不用他现在特意示范。"

楚肖肖：红色、成串、发光、乱响，这不就是春晚舞台上的便宜哥哥和伴舞？

楚肖逸："？！"现在这代小孩怎么这样？

楚肖逸冷笑一声，他从兜里掏出两个厚厚的红包，在半空中悠然地扬了扬，高傲道："我给你俩一个重新组织语言的机会。"

楚肖逸：我就不信这年头有钱没法解决的事！

楚肖肖、梁双麒："……"

楚肖肖反应颇快，当即现学现卖，义正词严道："我打算明天进行英语单词小测，我给你一个重新组织语言的机会。"

楚肖逸："……"

楚肖逸遭遇学习制裁，只得不情不愿地放过妹妹，好在他还有一个目标，又将视线飘向梁双麒，意有所指道："哎呀，我现在还有一个红包，但想要听一些拜年吉祥话……"

瞟瞟厚厚的红包，又瞧瞧对方得意的模样，梁双麒镇定地看向小伙伴："肖肖，请你说服你哥哥发红包吧，真是麻烦你啦。"

楚肖逸："？"

楚肖肖一愣："那我……"

梁双麒长叹一声："哎，你的朋友特意来找你玩，你哥哥却连红包都不愿意发，那你们的兄妹情也就那样嘛……"

楚肖逸："？？？"

楚肖逸皮笑肉不笑道："你这样复制别人的招数不好吧？"

梁双麒："写轮眼就是要复制别人的招数啊。"

楚肖逸懒得搭理院子里中二的女巫及忍者，他将红包发给两个小孩，便赶苍蝇般地挥挥手，径直往茶室里钻："好啦，回你们的魔法世界，回你们的忍者世界吧……"

首都的冬天比较冷，楚肖肖和梁双麒在院子里研究玩具许久，又钻进茶室来看楚肖逸在做什么。楚肖肖望着英文页面，惊讶道："现在就要申请学校吗？"

虽然楚肖逸总说要读书留学，但楚肖肖总觉得那是非常遥远的事情，毕竟便宜哥哥连英语都没学完。如今发现他私下看学校，她心里突然有点怅然，现在想来便宜哥哥并不是完全没谱的人，只是她没有深想这些而已。

虽然他总是粗手粗脚，稍显愚笨，但打定主意的事就没变过，而她却老觉得他在闹着玩，或者说由于不舍就选择性忽略。他现在不常回家，但好歹是在国内，以后就是在国外，回家更为辛苦。

楚肖肖有点失落，楚肖逸往日看英语页面会叫她翻译，但今天是她进来才发现他在浏览学校。

梁双麒：“这是国外学校吗？那要推荐信吧。”

楚肖逸：“你懂得还挺多。”

梁双麒思及肖肖哥哥要出国，不禁向往道：“哥哥你什么时候去上学？”我的竞争上岗终于要迎来曙光吗？

楚肖逸沉默几秒，一把捏住梁双麒肩膀，露出营业笑容：“小朋友，不要以为我不知道你在想什么。”

楚肖肖好奇道：“你想学什么呢？”

楚肖逸：“……嗯，商科怎么样？”

楚肖肖听到意料之外的答案，诧异道：“……为什么要学这个？”她还以为会是音乐类。

楚肖逸：“听上去挺酷啊。”

楚肖肖：“？”

梁双麒总结道：“那确实只是想想。”他都知道海外学校需要推荐信，肖肖哥哥在商科方面着实不太行。

楚肖逸原本就还没计划，此时恼羞成怒道：“行啦，我就随便看看！你俩别凑热闹！”

楚肖肖刚刚还有一点未来离别的小伤感，看便宜哥哥往外赶人，她又有些犹豫，总觉得他似乎并没有主意，一时不确定兄长是大智若愚，还是大愚若智，愣是被搞蒙。

楚肖肖：便宜哥哥是薛定谔的扮猪吃老虎，只要没有到最后一刻，就无法确定他是猪还是虎。

楚肖肖春节期间还在怀疑兄长的实力，楚肖逸在节日后就彻底锤死自己的能力。

何鑫依靠乐团人的联络方式，又通过层层选拔和面试，还真捞出一个好苗子，将人签在工作室下进行培训。

另一边，楚肖逸在培训机构报名上英语课，他上课回来后焦头烂额，坦白道：“这种糟糕的体验让我回忆起高中英语课……”

楚肖逸如今确信自己归来仍是少年，他仍是少年时的英语学渣，在课上惨遭吊打。

饭桌上，肖碧出言鼓励：“慢慢学会越来越好的。”

楚肖逸：“慢不了，所以我改报网课，可能更适合我。”他最近又要开始工作，不可能再去教室上课，听听网课还差不多。

楚肖肖作为小老师，觉得网课更不靠谱，忍不住吐槽：“你可能对自己有错误的认知……”

楚肖肖：我经过多年的数据归纳和档案整理，已经对神奇生物的学习能力有深入了解。

楚肖逸哪能不知她要调侃自己，立刻伸筷子道：“张嘴，我给你喂一口芹菜，你多吃就能长个儿啦！”

楚肖肖的话戛然而止，她立刻警惕地捂住嘴巴，一时无法再发声，逗得父母都笑起来。

楚家栋劝诱道：“肖肖，爸爸今天炒的芹菜真挺好吃的……”

楚肖肖死命地摇摇头，斩钉截铁道：“这句话我上回已经听过了。”我绝不会再上当。

楚肖逸给自己开通英语网课，没过多久就重归工作，楚肖肖在家完成寒假作业，也要迎来学校新学期。

开学前，楚肖肖在房间里收拾书包，却发现了不属于自己的教材。她突然回想起学校老师的比喻，“你们就是战士上战场不拿枪，自己学习用的东西都带不好”。

楚肖肖在桌上意外发现兄长的英语教材，那是一本厚厚的实体书，由于楚肖逸现在有电子版看，书便被遗落在妹妹的屋里。他是在客人拜访那天拿进来的，后来居然没记得拿出去。当然，他有没有看电子版，又是新的未解之谜。

楚肖肖：便宜哥哥何止是上战场忘记带枪，他时常没枪防身还挑衅敌军。

楚肖肖犹豫片刻，还是将厚厚的实体书塞进书包里，打算在学校里抽空看看。她目前只负责兄长的单词部分，主要是她也没有申请过海外学校，所以对相关考试内容不够了解，不能托大地教他东西。

她上小学后发现应试技巧也很重要，就像自己跟刘雯沛、陈光溯水平相当，但他们在技巧上的发挥同样影响胜负。她打算最近研究一下，看看兄长在学什么。

楚肖肖将兄长的教材收下，原本只是想悄悄翻翻，却不料引来连锁反应。她看书的进度还挺快，每晚看完就用杂物做书签一夹，将其放在房间桌上，一连几天都没出事，直到何鑫来家里取东西。

御融台内，何鑫跟楚家栋打过招呼，又取走自家艺人的行李，疑惑道：“什么教材？长什么样？我没看见。”

楚肖逸："就是一本特别厚的书，我出国留学需要用的，不在我屋里就在客厅吧……"

何鑫最终在楚家栋的帮助下，发现了楚肖逸遗落在妹妹屋里的书。他拿起来正要往袋子里塞，忽然又察觉书中夹着档案，便随意地抽出来瞟一眼，上面有自家艺人的名字。

何鑫：楚肖逸怎么还是小学生字体啊？

牛皮纸袋上标着楚肖逸的名字，尽管字迹有点歪七扭八，但何鑫也没有多想，直接将其塞回教材，连书一并带走。

远在小学的楚肖肖并不知道，她的神奇生物档案已被人取走，被何鑫误认为是楚肖逸的留学材料。

房间内，何鑫带着诸多行李风尘仆仆地归来，他一边帮楚肖逸收拾东西，一边老妈子般地抱怨："你不要将留学材料乱放，以后都统一交给助理管，要是不小心落在哪里，我们都没法帮你找……"

何鑫抽出英语教材里的牛皮纸袋，将缠绕的线头解开，打算将资料整理、归纳。

楚肖逸正坐着跟团队人员沟通，此时满目茫然，诧异道："什么留学材料？"我连学校都还没有敲定，这时候搞什么留学材料？

何鑫："这不就是吗？你随便夹在书里，鬼知道会落在哪儿。"

何鑫将牛皮纸袋里的纸张抽出来，看到花里胡哨的水彩笔痕迹，这才骤然发现档案袋里的异常，自己好像拿走了不属于艺人的东西。白纸上画着抽象派的稚嫩人像，配着自由潇洒的手写英文，着实不像正经的英文材料。

楚肖逸发现经纪人突然闭嘴，立马狐疑道："什么东西？拿给我看看。"

何鑫正在辨认着字迹内容，然而楚肖逸却已经靠过来拿走。楚肖逸望着纸上熟悉的灵魂画技，又依靠最近背单词的积累，稍微读懂几行英文内容，竟控制不住地太阳穴暴跳，哪能不知道档案是谁的手笔！

不得不说，楚肖逸已经逐渐成长，他通过近期的英文学习，不再是看不明白儿童密码的学渣，他现在居然能读懂妹妹的通篇诋毁。过去的楚肖逸已经死了，他现在是钮祜禄·肖逸！

楚肖逸气急败坏地拿起档案，将各类资料塞回袋子，怒不可遏道："真是反了她啦！我今天非教育教育她不可，让她知道什么叫尊敬兄长！"

楚肖逸：谁家亲妹妹在私下带头编亲哥黑料？她居然还能够归档！

神秘档案突然点燃楚肖逸的愤慨，顿时也让房间里的团队混乱起来。众人轮番上场游说，想要摁住妄图杀回御融台的楚肖逸，让他少安毋躁。

化妆师焦灼地举着刷子，忙不迭劝道：“别上火，别上火，不然又要上粉底……”

何鑫：“干吗呀，干吗呀，马上就要出席活动，你突然要跑回去？”

楚肖逸的打孩子之路惨遭工作绊住，他只得忍气吞声地调整状态，但下定决心今晚要回家对质。他终于被何鑫强行劝走，重新恢复营业态度，不情不愿地出门，准备出席活动。

“行行行，一定给你备车……”何鑫见艺人总算被忽悠走，他不由得诧异地望向档案，疑惑道，“这里面是什么啊？他生那么大气。”

何鑫没说此话，众人还没意识，如今他们却眼珠一转，齐刷刷地看向档案袋。这好像是楚肖肖的东西，楚肖逸为何有如此大反应？好奇心真是一味毒药，大家都想知道其中内容，却又不敢贸然上前。

“鑫哥，你刚刚不都看过了吗？你还问我们。”

“好像就是肖肖的画，我还没仔细看，他就过来了……”

片刻后，房间内传来窃窃私语，工作人员还是没忍住好奇，他们聚在桌边，观摩起楚肖肖的研究成果，还不乏结合自身经历的深度讨论。因为团队里有英语好的人，所以他们读懂内容没问题。

楚肖逸认为妹妹的研究是句句诋毁，工作人员却认为是字字珠玑！

楚肖逸觉得自己被妹妹抹黑，工作人员却觉得找到真知己！

生活助理点头道：“记忆力差是真的，他那天明明自己口袋里装着手机，却连问我无数遍手机放在哪儿，搞得我以为他手机掉了，还到处去找……”

商务立马附和：“对对对！你前一天给他发消息，他经常第二天就忘掉！”

何鑫：“嗐，我还以为多大点事儿呢，肖肖不就写两句实话，你看他刚气成那样，以前看营销号的假料都没那么大反应……我妹曾经在作文里写我丑，我都没有生气！”

宣传：“假料当然没反应，实话才会扎人心！营销号的料只会让人笑笑，如今听到客观的实话，他可不就急了……”

楚肖逸哪料到自己团队已经暗中倒戈，何鑫等人居然觉得楚肖肖的措辞挺中肯。毕竟众人都是长期跟楚肖逸共事，如今看到楚肖逸的官方吐槽资料，居然产生共鸣，展开声讨大会，痛诉艺人老板的诸多毛病。

工作团队：凭什么要教育肖肖？明明公道自在人心！

当然，即使工作团队无比认同楚肖肖的研究，楚肖逸还是在工作后杀回御融台，甚至查出自家妹妹的备份资料。他偶尔会使用楚肖肖的 iPad，立马熟练地解锁进入，竟然发现了“Y 同学”课题。

楚肖逸回忆起家长会时嘘寒问暖的小萝卜头，再回想他们疯狂地喊着自己“Y 同学”，至此哪能不明白来龙去脉？

楚肖逸：我本以为自己是珍稀大熊猫，原来你们把我当傻傻的二哈！

傍晚时，楚肖肖还没意识到风暴将至，她背着书包回家，看到兄长，一愣，诧异道：“你怎么突然回来了？”

楚肖肖犹记他说最近不回家，自然感到疑惑，挺摸不着头脑。

楚肖逸并未马上就发作，反而意有所指地挑眉：“你不欢迎我回来？”你是不是由于私下的小动作而心虚？

楚肖肖发现他阴阳怪气，不由得略感无语。这是又吃错什么药了？

楚肖肖察觉他心情躁动，凭借着自己的情绪小外挂，她聪明地不再招惹他，打算暂时避避风头。她一向是机敏识趣的小朋友，知道什么时候能调侃便宜哥哥，什么时候要避让大型二哈，索性不跟他搭话。

楚肖逸以前还没发觉她会看人眼色，如今见她不像往日般回撑接招，顿时没找到制住她的机会。双方对峙的时机很重要，只有先发制人，一击即中，方能占据优势！

饭桌上，楚家栋和肖碧自然不知大儿子归来的真正原因，他们只是开心地嘘寒问暖一番。

楚肖逸一边吃饭，一边闲聊：“你作业写完没有？”

楚肖肖：“写完了。”

楚肖逸：“挺好的，多吃点，吃饱扛得住打。”

楚肖肖：“？”

楚肖肖见他再次挑衅，又发觉他好似蠢蠢欲动，最终还是没有回嘴。她莫名其妙地盯他一会儿，实在没明白来龙去脉，选择乖乖地吃饭。

饭后，楚肖逸认为事情不能再这样下去，他发现妹妹太会揣着明白装糊涂，让自己犹如一拳打在棉花上。他索性直接拿出档案袋，冷笑着敲开楚肖肖的房间门，跟她当面对质：“楚肖肖，你给我解释一下，这东西是什么？”

楚肖逸原以为她会惊慌失措、如遭雷劈，哪想到她难以置信地瞪大眼，不满地率先斥责：“你怎么可以侵犯我隐私权？”

楚肖肖顿时用失望的眼神注视着兄长，仿佛他做出了天大的恶事，让她长久以来的信任感深受动摇。她看上去摇摇欲坠，还扶住身边的门框，好像被惊得天旋地转，犹如随时要倒下的幼苗，展现出被至亲背叛的无力。

楚肖逸：“？？？”你怎么还先发制人地演上啦？

楚肖逸被她的神情震慑，然而他好歹是专业演员，很快就发现幼崽视线飘忽，顿时既好气又好笑道：“停止你浮夸的表演，我还没演，你先演上了？这里面都是我的资料，怎么就变成你的隐私了？！”

实际上，楚肖肖刚回屋就发现教材不翼而飞，连带夹在其中的神奇生物档案也不见了。她骤然理解便宜哥哥刚才的语气，一秒便想出绝地求生的妙计，哪料到被他飞速拆穿，一时身形微僵，说不出话。

楚肖肖立马眼睛乱转，她左看看右瞟瞟，含糊地嘀咕：“嗯……虽然你是数据来源，但里面也有我的智慧结晶，不过你要是希望资料共享，我也不会介意的，你拿着档案就行……”

因为她一向是乖巧懂事的小朋友，所以很少应对家长的怒火，上一回估计还是跳泥坑被兄长怒斥，自然没有讨打能手梁双麒熟练，无法游刃有余地蒙混过关。

尽管她认为自己的研究没有谎言，按道理便宜哥哥不该生气，但莫名的心虚还是占据上风，让她生硬地转换起话题，想要结束危险的对质。

“我突然想到写完作业还要准备数学竞赛，我们改天再聊吧！”楚肖肖想要关门送客，却被楚肖逸轻松地阻止，顿时进退两难。

她立马转身像兔子般逃跑，却被他揪住命运的卫衣帽子，转瞬被凄惨地拎回来，发出不满地哼哼唧唧。

楚肖逸哪会让她逃走，他展开暴风质问：“你给我解释一下，什么叫神奇生物？什么叫懒、记忆力差、注意力不集中？什么叫不爱学习却得意扬扬的Y同学？这都是用来描述亲哥的话吗？你简直其心可诛，该当问斩，我今天就要给家里清理门户！”

楚肖逸：这就狂挼你一百遍以平朕怒！

楚肖肖面对劈头盖脸的责问和未知的惩罚措施，在重重慌乱中竟被激活新的技能，无师自通情绪化攻击，委屈而悲愤道：“你凶我，你居然凶我！你在家天天偷吃小果冻，我都没有凶过你！”

楚肖逸：“……”等等，怎么就扯到了小果冻？

楚肖逸难以置信道：“我们说的明明是档案的事，再说我哪里凶过你啊，你在家都快成祖宗了……”

楚肖肖理不直气也壮：“你看你又凶我！你还说你没有！”

楚肖逸：“？？？”这是什么“肖言肖语”？

楚肖逸被她气笑：“你给我做档案还有理啊？”

楚肖肖见自己成功打断他的怒火，越发据理力争起来，半真半假地抱怨：“你就是看我没用了，不能再教你东西啦，就拿出档案来说事，你以前明明不是这样的！”

楚肖逸：“什么叫你没用了……”

楚肖肖越说越气愤，眼眸中泪光微闪，难得吐露心声道：“你以前让我教口语、教数学，我全都好好地教给你，现在我不懂你的留学考试，你就觉得我没用了，拿出档案来说事了，要把我清理门户了！”

楚肖肖想起他春节躲在茶室里看学校，心头又溢满巨大的失落感。尽管她最初教便宜哥哥东西时不情不愿，但他有一天真的不再来麻烦自己，又让她产生不被需要的感觉，有点无所适从。

她那时悄悄留下英语教材书，就是想着或许自己能看懂，或许他听不进外面的课，但是能够听进她的课。因此，她才会将兄长档案不小心夹进书里，订制课程总要看学生档案吧。

“清理门户是玩笑话……”楚肖逸见小东西被自己逗急，又听闻她愤愤的抱怨声，心里突然不是滋味，“……所以你才私下翻我的教材？”

楚肖逸确实没让她教过考试，最多让她帮自己听写一下单词。他学口语没有如此正式，学数学是为骗她做超常班的题，这回将留学当正经事，还真没有麻烦过她，没想到她反倒有落差感。

楚肖逸：你还真挺有教师精神，不肯放过任何潜在学生。

楚肖肖发觉自己情绪动荡，马上努力地平复内心，将视线往旁边一移：“哼。”

楚肖逸不怒反笑，调侃道：“瞧你这副哼哼唧唧的小模样。”

楚肖逸现在明白她留下教材的原因，突然就将追究档案的事抛在脑后，转身往自己的屋里走。

楚肖肖见他突然离开，立马鬼灵精地扒在门口偷看，也不知道他是要秋后算账，还是自己彻底逃过一劫。她刚刚说的当然是掏心掏肺的话，但也有逃脱 Y 同学档案之责的心理，两者并不矛盾。

楚肖肖：我承认我有赌的成分，我就是赌他记忆力不好，听我说完就会忘记档案的事。

没过多久，楚肖逸将自己的留学教材拿过来，递给楚肖肖，懒洋洋道："拿着吧，你不是要看吗？那我再买一本。"

楚肖肖诧异地拿着书，有点不太理解他的举动，一时满脸茫然。

楚肖逸："我们一起慢慢学，你还可以教我啊，这不又跟以前一样？我不会的就来问你……"

楚肖逸没有强求楚肖肖教自己的意思，但他觉得给她教材算是一种态度。留学考试毕竟存在一定难度，就算她还不具备教自己的实力，可一同学习总归是有益的，他们可以互相激励。

楚肖肖拿着失而复得的教材，又听到便宜哥哥的说法，一时有些小小的愉悦，但她克制地抿抿唇角，重新获得小老师一职，也没有喜形于色。

楚肖逸哪能看不出她暗自欢喜，见状他心里一软，又随口问道："对啦，你现在看了多少啦？你要不要我的网课账号？"

他觉得光有厚厚的教材也没用，这东西还是要配合网课食用。

楚肖肖欲言又止："最近学校作业多就看得比较慢，但我这周末应该就能看完啦……"

楚肖逸："？？？"

楚肖逸犹记自己刚看完开头，此时难以置信道："这周末就能看完？你都看大半本啦？！"

楚肖肖："这里面好多是讲题型，又没有很多新知识……"她主要是没做过这类题，需要巩固一下语法，又不是没学过英语，加上考试还能靠语感，她消化起来就更顺利。

楚肖逸："……"这里面的对我来说都是新知识。

楚肖逸刚刚还觉得是互相激励，如今却认为是自讨苦吃，果断地摆手道："我突然觉得我们没法一起学，拜拜了！"

楚肖逸：说好的一起慢慢学，你哪有半点慢的意思，886！

第九章

荣誉的约定

楚肖肖获得楚肖逸的网课账号后，拥有了新的学习资料，学起来速度更快。楚肖逸每回打开自己的网课账号，发现视频跳动到后面的课程，都深深地感受到压力，总觉得楚肖肖比自己还有动力考试。

当然，楚肖肖看完一遍教材后，学习进度也放缓不少，原因是学校要安排同学们参加数学竞赛，留学英语的学习要暂缓两周。

学校里，数学老师将楚肖肖、陈光溯和刘雯沛叫到办公室，大致讲解一番数学竞赛的时间，又道："你们都跟家长说了吧？我们下午跟其他年级一起坐车走，你们考完可以跟我回学校，或者让父母到考场接。"

"你们第一回参加也不用有压力，竞赛题相比普通题目有难度，其他考生年纪还比你们要大，这回就当玩一玩吧。"

数学竞赛每年都会定期举行，一般针对四至六年级的小学生，然而超常班的学制不一样，在年级上就没有卡得太死。

当然，楚肖肖等人应该是全校最小的参赛者，另外三个超常班比他们年级高，更不用提普通班的人，数学老师才会说就当试水，不用太放在心上。

楚肖肖："老师，我们就做你发的那套题吗？"

数学老师："对，不过你们还是以学校作业为主，抽空再做一做竞赛题，不要本末倒置。"

数学老师这回就在班里挑选前三名参赛，也是怕影响到孩子们的学业，前三名还有精力翻翻竞赛题，其他人光完成学校的课业就挺辛苦。

三人离开办公室后，陈光溯一边在走廊里倒着走，一边兴致勃勃地提议："考场旁边有家东西很好吃，我们可以中午不吃学校的饭，让贺老师提前带我们过去吃。"

贺老师就是数学老师，陈光溯作为其得意门生，日常在对方的办公室混吃混喝。陈光溯一向讨厌学校的饭菜，刚刚得知竞赛的地点，便飞速地寻找附近餐馆，为当天的午饭做出规划。

楚肖肖："为什么你会这么熟练啊？"

刘雯沛："这明显就是骗吃骗喝。"

陈光溯面露不满，振振有词道："这才不是骗吃骗喝，我以前做出数学题，贺老师都会给我小零食，他上回就请我吃饭了，到时候就算我不提，他肯定也会主动问，我只是提醒你们中午不要吃太多学校的饭……"

陈光溯和贺老师关系比较好，上回在学校里吃得太饱，导致贺老师专门点他喜欢的菜，他却遗憾地没有吃完，自然长了些教训。

"贺老师又不是小气的人，你要是不吃，他还会劝呢，你们到时候就知道了……"陈光溯一边面对着楚肖肖、刘雯沛讲话，一边倒着往教室方向走。

刘雯沛淡然道："你这么走会撞到人。"

陈光溯："不会，他们会避开我。"

楚肖肖望着前方一愣："啊……"

下一秒，陈光溯就感觉自己的后背碰到路人，他倒着走的行为光速翻车，回头就看到幽幽的黑眸，是个意想不到的人。他看到音乐木匠，瞬间磕磕绊绊起来，慌乱道："你、你怎么会……"

陈光溯：你怎么会出现在这里！

梁双麒原本是来找小伙伴楚肖肖搭话，此时看到面熟的陈光溯，镇定地打招呼："Hello，你还在蹭吃蹭喝吗？"

梁双麒显然也听到三人闲聊，谁让陈光溯说话中气十足，在走廊里就能清晰地听到。

陈光溯没想到梁双麒跟自己同校，他还保留着被对方点额头、喂薯角的回忆，一时间既畏怯又慌乱，硬着头皮道："我现在已经不怕你了……"

陈光溯：我已经战胜过去的所有恐惧，现在任何人都别想恐吓我、欺负我！

梁双麒有点摸不着头脑："原来你以前很怕我？"

陈光溯虚张声势道："我、我以前也没有怕过你！"

梁双麒闻言沉默片刻，从兜里缓缓地拿出拳头，径直地伸向陈光溯。

陈光溯见对方面无表情地举起拳头，顿时面色苍白，高声惊呼道："学校里不可以打人的！"

梁双麒："？"

梁双麒一翻拳头，张开自己的掌心，露出手里的糖果，迟疑道："你们要吃糖吗？"

陈光溯："……"

刘雯沛推推黑框眼镜，吐槽道："陈光溯，你真的好吵闹，每天一惊一乍。"

楚肖肖替朋友说话，认真地辩解："麒麒哥哥不会打人，他连猫都没有打过。"

梁双麒："这么形容也不太对，其实打猫比打人还要难，我可能打不过梁斯特。"

楚肖肖和刘雯沛都接糖道谢，只有陈光溯小心翼翼地伸出手。他战战兢兢地想要拿糖，却一直紧盯着梁双麒的神色，一旦发现对方微微挑眉，便慌张地收回手来，想要拿糖的右手反复试探。

楚肖肖望着双方的幼稚行为："你们在玩什么游戏？"

刘雯沛："花里胡哨。"

陈光溯："他老瞪我！"

梁双麒："你少了步骤。"

楚肖肖思考片刻，突然领悟同伴的脑回路，提醒道："快说谢谢。"

陈光溯："谢、谢谢……"

陈光溯这回偷瞄一眼梁双麒，果然没再发现对方挑眉或皱眉，他飞快地取走最后一枚糖，这才看见梁双麒收回手。

梁双麒感慨道："你终于学会说这句话了，杨茵姐姐却听不到。"他当初就想纠正陈光溯的毛病，无奈当时的吃食都是杨茵带的，她不太爱跟小孩子较真。

楚肖肖神情微妙："我总觉得杨茵姐姐听到你的话也不会太高兴……"好像哪里怪怪的？

刘雯沛和陈光溯吃完糖就回教室，梁双麒的乐团训练改了时间，他原想可以跟小朋友结伴回家，哪料楚肖肖却要外出参加数学竞赛。

楚肖肖遗憾道："我中午就要离校，可能没法一起回去……"

梁双麒略感失落："肖肖要一个人去吗？"

楚肖肖："不，贺老师带着我、刘雯沛和陈光溯一起去。"

梁双麒原本还仅有一点失落，如今得知她有同学陪同，便深受重创。他可是经常外出比赛，哪能不知其中的乐趣。这不就代表他们能堂而皇之地在上课时间离校玩耍，赛后还有愉快的休闲活动？

梁双麒顿时充满怨念："你们肯定会结伴吃中午饭，比赛后还可能在附近逛逛，然后一同买小零食吃……”

楚肖肖：“不不不，暂时只说可能吃午饭，还没有后面的两项！”

梁双麒：“唉，为什么我学的偏偏是大提琴，明明我参加过那么多比赛……”怎么就没法跟朋友结伴出赛一回？！

楚肖肖眼看伙伴要变身柠檬精，她还没有外出比赛过，不懂离校竞赛的乐趣，便承诺道：“这样吧，等我比赛回来后，我送你一个东西。”

楚肖肖：我没法参加乐器竞赛，麒麒哥哥没法参加数学竞赛，只能另想办法。

梁双麒：“？”

梁双麒：“数学竞赛的手信？难道是考场的草稿纸？”

楚肖肖：“……当然不是，但我现在也不确定是什么。”

虽然梁双麒无法参加数学竞赛，但他取得意料之外的手信，也算宽慰受伤的心灵。

几天后，贺老师就带着楚肖肖等人按时离校，乘车前往数学竞赛的考点，果不其然带他们在附近用餐。

贺老师刚刚拿起菜单，便热情地询问：“你们想吃什么啊？不要跟老师客气，吃饱才好入场比赛！”

楚肖肖：“老师，我们在学校吃过……”

贺老师：“学校的菜哪能吃饱？你们再点一些别的，一会儿上阵杀敌呢！”

楚肖肖和刘雯沛难以推却疯狂劝饭的数学老师，最后只能由陈光溯出面点菜，三个小萝卜头被喂得饱饱的，稀里糊涂地随人流入场考试。楚肖肖考完后，甚至忘了考场上的竞赛题，只对当天的饭菜留下深刻印象。

楚肖肖：怪不得陈光溯是贺老师的得意门生，他俩可真够能吃的。

当然，楚肖肖的脑袋没有彻底被饭菜占据，她还记得答应过梁双麒，要给对方带礼物。不过她的送礼之路遇到一点小麻烦，她望着眼前的东西，一时不知该不该送出，略微有些懊恼。

御融台内，楚肖肖终于在周末跟梁双麒碰面，不得不履行自己的诺言。她双手背在身后，一时有点不好意思，硬着头皮道：“麒麒哥哥，如果你不想要的话，还给我也没关系……”

梁双麒都眼巴巴地期盼好久了，他怎么可能在此时说不要，又瞟到她手里拿着一张纸，便善解人意道：“肖肖真送草稿纸也没事！”

楚肖肖见他如此好说话，这才将手里的纸张递给他，随即视线心虚地飘到一边。梁双麒接过一看，发现那是数学竞赛的获奖奖状，而且是银奖，一时微微愣住。

楚肖肖唯恐好友嫌弃，尴尬地挠挠脸，拼命解释道："我那天可能真是吃得太多，在考场上脑袋不够灵光，你要是觉得银奖不太好，不如等我明年冲金奖……"

班里只有陈光溯获得金奖，楚肖肖和刘雯沛拿的都是银奖，顿时让小丫头有点送不出手。思及麒麒哥哥的三枚金牌，楚肖肖原想好好地考试冲金回礼，哪想到关键时刻意外翻车，遗憾地错失金奖。

她还在考试后跟陈光溯对了答案，越发确定自己并不是不会，而是在考场里发挥失常，自然更感可惜。贺老师倒是认为三人成绩足够好，无奈楚肖肖本想用金奖还金牌，谁曾想到变成一银还三金。

然而，楚肖肖都提前跟梁双麒说过，她又不能违背自己的诺言，顿时进退两难。

楚肖肖见好友不说话，忙不迭地伸手想取回，疯狂挽尊道："这样吧，我还是明年再送你，今年确实是一个意外……"

梁双麒这才回过神来，赶紧收起银奖奖状，生怕被她拿回去，低声道："不不不，我只是没想到肖肖会还礼，我还以为你都忘掉运动会的事了。"

"这就挺好啦，反正我也拿不到数学银奖，这张对我来说足够了！"梁双麒好像确实挺开心，他拿着银奖爱不释手，却又露出若有所思的神情，"不过我好像也拿不到数学金奖……"

楚肖肖确定他真不是强颜欢笑地收下，才稍微放松下来，说道："那我明年要是能拿到金奖，就把那张也送给你吧，你上回送我三枚金牌。"

楚肖肖：自己的竞赛少就是不好，还债速度永远比不上欠债。

"一码事归一码事，上回的已经还清啦。"梁双麒思考片刻，清透的眼眸里溢满亮光，愉快地提议，"不过我马上要参加特别厉害的竞赛，我要是能够成功地拿奖，到时候拿那个跟肖肖换吧！"

楚肖肖："你不换，我也可以给你……"

梁双麒："但我想跟你分享呀，我不能参加数学竞赛，肖肖不能参加乐器竞赛，可我们能拥有双倍的快乐！"

楚肖肖看他眼底熠熠生辉，被对方彻底说服，同样被开心感染，高兴道："好像是这样……"

两人顺利地在小院里进行约定，楚肖肖冲击明年的数学竞赛金奖，梁双麒则冲击未来的国际大赛，然后他们再开心地进行交换。

虽然小朋友们的约定很快乐，但家中某人得知后却将醋罐掀翻，酸味儿足以把院子里的橙子树熏成柠檬树。

楚肖逸没想到自己都还没看到奖状，妹妹就将其转手送人，他难以置信道："你为什么送他不送我？你是不是心里没我了？！"

楚肖肖："……"

楚肖肖：我只知道你喜欢回收旧金牌，哪知道你还喜欢回收旧奖状！

楚肖肖面露迟疑："可你也没说想要……"

楚肖逸："那你以后要送我！"

楚肖肖为难道："但我已经答应明年跟麒麒哥哥……"

楚肖逸："你看，你看，你就是心里没我！"

楚肖肖："……"

楚肖肖认为自己跟他有理说不清，她突然想起什么，提议道："这样吧，我送你别的东西，估计对你更有用。"

楚肖逸原本还想继续闹腾，闻言这才作罢，露出满意的神色："这还差不多……你送我什么？你还拿了什么奖？"

楚肖肖回屋将笔记本拿出来，把厚厚的本子交给兄长，义正词严道："我看网课做的笔记，你不要一天想有的没的，多翻翻笔记搞学习。"

楚肖逸："……"

楚肖逸：这感觉就像你送隔壁小孩游戏机，却只送我《五年高考三年模拟》一样！

楚肖肖苦心相劝："这样你以后还能靠成绩找工作。"

楚肖逸见她又提此事，再次纠正道："……谢谢你，我还没有失业，我是短暂休息。"

春节结束后，春晚上诸多当红明星的缺席宛如先发信号，娱乐圈变得动荡起来，在政策和市场的双重夹击下，圈内起了不少风浪。楚肖逸原先签约的剧组突然违约延期，圈内不少演员接触的项目也相继出现问题，连带大批影视娱乐公司倒闭，让圈内人都惶惶起来。

因为行业大环境突如其来地垮掉，所以部分演员面临无工作的困扰，何鑫等人最近也在紧盯行业动向，以便规划楚肖逸接下来的工作。

楚肖逸没被这股旋风过多波及，除了黄掉一部戏，他的生活还算平稳，依旧能接触诸多项目，只是质量有所下降。毕竟老牌公司都在观望现在的市场，没人敢贸然做出大动作，大家都想等等新形势。

楚肖逸索性就没有再接戏，他趁着剧组违约产生的空档期，开始在家努力学习，但他长时间窝在家里的行为，引发楚肖肖深深的担忧。

楚肖肖如今天天要上学，她发现上学前便宜哥哥在家，放学后便宜哥哥也在家，而且周一至周日基本极少出门，顿时认为他处于失业边缘。

楚肖肖：他终于还是迎来这一天，只能可怜地在家待业。

因为剧组项目向来是三个月起签，而且包含着周末及假日，所以楚肖逸在此期间真没有过多活动，只是偶尔要跑一些商务。他现在倒是乐得轻松，每天就搞音乐、学英语，然而楚肖肖却相当不淡定。

晚饭后，楚家栋如往常般看新闻，随手调到新闻频道，电视上的女主持人正字正腔圆地播报："教育部数据显示，今年我国高校毕业生预计达 ×× 万人，相比去年同期增长 ×× 万人，应届毕业生或将迎来'最难就业季'……"

楚肖肖原本看着自己的 iPad，听到新闻顿时抬起头来，小心翼翼地瞟一眼玩手机的楚肖逸。她确定对方没听到新闻后，立刻委婉地制止："爸爸，换个频道吧。"

楚家栋："可以啊，你想看什么……"

楚家栋握着遥控器，又换一个新闻频道，这回是男主持人播报："新规波及影视行业，文娱创投……"

楚肖肖："爸爸，我们看看农业频道吧。"

楚家栋："？"

楚家栋："肖肖突然对农业感兴趣？"

楚肖肖："不，我就是想到老家还有橙子树。"便宜哥哥真找不到工作，他还能回老家种橙子，这不失为一条出路。

楚肖肖其实还不太理解兄长的工作，只知道他总不回家就是忙着赚钱，偶尔回家就是难得的休息，还是头一回遇到他在家里蹲那么久。因为电视最近也在播报吓人的行业新闻，加上爸爸和哥哥还聊起过，所以她越发确信便宜哥哥工作出现了问题，好像不太乐观。

楚家栋和肖碧询问过大儿子的事业，他们见楚肖逸似乎自己有谱，便放下心来。楚肖肖对便宜哥哥的资产认识还不够，就只能用其他方式来表达关怀，祭出她的万能解药——学习。

楚肖肖抓紧时间将网课看完，又整理出一本新笔记，将其塞给失业在家的兄长，生怕他独自待着感到低落、惶惶，想用学习资料转移其注意力。

楚肖逸刚开始还没察觉妹妹的异常，但屡屡听到她“学习也是一条出路”的安慰，顿时感到一丝不对劲。

虽然楚肖逸没有在外飘荡，但不代表他的团队没工作，他依然会跟经纪人保持联系，忍不住向何鑫吐槽：“我妹好像认为我失业了。”

何鑫犹豫道：“……难道不是吗？”

楚肖逸皮笑肉不笑：“我要是失业了，你还能有钱拿？”

虽然娱乐影视行业目前遭遇重创，但楚肖逸好歹站在金字塔顶端，他要是被击沉，中下层就死绝了。

何鑫：“嗯，那我向肖肖学习，措辞更严谨一点，应该叫作待业。”

楚肖逸懒得搭理对方的调侃，摸了摸下巴，又动起歪脑筋：“你有没有让我在家坐着也能完成的工作啊？”

何鑫：“……没有，如果你知道这样的高薪工作，请尽快介绍给我，我立马跳槽离开。”

楚肖逸：“她要继续认为我失业在家，还不得天天给我塞资料……”

何鑫嘀咕道：“那你就进组呗，前两天给你递项目，你直接把我给撅了。”

楚肖逸：“那剧本就挺一般，又是开机前才找人，这能靠谱吗？”

正规剧组都要提前向主演约档期，哪有开机前冒冒失失地到处找的。何鑫心知楚肖逸说得有理，那项目放在以前是没法看，但如今有胆开机的就少，团队可挑选范围着实不大。

何鑫：“行，你不想去就算了，你说的事让我想想吧。”

楚肖逸就是随口一提，他都没把自己的“逸言逸语”当真，没想到何鑫却把事情办成了，为艺人找到了“在家坐着也能完成的工作”。

御融台内，楚肖逸面对妹妹侃侃而谈：“我最近在推广名叫学习季的活动，所以接下来就是在家身体力行地带动大家学习……”

楚肖肖听闻便宜哥哥的讲解，不由得面露好奇：“学习季是什么？”

“你看我在网上的宣传，这上面写得挺清楚。”楚肖逸将营业微博展示给妹妹，以此证明自己并未作假。

楚肖肖对微博略有了解，以前看过楚肖逸团队的人研究这些，微博上果然写着楚肖逸携手多家平台打造学习季，号召网友们努力深造、终身学习，看上去相当正能量。

楚肖肖不疑有假，顿时放下心来，但一瞟评论区又感到不解：“为什么下面有那么多问号？”

楚肖肖看到下方一连串的“？？？”，自然不明白学习季和问号的联系，莫非网友们发问号来响应学习季，以此代表求知的精神？

楚肖逸可不想让她看到叽叽喳喳的粉丝，立刻将手机抽回，义正词严道：“这些就不是小朋友该看的了。”

网络上，各家粉丝最近紧盯明星动向，一旦偶像接到工作，粉丝就要敲锣打鼓地四处炫耀，以此力证冷清的环境对自家“爱豆”没影响，真金不怕火炼。

楚肖逸粉丝同样对他有工作感到高兴，但为什么总觉得自家画风不太对，其他人都是进剧组、上综艺，换成楚肖逸就变成搞学习？

-yiya-：我看到这一条以为关注错了人。

绿绿：其他人积极再就业，换你就是考学上岸？

逸糖：哥，你挣不来学习这份辛苦钱，实在不行咱还是进组吧，你可能更适合体力工作。

神奇海螺不说话：我都怀疑学习季想签的是肖肖，究竟哪个环节出了问题？

虽然粉丝们对外宣传学习季相当卖力，但他们在私底下难免秉持怀疑的态度，任谁都觉得楚肖逸和学习季完全不沾边，甚至开始拼命给工作室提意见，希望团队为楚肖逸找到更好的资源。

何鑫索性跟新任学习博主楚肖逸通话，提议道：“你要不要试试三十分钟的学习直播？你最近要是再不愿意露面，粉丝就要质疑我的业务能力了。”

何鑫是有苦说不出，他也想让楚肖逸进组拍戏，无奈自家艺人觉得不合适。

楚肖逸嘀咕道：“如果我突然开学习直播，我都能猜到那帮假粉的态度……”

楚肖逸已经能料到弹幕区对自己的嘲笑，别以为他不知道粉丝们对自己学习一事的调侃，他们根本不将其当回事儿。

何鑫沉吟几秒，又道：“……你是认真想出国读书，不是跟我们开玩笑吧？”

楚肖逸眉毛一挑：“当然。”

“那你早晚要告诉粉丝这事，还不如现在就打预防针……”何鑫斟酌着措辞，欲言又止道，“按理我不应该说这些话，但你想过留学回来的事吗？虽然你说工作室可以培养新人，但你自己的事业又怎么过渡？”

“肖逸，说实话，明星和演员都很敏感，你现在还未体会过没工作的难受，但真到那时或许你没自己想象中坚强……”何鑫难得地摆正态度，迟疑道，“你现在身边总跟着团队，有人为你打点所有事，可你要是出去留学读书，我们是不可能跟着的，你明白这种感觉吗？”

楚肖逸一向性格有点倔，何鑫就没有正面反对过留学，但不代表他没有深思熟虑。何鑫从老公司跟着楚肖逸跳出来，眼看着艺人越来越红，工作室团队越来越壮大。他们简直是全天跟着楚肖逸，陪伴他的时间比陪家人的都多，对他自然相当了解。

楚肖逸出国后能将自己的生活打点周全吗？他真能获得想象中的校园生活吗？他回国后面对人气下滑、资源不佳，那时心理上还可以撑住吗？

何鑫没有说过这些话，但不代表他心里没想，他要是轻松放对方去留学，那才真是毫无感情、高高挂起。

楚肖逸苦笑道：“我明白，我出国就是普通人，不再是光鲜的明星。”

何鑫：“武侠小说里金盆洗手是很难的，更何况你还有留学回来的那一天。”

楚肖逸陷入沉默，他当然理解何鑫的顾虑，谁又能保证未来的事呢？

何鑫低声道：“我觉得这三个月正好是一个机会，你要真能学出留学申请的英语水平，我们一定真心实意地祝福你的学业，但你要是连申请普通学校的成绩都没有，留学的事情就算了吧，这三个月就权当休息。”

楚肖逸难以置信道：“你比我妹对我还狠？她都没逼我三个月就学出头！”

何鑫笑了笑，怀念道：“你原来刚刚进公司的时候，上节目前不也苦练了三个月，有时甚至睡在公司里。你那时才入圈就那么拼，现在再拼一次也正常？

“如果你真能像十八岁时一样搏一把，我可能就会彻底放下心来，相信你在哪里都能重新开始。”

何鑫犹记在公司初见楚肖逸时的情景，对方那时执拗、倔强、锋芒毕露，眼底溢满年少轻狂的朝气，看上去好像天不怕地不怕，没什么事能将他击倒。他总是在练习室里独来独往，不太跟其他新人吃喝玩乐，还赌气般地想要成功，想向别人证明自我。

何鑫那时就想，这个叫楚肖逸的新人一定会火，他便逐渐接手对方的事务，后来甚至跟着对方离职。楚肖逸的星途说不上一路坦荡，他也在诸多挫折及经历后性格有所改变，但何鑫总觉得有一些本质的东西没变，对方心里仍燃着一团火。

楚肖逸闻言一愣，似乎也被何鑫的话勾起回忆，想起曾经在练习室里充斥着汗水及疲惫的岁月。他忍不住笑了，调侃道："你还真是本性不改，当年盯着我们练习，现在又盯着我学习。"

何鑫："谁让这就是我的工作啊。"

楚肖逸："好，我答应你，就看三个月后的成绩吧。"

楚肖逸面对何鑫掷地有声地许诺，挂断通话便态度一变，一扫刚刚的光风霁月，径直奔向楚肖肖的房间，高声恳求道："老师，现在只能拜托你出山，救救弟子的英语成绩吧！"

楚肖逸：开玩笑，三个月就要出成绩，这只能强行抱名师大腿！

楚肖肖原本正在做暑假作业，如今闻言满脸错愕。

茶室内，兄妹俩的暑期特训正式开始，楚肖肖将暑假课程表认真地贴在墙上，振振有词道："那我们就按照这个来执行吧。"

楚肖逸看着课程表莫名眼熟，意外道："你和何鑫做出的日程好像……"

楚肖肖晃了晃手机，解释道："我们分享了好多资料，我规划学习日程时，有参考你以前的工作量。"

何鑫拜托楚肖肖监督艺人在家好好工作，楚肖肖也很乐意为学习季添砖加瓦。

"你们什么时候交换的联络方式？"楚肖逸神色微妙，看着密密麻麻的日程，还真有一种梦回练习生时期的错觉，强行挽尊道，"我这不是怕你累着吗？时间排得那么满，你教我也很辛苦。"

楚肖肖纯真无邪道："不会的，我有固定的工作时间，到点就会下班，你不用为我担心。"

楚肖肖：加班是肯定不会加班的，但会给你布置一堆作业！

楚肖逸："……"你还挺知道维护自身权益？

楚肖逸和楚肖肖在暑假过上规律生活，他们上午答疑解惑、交流英语，中午跟同样放暑假的肖碧一同用餐，下午就各自自习，楚肖逸看网课，楚肖肖写作业，晚上则是两人的自由活动时间。晚饭后，楚肖逸继续学习或搞搞音乐，楚肖肖则翻翻闲书，拓展一些课外知识。

楚肖逸想要重拾何鑫所说的拼搏感，还有意识地远离网络消息，要知道他出道前可没空上网冲浪，每天都扎在练习室里不出来。他逐渐适应充实而平静的学习生活，还真有一种梦回青春的感觉。

两人在茶室坐着学习，同样有固定的休息时间。楚肖逸舒展一番僵硬的身体，望着对面的妹妹，突然长叹一声，感慨道：“这还真挺像高考冲刺，等你十八岁考大学时，估计也是这样吧。”

楚肖肖诧异地看兄长一眼，一时间不知如何作答。

楚肖逸忽然想起什么，立马纠正道：“哦，抱歉，你似乎不是十八岁考大学，我们不一样。”

楚肖肖小学四年级就要考中学超常班，她的学习生涯显然跟普通人不同，说不定十八岁时都已经大学毕业。

楚肖逸思及此，忽然悲从心中来，哀叹道：“天哪，你要是都十八岁了，我得老成什么样子？”

楚肖逸以前还没有意识，如今简直细思极恐，对流逝的岁月感到惶惶。

楚肖肖过去也没想过这些，但她一想自己十八岁的时候，便宜哥哥都三十八岁了，心里忽然又有点不舒服，硬邦邦地道：“你不会老的。”

楚肖逸悠然地调侃：“你该不会又要说我三岁半吧？人都是会老的，你也早晚会老的，说不定我到时候都有白头发了。”

楚肖肖顿时不高兴起来，她既委屈又难受地辩驳：“就是不会老，你不会老的，我也不会老，家里人都不会变老！”

楚肖肖不懂自己心里酸酸的情绪，反正她就是没法接受家人变老，索性一口咬定身边人都不会变老。

楚肖逸只当她孩子气，被她的蛮不讲理逗乐：“胡说……”

楚肖肖高声道：“我才没有胡说！因为我是有魔法的巫师，我给家里人都施了魔法，所以大家不会变老！”

“如果你每天坚持学习，每天都能有新变化、新进步，那不管你是三十岁、四十岁、五十岁、六十岁，你都还是年轻的，就算年龄已经变大，也不能算作变老！”楚肖肖越说底气越足，既像在说服兄长，又像在说服自己，斩钉截铁道，“但你要是每天都没有长进，生活再也没有变化，十八岁也是老人，魔法就失效啦！”

“没错！变不变老才不看年纪，只要我的魔法还在，大家都不会变老！”楚肖肖成功地开解自己，将心里的稍许酸涩驱逐出去，义正词严道，“奶奶都可以分清我们了，她每天都有新进步，所以她也没有变老！”

楚肖肖态度相当执拗，连珠炮般一口气将话说完，这才觉得心里舒服一些。她无法接受变老的话题，总觉得它带有伤感和别离的色彩，可未来的人生应该闪闪发亮啊，为什么会越过越糟呢？

楚肖逸没想到她会如小鸟般倾诉一大堆，一时露出愣怔的神色。他眼看着楚肖肖突然蹿下座位，一溜烟地奔进屋里，不知要去做什么，犹如逃窜的兔崽。

楚肖逸忙不迭道："等等，你去哪里？还要学习呢！"

片刻后，楚肖肖握着魔杖重新回到茶室，煞有介事地朝楚肖逸一挥，又叽里咕噜地说了一串咒语，便认真道："我现在已经给你重新施法，这个魔法就是只要你觉得自己不老，那你就永远都不会变老。"

她双眼明亮，振振有词道："除非你有一天觉得自己变老了，否则我的魔法一万年都不会失效，所以从今天起你不许再认为自己老了！"

楚肖逸瞧她满脸正经、相当倔强，又听完她掷地有声的发言，一时胸腔里塞满柔软而微妙的情绪，似乎被她的朝气感染。

他出神许久，恢复平日的悠然语气，调侃道："好好好，谁说我觉得自己老了，你哥我还正当年呢！"

楚肖逸：我妹都没觉得我老，那我还能老个屁啊！

楚肖肖给便宜哥哥施法成功，握着魔杖又一溜烟地往屋里窜，跑到书房要给妈妈肖碧施法。楚家栋傍晚时从公司回家，同样在家门口经受魔法洗礼，否则都没有办法进屋。

楚肖肖好像被兄长提醒了，开始疯狂地给家里施法，甚至没有放过小院里的橙子树，生怕任何事物变老。

楚肖逸终于看不下去，忍不住吐槽："等等，你要是给橙子树施法，它岂不是永远不会结果？"

楚肖肖："哎……"

楚肖逸："橙子树不变老就等于没成长，那它也不可能结橙子给你吃。"

楚肖肖瞬间进退两难，她还挺想吃橙子，便收起魔杖道："那我等它长出橙子再施法。"

楚肖逸："……"你还挺精明？

暑期里，梁双麒来小院门口找楚肖肖玩耍，都没有逃过魔法的灌溉，被小伙伴抓着施展不老的魔法。梁双麒听闻消息，顿时瞪大眼，忙不迭道："不行，肖肖快给我解除魔法！"

楚肖肖迟疑地握起魔杖，询问道：“……为什么？”难道麒麒哥哥也需要结果？

梁双麒：“身上要是有这样的魔法，那我岂不是没办法长高？”

楚肖肖原本都要伸手解除魔法，闻言却又收起魔杖来，暗自嘀咕道：“那不是挺好的，你长得够高了……”

楚肖肖：你们还想要长多高啊，完全不考虑我的感受！

梁双麒：“但我总不能再也不长个儿吧？”

楚肖肖：“你稍微等我长一长，我就给你解除魔法，你看龟兔赛跑里兔子也会等等乌龟呢。”

梁双麒面露犹豫，总觉得这件事好像没法等，估计会让小伙伴感到失望。

茶室里，梁双麒加入兄妹俩的学习小组，又听闻楚肖逸都坚持了许久，一时大感震撼：“这不可能吧！”

楚肖逸得意道：“有什么不可能？我以前是没有好好学，你要不要加入我们的队伍，看看现在谁的学习时间长？”

楚肖逸最近养成规律的学习习惯，还真能在茶室里端坐很长时间，便想要借此打击梁双麒。两人以前是半斤八两，都会在学习时走神，但楚肖逸认为自己已经进步，是时候反击古典圈小鬼头。

“我最近没法来，要出国去集训。”梁双麒聪明地搬出万能理由，又煞有介事地提议，“我让我爸过来学吧，他和哥哥都失业了，正是需要学习的时候。”

楚肖肖：“叔叔说他是转业。”

楚肖逸：“……谢谢你，我没失业。”

楚肖肖听小伙伴提起集训，好奇地询问：“麒麒哥哥，你是要去准备那个特别厉害的比赛吗？”

梁双麒上回说他要准备国际级赛事，乐器比赛的名字复杂而冗长，让楚肖肖摸不着头脑。他点点头：“对，所以剩下的暑假，我没法来找肖肖，周末就要出国了。”

楚肖逸诧异道：“你一个人出国？”

梁双麒：“我妈陪着我过去，我爸不方便出国。”

楚肖逸：“也对，你英语又不好，独自出国没法交流。”

梁双麒又不具备楚肖肖的语言能力，他在国外人生地不熟，估计交流会有障碍，理应有家长跟着。

梁双麒莫名其妙地瞟对方一眼，义正词严道：“哥哥，我作为一个优秀的大提琴手，可以拒绝无关人等的搭话，不用跟他们进行过多交流。”

楚肖逸：“……优不优秀不知道，你倒确实挺臭屁。”

因为梁双麒马上就要进行封闭式集训，所以楚肖逸今日没有过多为难他，放任两个小孩在院子里玩耍，只叮嘱他们不要被晒中暑。

尽管楚肖逸听着两个小孩约定互相换金奖挺不是滋味，但他仔细想想后面的暑假没有大提琴小鬼头黏着妹妹，又觉得此事还算能忍受。

楚肖逸在家学习期间，没有团队跟随，便基本不捯饬自己，每天打扮得相当随意，直至学习季的直播活动到来。他需要配合学习季完成三十分钟直播，这才将自己收拾得人模狗样，然而何鑫看完仍不满意。

视频里，何鑫看到自家艺人，忍不住吐槽：“我让化妆师现在打车去御融台吧，你怎么最近颜值下降得那么厉害？”

楚肖逸难以置信道：“胡说八道，再说谁认真学习会天天打扮，我当初在练习室里不也这样吗？”

楚肖逸记得他刚进公司时也不打扮，每天就穿深色休闲衣、戴黑色鸭舌帽，在练习室里一待就是一整天，化妆团队都是大红后才有的，刚开始就是公司的普通化妆师。

何鑫顿时也不确定，他隔着屏幕看不出来，索性提议道：“那你问问肖肖吧？她要觉得还行，那就先这样吧。”

何鑫：楚肖肖是大众审美，她要是认为楚肖逸能出镜，应该就还可以。

楚肖逸立刻扭头看向妹妹，随口问道：“你哥我今天的颜值如何？”

楚肖肖沉吟几秒，她拥有亲妹的丑化滤镜，略微张了张嘴，最后无奈地坦白：“对不起，我真的不好评价本来就不存在的东西……”

楚肖逸：“……”

楚肖逸气急败坏道：“就这样吧！我不要听你们诋毁，我觉得自己好得很！”

楚肖逸面对妹妹和经纪人的联手打击，索性破罐子破摔地开始直播，在平台上宣传学习季。他趁着楚肖肖回屋休息，将手机随意地架在茶室里，打算在课间完成营业工作。

楚肖逸没怎么玩过直播，说实话并不知道应该讲什么。他刚刚切进页面，平台就已经被无数弹幕刷屏，看得人眼花缭乱。

粉丝们许久未见楚肖逸营业，自然蹲点守候直播，恨不得将平台挤炸。他们看到生活化的茶室一愣，没想到楚肖逸还真在家学习，顿时兴奋起来。

——那肖肖是不是也在家？

——开门哪，开门哪，肖肖快出来啊，我知道你在家！

——我看他穿普普通通的休闲装，突然一秒梦回九年前，那时他还是没出道的少年呢。

——姐妹，看看衣服上的标志，你管这叫普普通通？我们对普通的定义有差异，弹幕区人均年收百万吗？

楚肖逸看着疯狂的弹幕区，同样感到阵阵头大，便挑了些常见的问题来回答："为什么不工作，在家学习？因为想靠学习提升自己，争取早日再就业，最近大环境不好！"

楚肖逸说得理直气壮，他知道肯定会有人黑自己在家抠脚，索性先来一拨自黑，让黑子们无路可走。

粉丝们听到熟悉的"逸言逸语"，弹幕区开始疯狂刷屏"真的吗，我不信""你怎么老爱背着我们学习""你骗鬼"等，显然也没将他的话当真。

楚肖逸在直播间胡说八道，很快就遭到正义制裁。楚肖肖收到消息，无语地绕回茶室，她手里还握着手机，敲门进屋提醒："何鑫叔叔让你不要乱说话，他说难得营业，正经一点。"

楚肖逸没想到经纪人还给自己身边安插间谍，迟疑道："……他为什么不直接跟我说？"

楚肖肖："他说给你发消息你不回。"

楚肖逸："……"

楚肖逸想要切换页面看消息，又突然想起自己在直播，一时间进退两难。他索性向楚肖肖伸出手来，讨要妹妹的手机："你借我一下手机，我跟他说两句。"

楚肖肖不满道："为什么你不用自己的？"

楚肖逸指指自己的手机，示意她看架子上的直播："我的手机正在用。"

楚肖肖这才乖乖将自己的手机借出，让楚肖逸和何鑫发消息交流。她好奇地跪在椅子上，探身观望着密密麻麻的弹幕，还念出两句来："他们说让你给我付费，借我的手机应该交钱。"

楚肖逸心想这帮假粉看热闹不嫌事大，皮笑肉不笑道："不要听他们胡说八道！"

楚肖逸：我就知道她不能露面，一出现粉丝完全倒戈。

何鑫等人给楚肖逸的直播安排了话题和活动，并将资料提前发给自家艺人，哪料到对方居然用自己手机开直播，他们如今只能用楚肖肖的手机来交流。

楚肖逸根据资料，按照经纪人的提示登录网站，打开电脑上的在线考试模拟页面。这是学习季专门制作的趣味考试页面，楚肖逸需要在规定的时间内完成答题，他不用考多好的成绩，只是推广这个学习类活动。

楚肖肖没见过这些，索性趴在旁边观望，见他连续答错两道动画题，终于忍不住插话："小羊叫作苏西，你怎么选小兔瑞贝卡？"

"不对，不对，佩德罗不长这个样子……"

"啊呀，你有没有看过《小猪佩奇》！"看着他答题，楚肖肖颇感气恼，总觉得这些题不该错，无奈兄长总能绕过正确答案。

楚肖逸："……"

楚肖逸哪想到前面全是动画题，自己还惨遭《小猪佩奇》十级学者的吐槽。他索性用她手机开启另一个答题页面，理直气壮地祭出经典名句："你行你上啊！"

楚肖肖倒是毫不客气，看着兄长答题她早就手痒，取回自己手机就开始挑战。

楚肖逸不由得冷笑："等你答到经典老剧部分就傻了，毕竟是连《还珠格格》都没看过的小朋友。"

楚肖肖淡定道："等你分清兔子和羊再来说我吧。"

兄妹答题大战一秒燃起，他们突然针锋相对，让茶室里溢满火药味儿！

趣味考试的题目类型很杂，每轮答题仅仅需要几分钟。网友们在兄妹俩答题期间，还能了解学习季的活动，活动主旨是"在生活中学习，认真体会每一天"，听上去相当正能量。

弹幕区如今正在叽叽喳喳地下注，他们兴奋地押兄妹俩谁会赢，楚肖肖的胜率竟然一面倒地碾压楚肖逸，众人显然都认为哥哥会被妹妹吊打。

令人意外的是，楚肖肖头一回考试败给楚肖逸，而且分数相差极为悬殊！

楚肖肖看看自己惨痛的成绩，又瞄瞄便宜哥哥的分数，感到深深的震撼，难以置信地瞪大眼："这不可能！"

楚肖肖：我怎么会输给分不清兔子和小羊的人？

楚肖逸答题时心里也没底，但此时一看妹妹极低的分数，他顿时幸灾乐祸起来："嘿，我就说吧……"

——我、不、信！肖肖不会输！

——楚肖肖：原来冠军早已被你内定。

——考试平台公然给妹妹压分，哥哥不许把选秀那套带过来！

——光看考试分数不算，网友助力还能加分，妹妹人气比哥哥高，哥哥打投数据不行，他肯定是造假作弊（狗头保命）。

——楚肖逸：说好看实力选C，你们又扯起人气！

——肖肖，肯定有黑幕，你快把他奶瓶打翻、头花扯掉！

楚肖肖同样怀疑有黑幕，强烈要求双方对答案，态度相当坚决："我觉得我答得没错！"

楚肖逸接过她的手机一看，忍不住嘀咕："你的常识题全军覆没，居然还说自己没有错？"

楚肖肖的动画题部分答得还可以，经典老剧部分也算蒙混过关，谁知道她的常识题直接吃鸭蛋，严重拖后腿。

楚肖肖凑到他身边看题目，还颇为不服气地撇撇嘴，小声道："哪里有错？"

楚肖逸皮笑肉不笑道："你看看这一道题，谁跟你说菠萝长在树上？菠萝明明是长在地里，你有没有玩过《牧场物语》？"

楚肖逸：只要玩过这个游戏，都知道菠萝在地里！

楚肖肖闻言如遭晴天霹雳，她难以置信地愣怔在原地，随即用iPad搜索起来，震惊地发现菠萝确实长在地里。她不可思议道："这不科学啊，这不符合逻辑……"

在楚肖肖的想象中，菠萝应该长在高大的树木上，而且在南方随处可见。它怎么会看上去那么矮，还能用刀直接收割？

楚肖肖："那南方长在树上的热带水果是什么？"

楚肖逸："你是说椰子吗？"

楚肖肖："香蕉是长在树上吗？"

楚肖逸："是。"

楚肖逸："杧果也是长在树上吗？"

楚肖逸："……是吧。"

楚肖肖获得答案，越发感到不服气，据理力争道："这就是不符合逻辑！你看椰子、香蕉、杧果都是长在树上，它们都是热带水果，由此可推，菠萝也该长在树上。香蕉、杧果和菠萝都是黄色的，它们是同一颜色，由此可推，菠萝更该长在树上……"

楚肖肖一口气说完自身想法，便掷地有声地总结："我没有错！明明是菠萝没有科学精神，它长得不够严谨！"

楚肖逸："……"你怎么还能把常识题做出数学推理题的感觉？

——菠萝：对不起，是我错了，是我的锅。

——虽然但是，难道菠萝不是长在树上吗？！我一直以为它长得跟椰子差不多！

——请不要拉踩，让菠萝独美，树上团和黄色团不要碰瓷我们地上热带水果 TOP！

——啥叫菠萝没有科学精神！你们人类吃我就吃我，居然还说我不懂科学！

楚肖逸无力击破妹妹的水果推理，忙不迭地翻下一题，岔开话题道："行啦，我们看这道题！"

"这题你是怎么做对的？"楚肖肖发现兄长做对，自己却凄惨地做错，不禁迷茫道，"抹香鲸是在海里站着睡觉吗？既然可以躺着，为什么还要站着，它不觉得累吗？"

"我蒙的。"楚肖逸作为蒙题大王，最爱选看上去离谱的答案，还理直气壮道，"可能站着睡对脊椎好。"

楚肖肖若有所思："哦……"

——抹香鲸：？？？

——抹香鲸风评被害，你告诉我在海里躺着和站着对脊椎有差别吗？！

——楚肖逸：只要蒙题胆子大，满分也不在话下！

——肖肖小朋友，你是不是有很多问号？？

——楚肖肖："奇怪的知识增加了 .jpg。"

——常识题都不讲常识，楚肖逸能够做对，原因是他预判了题目的预判！

楚肖肖在常识题的重创之下，感到自己过去的世界观被重组，最无法相信的就是"家庭作业最初是惩罚学生的一种手段"。

楚肖肖小脸发蒙，彻底陷入不知所措："家庭作业怎么会是惩罚，可人都是要写作业的啊……"

楚肖肖：原来过去的人类是不写家庭作业的？

楚肖逸一本正经道："所以我们都是被惩罚而不自知，大家应该觉醒了。"

楚肖肖："……"

——肖肖只有知识，她还没有常识，哈哈哈。

——学神：人类回家不写作业，人生岂不是有遗憾？学渣：全世界学渣们联合起来！

——楚肖肖：我不是很懂你们的常识都“常”在哪里。

——众所周知，常识题都不是常见知识。

——楚肖逸该不会闭关在家学这些吧？

兄妹俩完成气氛欢乐的答疑解惑，楚肖肖便失魂落魄地窝在角落，她仍在复盘自己的考试失利，搞不明白常识题的思路，对世界感到深深的迷惑。

楚肖逸瞅见她小脸凝重的模样觉得好笑，他头一次在妹妹手里取得考试胜利，还心情颇好地回答了几个问题，打发所剩无几的直播时间。弹幕区问得最多的就是他在家学什么，粉丝们显然对他的神隐充满疑问。

楚肖逸沉吟几秒，一时不知如何作答，缓缓道：“等我准备好再告诉你们吧。”

他总觉得在直播间宣布太不严肃，或许应该找一个更合适的时机来说。

兄妹二人的学习季直播相当成功，直播过后软件下载量飙升，甚至带起全民的答题热潮。楚肖肖和楚肖逸当初选择的是趣味答题，实际上软件内还可以选择题目领域，但目前最热的就是常识题部分，这可是让楚肖肖挫败的领域！

8732：我在常识题部分获得满分，四舍五入我超过肖肖！

你想桃吃：不，四舍五入你是楚肖逸，吃鸭蛋才是肖肖的脑回路，我是零分我骄傲！

小饼干：冷知识——常识题里无常识。建议更新时加入常识题题库。

奶汤达人：这冷知识简直热得发烫。

第十章

硬币的抉择

暑假过后，楚肖肖收到两个好消息：一是楚肖逸在疯狂突击后擦线飘过，完成了与何鑫的约定；二是梁双麒在国际大赛上取得铜奖，算是没白跑一趟。

楚肖逸拿到成绩后松一口气，虽然他第一回考得不算好，但申请普通学校是够了，如果想要结果更加稳妥，那就还需要后续刷分。楚肖逸对自己三个月的努力还算满意，同时摸准自身现在的水平，但梁双麒就没那么释然，还跨国给楚肖肖打视频。

楚肖肖看到视频里的小伙伴满脸懊恼，好声宽慰道：“麒麒哥哥，你已经很厉害啦，好歹是世界级比赛。”

楚肖逸旁听到孩子闲聊，忍不住嘴欠地调侃：“我可记得谁临走前说自己是优秀大提琴手，啧啧啧……”

楚肖肖见兄长火上浇油，不由得瞪了他一眼，制止对方的幼稚行径。

梁双麒头一回没拿金奖，尝到败北的滋味，实在大感郁闷：“我确实没比过拿金奖的人，但我觉得好歹有银奖，谁能想到仅仅是铜奖。他们说我年纪还太小，可乐器比赛不就是看发挥？莫扎特六岁就巡演……”

楚肖肖不太理解音乐圈的事情，也没懂年纪跟比赛有何关系，仅仅察觉到小伙伴似乎对结果感到不公。

楚肖逸作为社会人，露出明悟的神色，开解道：“嗐，这不就是分猪肉吗？你心里知道自己水平就好，圈子里经常会这样，流行和古典都一样！”

楚肖逸又不是没见识过流行圈领奖，同样有隐形的按资排辈，梁双麒仅是年纪尚轻，头一回遇到而已。

梁双麒这才放缓语气，似乎被安慰到，感慨道：“哥哥，你难得说一句人话。”

楚肖逸：“……你这话可不像人话。”

梁双麒从失利中走出，又兴奋起来，开心道：“不过我这回比赛有奖金，妈妈已经许诺全交给我支配，肖肖，等我回国以后，一起去游乐园玩吧！”

楚肖肖："好呀，你什么时候回来？"

梁双麒："估计还要过一段时间，妈妈在跟他们谈事情。"

楚肖逸听得眉头直跳，吐槽道："你的奖金够你俩的外出打车钱吗？"他就先不提两个小萝卜头独自出行的可能性，光是打车到偏远的游乐园花销可就不小。

梁双麒面露迟疑，疑惑道："打车还能花三千美金吗？我才出国没多久，油价就那么离谱？"

楚肖逸："？"

楚肖肖挂断视频后，楚肖逸突然感觉一丝不对，诧异道："他拿铜奖还能有三千美金？他参加的是什么比赛？"

楚肖逸好歹懂流行音乐，也不算完全不知古典圈，大提琴铜奖都有三千美金，这得是什么规格的分猪肉比赛？难道奖金还能随猪肉价格而上涨？

"我不记得名字，等我找一找……"楚肖肖翻着聊天记录，将冗长的名字递给兄长看，下一秒就看到他错愕而微妙的神色。

楚肖逸：原以为就是普普通通的分猪肉大赛，哪想到小鬼头分的是黄金猪肉！

梁双麒还在愤懑自己的铜奖，说评审们用年龄进行权衡，却绝口没提自己打破了大赛记录，他目前是该奖项最年轻的获奖者。前一任年龄最小的历史纪录保持者学的还不是大提琴，对方如今已经成为国际知名演奏者，可以开环球巡演的那种。

梁双麒如今在网上都已经有新闻报道，只是普通人很少关注这类新闻，没有娱乐新闻水花大而已。

楚肖肖看完新闻，倒是相当高兴，反问道："这证明麒麒哥哥很厉害吧？"

楚肖逸神情惨淡："完了，完了，我玩音乐真搞不过这个木匠了……"除非他成为国际流行乐巨星，否则基本没希望弯道超车，他感觉妹妹简直有毒，身边总吸引可怕的幼崽。

楚肖逸：恐怖如麒。

楚肖逸被小学生的音乐水平严重打击，好在新的工作分散了他的注意，制作许久的好莱坞项目《隐盗》终于要上映。因为楚肖逸的英语真在三个月内擦线飘过，所以何鑫对他的留学计划也无异议，他正好跟来宣传的德斯汀商议起此事。

德斯汀基本都在国外活动，自然对各类事情了解得多，两人便用英语交流起来。

德斯汀："那你来加州读书吧？我们可以经常见面，而且艺术氛围也浓厚，你妹妹假期来看你，肯定也会喜欢那边！"

德斯汀思及楚肖肖是《哈利·波特》迷，认为对方应该会向往环球影城，梅丽还能跟她一同玩耍。

“主要是学校和推荐信的问题……”楚肖逸向好友请教，又颇为警惕道，“我提前补充一点，我决不会选择哲学！”

德斯汀叹气道：“我也不会劝你学哲学，毕业环节差点杀掉我。”

楚肖逸从德斯汀那里得到一些学校建议，加上他还找做留学中介的超常班家长咨询过，心里大致有一点主意。他现在就是要将语言成绩刷得更高，然后尽早准备自己的留学材料，按时进行申请。

楚肖逸一边宣传《隐盗》，一边咨询留学，偶尔还会跟楚肖肖交流一下英语错题，日子过得相当规律。然而，楚肖肖自从跟梁双麒通过视频后，便很少有机会跟对方取得联系，甚至开学后都没见到小伙伴。

楚肖逸在外进行活动，御融台内，楚肖肖和父母在饭桌上用餐，楚家栋突然好奇道：“我似乎好久没看见麒麒啦？”

楚肖肖和梁双麒以前经常一起坐车上学，所以楚家栋对小男孩颇有印象，他最近没有看到熟悉的面孔，自然感到奇怪。

肖碧：“麒麒是去国外参赛了吧。”

楚肖肖：“麒麒哥哥已经拿奖回国啦，但他说最近在忙乐团的事，还没有办法上学。”

梁双麒回国的那一天，顶着时差兴奋地在小院门口跟楚肖肖见了一面，然后就回家调整状态，其间有跟她发消息问候，但渐渐就失去联络，好像忙得焦头烂额。

因为梁双麒忙着搞乐团是一种常态，所以楚肖肖刚开始也不觉得奇怪，最近才感到有点不对劲，好像麒麒哥哥的失踪比往常还久？

肖碧看出小女儿的担忧，索性提议道：“肖肖，你待会儿提一点东西过去吧，老是麒麒往咱们家提东西。”

楚肖肖正愁没有借口，她觉得在朋友忙碌时打扰不好，但送东西就算正当理由，不免振奋地一口应下：“好啊！”

楚家栋：“那我也给梁宸提两瓶酒过去吧……”

楚肖肖吃过晚饭后，就在爸爸的陪同下出发，前往梁双麒家里看望，可谓熟门熟路。令人可惜的是，开门的人是梁宸，梁双麒和赫妍并不在家，家里只有男主人和黑猫梁斯特。

梁宸低头看着楚肖肖，无可奈何地笑道：“肖肖，对不起，梁双麒估计要很晚才能回来，你跟梁斯特玩一会儿吧？”

大黑猫梁斯特从猫架上跳下，在楚肖肖的脚边磨蹭来磨蹭去，灵活地游走起来，身体摸起来相当柔软。

楚家栋将东西交给对方，他现在跟梁宸已经相熟，诧异道：“就你一个人在家？”

梁宸沉默片刻，眼神黯淡下来，长叹一声：“他们还在乐团忙呢，这些天就光折腾这事儿……”

楚肖肖察觉梁宸心情不佳，小心翼翼地询问：“梁叔叔，你心情不好吗？麒麒哥哥不是刚拿到很厉害的奖项吗？”

楚肖肖犹记梁宸不太计较梁双麒的成绩，按道理对方不会觉得铜奖不好，但为什么他还要唉声叹气呢？

“可能就是这奖太厉害吧。”梁宸的手指在桌上规律地敲着，他好像有一些焦虑，苦笑道，“梁双麒刚收到国外的邀请，他有可能要出国学大提琴。”

“我的工作不太方便出国，我们还没商定要不要由他妈妈去陪他。”

楚肖肖闻言面露错愕，一时竟不知道该说什么，只能愣愣地抱着黑猫梁斯特。

楚肖肖抱着梁斯特不知所措，楚家栋则继续跟梁宸攀谈：“那你爱人的工作怎么办？”

梁宸：“目前来看只能由她辞职出国，我现在还没法随意出国，梁双麒年纪又太小了，国内外治安环境还不一样……”

楚家栋讶异道：“辞职？这合适吗？”

楚家栋思及自己的妻子，肖碧是万万不可能辞职的，这跟家庭条件没关系，而是人有时候要靠工作维持精气神。赫妍辞职出国陪梁双麒读书，天天守着自己的儿子，那她的生活岂不是一成不变？

虽然很多音乐家都是被父母如此培养，但楚家栋一时也不太好接受，可能是家里人都有些许工作狂特质，楚家栋、肖碧、楚肖逸和楚肖肖基本都有各自的学习、工作及生活，他们并不会互相打扰，更难以想象为谁辞职。

当然，这是别人的家事，楚家栋也不好评判。

梁宸无奈道：“我也没办法劝，现在我是最没资格说话的……”

梁宸被锁死在国内，着实没办法把手伸到国外，赫妍是否辞职更要看她的个人意愿。

听着大人们的交谈，楚肖肖的思绪却还有点乱乱的，她只能默默地将脸埋在黑猫梁斯特柔软的身体上，听到它安慰地发出一声“喵”。大黑猫的尾巴灵活地晃来晃去，有一搭没一搭地拂过楚肖肖，像是在安抚她。

楚肖肖都还没做好便宜哥哥离开的准备，现在却得知麒麒哥哥也要出国留学，顿时有些失魂落魄，在回家的路上都频频走神。

楚家栋带着楚肖肖往家里走，感慨道：“这可真够意外的。”

楚肖肖软声道：“爸爸，麒麒哥哥和我哥是去同一个地方读书吗？”

楚家栋：“当然不是，你哥想去加州，麒麒的学校好像在别的州，国外也很大呢。”

楚肖肖若有所思，那就跟她和杨茵姐姐差不多，尽管她们都待在国内，却隔得非常远。她心里忽然有些空落落的，身边的小伙伴都陆续离开，最后仅剩她一个人，自然有一种说不出的落寞。

楚肖肖在晚上收到梁双麒的消息，大意是他今天跟妈妈在外面跑，很遗憾没有见到楚肖肖。因为两人隔着网络交流，所以没有深入地谈留学的事，明明双方就住在同一小区，却由于各自的行程而产生奇怪的距离感。

梁双麒不能再悠闲地牵着梁斯特，随意地出入楚肖肖家里的小院。他在一夜之间好像新增数以万计的杂事，甚至要隔很长时间才能回复消息，显得非常忙碌。

梁双麒一连好几天都没有上学，学校里却有他各式各样的新闻。

课间操后，班级队伍解散，楚肖肖、许晓和刘雯沛随着人流回教室，路过操场上的宣传板。刘雯沛瞧见上面的内容，推推黑框眼镜，突然发声道：“楚肖肖，这是上回给糖的人吗？”

楚肖肖和许晓停下脚步，回过身来看宣传板，发现上面都是获奖学生。许晓新奇道：“嘿，什么时候更新的？我前几天都没发现。”

楚肖肖看着崭新的宣传板，又看到熟悉的面孔，忍不住惊道：“真是麒麒哥哥。”

宣传板上是梁双麒身着黑礼服在国外拿铜奖的照片，楚肖肖在赛后收到过他发来的图片，好像就是这一张。

许晓探着脑袋观望，磕磕绊绊地念着奖项名字，吐槽道：“这奖项的名儿好长啊……”

获奖照片旁边还拼贴了各式各样的新闻，学校显然也认为此奖相当有含金量，还将各大报纸的报道贴在另一侧。刘雯沛读着新闻，捕捉到关键词，发现其中的赞誉很高："音乐神童？大提琴天才？听上去好厉害。"

许晓眼中露出期盼的光："那我们算神童或天才吗？"

刘雯沛平静道："不算，我们只是普普通通的小学生。"

许晓面露失望："哎……"

刘雯沛严谨地分析："我们没有拿过国际奖，也没有上过新闻报纸，当然不算。"

楚肖肖听着同学们的闲聊，忽然觉得宣传板上的小伙伴陌生起来，她确实不太懂音乐，一直以来只知道梁双麒大提琴厉害，但具体有怎样的水平，她实际上模模糊糊、没有概念。

因为超常班老师比较忌讳"天才""神童"等词，所以超常班幼崽们也不会以此自称。他们认为新闻报道很权威，又看到报纸对梁双麒的高度赞颂，自然打心底里感到佩服。

楚肖肖心里却有点怪怪的，很难形容自己的感觉，但总觉得满嘴马云的小伙伴在慢慢消失，他好像缓缓地走上另一条路。

宣传板照片上的梁双麒神色沉静，握着铜奖却并未展露笑颜，而是官方地合影留念。楚肖肖知道他当时还在气恼银奖变铜奖的事，对方结束后还打视频远程抱怨，她现在却不太确定，麒麒哥哥真的开心吗？

她隔着照片或视频，没有办法看到情绪颜色，所以不能够进行判断。

楚肖肖终于在周末跟久别的小伙伴碰面，听到小院外熟悉的喊声，她立马一溜烟地往外冲。肖碧见她跑得飞快，惊得出声提醒："肖肖，慢一点！"

楚肖肖跑出屋子，果然看到栏杆外的梁双麒，双方开心地互相招手。楚肖肖误以为他来找自己玩，立刻上前想要打开院门放小伙伴进来。

梁双麒却摇了摇头，伸手微微一挡，出声制止道："肖肖，我就来看看你，今天不进去了，待会儿还有事。"

楚肖肖诧异道："咦？你不进来坐坐吗？"

梁双麒点了点头，楚肖肖面露迟疑，两人索性隔着栏杆交谈。梁双麒是独自一人过来的，他手里似乎还提着东西，不知道刚刚从哪里归来，看上去风尘仆仆。

楚肖肖小声地询问："叔叔上回说，你和阿姨要出国？"

虽然楚肖肖和梁双麒偶尔互发消息，但他们确实没法提及很多话题，有些事似乎只能面对面聊。

梁双麒目光幽幽，轻轻垂眸道："我不太想让我妈陪我出国，虽然她嘴上说要过去照顾我，但她其实没有自己想象中强大……"

梁双麒打起精神来，又恢复往常悠闲的语气，调侃道："她看着很厉害，实际上特别弱，我爸原来在部队里工作的时候，她表面上什么都没说，其实在家带我也闷闷不乐，她才是最没法忍受孤独，希望家人能团聚的人。"

"我爸当初转业的时候，她还抱怨过两句，但心里面很高兴。她的朋友都在国内，出去陪我就都没了，我不想让她那样……"梁双麒平日里在家跟母亲针锋相对，但他清楚赫妍最厉害又最脆弱，就像他不会接受父亲打他，可母亲敲他两下他也不在意，让一让她就过去了。

楚肖肖："……那你要一个人出去吗？"

楚肖肖难以想象梁双麒独自出国读书，便宜哥哥都提前准备那么长时间，麒麒哥哥却冷不丁就要离开吗？她心底莫名有些惶恐，但此时又没办法说出口。

梁双麒沉默片刻，认真地注视着楚肖肖，眼眸犹如光润的黑玉，询问道："肖肖，你觉得我该出国学琴吗？"

楚肖肖面对他郑重的神色，感受到他难得有波动的情绪，突然读出某种无言的默契。这话犹如在她记忆的湖水里砸下巨石，让沉在底层的往事被彻底扬起来。

"麒麒哥哥，我们早晚也会告别吗？"

"那我向肖肖保证，我们不会告别的。"

虽然梁双麒并未提起拉钩的约定，但楚肖肖的记忆力也不差，她在此刻读出他的潜台词，他今天特意抽空过来，其实是想要求证什么。她在杨茵姐姐离开时跟他拉钩说不告别，他想知道她还记不记得。

看着他眼底期盼的光，楚肖肖其实知道他想听什么，更察觉到自己话语权的重量，只能佯装没有想起。她努力露出笑容，心平气和道："这是很难得的机会吧？如果对麒麒哥哥有好处，那我觉得可以试着考虑。"

楚肖肖的小腿已经微微发抖，面上却表现得相当自然，她知道自己只要稍微动摇，小伙伴就极有可能一口咬定不出国。她确信麒麒哥哥就是如此胆大包天的人，他骨子里有一点叛逆，简直敢做任何事情。

楚肖肖觉得，只要她选择忘记拉钩约定，麒麒哥哥就不会有压力。她总不能由于舍不得他离开，就强行将他绑在国内，这实在是太任性了。

她不能阻拦杨茵姐姐离开，也不能阻拦便宜哥哥离开，更不能阻拦麒麒哥哥离开，他们总要奔向更加光明的未来。即使她情感上难以割舍，理智却让她维持冷静，知道孰轻孰重。

她是乖巧懂事的小朋友，基本没有无理取闹过。

梁双麒眼里的光暗淡下来，他沉吟几秒，抿了抿唇，低声道：“这是肖肖的真心话吗？”

楚肖肖闷声道：“嗯。”

梁双麒望着她，沉默数秒，突然开口道：“你现在的表情就跟我妈妈的一样。”

梁双麒没有说出后面的话，明明她们脸上全都是不舍，为什么却心口不一呢？

楚肖肖面露彷徨，感受到对方的失落，她忙不迭追问：“那麒麒哥哥想出国吗？”

“谁知道呢。”梁双麒努力挥去自己的落寞，发出意味不明的猫呼噜声，又有一丝小小的埋怨，嘀咕道，“但肖肖刚刚对我说谎了，作为你头一回撒谎的惩罚，我今天不要把礼物送给你了。”

楚肖肖面对突如其来的指责，别扭地出声，不满道：“我才没有说谎。”

梁双麒：“那也不全是真心话，反正我这回不送了。”

梁双麒头一次不想顺着楚肖肖，而楚肖肖却觉得自己没有做错事，两人的气氛有点小小的紧绷。

临走前，梁双麒率先递出台阶，他朝楚肖肖挥手告别，轻松道：“好啦，只是现在不送你，我下回再带给你。”

“对不起，我今天不应该问肖肖的，因为肖肖和爸爸妈妈一样，你们跟我的感情都太深了，你们心里其实也很难受。”梁双麒若有所思地说完，又打起精神安抚道，“你不要太放在心上。”

“拜拜！”梁双麒似乎振作起来，慢悠悠地跟楚肖肖告别，提着东西往家走。

“……再见。”楚肖肖怅然地目送小伙伴离去，突然想起两人在小区初识的事，那时他们好像也是隔着小院栏杆交谈，只是他们现在都长大一些了。她其实什么事情都没忘，但现在不能这么说。

她总要认识新的人，总要目送旧的人，谁也不知道未来的发展。

御融台内，楚肖逸最近可谓春风得意，他在忙完宣传后难得回家，跟家人分享着《隐盗》票房大爆的喜悦，滔滔不绝道：“这回票房是稳了。”

楚肖逸在家抠脚三个月，网上少不了黑子的酸踩，但正在上映的《隐盗》扭转了局面。他头一回参与的好莱坞项目非但没有翻车，还直接拉动最近冷清的票房市场，实在出人意料。

因为国内的影视环境相当动荡，所以院线最近的票房表现一般，电影《隐盗》却如同一剂强心针，让市场又焕发新的活力。其他外国演员大多在海外活动，楚肖逸作为唯一的国内演员，自然吃到这拨红利，算是弯道超车。

楚家栋高兴道："那我改天组织公司团建看你电影，也包场支持一下……"

楚肖逸没想到父亲如此捧场，略感不好意思："爸，这有一点兴师动众吧。"

楚家栋："嗐，我儿子参演的嘛，有什么兴师动众！"

楚肖逸察觉妹妹今日频频走神，分享完好消息，他便忍不住往她碗里放芹菜，故意打趣道："你今天丢魂啦？"

楚肖逸还等着楚肖肖暴跳如雷的反应，哪想到她一声不吭地吃进去，只是眉毛微微一皱，最后却什么都没说。

肖碧无奈道："麒麒要出国了，她还没缓过来。"

虽然楚肖肖面对梁双麒时，将话说得很好听，但不难过是假的，她只能在家里偷偷表露。

楚肖逸惊愕道："他怎么就出国了？我还没出国呢！"

楚肖逸：我才刚离开家里多久，消息居然就那么落后？

楚肖逸发现妹妹无精打采，立刻要宝式地逗起她来，想要让她振作一点，无奈不太起作用。他又用英语书吸引她的注意力，提议跟她探讨一番最近的错题。楚肖肖这回尽职尽责地讲解起来，但显然情绪也不高，没有什么灵魂。

楚肖逸揉了揉她的小脑袋，又趁机手欠地挼妹妹两下，也没见对方愤愤地挣扎，不可思议道："真那么难过？姐，你是我的姐，咱们笑一笑好不啦？"

楚肖肖看出兄长的安慰，强颜欢笑道："我没事。"

楚肖逸："笑得真丑。"

楚肖肖刚要伸手打他，突然又觉得没意思，索性软绵绵地收回手来。

楚肖逸："……"完了，孩子真自闭了，我确实想看他俩分开，但好像并不是要这样。

杨茵和楚肖逸的离开都留出了缓冲期，实际上楚肖肖有逐步调整情绪的过程，但梁双麒的离开实在突然，完全是最意想不到的人要走，她自然没法马上爬起来，还要稍微飘忽一阵子。

楚家栋："肖肖，来跟爸爸看电视吧，我们看一会儿动画片。"

楚肖逸眼瞅着她游魂般地飘走，忍不住嘀咕：“这可怎么搞……”

片刻后，楚肖逸看到了小院外的另一个游魂，他的房间距离院子挺近，老觉得门口有影子晃荡，索性走出来查看，便瞧见了大提琴小鬼头。

梁双麒看到房门一开，瞬间震惊而惶惶地瞪大眼，等到看清楚肖逸后才放松下来，犹如一只受惊的路过野猫。

楚肖逸见他手里提着东西，还在自家门口瞎逛，不禁吐槽道：“小朋友，你是要偷院里橙子吗？为什么搞得鬼鬼祟祟的？”

梁双麒原以为被楚肖肖发现了，见到是楚肖逸，他才自如一点，站在院外没说话。

“你要找楚肖肖？那我去喊她。”楚肖逸转身欲走，却被梁双麒叫停。

“好……”梁双麒下意识地应声，稍微思考几秒，又飞速地改口，“算了，哥哥你帮我给肖肖吧，不要喊她出来了。”

梁双麒最近回避告别环节，他自己都还没做好准备，不确定怎么做才好。

楚肖逸见他反常，面色古怪道：“你怎么了？我平时拦你都拦不住，今天真是转性啦？”

梁双麒一时不好作答，主要他没跟楚肖逸单独相处过，以前都有楚肖肖在场调节气氛。两人倒是相当熟悉，在音乐上也能聊到一起，但要说关系极好又不对，平时没事还要互掐一番。

楚肖逸索性将院门打开，招呼道：“来来来，进来吧，你到底想说什么？”

梁双麒客气地婉拒：“我就不进去了，待会儿还有事……”

楚肖逸嗤道：“你再忙还能有我忙吗？这一小会儿耽误不了，地球缺你也不会爆炸！”

梁双麒被他一激，顿时想要回撑两句，又难得犹豫地闭嘴，仍然站在原地不动。

楚肖逸好像看出他的顾虑，提议道：“我不跟我妹妹说，你就在茶室坐坐吧。”

梁双麒以前来了就想见楚肖肖，但今天好像有点不敢见她，所以迟迟不肯踏进来。他闻言又茫然道：“那我进来干吗呢？”

梁双麒：我又不用见肖肖，好像也不必进来？

楚肖逸随口胡扯：“你就跟我在茶室里瞎聊会儿吧，忏悔一下你当年想替代我的豪言壮语……”

梁双麒认真道：“没有‘当年’，我现在也在想。”他如今还没放弃做肖肖哥哥呢。

楚肖逸：“……”

梁双麒刚说完，又想到自己未来可能要出国，一时心里挺不是滋味。

楚肖逸皮笑肉不笑道："那、你、更、要、好、好、忏、悔。"

梁双麒迟疑几秒，上下仔细地打量起楚肖逸，突然脑海里灵光乍现，发现对方还真挺合适。

楚肖逸是懂音乐的成年人，他跟梁双麒的关系还一般，以智商来看也没本事出坏主意，属于完完全全的局外人、理中客，能够跳脱出来评价。他在专业上有些见解，也不会被情感左右，简直没有比他更理性的商量对象。

梁双麒没法跟楚肖肖交流，他们之间的感情太深，一说就要情绪泛滥，跟他面对家中父母差不多，但楚肖逸绝不会这样！

楚肖逸被他盯得发虚："……你瞅什么呢？"

梁双麒终于在长久的困境中找到局外人，他果断地踏进院里，义正词严道："哥哥，就决定是你了！"

楚肖逸："……"这是什么话？皮卡丘，就决定是你了？

楚肖逸将茶室的灯打开，他和梁双麒就在此处坐着交流，没有惊动家里的其他人。楚肖逸找了个干净杯子，给小男孩倒了杯水，他一时也不太适应氛围，没话找话道："你要吃点什么吗？"

梁双麒摇摇头，他本来都没有打算进屋，现在也是稀里糊涂地进来的。楚肖逸同样没做过被倾诉的对象，心情同样相当微妙，不知道该说什么。

好在梁双麒整理完状态，便有条有理地从头讲起，将楚肖逸错失的信息补回来。事情的起因是梁双麒拿下国际铜奖，在诸多推荐下获得名校邀请，该校无须学费且提供奖学金，招生名额极少。

因为学校是乐团制，所以大提琴专业只有 13 人，毕业生让出位置，学校才会招新生，甚至不论年纪，仅看琴技。梁双麒属于学校里年纪最小的一批，他的父母才会想要陪他出国读书，但这势必会影响到家长的工作及生活。

楚肖逸若有所思："你是不想你妈陪你出国？"

"不仅仅是这个……"梁双麒沉吟几秒，微微垂眸，索性坦白道，"其实我也不想出国。"

梁双麒一直没对身边人说过此话，主要是听上去实在不识抬举，肯定要被旁人斥责。

楚肖逸瞬间挺直身板，不可思议地望着对方，难以置信道："为什么？你知道这学校代表什么吗？你有可能成为国际顶尖的演奏者啊！”

虽然楚肖逸不学古典，但他知道这学校，好歹都是音乐圈的。

梁双麒小声地嘟囔：“我知道，周围人天天这么说，哥哥你说一点新鲜的……”

梁双麒突然有点后悔，唯恐楚肖逸跟乐团老师一样，恨不得将自己硬塞进去，主要是，学音乐的都明白该校的地位。

楚肖逸思及小鬼头以前的高傲态度，提醒道：“你要是敢说看不上这学校，我下一秒就要痛打孩子啊。”

楚肖逸：你要敢在失学老人面前嘚瑟，就休怪我倚老卖老、为老不尊！

“没有……”梁双麒抿了抿唇，犹豫片刻，怅然地开口，“但我总觉得要是选择出国，我未来的生活一眼就能看到底。”

楚肖逸：“什么意思？”

梁双麒见对方不解，干脆掰着手指分析，慢条斯理道：“我要是现在入学，那就要继续练琴，而且强度还要更大，更没有时间做其他事。我五六岁时就开始在乐团待着，如今又是好几年时间，跟正常学校彻底脱节……

“我确实有可能成为厉害的大提琴手，但我以后真的就要做这个吗？一直在学校练琴，然后跟着乐团巡演，再往上就是个人演出，除此之外我什么都不会，即使有一天想换工作，我也没能力做其他事。”

梁双麒实在难以想象，楚肖肖多年后有机会选择各式各样的工作，他却只会拉大提琴，这简直太可怕了。如果真的选择出国留学，他能看到自己未来一成不变的发展轨迹，前辈们如何发展，他就会如何发展。

楚肖逸没想到对方年纪不大、思虑挺多，愣怔道：“你居然想得那么多？”

梁双麒皱眉道：“当然，但这些话是不能对我爸妈和老师说的……”

楚肖逸忽然明白过来，梁双麒要是对其他人说这些话，简直就像在讨骂。乐团老师暂且不提，光说服父母估计就不容易。毕竟留学是千载难逢的好机会，简直就是平顺的康庄大道，但梁双麒的个人意愿像摸不着边际的云雾，根本没办法相提并论。

楚肖逸看着对面愁眉不展的小男孩，一时有些神色恍惚，好像被勾起久远的回忆。

梁双麒察觉到楚肖逸的沉默，无可奈何道：“其实我知道大人的想法，他们觉得这是最稳妥的路，我确实也没机会证明自己能做别的事，但总觉得这么选……很不甘心……”

这就是梁双麒纠结的地方，他过去要是遇到不公，可以用实力证明，就像在乐团里超越其他人，这回却不一样。他从来没有尝试过其他事，时间完全被大提琴占据，自然找不出比乐器更厉害的技能。

他根本没有机会证明，现在的他只会拉琴，说服不了任何人，徒留深深的无力。母亲安排他去学琴，他就勤勤恳恳地练，但他那时最多算是顺水推舟，还没做好一辈子做这件事的准备。

梁双麒苦恼道：“我不知道哥哥能不能理解这种感觉，但我总觉得这一回顺着妈妈，就再也没机会做别的事……”

梁双麒最近同样在反省自身、权衡利弊，他当然知道选大提琴会有优势，周围人全都在苦心劝说、欢欣鼓舞，可他心里这一关总是过不去。

他还没有选择自己的未来，就要先一步被天赋规划吗？他做出过那么多的努力，谁能确定他的琴技来自虚无缥缈的天赋，而不是他自身在大提琴上的时间付出？或许他也能做成其他事情呢？

“我不知道你适不适合拉琴，但我觉得你以后做什么都会很厉害。”

这是楚肖肖以前说过的话，梁双麒当初也是如此坚信，在面临选择时却发生动摇。他还没有具备另一种能力，便被迫地要做出抉择。

“我知道……”楚肖逸平静地应声，“我知道这种感觉。”

楚肖逸长叹一声，忽然往后靠在椅背上，出神地望着天花板，苦笑道：“因为你觉得这回不说话，以后还是没机会说话，再也不可能有机会说话……”

“就像我当初一样，要是不张口说话，就要按照父亲的想法选稳妥的专业，然后老老实实地读大学，毕业后再被安排好工作，一路顺理成章地走过来……”楚肖逸无可奈何道，“你甚至没机会开口，因为你还太弱了，他比你强太多了，你的想法只让人觉得幼稚又不合实际。”

楚肖逸偶尔会想起十八岁时的事情，如果家里没有妹妹，时光在此刻倒流，他和父亲还会不会发生争执？虽然他现在已经跟父亲和解，但他明白在那一刻，情况不会有任何变化，因为他当时太无力了。

尽管他满嘴都是热血的梦想，但任谁听来都是痴人说梦，谁都不能确定未来的成功，倒不如选择最稳妥的路。他还没机会向父亲证明，又用什么来说服对方？

人类都是追求舒适的动物，只要你先退让一步，那就能再退让一步，然后不断地退让，最后消磨初心和志气。努力和拼搏是儿童故事，风险最低化才是成人故事。

楚肖逸有时也会想，如果他当年没有叛逆离家，情况又会怎么样，但不管他如何推演，历史似乎都会重演。即使他和父亲在高考志愿上没有矛盾，在毕业工作时仍会有分歧，工作没起色后还有分歧，永远逃不脱这一环。

梁双麒的遭遇跟他何其相似，他们短时间都无法拿出结果证明，却已经走到人生的选择口。周围的大人们各个经验丰富、阅历深厚，根本没给他们插嘴的机会，就将一切规划好。

梁双麒沉默片刻，缓缓地询问："……那你后悔吗？"

"哥哥如今又要重新准备考大学，假如你现在没有任何成就，你会感到后悔吗？"梁双麒当然知道楚肖逸在艰难备考，倘若对方当初就读书，或许根本不用面对这些。

楚肖逸眼神悠远，从回忆中逐渐走出来，甚至没有半分犹豫："我不后悔。"

"我大概会后悔跟父母的交流方式，但我并不后悔自己做出的选择。"楚肖逸停顿数秒，他斟酌着措辞，头一回坦露当初的心声，"虽然这么说有一点虚伪，但即使我没有任何成就，现在也不会后悔，因为我当时知道，那是唯一的机会……

"如果我那时不独自做出选择，我可能永远不会长大成人。"

如果他那时的态度不够坚决，父亲或许永远不认为他会长大，永远不将他的话当回事，依旧会为他打点好一切。他大概率毕业后也不会做歌手，可能就在父亲的公司里混闲职。

他和父亲现在都变得成熟，但他过去想要证明自己成熟，要拼尽全力。

"但这份不后悔是痛苦而难熬的，这代表你彻底离开父母的保护，你要为自己的每个选择负责任，再也没有怪罪和抱怨的对象。你或许会混得很差，根本赚不到什么钱，还觉得自己的努力没有回报，甚至被人嘲笑当初不如去留学……"楚肖逸思及自己的练习生生涯，认真地看向梁双麒，反问道，"……你有勇气接受这一切吗？"

楚肖逸偶尔觉得，或许是那股莫名的年少冲动驱使自己，他才会咬紧牙关挺过至暗时刻，所以他不后悔。倘若没有经历过最糟糕的时间，他也许永远摸不到自己的梦想，人都是被逼急了，才会想要拼命。

"即使我现在说不后悔，依旧承担着不后悔的代价，就像你说的，我还要备考，甚至要付出更多努力，未来可能有更大的代价……"楚肖逸慢条斯理道，"你的不后悔让你成长起来，可你要是拼尽全力地长大，却只长成平凡的普通人，你能接受这个现实吗？”

他平静道：“如果你有勇气拼命跑下去，也做好一败涂地的准备，那就顺着你的心意做吧。如果你还没法承担这一切，安于现状也没什么不对，出国学大提琴也挺好。”

楚肖逸不可能由于自身做了这样的选择，就让梁双麒做出相同的选择，他只能将未来的路摆在对方面前，让小男孩自己来抉择。只有梁双麒独自做出选择，这件事才会具有真正的意义，就像当年的他一样。

梁双麒低声道：“那这份不后悔会有多痛苦呢？”

楚肖逸：“成长可能是打断骨头般的痛苦吧。”

梁双麒陷入沉默，他望着杯子里的水，久久没有说话。

两人在茶室交流结束，楚肖逸不知道小男孩听进去多少，也不知道对方会做何选择。他将梁双麒送到小院门口，寒暄道：“需要我送你吗？”

“不用，路灯还亮着。”梁双麒想了想，又开口道，“哥哥，其实你刚刚说错了一件事。”

楚肖逸：“什么？”

梁双麒沉着地道：“我觉得所有人都是平凡的普通人，所以长成普通人并不能算是惩罚。”

楚肖逸微微一愣。

“但你的话也给我很多启发，普通人或许更能做不普通的事。”梁双麒目光幽幽，“我会自己想好的。”

梁双麒说完，低头望望手里的袋子，迟疑道：“这个……”

楚肖逸：“等你下回自己交给她吧，我就不帮你转交了。”

梁双麒没想到对方如此好说话，诧异道：“哥哥，你今天真的挺像个人。”

楚肖逸皮笑肉不笑：“……什么叫‘像’？你给我把‘像’改掉。”

楚肖逸：你就是这么对树洞说话的？我看你是讨打！

楚肖逸忽然想起什么，出声提议道：“不管你最后做出什么选择，我到时候送你一个东西吧。”

梁双麒略感意外：“好……”

梁双麒朝楚肖逸挥手告别，在夜色里顺着路灯缓缓离开，悠然道：“拜拜，了不起的普通人哥哥！”

楚肖逸忍不住吐槽："你才普通呢，我们家就没有普通的基因。"

楚肖逸目送小男孩离去，在黑夜中，他的身体放松下来，尽管梁双麒并没有说出答案，但他似乎已经得知对方的选择。他一边回茶室收拾，一边口是心非道："以后可别叫苦才好……"

楚肖逸回屋后，楚肖肖察觉到兄长情绪的微变，稍微从伙伴别离中走出，狐疑道："你刚刚是在外面吗？时间好像挺长？"

楚肖逸随口胡说："对，我跟流浪猫聊了一会儿，所以稍微耽误了……"

楚肖肖："？"

楚肖肖："那你有喂它吃的吗？"

楚肖逸："没有，他太丑了，只倒了水。"

楚肖肖觉得兄长攻击小动物的长相不好，一时神情古怪、眉头微皱，楚肖逸却大大方方地拍拍她，开解道："好啦，别愁眉苦脸的，梁双麒要是能出国，我就表演当场倒立！"

楚肖肖只当哥哥又要宝逗自己，小声道："……机场送别时倒立太不严肃，麒麒哥哥会觉得很奇怪的。"

楚肖逸咬牙道："我不会机场倒立的！"只要梁双麒别在路上被外星人绑到国外。

楚肖逸现在还不能透露消息，不得不强行按捺下来，等待当事人来宣布。

梁双麒回家的路说长不长、说短不短，但已经足够他做出决定。他打开家门后，便感受到屋里忧伤而沉闷的氛围，这样的感觉萦绕许久，让家里三人一猫都不好受。

梁宸为儿子开门，看到对方手里的袋子，诧异道："你不是说要给肖肖送东西？"

梁双麒将袋子放到一边，他眼神明澈、态度坚定，郑重其事道："爸爸妈妈，我有事想认真跟你们商量。"

梁宸和赫妍头一回见儿子如此坚决，皆茫然地坐在沙发上，连带黑猫梁斯特都靠过来。梁宸迟疑道："你说。"

梁双麒瞄了一眼茶几上的留学材料，平静地开口："我不想出国留学。"

赫妍一惊，忙不迭道："如果你是担心陪读的事……"

梁双麒摇摇头："不是的，妈妈，我也不想一辈子只拉琴。"

赫妍："什么意思？"

梁宸："你接着说。"

梁双麒深吸一口气，目光灼灼，坦然道：“其实我很早以前就想说这话，我并不是什么音乐天才，也不是什么大提琴神童，我只是一个普通的孩子，我就想要普通而平凡的幸福……”

新闻报道将他描述成异常优秀的琴手，可他知道自己只是人嫌狗厌的小学生。

“我就想一家人开开心心地团聚在一起，想让妈妈在熟悉的环境里工作和生活，想让你们不要为我独自留学而提心吊胆。我知道你们在顾虑什么，但能不能给我一点时间，给我一个机会证明……

“虽然我资质很普通，但只要拼尽全力，也能做出比拉琴更厉害的事，我以后还想要试着去做其他事。”

他的眼眸犹如上好的黑玉，盈满清透柔润的光，直直地望向沙发上的父母。

说完，梁双麒感到前所未有的放松，这句话埋藏在他心里实在太久太久，人人都在赞美他的天赋，以至于他都无法判断自己。他究竟是靠才能，还是靠自身努力，才走到现在这一步，这个答案对他很重要。

他就是感到不甘心，即使要被打断骨头，也想要知道答案。

幼鹰离开温暖的巢穴，在悬崖边展翅时当然会心生惶恐，但它仍然不死心地想要独自飞起，即使有可能摔得粉身碎骨。

赫妍不禁哑然，不知道在此刻该说什么，她一手引导着儿子走上音乐之路，但听到“一家人开开心心地团聚”，还是忍不住红了眼眶。

她确实如同梁双麒所说，并没有自己想象中那么坚强，可是她一直带着他往前走，所以她作为母亲不能随意退缩。即使心中有万般不舍，她也要用儿子的前途来说服自己，用理性克制着感性。

赫妍猛地仰起头来，强忍着不要泪水落下，瓮声瓮气地说不出话：“你这样……你这样……”

梁宸冷静道：“如果你做不到呢？”

梁双麒立正站好，沉着地道：“那我也不后悔，愿意接受现实。”

梁宸：“你不会埋怨任何人？你能为自己的选择负责？”

梁双麒犹如宣誓，一字一句道：“我不会埋怨任何人，我为自己的选择负责。”

梁宸站起身来，果断地拿起桌上的纸笔，开口道：“好，空口无凭，我们现在立字据，你要为自己的话负责……”

梁双麒没有犹豫，读完父亲起草的约定，便一笔一画地签下自己的名字。梁宸同样在后面签名，然后将纸递到赫妍面前。

赫妍带着哭腔吼道："怎么能他说不去就不去？你们到底在做什么啊？！"

梁宸忍不住笑笑："但这是他的人生啊，而且你都哭成这样了。"

赫妍明明是最无法接受分开的人，但她压抑着自己快要决堤的悲伤，佯装理智地处理着一切，终于在此刻彻底爆发。

她终于还是在纸上签名，紧接着就在丈夫怀里爆哭，宣泄着近期难以言表的情绪。

梁宸安抚地拍她后背，温声道："好啦好啦，哭出来就好了……"

梁双麒拿着自己的宣誓纸端详，上面留着一家三口的名字。他思考片刻，又握起黑猫梁斯特的爪子，沾了点印泥让它按爪画押，这才感到一丝满意。

黑猫梁斯特在纸上嫌弃地蹭爪子，对连续出现的爪印感到茫然："喵？"

梁双麒没有出国留学，让乐团老师们大感遗憾，毕竟是可遇不可求的好机会，名校后面不一定还有合适的名额。然而，梁双麒及其父母都拿定主意，外人也不好劝说，这属于个人选择。

御融台内，楚肖肖得知小伙伴不会走，自然惊喜异常、相当高兴，又难免担忧道："那麒麒哥哥还会拉琴吗？"

梁双麒果断道："当然，比赛奖金那么高，这回就有三千美金，我一定要继续拉琴。"

楚肖肖闻言一愣，原来是这样？这么现实吗？

梁双麒声音平缓："而且我都拉琴那么久了，完全没它也不习惯，虽然以后还会做别的事，但肯定不会彻底放弃大提琴……"

梁双麒仔细想来，尽管拉琴的日子很枯燥，但确实也磨炼了他的意志，让他得到心灵的平静。虽然他不一定会走上职业化道路，但大提琴勉强也算是他半个朋友。

楚肖肖觉得这或许是最好的选择，不由得好奇地问道："那麒麒哥哥接下来要做什么？努力成为马云吗？"

"我打算先搞搞学习，争取考一个好中学，然后再慢慢向马云靠近……"梁双麒叹气道，"不过最近为留学的事落下了进度，回校后还要拼命补文化课才行。"

梁双麒提起留学，突然又想起旧事，不满地秋后算账："肖肖你上回太让我伤心了，我来问你要不要我留学，你根本就没有挽留我，完全忘记我们不告别的约定！"

楚肖肖：这话题怎么跳跃得那么快？

楚肖肖惊道："我才没有忘记，只是要考虑麒麒哥哥……"的前途。

梁双麒："你连一丝不舍都没有！"他仔细观摩许久，她都没有流露出来，他干脆一口咬定她撒谎，自欺欺人地认为她心口不一。

楚肖肖小声道："……还是有的。"

梁双麒："……"

"哼，好吧，反正当时也是我说自己会解决的……"梁双麒略微有点别扭，将手里的袋子递给她，闷声道，"那我这回就送给你吧。"

楚肖肖小心地将袋子里的东西取出，发现里面是熠熠生辉的铜奖奖杯，设计得优雅而精致。梁双麒提来提去好几回，终于送到她手里来。

梁双麒垂眸道："这是我上回出国比赛的铜奖奖杯，以后争取送你跟大提琴无关的……"

楚肖肖抱紧奖杯，知道他从不说谎，愉快地应声："好。"

梁双麒怕她过度期待，又心虚地找补："……但跟大提琴无关的，你还要等一等才行，我不可能马上就有。"

楚肖肖见他不好意思，忍不住笑了，越发高声道："好！"

她的小伙伴一向重视承诺，从来没有失信于人过。

梁双麒看她如此干脆，这回索性不说话了，只能发出意味不明的猫呼噜声，半天组织不出人话来。

暑假过后，楚肖肖已经荣升小学二年级，而梁双麒也升上小学六年级，最近正在努力补上开学时落下的课程。虽然梁双麒毅然决然地选择留下，但他跟楚肖肖闲聊后，心中还是有一点小遗憾。

御融台茶室内，楚肖肖和梁双麒都眼巴巴地盯着楚肖逸，梁双麒好奇道："哥哥，你真的会当场倒立吗？"

梁双麒得知楚肖逸能够当场倒立，一时间感到惋惜不已，其实自己可以坐飞机出国一趟，然后再坐飞机回到国内，既可以看当场倒立，也什么都不耽误。

楚肖逸冷笑道："我现在后悔了，我真该把你发出去……"

楚肖逸：你留下来就是为气我的吗？

楚肖肖若有所思道："这应该是不可能的，他是随口一说，没有办法做到。"

楚肖逸当即不服："谁说我做不到？"

楚肖肖眉毛一挑，露出怀疑的态度，犹如鲁迅笔下的看客，恨不得脸上写着"楚乙己，你又要啪啪自打脸了"。

楚肖逸被小孩们缠得不行，又被妹妹当场一激，顿时坐不住，想着要翻盘。他立刻站起身来单手一撑，做出一个干净利落的舞者倒立，随即潇洒地跳起身来，得意道："瞧瞧，什么叫实力？"

楚肖逸没演戏前可是想做唱跳歌手，好歹练舞挺长时间，单手倒立还是能做到的。

楚肖肖和梁双麒看到高难度动作，全都满脸惊叹地鼓掌："哦哦哦哦哦……"

楚肖肖兴奋道："再一次！再一次！"

楚肖逸吐槽："你又不是天线宝宝，没有再一次啦！我要研究申请了！"

梁双麒一愣："还在研究申请吗？"他怎么感觉肖肖哥哥已经研究了好久？

楚肖逸惨遭小学生扎心，立刻转身想捉住梁双麒，对方却敏捷地闪避逃走。他不怒反笑："你是不是跟我炫耀有学上？你现在也没学上啦，还不去补落下的功课！"

梁双麒撇撇嘴，又回到座位上，低头继续补作业，研究起数学题来。他今日再努力一天，就基本追上课程进度了，跟班里同学回到同一起跑线。

楚肖肖已经将作业做完，好奇地看着兄长身边的诸多资料，询问道："这都是你的材料吗？"

楚肖逸正在浏览英文页面，应道："是啊，有好几所学校。"

楚肖肖跪在椅子上，探身凑到便宜哥哥身边，打量对方屏幕上的英文，眼瞅着他浏览各大高校网页。

楚肖逸伸手将她的小脑袋往回一推，迫使她远离屏幕一点："别凑那么近，眼睛不要啦。"

楚肖肖老实地后退一点，面露疑惑："你为什么不申请这所学校？"

楚肖肖大致知道便宜哥哥投过哪些学校，见他反复浏览这所大学，却迟迟没有投递申请，自然感到万分奇怪。

楚肖逸："……这所高攀不上。"

楚肖肖："你都没有攀，就知道它高？"

楚肖逸："不是，这所不用攀都感觉挺高……"

梁双麒："哥哥，你就投吧，说不定它近年变矮了，人上年纪都会个子变矮，学校上年纪说不定也会呢？”

楚肖逸：“……”这是什么奇怪理论？

楚肖肖和梁双麒又没研究过大学排名，楚肖逸在他们的连番忽悠之下，干脆硬着头皮广撒网一拨，接着便不敢再回想，打算闷头刷高语言成绩。他在留学中介的指导下投完，心里顿时有些空落落的，也不知道结果会如何。

虽然楚肖逸不敢想这件事，但不代表其他人不会询问。

饭桌上，楚家栋询问儿子的留学进度：“已经弄完啦？”

楚肖逸：“对，我申请完了。”

楚家栋：“弄完就好，弄完就好。”

饭后，何鑫思及自家艺人的金鱼脑记性，同样发来慰问：“你有按时申吧？”

楚肖逸忙不迭道：“申了，申了！”

楚肖肖坐在他身边，突然听到此话，不免诧异地抬起头来，茫然道：“生了？”生什么了？

晚上，贡献推荐信的陈导也追问进度，他老父亲般地寒暄道：“你申请学校没？”

楚肖逸：“已经申请了。”

陈导：“那就好，那就好，申到什么啦？”

楚肖逸：“……不是，没有您想象中那么快，我还没拿到通知呢。”

楚肖逸申请完就不敢再想此事，奈何周围人都要关心他的进度，搞得他又有点焦虑。楚肖逸的求学情况比较特殊，他只感觉留学之事宛如玄学，也不知道自己会被拒几回，可以收到什么学校的通知。

楚肖逸无奈地叹气：“你说我要没学校收该怎么办？”

楚肖逸原以为能听到妹妹的安慰，没想到楚肖肖眼神一亮，脱口而出道：“那也挺好。”

楚肖逸：“？”

楚肖逸怒掐她脸蛋：“你就盼着我没学上吧？！”

楚肖肖自知理亏，一时嘴快就露馅儿，嘟嘟囔囔道：“即使你出不了国，我也可以教你啊，只是你不光想读书而已……”

楚肖肖陪兄长学英语时没提离别，陪兄长搞申请时也没提离别，现在所有的准备手续搞完，她才悄咪咪地透露出一丝不舍。虽然她也可以教便宜哥哥英语和数学，但她大概知道他想感受校园氛围，想要体验学校生活，所以一直没说出口。

楚肖逸本以为妹妹是幸灾乐祸，哪想到对方是思及分别，在含蓄地表达不舍。他愣怔几秒，又不免自得起来，忍不住狂揉她，调侃道："哎呀，你要是想我就直说，我可以坐飞机回来啊！你该不会想我想得睡不着吧？"

楚肖肖惨遭狂挼，忍不住嘀咕："……那倒也没有。"

楚肖逸："不要不好意思！说不定你到时候躲在被子里哭！"

楚肖肖顿时着急起来，祭出否认三连："我不是，我没有，别瞎说。"

楚肖逸思考片刻，又提议道："不然你到时候跟我一起出国吧？"

楚肖肖一愣："可我还要上学……"

楚肖逸："假期时你和我一同过去，正好你也没出过国，我们跟德斯汀和他妹去环球影城，然后快开学时把你送回来。"

楚肖肖刚刚还有一点离别的伤感，但便宜哥哥一说环球影城里的《哈利·波特》区域，她便瞬间挥去低落的情绪，打起精神来，觉得自己又可以了。

楚肖肖握紧拳头，满脸真挚地为他打气："加油！你一定能申请到大学！"

楚肖逸见她一秒变脸，不由得吐槽道："不然你就没法去环球影城了，是吗？"

楚肖逸：原来我只是工具人。

虽然兄妹俩对大学申请怀抱着美好期许，但楚肖逸迟迟没有收到学校回信，一时犹如被架在火上烤。他当时规划的保底校都没有回音，着实让他有点发虚，感觉摸不着头脑。

另一边，楚肖逸的事业却迎来新一轮爆发期，借着电影《隐盗》的热潮，无数资源都涌来，他的热度甚至跟冷清的同行形成鲜明对比。如果不是何鑫早就答应不再阻拦艺人上学，他都恨不得跪下求楚肖逸去工作，这简直是最好的转型机会。

好莱坞电影《隐盗》没有在国内外扑街，反而大热，楚肖逸还借此曝光度猛升，逆势涨粉，可以说跟同期瞬间拉开差距，甚至隐隐有飞升之势。如果他后续能再跟上一两个顶级资源，基本就能彻底奠定地位，摆脱大众对他的流量滤镜。

楚肖逸其实一直都在找剧本优秀的好项目，但在圈子里实在可遇不可求，完全是靠运气在撞。他都出道好多年了，偏偏在他决定读书的时候，撞到等待已久的好剧本。

何鑫为难道："贺导的戏都磨了好几年啦，你应该也看过剧本试读，确实是一部好戏……"

贺导和陈导在圈内齐名，只是贺导的产量极低，他拍一部电影能折腾好多年，但基本上最后的结果都不错。陈导近几年则已经金盆洗手，他除了监制，很少再亲自拍戏，倒是贺导还慢悠悠地拍着。

贺导这回跟楚肖逸团队接触，显然也是看到楚肖逸在《隐盗》里的表现，要知道对方过去没找过年轻演员。

楚肖逸面露犹豫："剧本确实很好，贺导也挺厉害，只是……"

何鑫："我知道你觉得档期不太合理，但贺导的习惯一向如此，也不是故意针对谁……你不是还没收到录取通知书？事情其实用不着卡得那么死。"

贺导愿意跟楚肖逸团队接触，还愿意给出剧本片段试读，显然很有诚心。如果换作其他演员，一听是贺导的电影，他们不看剧本都愿意来，根本不会犹豫。

然而，贺导唯一的毛病就是慢，他拍东西实在太慢，一拍能拍一年，偶尔还能搞出两年，甚至拍垮过投资公司。

圈里甚至还有笑话，大家说贺导获得的无数大奖，全是由资方血泪铸成。某老板破产几年后终于等到电影上映，领奖时热泪盈眶，竟不知是喜悦，还是悲怆。

楚肖逸出国留学后，可以在假期时工作，但他不能刚被录取就休学一年，这也太不像话了。更何况他都不确定一年能否拍完，贺导经常拍着拍着就没谱，将战线越拉越长，所以给出的签约合同自然不像其他剧组那么好，总将拍摄时间签得很长。

何鑫的潜台词是劝楚肖逸晚两年上学，但留学语言成绩具备时效性，楚肖逸无法保证自己那时的状态，他现在还想刷高成绩呢。

楚肖逸："我都怀疑你们是存心不想让我上学……"

何鑫："我也就这么一说，最后还是由你来定，只是婉拒时得你出面，不然显得太不礼貌。"

贺导的邀约一来，楚肖逸说不动心是假的，尤其是同事们还委婉劝说，暗示他可以推迟出国留学的时间。虽然他理解周围人的想法，但心里总觉得哪里不得劲儿，胸腔内像是堵着一口气。

御融台内，家里人很快就得知消息，连肖碧都听闻过贺导的名字。肖碧若有所思道："贺翔棋导演啊，那确实是很厉害，你外公都喜欢他的电影……"

楚家栋对贺导的认知则来自新闻，好奇道："他是不是拍垮过哪个公司？"

楚肖逸面露迟疑，小声道："倒也不能说拍垮，只是时间拖太长，公司自然而然地垮了……"

楚肖逸认为，外界说贺导拍垮公司，不够严谨，对方只是拍得实在过慢，愣是将那家公司活活熬垮，并不是贺导将公司的钱花完，而是公司本身运营不善。不过大家都喜欢夸张的噱头，便都戏称是贺导电影的锅，实际上那家公司原本是搞实业的，搞影视属于试水。

楚肖肖完全不理解大人们的话题，她没有看过贺导的电影，也不太明白公司的事情，便安安静静地扒饭，偷偷支着小耳朵听，吸收着奇怪的知识。

楚家栋："那这岂不是一个好机会！"

楚肖逸沉吟几秒，坦白道："但合同上要的档期非常长，有可能会耽误留学的事……"

"嗐，不过我现在连 offer 都没着落，说这个好像也没意义。"楚肖逸露出苦笑，他就是对此感到尴尬，即使想要婉拒贺导，也得给出合理解释，但他在留学上的事还没敲定呢。

肖碧看到苦恼的大儿子，一愣，默默地望向对面的丈夫，跟楚家栋交换眼神。楚家栋微微张了张嘴，想要说一点什么，又半天没发出声音来，最后为难地闭上嘴。

大人们都陷入沉默，楚肖肖却站起身来，伸手去握长柄汤勺，动作看上去有点费力。

楚肖逸见状，顿时从烦恼中走出，捉住她悬空的小爪子，挑眉道："做什么？"

楚肖肖："想喝汤。"

楚肖逸："碗给我，我给你盛，可真是小祖宗，隔那么远打汤，一会儿洒得哪里都是……"

楚肖肖撇撇嘴，想争辩自己才不会弄洒，但便宜哥哥的服务到位，加上鸡汤味道鲜美、滋味醇厚，她就没有出言反击，勉强容忍他的诋毁，乖乖地低头喝汤。

饭后，一家人休息片刻，楚肖肖便回屋做作业，肖碧则到书房备课，客厅只剩两个大男人。楚家栋有一搭没一搭地看着电视，楚肖逸则望着手机上的消息出神，他还不知道如何回应电影的事。

"肖逸，你想先去读书，还是先拍戏呢？"察觉儿子的徘徊不定，楚家栋在饭桌上难以张嘴，现在总算是能够开口。

楚肖逸一愣，抬头见父亲仍盯着电视，并没有注视着自己，原本在心里斩钉截铁的答案，此时却有几分飘忽，索性轻声道："我不知道……"

梁双麒可以毅然决然地二选一，原因是他已经握着学校的邀请，但楚肖逸如今还没有学校，留学甚至无法构成选项。高校如今都没有回信，然而贺导却已发出邀请，两者没有可比性。

楚肖逸其实不愿在父亲面前露出不靠谱的模样，他总希望对方能看到自己好的一面，但或许是饭后的生活感使人松弛，他在浓厚的人间烟火气中，莫名其妙地说出了心里话。

电视机里的主持人仍在播报着新闻，隔壁妹妹的房间传来隐约的英语，父子二人平静地靠在客厅的沙发上，各自做着手头的事情，有一句没一句地闲聊，以至于楚肖逸也卸下紧绷感。

楚家栋听闻儿子没主意的回答，倒没有出言责怪，反而喃喃道："是吗……"

"如果换作是十年以前，我估计会押着你读书。"楚家栋回忆起往事，无可奈何地笑道。

楚肖逸也被逗乐，不由得打趣道："是，我要是没有马上答应，还要被你大发一通脾气……"

楚家栋闻言长叹一声，不好意思地搓搓手，好像也想起自己曾经的态度，略微有点小尴尬。

楚肖逸解围道："不过我那时候脾气也差，知道你不爱听什么，还故意要说什么。"

楚肖逸那时候同样叛逆，觉得顶撞父亲是世上最厉害的事情，自己似乎借此才能寻得力量，如今想来也相当幼稚。他就是要将父亲激得发怒，才能品尝到反抗的胜利感。

楚家栋没想到儿子如此中肯，父子俩心平气和地说起旧事，曾经鲜血淋漓的摩擦、撕扯现在却化为饭后的闲聊，当事人就在消食中云淡风轻地提起，完全不再有过去的激动、暴烈，甚至能边聊边喝两口养生热水。

楚家栋："是，我们都挺不像样。"

楚肖逸搬出父亲的口头禅："但日子越过越好就行？"

楚家栋闻言笑了，也彻底放松下来，露出怀念的神色："其实我当时应该跟你说别的才对，可很多事都不是那一刻能想清的……"

"肖逸，虽然你现在已经很厉害、很成功，未来估计能比我走得更远，可能不再需要听这些话了，但我还是想说出来……"楚家栋平和道，"不管你选择读书还是工作，以后再做出什么选择，最后是成功或是失败，你都还能回家里来，只要你还需要我，都能回家来找我。

"我十年前没来得及说这话，现在或许也不算太晚，尽管爸爸已经老了，但只要你回头来找，一定尽力帮你兜底……

“所以不要过于烦恼，做你真正想做的吧。”

楚家栋十年前还未想通此节，那时也没有能力说出此话，但岁月的流去就是如此奇妙，他和儿子都不再是过去的他们，他们都对生活产生新的体会、新的解读，越发成熟起来。

楚家栋从来都不是善于表达的父亲，就像爷爷赋予他的名字一样，他是建造房屋的大材、支撑家庭的栋梁，这本来就是沉默而安稳的存在。他是不善于处理细腻情绪的人，只会为家人遮风挡雨。

楚肖逸过去是无法理解的，现在却能够明白，这话对前半辈子都为生计奔波的楚家栋来说，不亚于最重的承诺。

父亲从来不会说什么梦想不梦想的话，这是他们那一辈人不太敢想的事情，他们想的往往是好好过日子，这就是他们的梦想。

楚家栋十年前不是不想说这话，而是他不能说这话，他现在能说了，却不知晚不晚。他那时不确定能不能为儿子兜底，现在他的能力已经达到，却不知儿子还需不需要。

楚肖逸终于释然，他在那时感到深深的无力，父亲又何尝不是如此，他们都怀揣着对自身的怀疑。

楚肖逸无法形容胸腔内翻涌的情绪，略微沉默几秒，又语气轻松地调侃：“当然不算晚，别人肯定很羡慕我，逐梦演艺圈失败还能啃老……”

楚家栋笑笑：“只要你别嫌啃着味道不好。”

“怎么会……”楚肖逸微微垂眸，又低声道，“爸，谢谢你，真的真的谢谢你。”

谢谢你成为我的父亲。

楚家栋闻言一愣，见大儿子眼神明亮、态度郑重，他一时也不知该说什么，只是缓缓地红了眼眶。他伸手关掉电视，遮掩地站起身来，应道：“没事，你也早点休息。”

楚家栋离开后，楚肖逸独自在沙发上出神地思考许久，不停地回想过去的事情，痴痴地靠在沙发背上，甚至让出来倒水的楚肖肖误以为兄长断了气。

楚肖肖端着自己的马克杯，小心翼翼地伸手探探他鼻息，发现便宜哥哥还有气，她终于长松一口气，嘀咕道：“你到底在做什么啊？”

楚肖肖：我还以为你在演死人。

楚肖逸深沉道：“我在反思自己的人生，权衡未来的利弊，想要做出决定。”

楚肖肖眨了眨眼，坦诚道：“你为什么总做不拿手的事情？你不擅长分析归纳自己，并不具备刘雯沛的研究能力。”

楚肖逸原本还在纠结如何选择，此时却难以置信地反问：“我不擅长分析归纳自己？”

楚肖肖镇定地点点头，觉得自己没有说错。

楚肖逸既好气又好笑地反问：“我都不能分析自己，谁还能够分析我？！”

楚肖肖昂首挺胸，颇为自信道：“区区不才，正是在下，我对神奇生物楚肖逸已有多年研究，如今是相关领域内的领军人物。”

楚肖逸：“？？？”

楚肖逸跟父亲谈完，便要独自做出选择，妹妹的出现却打断他的摇摆不定。兄妹俩突然在客厅开起汇报会，深入交流“Y 同学”的特性，现场犹如小型探讨会。

楚肖肖还有模有样地放出幻灯片，看上去相当专业，她有条有理道：“今天为你特别分享我的私密资料，上一回专题汇报都没用过……”

楚肖逸：“……谢谢你，那是我的资料。”

楚肖逸万万没想到，有一天会面对这种学术争论，居然有人说自己比楚肖逸还了解楚肖逸，比楚肖逸本人研究得还透！

楚肖逸：你以为自己是语文阅读的出题老师，还能比作者本人更理解文章？

楚肖逸看着她掏出熟悉的牛皮档案，诧异道：“这怎么又回你手里了？”

楚肖肖：“何鑫叔叔还我的，说他不小心拿错了，还跟我特意道歉。”

楚肖逸现在严重怀疑团队的忠诚度。

楚肖肖播放着幻灯片，一本正经道：“‘Y 同学’是一种神奇生物，他生性敏感、情绪容易波动，虽然记忆力及逻辑推理力不佳，在学习上专注度不够，偶尔还虚伪、虚荣，但通过自身的其他特性，也找到生存下来的平衡点……”

楚肖逸举拳威胁，不怒反笑：“我哪里虚伪、虚荣？”这怎么还加新料？

“你第一回见我就装笑脸，不会说俄语还装蒜，给我吃奇怪的芹菜和肉片，还完全遗忘自己的坏人行径。”楚肖肖义正词严道，“这更证明你记忆力不好！”

楚肖逸：“？！”这都是什么陈年烂谷子？

楚肖逸惊叹道：“你也太能翻旧账了！”

“不过‘Y 同学’在手工制作和艺术创造上颇有天赋，曾经独立完成手抄报、编织绳、圣诞歌曲、佩奇饺子等作品，还在纪念册制作中学会了反思，在英语学习‘复健’里卓有成效，展现出成长型特质……”楚肖肖慢条斯理道，她以前没法在当下理解许多事情，但可以通过资料收集、归档而看到变化，这就是科学的精神，她研究兄长是认真的！

楚肖逸都已经打算狂揉她一通，哪想到她话锋一转，又说起其他的事情来，一时愣在原地。她还真是娓娓道来，连一点一滴都记得清清楚楚，什么都能说出所以然。

他对她最初的态度她记得，他对她逐渐地转变她也记得，全都没有忘。她的记忆力真的很好，为肖肖币打工、好莱坞的外语电话、动物园一日游玩、与德斯汀兄妹同游时的冰激凌……她全都记得清清楚楚。

“综上所述，‘Y 同学’是一种不擅长分析归纳自己的生物，部分原因在于他的记忆力不佳，但他一直依靠直觉和冲劲生存下来，完成很多超越能力范围的壮举。”

虽然楚肖肖知道便宜哥哥偶有瑕疵，但他一旦认定什么事情，就绝对会全力以赴地完成，就像在舞台上一样闪闪发亮。

楚肖肖掷地有声地总结：“所以你不该权衡利弊，你不太擅长分析事情，你应该用自己觉得舒服的方式来决定。”

楚肖逸一愣，犹豫片刻，虚心请教道：“那什么决定方式适合我？”

楚肖肖掏出一枚硬币，果断道：“我们投硬币吧。”

楚肖逸原本满怀期待，此时却两眼发蒙。你在跟我开玩笑？

“反正就是留学或拍戏，正面是留学，反面是拍戏，一局定胜负。”楚肖肖说完，便随手将硬币抛起来，旋转的硬币在半空中闪闪发亮，眼看着就要落回她的手里。

楚肖逸忙不迭道：“等等！我的人生就被你如此随意地决定啦？！”那你刚刚跟我铺垫什么呢？

楚肖肖没有管他的反应，稳稳地接住硬币，轻轻地抬起手查看，硬币是反面。

楚肖逸瞬间呼吸一窒，顿时想要商量：“既然要投硬币，稍微严谨一点，我们三局两胜……”

楚肖肖无情道：“不用，投一次就行。”

楚肖逸：“不是……”

楚肖肖认真道：“‘Y 同学’并不擅长分析，凭借自己的感觉行事，既然你想三局两胜，其实已经有答案啦。”

楚肖逸看她眼神真挚，一时竟无言以对，陷入沉默。

楚肖肖并不知道便宜哥哥的想法，也不明白留学或拍戏对他人生的影响，她只知道“Y 同学”是情绪化的生物，他在冲动之下就会暴露最本能的愿望。她觉得选择只要符合他的愿望就好，一旦他彻底地认定什么事情，就会有一种非要完成的倔劲儿。

她不知道他为什么下意识地选留学而非拍戏，但她知道在那一刻，他的潜意识在发挥作用。

楚肖肖将硬币塞进发愣的兄长手里，颇为得意道：“你输了，你就是研究得没我好，我比你更擅长分析归纳。”

楚肖逸回过神来，突然跟不上话题，疑惑道：“什么？”他还沉浸在自己下意识的反应里，没想到会一秒选留学，还未跟上话题的节奏。

楚肖肖收拾好自己的资料，将牛皮档案抱进怀里，表现得相当自豪：“我才是最了解神奇生物楚肖逸的人，我就是真正的领域内领军人物！”

楚肖逸：“？！”

楚肖逸抬头就见妹妹满脸愉悦，她小脸上恨不得写着“楚肖逸才不懂楚肖逸，他能懂什么楚肖逸研究”，简直有几分小小的嚣张。

选择就在一瞬间，楚肖逸分析自我、权衡利弊好半天，此时却犹如拨云见日，不得不承认自己真正的想法。当然，他望着得意扬扬的妹妹，并没有出言感谢她指点迷津，反而想将她狂揉一通。

楚肖逸：什么叫我不懂楚肖逸？！

楚肖逸就是见不得她嘚瑟的小模样，立刻摩拳擦掌地想将她一顿整治，嘀咕道：“你这一套一套话都是跟谁学来的……”

楚肖肖见状，仓皇而逃，还颇为不满：“你是不是输不起！”

楚肖肖唯恐他抢夺研究资料，一溜烟地往自己屋里钻，小腿迈得飞快。

楚肖逸追上去两步吓唬她，见她敏捷又警惕地缩回房间，不由得感到好笑。他坐回沙发上，一旦接受自己的内心，剩下的事就容易得多。

何鑫接到电话，听到艺人的选择，再次确定道：“真的吗？但你现在连 Offer 都没定吧？即使有 Offer 也可以延迟入学。”

楚肖逸：“这不光是上学的问题，更是我给自己规划的调整期。”

何鑫："调整期？"

楚肖逸笑了笑："是，人生的调整期，你还记得我跟你说过，陈导说我再想演好戏，就要在生活里学习吗？"

"我当时还不明白他的意思，其实现在仔细想来，我出道后就没了生活，我被你们照顾得太好了，被粉丝们捧得太高了，以至于像活在真空里。"楚肖逸坦白道，"我确实热爱这份工作，但我一直闷头往前跑，都快遗忘最初的方向了。"

如果没有执着和热爱，楚肖逸没有办法坚持那么久，但当他进入娱乐圈的大染缸，也不可避免要被周遭环境影响。他会被人议论抹黑、四处争夺资源番位、比拼数据及商业价值，在焦虑中永远不能有停下来的时刻，一直被裹挟着往前跑。

他现在想要稍微调整一番，如果接到贺导的戏又继续往下跑，倘若后面再碰到更好的资源，岂不是年复一年地跑下去，依旧没有尽头？谁能保证一两年后杀青，他不会再遇到相似的事情？

世俗的成功是永无止境的，但人生并不只有这些。楚肖逸以前还没有能力，只能死命地往前狂奔，还处于为温饱奔波的阶段，但他现在已经拥有能力，便想要掌握为自己按下暂停键的权力。

留学或拍戏从来不是二选一，他是在自己主导生活和生活主导自己中二选一。他以前只能被生活主导，但现在已经拥有选择机会，依然被生活牵着鼻子走，那就有点魔怔。

何鑫遗憾道："但这真是一个好机会……"

楚肖逸大大咧咧地安慰："放心吧，我给自己规划的是八十岁退休，未来还有无数的好机会。现在短暂的调整期是为以后跑得更远，写出更好的歌，拍出更好的戏，说不定等我八十岁时，你还要到处跑行程呢！"

何鑫果断道："那不可能。"

楚肖逸当即不满："你能不能对我有点信心，我觉得自己红到八十岁没问题……"

何鑫："不是，工作是永远做不完的，我的计划是五十岁退休，到时候都回家带孙女了，谁还想要带你啊。"

楚肖逸："？？？"

楚肖逸："你好歹做满六十岁吧？"

何鑫："太累了，要折寿，我跟你共事以来都是高强度工作。"

何鑫必须承认楚肖逸出道后就没歇过，对方完全是连轴转的超人，近期的休息就是英语突击的三个月，过去常连春节都被安排上工作。既然楚肖逸已经说清留学不仅是留学，还是他人生的缓冲及调整，何鑫便不再有意见，如今只剩下婉拒。

楚肖逸左思右想一番，考虑到贺导的咖位，索性向陈导虚心请教。两位大导演的关系还不错，陈导或许更有主意，知道如何婉拒合适。

陈导听闻来龙去脉，不禁诧异道："贺翔棋让你去拍戏，你却想要婉拒？你拒绝什么呀，不用拒绝的！"

楚肖逸："不是，陈导，我打算去留学……"

陈导："你尽管去留学！他能找齐投资算我输，就他那个败家模样，你毕业他也不一定能开机！"

楚肖逸："……"这叫什么话？

陈导对贺导简直不要太熟悉，贺翔棋就是老老实实拍戏的类型，他本人也不爱投资，更不会贪污钱，要的制作预算都是实打实会用，但同样实打实的多。

贺导每次拍戏倒是开开心心地实现了艺术理想，但投资方赚不赚钱就属于玄学。影视行业红火时，无数热钱往里面涌入，自然有人愿意为贺导买单。现在行业大环境如此差，贺导又是出名的资方杀手，商人们就变得不敢冒险。

陈导拍戏好歹会考虑一下票房及资方，贺导拍戏完全只考虑艺术，这谁顶得住？

陈导为楚肖逸出谋划策，让他先不要一口回绝，稍微拖一段时间，自然会有结果。

楚肖逸："我是晚辈，这样不好吧……"

陈导："没事的，他脾气很好，就是花钱凶！"

楚肖逸："……"也是，每次拍戏都有那么多钱可造，脾气能不好吗？

果不其然，楚肖逸只是稍微缓一周答复，贺导团队就发来消息，委婉表示要暂缓开机，可能比最初商定的档期要晚。

贺翔棋还挺不好意思，专程向楚肖逸致歉："对不起哦，资方那边出了点问题，刚开始是一家退出，我重新找来一家后，又莫名退出一家，来回来去凑不齐……"

一般来说，制作团队都是根据预算来发挥，然而贺导死也不肯被人压预算，想要满足他的制作成本，就需要多家来联投，自然会有各种事情。他前面的资金只到剧本孵化阶段，真正开机就要来一笔大钱，那可不是小数字。

如果换作是陈导，他说不定想想办法，就用这几家资方的钱开机，但贺导性格就不一样，他非要凑齐资金不可，否则就是有瑕疵的艺术！

楚肖逸一听贺导想要的钱，瞬间也感到阵阵窒息，竟然有些理解资方的心情。他突然感觉自己上学比拍贺导戏来得靠谱，这项目确实且需要时间磨钱，便安慰道：“没事，没事，您不用着急，有的是时间呢……”

楚肖逸：说不定真拖到我毕业再说。

贺导原本还想先付定金，他也不愿虚晃年轻演员一枪，但楚肖逸没有要这钱。两人约定后面再谈，尽管贺导保证自己一定马上凑齐资金，可楚肖逸心里想的是“别别别，慢点没关系”，总算是气氛融洽地暂缓此事。

接下来的日子风平浪静，楚肖逸一边完成剩下的工作，一边陆续收到学校的Offer，开始正式规划着留学。他还查了查高校附近的景点，除了环球影城，他打算独自到音乐文化浓郁的地方逛逛，感受一下异国的艺术氛围。

楚肖逸申请的是影视制作类专业，一是自身履历及推荐信合适，二是入学后也有机会接触音乐专业，但在纯粹的音乐高校内就不太可能接触影视。

御融台内，楚肖逸百无聊赖地刷着页面，检查有没有新收到的邮件。他随手点开一封邮件，等到看清发信人和内容，这才露出难以置信的神情，惊道：“我中了！”

楚肖肖原本坐在兄长身边，被他突如其来的声音吓一跳，小心脏都快从嗓子眼蹦出来，顿时瞪大眼道：“……什么？”

楚肖逸扭头看她，满脸都是喜不自胜，他一把握住妹妹肩膀，激动地分享道：“我中了！我中了！我中了！”

楚肖肖被兄长晃得直犯晕，心想，他怕不是中邪了？

楚肖逸犹如《范进中举》里疯癫的范进，原因正是他高攀到了不敢想的学校。

虽然楚肖逸近期陆续收到Offer，但他没料到自己还能登高一摸，又往上踏一步。两个小孩当初在茶室里乱出主意，他就有一搭没一搭地申请，谁能想到还真被录取了！

楚肖逸猛地抱紧妹妹，只感觉搂住了幸运锦鲤，简直要真挚落泪：“我终于有学上了，你去环球影城要什么都给你买！”

楚肖肖被他抱得喘不过气来，只能含糊地发出声音，嘟囔道：“@*&% ￥@#&@（我就要你走开）……”

当然，楚肖逸同样没遗忘另一位当事人，他许诺给妹妹买环球影城的金银珠宝、魔法道具，也如约交给梁双麒说好的东西。

两人在小院门口约好见一面，梁双麒头一回收到肖肖哥哥的消息，自然感到相当疑惑。他见到楚肖逸后，不禁吐槽道："哥哥，我才发现你一直剽窃肖肖的头像。"

梁双麒是推荐乐团人员的时候跟对方交换的微信，但由于双方很少有联络，他也没关注过楚肖逸的动态。他现在才发现楚肖逸是学人精，怎么头像总是模仿楚肖肖的风格？这是什么毛病？

楚肖肖总是用动画或电影人物做头像，楚肖逸就要故意跟着她换，时常气得小丫头要捶人，这算是他的恶趣味爱好。

楚肖逸面对小鬼头谴责的视线，忙不迭道："嗐，什么叫剽窃，我俩是兄妹，兄妹之间的事情，那能叫剽窃吗？！"

"行啦，这个东西给你，上次说好给你的。"楚肖逸立马岔开话题，将手里的小盒子递给梁双麒。

梁双麒好奇地接过盒子，盒子并不算大，其中装着徽章般的小东西。他看清上面的文字，顿时露出惊讶的神色，一改刚刚的吐槽态度，眼神发亮地望着楚肖逸，感动道："哥哥……"

楚肖逸早猜到梁双麒的反应，悠然地拍拍对方肩膀，煞有介事道："我要出去留学啦，在我出国期间，希望你能好好承担这份荣誉。"

梁双麒珍重地收好盒子，认真道："我会的。"

楚肖逸满意道："如果出现任何问题，随时发消息联系我，我会毫无保留地帮助继任者。"

楚肖逸觉得自己的计谋太高明，不着痕迹地将敌军转化成友军，还能在留学期间护住自家的白菜。虽然他没法紧盯妹妹的成长动态，但只要有眼线暗探，他仍然能够掌握住局势。

梁双麒虚心请教："那我现在也能剽窃肖肖的头像吗？"

楚肖逸思考两人头像画风一致的情况，立马斩钉截铁道："……不可以。"

梁双麒略感奇怪："但你刚刚明明说……"

楚肖逸："不、可、以，我还是先给你来一套上岗培训吧，你应该爱岗敬业，不能够监守自盗！"

楚肖逸：你做工具人就要有工具人的态度，怎么还能想着偷白菜？！

楚肖逸扣住梁双麒就来一顿暴风培训，又千叮咛万嘱咐地定下无数规矩，这才略微感到放心，觉得自己能去留学了。

梁双麒被他说得晕头转向，终于忍不住茫然道：“我怎么觉得自己比过去还惨？”这跟我想象中好不一样……

楚肖逸语重心长地洗脑：“能力越大，责任越大，这份工作当然不好做。”

楚肖肖当然不知楚肖逸和梁双麒的私下碰面，她在假期时跟随便宜哥哥前往环球影城，跟德斯汀、梅丽度过美好的时光后，终于也迎来告别的日子。

一家人借着楚肖逸上学的机会，头一回一同出国旅行，留下不少珍贵的回忆。楚肖逸过去没时间陪家人旅行，终于在这场假期中补上一家四口缺失已久的合照，算是了却了一个遗憾。

现在，楚肖肖要跟着父母回国离开，只剩下楚肖逸在此处等待开学。

机场内，楚家栋和肖碧跟大儿子拥抱告别，楚肖肖却一步三回头地走不动。她茫然地跟着父母往前走了两步，又忍不住回头望身后的楚肖逸，好像有点难以抉择。

楚肖逸看她彷徨不定的模样，顿时心软下来，往前追了几步，蹲下身宽慰道：“嗐，知道你舍不得你哥，我再过几个月就回来啦，你先用冒牌货对付一下吧。”

楚肖肖此时有点伤感，撇了撇嘴，瓮声瓮气道：“什么？”

楚肖逸见她眼眶发红，捏了一把她的脸蛋，轻轻地笑了：“秘密。”

楚肖肖听他难得语气柔和，终于还是没有忍住，落下一滴亮晶晶的热泪。

明亮的机场大厅内，兄妹俩在异国依依不舍地告别，他们认真约定下次重逢的时间，然而楚肖肖悲伤的情绪，只维持到回国三天后。

“哇，楚肖肖，你是不知道你当天哭得有多撕心裂肺、惨绝人寰，我都差点以为自己要走不了了，哭得爸妈和我都不敢再迈步，你要不要听听自己的哭声，我当时还录下一大段呢，听听自己有多丢脸……”

御融台内，楚肖肖正跟远在国外的便宜哥哥通话，一度想面无表情地挂断语音，叫停他无止境的诋毁。她当时在机场失态地崩溃大哭，哪知道留下了一生的黑历史把柄。

楚肖逸细声细气地搂着她劝哄，却暗中点击手机的录音键，心肠毒辣地记录下一切。

楚肖肖：这是亲哥做得出来的事吗！不对，也就亲哥能如此不要脸！

楚肖肖冷漠道：“我才不丢脸，你期末挂科才会丢脸。”

楚肖逸如今刚刚回到学习状态，还没有马上适应课程，正在拼命地调整中。

楚肖逸顿时气弱，嘀咕道：“这离期末还早呢……”

楚肖肖愤愤反击："说不定等我考上大学，你还没有从大学毕业，延毕好几年，就像梅丽哥哥一样！"

楚肖逸："……"扎心了，扎心了老妹，吓得我赶快去学习。

兄妹俩没营养地互撑两句，楚肖肖结束通话又有点怅然，她现在也在适应兄长留学的状态。楚肖逸再次回国，就要等到几个月后的假期，尽管他时常提起找人代班，但楚肖肖并不懂他在说什么。

直到开学后，看到梁双麒佩戴的徽章，楚肖肖露出分外微妙的表情，迟疑道："麒麒哥哥，这是什么东西？"

梁双麒将徽章摆正，露出服务人员般的专业态度，煞有介事道："肖肖你好，我作为'肖肖哥哥代理'，今天起就正式上岗了，代替前同事履行他未完的职责。"

楚肖肖："……"原来我哥哥还是一个岗位，而且居然是轮班制度！

楚肖肖难以置信道："那'肖肖哥哥代理'的职责是……"

梁双麒："做一根优秀的韭菜、一个优秀的工具人、一位优秀的哥哥。"

楚肖肖："？？？"

见她失神，梁双麒双眸认真，悠然道："所以前同事让我告诉肖肖，虽然他暂时出国几个月，但你也不用在家伤心，因为'肖肖哥哥代理'还在履职。"

楚肖肖微微一愣，哪能不知楚肖逸和梁双麒是故意逗自己开心，才会设计这一出。她作为七岁的小朋友，突然有点不好意思，忍不住偷偷嘀咕："你们是三岁半的小朋友吗……"

楚肖肖：我都要有你们两倍的成熟啦。

灿烂的阳光下，小女孩和小男孩童真的欢笑声在碧空下回荡、回荡，他们有说有笑地往前走，肩并肩踏过岁月悠长。

番外一

哥哥代理事件

楚肖逸出国留学前，考虑到妹妹的心情及隔壁小鬼头，专程赠送梁双麒一枚刻有“肖肖哥哥代理”字样的徽章，让对方代班上任，替自己看着妹妹。他觉得将两人定义成兄妹情，再让梁双麒帮忙拦住其他小男孩，简直是超绝的计策，自己堪称诸葛再世。

楚肖逸一边在国外专心读书，一边偶尔当好莱坞打工仔，除了被粉丝抱怨无法探班，生活过得还可以。他在国内的行程粉丝比较容易追，在国外的行程粉丝就追得很困难。好在他假期会回国营业，并不算是完全消失。

楚肖逸：开玩笑，如果那么容易被追行程，岂不是失去留学的意义？

楚肖逸原本就是想体验普通人的感觉，不想要国内众星拱月般的氛围。他现在偶尔会跟着德斯汀在好莱坞晃荡，做做实践项目、跑跑零散剧组，感受一番异国的风土人情。尽管留学生有时会认出他来，但相比国内还是轻松自然得多，他也接触到外国的从业环境，慢慢地产生一些新体会。

另一边，梁双麒终于得偿所愿，成功晋升“肖肖哥哥”一职，同样感到春风得意。虽然此岗位后面还加着“代理”两字，但“副总经理”的“副”也经常被人忽略，同理“肖肖哥哥代理”的“代理”两字也可以被忽略。

楚肖肖深深感受到小伙伴的新官上任三把火，她不止一次无奈地提醒道：“麒麒哥哥，你还是要清醒一点，我哥以前也没管过那么多……”

楚肖肖：我哥以前就爱在沙发上打滚，何曾做过那么多事情？

因为楚肖逸在上岗培训时疯狂洗脑，细数自己当年给楚肖肖画手抄报、编手工绳等事，致使梁双麒对新工作产生误解。他对自己的岗位相当有责任感，觉得起码不能输给前同事。

因此，梁双麒摆出在校期间投喂、回家路上护送、随时准备为科学课作业而奉献的态度，让楚肖肖有点无所适从。她从来没想过指使小伙伴，但便宜哥哥好像给梁双麒灌下了迷魂汤，让对方异常爱岗敬业。

梁双麒果然是争强好胜的小学生，他严肃地提出："肖肖不能厚此薄彼，也应该给我安排工作。"

楚肖肖："……但我以前也没给他安排过工作呀。"倒是他老给我找工作。

现在不用画手抄报、编手工绳，楚肖肖为难地琢磨很长时间，终于等到麻烦小伙伴的事情。

班级里，陆老师提议同学们周末回家为爸爸妈妈做顿饭，感受一番父母平时的辛劳，然后写一篇读后感。

陆老师："大家记得在家里人监督下完成，不用做过于复杂的饭菜，但要亲自动手来试一试。"

楚肖肖似懂非懂地记下作业，她从来没有在家里开过火，也就春节捏过几个饺子，剩下的时间就没做过饭。

楚肖肖要为爸爸妈妈做饭，但她觉得向父母请教如何做饭，好像又有点没惊喜感，索性找朋友咨询。她最先想到的就是杨茵，对方曾经是御融台三人组中的饲养员，便发消息询问："杨茵姐姐，你能教我两道容易做的菜吗？"

杨茵倒是相当称职，发来一大堆做菜视频及无数语音，恨不得坐飞机过来教楚肖肖做饭，最后还是犹豫道："肖肖，你能行吗？你找个人先带你练练吧？"

在杨茵眼里，楚肖肖还是当年跟在自己身后的小朋友，完全不具备料理的实力，只能蹲在旁边等着吃烤薯角。

楚肖肖获得杨茵的参考意见，决定先进行料理练习，又继续请教周围的朋友："麒麒哥哥，你会做饭吗？"

楚肖肖原以为梁双麒跟便宜哥哥一样，都是在厨房里笨手笨脚的类型，没想到梁双麒却镇定地答道："我会啊。"

楚肖肖震惊地瞪大眼："真的吗？那是什么水平？你会炒焦黑肉片吗？"

楚肖肖：毕竟你的前同事给我留下了心理阴影，我一时有点不敢让继任者陪练。

梁双麒迟疑地挠挠脸，迷惘道："我也不知道算什么水平，可能比我妈要好一点，不然你来看看吧。"

虽然梁双麒做不出复杂的大菜，但他在梁宸的教导之下，还是能做出些家常菜的。他在小学二年级时就会做蛋炒饭，家中的厨艺底端估计是赫妍。赫妍还经常打发儿子帮自己煮夜宵，梁双麒对厨房并不算太陌生。

梁双麒家中，楚肖肖眼见着小伙伴熟练地做出可乐鸡翅、西红柿炒鸡蛋和蚝油生菜，一时间感到十分震惊，当场佩服地拜师："请教教我吧！"

梁双麒接到上岗新任务，颇有雄心壮志："好，那就将教会肖肖作为目标，你今天学完，明天就能用！"

楚肖肖今天在梁双麒家学会，明天就可以回家完成任务，给爸爸妈妈做饭。

梁宸对小孩们在家里的厨艺探索倒无意见，他索性坐在厨房外面的桌边盯着，还几口就将梁双麒做的菜吃完，又嘱咐道："梁双麒，记得开抽油烟机。"

"喵……"黑猫梁斯特眼见着梁宸偷偷进食，颇为不甘地站在椅子上，猫尾巴不爽地晃来晃去，紧紧地盯着突然加餐的男主人。

梁双麒索性从最基础的步骤教起，他给楚肖肖准备轻巧的陶瓷小刀，指挥道："切菜时像这样握着，然后这只手摁住西红柿，这种姿势才不会受伤……"

楚肖肖似懂非懂，模仿着梁双麒的架势，有样学样地切碎西红柿。

片刻后，梁双麒望着楚肖肖切出的西红柿，略微沉吟几秒，斟酌着措辞，迟疑道："肖肖切出来的……很艺术……"

梁双麒：好像突然明白了前同事为什么会代做手抄报、代编手工绳，我的第一个工作任务看上去并不好完成。

楚肖逸在家偶尔会称楚肖肖为小祖宗，他的话其实没有半分作假，楚肖肖确实属于十指不沾阳春水的小祖宗，尽管学习成绩好得惊人，但动手能力差得要命。他一向看不惯妹妹干活，父母原来还让她自己刷小雨衣，他回家后连她刷出的雨衣都嫌弃，每回还要洁癖地给她重刷一遍。

楚肖肖望着自己切出的西红柿，忍不住小声嘀咕："总觉得我跟麒麒哥哥切出来的不一样。"

楚肖肖眼前的西红柿显得乱七八糟，但梁双麒刚刚切出来就很规整。

梁双麒振作起来，赶忙鼓励道："没有没有，切得很有灵魂。"

楚肖肖微微皱眉："但我切出来的有大有小，看着并不像有灵魂。"

梁双麒："大块的是灵魂，小块的是灵魂碎片。"

楚肖肖："？"

梁双麒继续指导："接下来搅拌鸡蛋液，然后加入少量盐……"

楚肖肖将鸡蛋液打散，握着调羹的小手一抖，立马抖下一堆白白的盐。

梁双麒欲言又止："嗯……这回注入的灵魂有点多。"

混乱的料理过程后，楚肖肖眼巴巴地想要尝尝自己的成品，梁双麒却飞速地制止她，将灵魂版西红柿炒蛋端到梁宸面前。他唯恐小伙伴发现自身的厨艺漏洞，进而让她对料理失去信心。

楚肖肖满目茫然，梁双麒却解释道："肖肖，别人尝比较客观，你自己尝太主观。"

楚肖肖："原来如此，所以是叔叔来尝吗？"

梁宸随手夹起一筷子灵魂料理，毫无防备地放进嘴里，又干巴巴地咀嚼两下，最后缓缓地咽下去。

楚肖肖满怀期待地盯着对方，小心翼翼道："怎么样呢？"

梁宸的情绪毫无波动，以至于楚肖肖不知道对方的评价。

梁宸犹豫道："还行吧，肖肖跟你阿姨水平差不多……"反正能吃也不会死人，最多就是咸加微煳。

楚肖肖顿时长松一口气，赫妍阿姨已经是大人，四舍五入她就算具备成年人的厨艺了！

梁双麒哪能不知母亲是家里厨艺的底层，察觉自己面临职业生涯的极大挑战，他果断决定调整策略，提议道："肖肖，不然你拿着我做的菜回家，然后送给你爸爸妈妈吃吧，这也算完成任务！"

梁双麒：考虑到叔叔阿姨的身体健康，这似乎是最安全的做法。

楚肖肖作为乖小孩，挑眉道："不行，老师说要我们亲手给爸爸妈妈做饭。"

梁双麒振振有词："你看你刚才做菜给我爸爸吃，那我也做菜给你爸爸吃，这不就是公平交换？我做菜了，你也做菜了，我爸爸吃到了，你爸爸也吃到了，还用分是谁做的、谁的爸爸吗？"

梁双麒一口气说了好多话，顿时让楚肖肖迷糊起来。她犹如刚刚听完绕口令，迟疑道："等等，你让我捋一捋……"

梁双麒想用话术将小伙伴绕晕，但楚肖肖向来讲究逻辑，愣是把这番话消化掉。她愉快道："没关系，刚刚就当我请叔叔吃，麒麒哥哥不用还了。"

梁双麒："……"为什么小伙伴偏偏在逻辑思维上如此出色？

梁双麒长叹一声："真是拿你没办法，只能将我压箱底的大菜传授给你……"

楚肖肖兴奋道："原来还有进阶菜！"

楚肖肖获得梁双麒真传，高高兴兴地学完做给爸爸妈妈。她不但在饭桌上收到父母的热烈赞扬，还愉悦地分享给大洋彼岸的兄长，以此炫耀自己的实力。她从不在别人面前过于得意，但面对便宜哥哥就挺放得开，主要是他也总莫名得意。

楚肖逸得知妹妹的学菜史，惊道：“你为什么要跟他学？你可以问我啊！”

楚肖肖回想焦黑肉片，理直气壮道：“你的厨艺又不好，麒麒哥哥会做好多菜。”

楚肖逸：“？！”朕的天下转眼就改姓梁啦？

楚肖逸没好气地嘲道：“他能做什么菜？”

楚肖肖：“西红柿炒鸡蛋、蚝油生菜和可乐鸡翅。”

楚肖逸：“这有什么难度！这都好简单的！”

楚肖肖面露不满，据理力争道：“麒麒哥哥还教我进阶菜，专门拿出压箱底的大菜，我学完做给爸爸妈妈，他们都说很好！”

楚肖逸闻言一愣，嘀咕道：“什么进阶菜？难道他还会满汉全席不成？”

楚肖肖掷地有声：“糖拌番茄、拍黄瓜和鸡蛋羹！”

楚肖逸：“……”好一桌大菜，父母辛苦了。

楚肖肖转述着小伙伴的料理思维，侃侃而谈：“麒麒哥哥说，最简单的步骤才能展现出最精湛的厨艺，真正的高手都是将不起眼的菜做出花儿来，我今天专门将西红柿切成一朵花，点缀在最上面……”

梁双麒认为，料理的步骤越少，楚肖肖失误概率越小，这才搬出三道进阶菜。

楚肖肖刚开始还觉得过于简单，但梁双麒将料理概念吹得天花乱坠，甚至搬出“大道至简”论，顿时让楚肖肖感到颇有道理。

梁双麒：“肖肖不能瞧不上这三道菜，他们看似普通，实际出镜率极高，你能经常看到。这才是展现厨艺的大菜！”

楚肖肖为自己看轻它们而惭愧，不由得喃喃道：“原来如此……”

楚肖逸听完转述，觉得隔壁小鬼头就算不搞音乐也没事，说不定还能搞搞影视、营销、金融、互联网，这些行业都擅长将普通的东西包装出新概念，让人琢磨不出原来的滋味，堪称胡说八道的行骗大师。

楚肖逸幸灾乐祸道：“我觉得确实算是进阶菜，证明你的厨艺是进阶的菜。”

楚肖逸：因为厨艺太菜，只能做进阶菜！

楚肖肖闻言，恨不得跟他在视频里怒掐一通，死不接受便宜哥哥的诋毁。

虽然楚肖肖的家庭料理顺利过关，楚肖逸却在心里给梁双麒记小账，认为对方威胁到自身地位。楚肖肖明明在机场号啕大哭，这才刚过多久，她就走出悲伤，似乎在国内过得很好。

楚肖逸：麒麒哥哥长，麒麒哥哥短，真正的哥哥你不管！

楚肖肖其实没有忽略便宜哥哥的意思，主要是对方以前也有过进组三个月的情况，加上楚肖逸经常跟家里联络，自然没有他离开太久的感觉。他在加州的阳光下满脸开朗，还跟德斯汀到景点游玩，没事就分享学校里的有趣课程，看上去充实得不行。

楚肖逸："你看你天天跟我说他，你现在都不聊聊我啦！"

楚肖肖面对酸溜溜的指责，无可奈何道："但你也过得很开心啊，我们前两天不是刚聊过你？"

楚肖肖原是想炫耀一番厨艺，势必会提起导师梁双麒，她自然没觉得哪里奇怪。

楚肖逸："前两天聊过就不能聊啦？你还每天都要吃饭呢！"

楚肖肖神情微妙，赞同道："……也对，你还每天都要说奇怪的话。"

楚肖逸："？"

楚肖逸如今远在海外，没法当场制裁小萝卜头，只能暂时按兵不动，苦苦等待放假归国的日子。

第一学期结束后，楚肖逸果断买票回国，他从大洋彼岸带回加州的明朗，然而只坚持到家乡的机场，就遇到气势汹汹的粉丝。

"楚肖逸，你没有心，你还知道回来啊！"

"背着我们偷偷上学，ins 上全是偶遇你的人……"

"你不会挂科要补课吧？"

楚肖逸面对前面的怨声载道，还心虚得抬不起头，毕竟自己在海外确实挺放松，感受到了普通人的学校生活。然而，听到后面的质疑，他立马昂首挺胸道："我成绩很好！"

"真的吗？我不信。"

"空口无凭，你在微博晒一下成绩！"

"事业粉今天没来，我们都是成绩粉。"

楚肖逸："……"我看你们是假粉。

因为楚肖逸的航班落地很晚，所以机场里显得很宽敞，接机并不算混乱。何鑫出面劝说道："好啦好啦，太晚了，大家回去吧，我会监督他营业的……"

楚肖逸在经纪人的帮助下突破重围，终于成功地回到温暖的御融台家里。

次日，楚肖逸稍微倒倒时差，便决心重整旧山河，一扫乱臣贼子！

楚肖逸面对梁双麒，泰然道：“好啦，我已经回来了，你可以下岗啦！”

梁双麒难以置信道：“你都给过牌子了，怎么还能赖皮？”他都拿到了“肖肖哥哥代理”的徽章，这人怎么回来就翻脸不认账？

“招聘还能解雇呢。”楚肖逸振振有词，犹如无良资本家，祭出经典台词“you are fired!”。

梁双麒：“？！”

楚肖肖不过是回屋拿一点东西，返回茶室后就发现了哥哥大战，许久未见的两人再起硝烟。她诧异地眨眨眼，询问道：“这又是怎么了？”

梁双麒：“他在我试用期三个月后无故辞退我，我要求申请劳动仲裁……”

梁双麒：我坚信法律会带来正义的！

楚肖逸：“什么叫作无故辞退，那明明是向外输出人才，响应你偶像说过的话！”

楚肖逸：我们每年向社会输出具有哥哥代理经验的人才，让其参与社会的建设！

楚肖肖：“……”

番外二

那年懵懂少年时

楚肖肖十岁时，顺利地考入八中少儿班，将在四年的学习后冲击大学。初中部距离曾经的小学并不远，只需要穿过两条街，环境还算熟悉。

许晓再次以第二十八名的成绩摸边考入，位列全班倒数第一，堪称天选之子。她本人却对此相当满意，唏嘘道："太好了，太好了，我又可以了！"

小学超常班一直淘汰着掉队的同学，将他们陆续分派到普通班，等到小学四年级考中学时就更严苛。即使八中少儿班每年的招生名额是三十人，但只要学生的素质没有达到标准，甚至可以少于三十人。

楚肖肖的新班级就只有二十八人，许晓绝对是幸运的考试锦鲤，成功地挤进队伍。

刘雯沛和陈光溯的成绩一向稳定，简直毫无悬念，许晓却在班里起起落落，令人胆战心惊。

楚肖肖能够跟好友继续同窗四年，无疑最为高兴："那你后面又能逆袭，就像小学时一样。"

许晓原来是第三十名，后来缓缓地进步到中流，现在是第二十八名，又有新的上升空间。她属于环境激励成长的类型，不管在什么班级里，都是中不溜的水准。

"那要等开学后再看了……"许晓忽然想起什么，不由得兴奋地提议，"肖肖，你要不要等会儿跟我逛街买文具？"

楚肖肖："逛街？"

许晓："对啊，初中部旁边有商城，离这里只有两站路，我经常去那里逛！"

楚肖肖作为乖宝宝，还从未跟同学逛过街，迟疑道："……我可以吗？"

楚肖肖做低年级小学生时，都是由父母接送回家，自然没有放学后闲逛的时光，不像许晓经常溜达着自己回去。她如今升入初中部，楚家栋才允许她乘坐公共交通，但前提也是有梁双麒陪同，不然他还是要来接。

楚肖逸当年十岁时，已经在院子里野得犹如兔子，一天到晚找不到踪影，父母拉都拉不回来，但楚肖肖属于听话懂事的小孩，一旦家长叮嘱过什么，她就会非常上心，不敢越雷池一步。

许晓拍胸脯保证道："当然可以！我带你去！"

楚肖肖内心对逛商城相当向往，但思及买文具就要父母来接，又感觉实在折腾爸爸。

放学后，梁双麒听闻两个小姑娘的主意，倒没有楚肖肖那么为难，坦然道："那我跟你们一起吧，然后我和肖肖直接从商城坐地铁回去。"

楚肖肖一愣："啊，麒麒哥哥岂不是要等很久……"

梁双麒："没关系，我又没什么事情，叔叔也不用来接。"

许晓不太理解梁双麒的突然加入，她好奇道："肖肖是怕回家晚吗？那你可以住我家啊，我家就在学校隔壁，我们直接睡一张床，晚上还能一起玩！"

许晓家就在初中部的隔壁，跟学校相隔一张铁丝网，每天都能听到课间操音乐。她要是能偷偷溜出学校，完全能在家吃午饭。

楚肖肖眼神一亮，露出更加向往的神色，应道："还可以这样……"

梁双麒："？"

梁双麒果断道："算了吧，我们还是各回各家、各睡各床，肖肖跟家里说一声就好。"

许晓嘀咕道："但有人跟着好奇怪……"

楚肖肖有点犹豫："麒麒哥哥也会觉得无聊吧？"

梁双麒："不会，我保证没有存在感，你们聊你们的就好。"

楚肖肖发现自己没法将梁双麒劝回去，只能接受他跟在自己和同学身边，三人一同坐公交车前往商城。她刚开始还有点不适应，左手边是许晓，右手边是梁双麒，两人都是自己的好朋友，冷落谁都不合适，三人行着实尴尬。

许晓本来属于叽叽喳喳、聊个不停的性格，可以畅谈古今、贯穿中西，永远没有冷场的时刻，致使楚肖肖很快就被吸引注意，实在顾不上梁双麒。

因为两个小女生都在看精致的文具、漂亮的饰品，所以楚肖肖也找不到机会跟梁双麒搭话，主要是她们看的东西对他又没有用！

许晓瞟到灯光下闪闪发亮的饰品，立马一溜烟地往店里钻，向肖肖招手示意："肖肖，这里有头绳！"

楚肖肖刚要走上前，又犹豫地回头，望向闲得发慌的梁双麒，迟疑道："麒麒哥哥……"

梁双麒悠然道："肖肖过去吧，我们一会儿可以跟你同学吃点东西，然后再回去。"

楚肖肖唯恐梁双麒感到冷落，然而看他满脸轻松、浑不在意的模样，她顿时更感愧疚。因为她能看到别人的情绪颜色，所以发现他真没放在心上，越发察觉对方贴心，她莫名觉得不好意思。

"好的，那我们马上过来。"楚肖肖一步三回头地往里走，但总觉得叫上男生看头绳也挺奇怪，一时神色纠结。

梁双麒安抚道："不用着急，我也挑挑。"

梁双麒站在货架旁边安静地看笔，他穿着雪白干净的短袖校服，背着款式休闲的深黑色书包，显得瘦高又挺拔。他的手指修长，由于皮肤白净，手背上隐隐显出血管脉络，他漫不经心地挑选文具，神态跟黑猫梁斯特如出一辙。

梁斯特如今已是成熟猫猫，不像过去般精力旺盛，总是闲散自在地趴在窗台边晒太阳。它懒洋洋的模样颇有大佬气质，偶尔会随意地瞥人一眼，尽管动作不多，但气场强大。梁宸现在不但没法训练它，有时候估计还会被它训两句。

梁双麒如今已有喉结，加上他个儿很高，浑身有一种慵懒悠闲的气质，正处于朦胧如雾、纯白如纸的少年阶段，逐渐摆脱孩童的稚气。

楚肖肖偷偷观望梁双麒许久，发觉他确实情绪还好，这才跟许晓挑起头绳。因为梁双麒要早上初中两年，所以楚肖肖近年只在小区里碰到过他，不像小学时相遇次数那么多。她如今跟麒麒哥哥再次同校，发现对方一夜之间大变样，好像不再处于小朋友阶段。

她以前会跟梁双麒自然地说笑，听对方讲很多离谱的鬼话，但现在要稍微拘谨一点，逐渐过渡到跟杨茵姐姐相处的模式。因为麒麒哥哥也长大了，他不再会说想做马云或肖肖哥哥的傻话，而是变得更会包容照顾人。

楚肖逸还总搬出梁双麒童年时的傻话大肆嘲笑，搞得梁双麒偶尔也不好意思，他会别扭地歪过头去，或是凉凉地反击两句。

许晓一边挑头绳，一边疑惑道："肖肖，那是你哥哥吗？我记得你哥不长这样。"

许晓对梁双麒留有印象，但她对楚肖逸也有印象，时间一长就分不清楚，总将两位哥哥的年龄混淆。

楚肖肖解释道："不是，麒麒哥哥跟我同小区，我们认识很久了。"

许晓恍然大悟："原来如此，那他还挺有耐心，我院子里的初中生都不跟我们玩儿，他们喜欢自己聚在一起打游戏。”

许晓院子里的男生上初中后，基本就不跟小学生玩耍。虽然许晓依靠少儿班进入初中，但她的年纪依旧属于小学阶段，经常被院子里的大哥哥嘲笑幼稚。他们偶尔会跟许晓开开玩笑，可总归是玩不到一起去。

楚肖肖若有所思，思及小伙伴的“人嫌狗厌”论，犹豫道：“那你院子里的哥哥可能是麒麒哥哥最讨厌的类型。”

梁双麒自小就有一种冷眼看同龄人的习惯，似乎总认为周遭的同学蠢得不行，这种奇怪的感觉偶尔甚至会延伸到楚肖逸身上。他有时注视肖肖哥哥也是用同一种睥睨的眼神，堪称“众人皆醉我独醒”。

许晓面色古怪：“肖肖，你还叫他小名吗？”

楚肖肖：“我一直都叫他麒麒哥哥，这有哪里不对吗？”

“倒也不是不对，就是有点奇怪……”许晓挠了挠头，无奈地解释，“该怎么说呢？这就像大熊猫明明是战力惊人的食铁兽，咬合力超强，能单挑三四匹狼，如今却被当作萌物，还被喊‘团团’‘圆圆’。”

梁双麒明明都抽条成相貌出众、高高瘦瘦的斯文少年了，居然还被称呼幼儿园风格的小名，自然让人觉得不伦不类。

楚肖肖：“但是大熊猫憨态可掬很可爱啊。”

“那是大熊猫的外表……”许晓瞟瞟梁双麒，又望向楚肖肖，诧异道，“难道你觉得他憨态可掬吗？”

许晓：大熊猫长得很可爱，梁双麒又不是这类！

楚肖肖点头：“可掬。”麒麒哥哥就是很有趣好玩，还总说匪夷所思的话。

许晓满脸难以置信，她的语文成绩不错，不由得提醒道：“憨态可掬的意思是憨态明显，好像可以用手捧住，多形容动物和人天真可爱……”

楚肖肖：“我知道。”

许晓：“那你用手捧住他试试！你能把他捧起来算我输！”他明显好大一只。

楚肖肖眨了眨眼：“那你先将大熊猫捧起来，你能用手捧，我就也去捧。”

许晓：“……”

许晓捧不动大熊猫，大熊猫同样憨态可掬，同理可推，即使楚肖肖捧不动梁双麒，梁双麒也能憨态可掬，这让许晓无法反驳。

楚肖肖好奇道：“不叫麒麒哥哥的话，我应该怎么称呼他？你都是怎么叫的？”

许晓：“我们院子里的人都是叫全名，只有长辈们才会叫小名，我也不会叫他们哥哥。”

楚肖肖似有所悟，梁宸好像也经常直接叫梁双麒全名，倒是她家里人老叫他“麒麒”。许晓叫院里初中生的小名，会让他们很没面子，但让她叫他们哥哥，她又觉得没面子，索性都叫全名。

梁双麒挑完文具也往这边走，楚肖肖和许晓这才停止关于称呼的讨论。她们低头挑选起头绳，开心地买下配对的样式，约好以后一起用。

许晓伸手摸摸漂亮的发卡，遗憾道：“其实这个也好看，但我还不太会用，等我以后学会，我们一起扎吧。”

楚肖肖：“发卡怎么扎头发？”

许晓：“可以扎丸子头，然后用发卡别住，我有看到女生这么弄，好像是马尾改的。”

许晓一向走在学校前沿，她有很多奇怪的知识，之前还在体育课上给楚肖肖编小辫，总是在学习 Tony 老师的新花样。

梁双麒在旁听着，等她们买完东西，他又请两人吃了冰激凌，这才带着楚肖肖离开，打算乘地铁回去。

楚肖肖跟许晓挥手告别，又犹豫道：“你可以自己回去吗？”

许晓头也不回地往外窜，蹦蹦跳跳地跑掉，还笑着打趣道：“当然，我跟肖肖不一样，我又不是小朋友！”

许晓知道，楚肖肖一向是成人眼中的乖宝宝、正直认真的大班长，估计连作业都没有抄过，自然忍不住调侃两句。

心知好友没恶意，楚肖肖只是小声地嘀咕：“喂……”不要取笑我呀。

许晓：“拜拜！你们快走吧，我两站就到家啦！”

楚肖肖跟许晓约好，让她回家后给自己发消息，这才掏出交通卡，跟上梁双麒。她思索片刻，又认真道：“谢谢麒麒哥哥，让你等了好久。”

梁双麒不但被耽误回家时间，还请她们吃了冰激凌，让楚肖肖过意不去。

梁双麒大方道：“没事，我也买了东西。”

地铁站里的人流不多，两人站在一侧候车。楚肖肖沉吟几秒，扭头看看斯文的少年，试探道：“梁双麒。”

梁双麒原本在用手机看线路，冷不丁被小伙伴点名，还跟往常的称呼截然不同，顿时有种难以言表的慌乱，下意识地应道：“到？”

因为梁双麒一路上都是沉着稳重、游刃有余的哥哥样儿，所以楚肖肖看他突然慌神、眼神飘移，竟有一种回到幼年的感觉，仿佛他们还可以毫无架子地说笑，便询问道：“这么叫你很奇怪吗？”

梁双麒面对她真挚的眼神，忽然面露几分赧意，磕磕绊绊道：“也、也不是，就是有一种上课被点名的感觉……”

说实话，梁双麒上课被点名都没如此紧张，其实班里同学都叫他全名，但楚肖肖这么叫就感觉不一样。因为她老是叫他“麒麒哥哥”，所以他就总会让让她，自己必须有做哥哥的样子，可称呼全名就像同龄人的感觉一样。

梁双麒现在已经知道楚肖肖的特别，少儿班的学生智力发展很快，如果单纯从学习能力及素质上来讲，楚肖肖确实跟初中生没差别，部分年纪大的孩子跟她心智差不多。

楚肖肖见他别扭，善解人意道：“算了，那我还是叫麒麒哥哥吧。”

梁双麒：“肖肖是不喜欢被当成小朋友吗？那你不叫我哥哥也行。”

梁双麒思及刚刚的氛围，觉得楚肖肖可能向往许晓的状态，也想能够自由地做许多事，而不是总被大人或自己盯着。在家里，因为楚肖肖年纪太小，又跟兄长楚肖逸年龄相差过大，所以她有时确实被照顾得过于周到。

楚家栋和肖碧平时倒还好，楚肖逸惯起孩子就没谱，偶尔还要摆摆哥哥威风，尽管楚肖肖并不吃这一套。

楚肖肖琢磨一番，梁双麒似乎不适应全名，她又不用再叫他哥哥，似乎只剩下很少的选择。她眨了眨眼，迟疑道：“麒麒？”

梁双麒遭遇一记暴击，耳根到脸庞瞬间噌地红了，白净的脸上犹如浮现火烧云，顿时失去语言组织能力。他眼眸明亮，嘴唇轻抿，看上去茫然而不好意思，僵硬地站在原地，似乎有点手足无措。

“麒麒好像还是小名……”楚肖肖看他神色恍惚，察觉自己的称呼有问题，继续进行修正，“双麒？”

楚肖肖：我被对方叫作肖肖，那应该去掉姓氏来称呼。

梁双麒几近失声：“呜……”

楚肖肖追问道：“梁双麒？麒麒？双麒？”

梁双麒终于抵御不住，不好意思地捂住耳朵，彻底投降告饶：“别叫了，别叫了，肖肖放过我吧……”

梁双麒：内心此时慌得不行，简直犹如公开处刑。

楚肖肖：“？”

楚肖肖严谨道：“但我们要重新确定称呼，不然我还是换回麒麒哥哥。”

梁双麒：“……我不是这个意思。”

两人终于各退一步，楚肖肖称呼梁双麒“麒麒哥”或“双麒哥”，这是目前双方能接受的最合理的称呼，基本没有更好的选择。

梁双麒带着楚肖肖走进地铁，他现在情绪稍微平复下来，又瞄了一眼旁边的楚肖肖，低声道：“其实肖肖不加‘哥’也行。”

楚肖肖神色镇定：“我觉得不太行。”

梁双麒：“我觉得行。”

楚肖肖轻声道：“梁双麒。”

梁双麒被她杀得猝不及防，顿时瞳孔地震、眸光微闪，克制不住地面露赧意，脸以肉眼可见的速度变粉，半天说不出话来。

楚肖肖早有所料，不由得挑眉：“你看，还是不行吧？”

楚肖肖：我要是不加这个“哥”字，小伙伴就会说不出人话，变得只能发出猫呼噜声！

梁双麒：“……”

梁双麒被同伴彻底喊蒙，一路上都精神恍惚，难以形容自己青涩而羞恼的情绪。实际上，班里人都叫他全名，他已经习以为常，但楚肖肖是不一样的。

梁双麒在班里一直是“我很酷，我很拽，我谁都不理睬”的高冷态度，但面对从小玩到大的小伙伴并不是如此，他一旦仔细回忆往事，便觉得哪里不对。

梁双麒幼年时跟楚肖肖属于纯真无邪的小朋友情，他在小学五六年级时逐渐萌生性别意识，开始跟班里的女同学避嫌，但楚肖肖总叫他“麒麒哥哥”，他就真的对号入座当哥哥，没觉得有任何问题。

然而，楚肖肖头一回叫他全名，他听到同龄人才会叫的称呼，顿时意识到男女有别，开始手足无措起来。

青春期是敏感而复杂的阶段，梁双麒一直秉持疏离有礼的态度，尽管他的相貌很惹人注意，但他从不向异性释放奇怪信号。他超级看不起揪女生小辫的男生，更不明白班里男女生互加微信有何值得高兴。他还认为在篮球场上大出风头，妄图吸引女生目光的男生幼稚且愚蠢。

但梁双麒面对楚肖肖好像也没少做类似的幼稚事，完完全全是双标。

他小时候还大言不惭地要做肖肖哥哥，原因是想要天天跟她一起玩，据说自己当时总是往楚肖肖家里窜，梁宸还得特意跑过去叫，他才愿意回家。他还跟她拉钩约定永远不告别，因为她在自己留学时没挽留而不高兴，还把赢得的各类奖牌奖杯送给她……

他现在书包里甚至装着发卡，本来想要在回家路上交给她。

梁双麒一向自尊心、好胜心、羞耻心极强，童年时的种种幼稚言行此时全都涌出，自然让青春期的少年害羞而别扭，简直犹如被钉在耻辱柱上。他总是看不起班里无知的男生女生，但自己明明也朝肖肖释放了好多奇怪的信号，顿时心态崩了。

他感到不好意思，一方面是体会到某种隐隐约约、秘而不宣的情绪，另一方面是回想起无数童年时傻里傻气的举动，属于双重暴击。

虽然是他年幼无知时的行为，但那就像无法自欺的本能，是完全不加矫饰的本心。如果换作是别的女生，他绝对不会想要送礼物，因为他认为这属于潜在的暗示，然而换作楚肖肖就是没过脑便已经买下，甚至没想过送出去的意义。

即使他现在有所意识，但让他立马跟楚肖肖避嫌，情感上也并不好接受，可想到自己过去的无数蠢话，他又在内心感到羞耻度爆表。

梁双麒：我小时候怎么像傻狗一样，让我找一条地缝跳进去吧。

中二期的梁双麒莫名陷入自我厌弃，他的情绪突然低落下去，自然引起楚肖肖注意。她好奇道："你怎么了？"

梁双麒："我以前好傻。"

楚肖肖："没有啊，为什么突然这么说？"

梁双麒："……我以前居然说要做马云。"还对你释放过无数奇怪信号。

楚肖肖："不会，我觉得很好玩，很可爱。"麒麒哥哥好多天马行空的想法都让她觉得有趣。

梁双麒要是只收到"好玩"的评价，可能会认为这是一句嘲讽，但后面还加上了"可爱"，他心里就勉强好受一点。他突然暗自庆幸小伙伴没长大，她还没意识到他童年的言行有多傻，表现得相当包容。

梁双麒："肖肖，你的记忆力是不是很好？"

楚肖肖："还行吧。"

梁双麒恳切道："那你能不能记忆力稍微差一点？"请你别记得我童年时的傻

样，多记一记我现在沉着稳重的状态。

楚肖肖："？"

楚肖肖面露迟疑："这好像有点困难，我哥的记忆力倒是不好，但他也不能传染给我……"

楚肖肖面对梁双麒离奇的要求，一时不太好答应下来，这实在强人所难。她又不是楚肖逸，没法变成金鱼脑。

楚肖肖："麒麒哥哥，你是不是不适应新称呼？那还是不要改了，你别勉强自己，你觉得顺耳就好，我也已经习惯了。"

楚肖肖觉得梁双麒一路上情绪波动有点大，她其实认为不改变称呼也可以，反正自己那么多年也叫习惯了。她原本是觉得叫小名不合适，但梁双麒好像对全名的反应更大。

梁双麒很难解释自己的心情，主要是从"麒麒哥哥"切换到"梁双麒"，突然让他想起自己童年时的傻事。他在那些年完全是贴脸式表达好感，根本不知道含蓄二字，孩童期不夹杂乱七八糟的东西，只是向往地想要靠近某人。

他现在依旧保留着这一种无瑕的向往，属于多说一句话都感到开心，但逐渐长大懂事后，他也感到部分行为不合时宜，甚至理解了楚肖逸对自己的警惕。

梁双麒轻轻垂眸，不安道："那肖肖觉得我们还可以用以前的方式相处吗？"

如果梁双麒将楚肖肖视为同龄女生，按他过去的习惯，再多联系就不合适，但莫名其妙断交又让他失落。他自然陷入纠结复杂的情绪，索性让楚肖肖来选择。

楚肖肖安慰道："可以啊，即使你现在说想做马云，我也觉得没问题，这一点也不傻气。"

梁双麒微微一愣，原本精神还有些紧绷，此时却犹如松开了弦，顿时释然下来。他突然理解自己老想围着小伙伴打转的状态了，跟她待在一起总是轻松而自在，不用想很多杂七杂八的事，也能够控制不住地高兴。

梁双麒：做傻狗就做傻狗吧，做傻狗还能傻乐呢。

梁双麒沉吟几秒，眨了眨眼，开口道："我现在不想做马云了，我以后必须超越马云，他已经去做乡村教师了，我还没有进入奋斗时期，不能够那么早就退休。"

楚肖肖再次听到熟悉的逻辑，小声地嘀咕："麒麒哥哥，你也太现实啦……"

楚肖肖：乡村教师有什么不好？教师也可以奋斗的！

梁双麒解开心结，他的态度也自然不少，干脆取出刚刚买的东西，悠然道：

“好吧，那这个送给你。”

楚肖肖看到眼熟的小纸袋相当惊讶，拆开一看里面是漂亮的发卡，正是她和许晓犹豫许久没买的那枚，也不知道梁双麒何时买下的。

“谢谢……”楚肖肖收到礼物很开心，但难免有一点遗憾，无奈道，“可我还不会用这个。”

楚肖肖和许晓没有买发卡，原因就是她俩并不会用。

梁双麒：“这似乎并不难，她们好像就是别住而已……”

梁双麒班里的部分女生目前也处于爱美的阶段，她们会坚持洗刘海、扎丸子头，将手藏在宽大的校服袖子里，说话时还要用袖口掩嘴，在笔袋里偷藏小镜子。尽管他对部分行为感到迷惑，但他作为人类观察者，大致了解同龄人的生活方式。

梁双麒指导楚肖肖扎丸子头，由于她头一回尝试，看不到实际情况，最后还是靠梁双麒亲手别上。他的动作小心翼翼，好像有点不敢碰她，犹如在触碰易碎品，好在最终完美地完成任务，还将微微散开的发丝整理好。

梁双麒看到成品松一口气，他现在已经将该不该送礼的问题抛在脑后，又恢复往日不过脑的状态，被楚肖肖的愉快感染，恢复简单自然的相处模式。

楚肖肖摸了摸头上的丸子，颇为新奇：“原来是这样？”

梁双麒仔细端详一番，比照着手机上的教程，点头道：“应该没问题。”

楚肖肖学会新技能，顿时开心起来，又忽然想到什么，疑惑道：“那麒麒哥哥刚刚怎么没说？说了，许晓就也能学会啦。”

梁双麒理直气壮：“我教她扎头发很奇怪，不符合我的做事逻辑。”

楚肖肖面露茫然，为什么他教自己就不奇怪，却说教许晓会很奇怪？

楚肖肖：麒麒哥哥才是奇奇怪怪。

不过楚肖肖学会后，她也可以教许晓，便不再深究梁双麒的心态。

梁双麒的情绪是一阵一阵的，他跟楚肖肖同行时毫无杂念，但将她送回去后又心起波澜。回家后，他立刻沉浸在疯狂拉琴中，试图以此遗忘童年做过的傻事，用音乐来平复自己。

梁双麒拼命拉琴后，终于忍不住道：“妈，你觉得我小时候傻吗？”

梁双麒：肖肖长大后回想起来，她会不会认为我傻得冒泡？怎么会说那么多傻话？

赫妍冷漠地踢皮球道：“我没遗传给你傻，别问我，问你爸。”

梁宸：“？？？”

番外三

肖肖的烦恼

楚肖逸出国留学期间，总是在好莱坞做打工仔，竟然渐渐闯出一点名堂。他刚开始不适应海外的氛围，但慢慢便摸索出自己的节奏，开始积累新人脉。他的音乐水平也在生活中有进一步提升，原来是有技巧，现在是有灵魂。

当然，不管楚肖逸在海外有多潇洒，他回国后都还是要营业的，逃不过积攒的工作。

“啊，不想去工作，人活着好累……”楚肖逸回国后刚倒完时差，就要投入高强度的活动之中，痛苦地长叹一声，“我不要上班了！”

楚肖逸：刚刚忙完期末，回来又要工作，简直双重折磨！

楚肖肖坐在沙发上看 iPad，忍不住嘀咕：“不上班谁养你呢？”

楚肖逸理直气壮：“你养我啊！你替我去上班吧。”

“养不起、养不起……”楚肖肖唯恐惹祸上身，一溜烟地往自己房间里逃，生怕被便宜哥哥赖上。

楚肖逸还在客厅里逗她，故意高声道：“楚肖肖，你是不是十四岁上大学？那你应该十八岁就开始工作？”

楚肖肖听他喋喋不休，不满地探出脑袋，抗议道：“你总要让我学习深造吧！”

楚肖肖：你让我赚钱养家也得给一点时间！

楚肖逸没被她一口回绝，又兴致勃勃道：“那你的意思是读研读博后就行了？”

楚肖肖：“……”我才没有说过这话！

楚肖逸作为啃小族，用心地放声高歌：“世上只有妹妹好……”

楚肖肖被他的耍无赖气得原地蹦跳两下，索性将房门直接关上，阻隔客厅的魔音灌耳。

楚肖逸倒不是真拒绝工作，他只是喜欢创造类的任务，因为能够提升自身能力，如拍戏、写歌、开演唱会等。然而，他想要支撑庞大的公司（原工作室），还要跑很多杂七杂八的商业活动，需要赚钱让团队吃上饭。

楚肖逸有时候望着公司新人，都有点恨铁不成钢，这些人为什么还不火呢？他什么时候能过上靠新人赚钱的老板生活？他该不会只能啃妹吧？

“哦，人来了。”楚肖逸看到手机上的消息，立刻缓步走向小院，看到熟悉的面孔。

梁双麒站在小院门外，将硬盘递给楚肖逸，说道：“新写的都在里面。”

楚肖逸痛快道：“行，何鑫给你结过钱了吧。”

梁双麒：“结了。”

虽然梁双麒当年没有出国学大提琴，但不代表他的音乐才能就此消失。他在楚肖逸的引导下，竟然逐渐成为一名音乐商人，还时常卖伴奏给对方。这就像梁双麒没打算做职业演奏者，但他还是会参加大提琴比赛一样，谁又能拒绝奖金呢？

梁双麒绝对是完美的乙方，虽然他有各式各样的想法，但甲方要是用钱砸他，他也着实拒绝不了，立马提供满分服务。

梁双麒：对不起，他们给的钱实在太多了。

楚肖逸早就备好代购的书，将其递给对方：“这是你要的书。”

梁双麒拿到厚厚的英文书，满意地翻阅起来，看上去心满意足。他现在想要积攒小金库，原因就是找到了烧钱的新爱好，对机器人大赛产生了兴趣。

梁双麒的艺术天赋可能源自母亲引导，然而他一旦开始自己决定人生方向，曾经被压制的父亲的基因就涌出，对技术类的东西展现热情。梁宸原本就是技术兵出身，他还真能跟梁双麒聊两句，两个人现在经常在家里瞎折腾。

虽然赫妍对于儿子从小艺术家到技术硬汉的转变感到痛心疾首，但梁宸也有自己的道理，头一回跟妻子发生分歧。他振振有词道：“学技术怎么啦？你当初也嫁给了技术兵，现在却开始出言嫌弃！你让他学琴时，我都没说什么！”

赫妍为难道：“我没有说学技术不好的意思，但学音乐不是挺浪漫……”

梁宸：“你当初说我在家修灯泡、修电视也很浪漫！你那时说这才是实在的浪漫！”

赫妍无法辩驳，只能眼睁睁看着梁双麒从艺术类转理工类，她要是出言质疑就是对丈夫的专业进行质疑，自然老实地选择闭嘴。

因为梁双麒还在拉琴，赫妍也就没有可抱怨的，她对父子俩的新爱好睁一只眼闭一只眼，就是家里乱七八糟的零件日益增多。

梁双麒在父亲的支持下，业余爱好就是翻翻相关的书籍，还拜托楚肖逸代购。

楚肖逸粗略地翻过此书，忍不住嘀咕：“你现在才初三，能看懂吗？”

“我可以慢慢看，实在不行问肖……”梁双麒在楚肖逸的死亡注视下，机敏地改口，“实在不行查词典，可以慢慢地消化。”

楚肖逸忽然想起什么，若有所思道：“对了，你是不是又跟我妹同校？你俩在一个中学吧？”

梁双麒比楚肖肖早上初中两年，他步入中学后就懂事不少，尽管依旧对楚肖肖很好，但不会天天吵嚷着要做“肖肖哥哥”，跟楚肖逸也能好好交流两句。

因为楚肖逸本身就没什么架子，跟梁双麒说话又一贯不在乎年龄界限，所以两人如今关系还可以。

梁双麒闻言一愣，抿了抿唇，应道：“嗯。”

楚肖逸：“那我妹班上有没有奇怪的男生？”

梁双麒：“什么叫奇怪的男生？”

楚肖逸想说就跟你小时候一样，每天说些奇奇怪怪的话，但他又觉得措辞不合适，便委婉道：“因为我们家的人一向都很受欢迎，所以她也有可能遇到奇怪的人，被奇怪地对待过……”

梁双麒茫然道：“比如呢？”

楚肖逸颇感无语，不知道梁双麒是真没懂，还是揣着明白装糊涂，举例道：“比如我十岁的时候，暑假过后不交数学作业，我们班数学课代表是女生，她就不催别人的作业，偏偏追着我催作业……类似于这种奇怪的事，你懂吗？”

楚肖逸当时被催得心烦意乱，长大后才逐渐明白缘由，无奈孩童时什么都不懂。这些故事还是肖碧后来讲给他听的，他那时回家就向母亲吐槽、抱怨，自己却很快就遗忘这些小事。

楚肖逸就担忧其他小孩为引起妹妹注意，会不会也做出奇奇怪怪的事情。这个年龄段的孩子都看脸，楚肖肖的亲哥好歹是明星，她的颜值自然也不低。

梁双麒镇定地补刀：“哥哥，这明明是你的问题，你交数学作业不就行了？不要自我感觉太良好，说得好像自己很受欢迎一样。”

楚肖逸不怒反笑：“你就是这么跟你的甲方说话？”

梁双麒平静道：“我们刚刚已经结完钱，你现在不能算是甲方了，这是另外的价格。”

楚肖逸：“行啦，你就跟我说有没有吧！”

梁双麒低声道：“……我跟肖肖又不同班，再说现在也刚开学。”

楚肖逸觉得梁双麒太没用了，但对方要真对妹妹的情况门儿清，他又会认为哪里不对。他现在就犹如多疑的君主，一方面想要拉拢重用梁双麒（好用的眼线），另一方面唯恐对方谋朝篡位（拱自家白菜），小心地把握着度。

梁双麒哪能不知楚肖逸的“宫心计”，他在人情世故上还算通透，尤其是懂事后就明白不想被楚肖肖讨厌，那也不能被楚肖逸讨厌。虽然楚肖肖嘴上将便宜哥哥贬得一无是处，但实际上挺在乎对方的想法，她对家人有极高的包容度。

因为梁双麒如今能理解楚肖逸的心态，所以他面对肖肖哥哥还是比较含蓄内敛，不会再表现得犹如傻狗，直接跟对方针锋相对。

两人心怀鬼胎地在小院门口完成交易，梁双麒便悄声无声地告别离开，没有惊动其他人。

房子内，楚肖肖被便宜哥哥的歌声逼进屋里，以逃避态度应对兄长的啃小行为，但还是对赚钱养家开始上心。虽然楚肖逸依旧在工作，但楚肖肖知道他的工作量有所下降，学习占据对方大量时间，自然对其收入有影响。

爸爸妈妈退休后还有退休工资可拿，但便宜哥哥如此不靠谱，他能干到退休吗？

尽管楚肖肖年纪尚幼，还在读书，却已经感受到生活的重担，想想楚肖逸每月如海水般的花销。他过去赚钱多时还支撑得住，但由俭入奢易，由奢入俭难，以后赚不到钱该怎么办？

楚肖肖决定最近想想赚钱的办法，打算用小小的身躯撑起这个家，不能真让便宜哥哥过上穷困潦倒的生活。然而，她现在的年纪真找不到工作，语言翻译类的项目又需要门路，靠自己是没法找到的。

楚肖肖思及此难免叹气，她怎么就不会拉大提琴呢？果然学一门手艺很重要，不然连比赛奖金都赚不到。

晚饭后，楚肖肖和家里人坐在一起看电视，脑袋里却还思考着自己的计划，有一搭没一搭地听着电视剧的声音。

这是经典的《倚天屠龙记》，台词也令人相当耳熟：“无忌，你要记住，越是漂亮的女人就越会骗人……”

楚肖逸时刻不忘敲打白菜，他思及妹妹正值看脸的年纪，振振有词道：“这句话还不够全面，其实男女都一样！”

楚肖逸：你可千万别看哪个小男生好看就被骗！

楚肖肖怀揣心事，难得地赞同：“是，越好看的男的就越会花钱……”还妄图不思进取地啃我。

楚肖肖打小就不是看脸的人，她对长得好看的人完全免疫，年幼时更感觉便宜哥哥丑。网友们经常调侃“楚肖逸也没什么好看的，可能是我天天看，看腻了”，这话放在楚肖肖身上莫名贴切，她上小学前都没发现楚肖逸的颜值。

小学时，楚肖逸给楚肖肖开过一回家长会，他的出众相貌就在班级里传遍，不但小萝卜头们惊叹Y同学的颜值，学生家长还时常念叨两句，说真人比电视上还抢眼。

楚肖肖那时不得不接受惨痛现实，她的审美可能跟正常人不一样，她根本get不到兄长的脸！

在她的脑海里，便宜哥哥的形象甚至都不是他的脸，而是会直接转换成一个哈士奇表情包，浑身透着莽撞和傻气。

当然，楚肖肖上初中后心态就平和得多，她认识的人越来越多，发现兄长好像长得真还行，但同时对高颜值的异性秉持迟疑态度。她总觉得好看的异性极有可能跟便宜哥哥差不多，光鲜的外表下或多或少有点隐患。

楚肖逸还担忧妹妹被帅气小男生骗，殊不知自己的存在就给楚肖肖打了预防针。

楚肖肖：好看的皮囊下基本都是古怪而傻气的灵魂！

客厅里，楚肖逸听闻妹妹的附和，不由得狐疑道：“你觉得哪个男的好看？你该不会在追星吧？”不然为什么说好看的男的花钱多？

楚肖逸：我妹难不成饭上了真人明星或纸片人？

楚肖肖：“我不追星，我喜欢韵涵姐姐那种实力派演员。”她才不会追男明星，她有男明星PTSD，还是刘韵涵等女演员靠谱。

楚肖逸闻言疯狂暗示，语调悠长道：“哦……你不觉得咱家就正好有实力派演员吗？”

楚肖肖坦白道：“我就是老听这种话，所以才不追星的。”鬼知道男明星在家都是什么模样！

楚肖逸总觉得自己被隐隐内涵？楚肖肖烦恼于赚钱养家，还虚心向梁双麒请教，她认为对方很早就比赛挣奖金，或许对此更有经验。她不可能像杨茵姐姐一样兼职打工，毕竟在年龄上就不符合标准，而且还要天天上学。

梁双麒听闻来龙去脉，认真地思考片刻，有条有理地道：“我觉得肖肖有赚钱的能力，只是还没有找到合适渠道，就像我原来只会拉大提琴，在别人的指导下参加比赛，才算找到变现方式。肖肖已经拥有知识，现在就差找机会卖出去。”

楚肖肖觉得梁双麒一开口就是老马云了，简直说得头头是道。她好奇地求教：“那我该怎么寻找变现方式呢？”

梁双麒：“专业的事情该由专业的人来做，你哥也没有出去找过工作，而是有人在帮他找工作吧？”

虽然梁双麒没有给出切实的办法，但他的话无疑为楚肖肖指出一条明路。

楚肖逸从没有主动出去找过工作，每回都是何鑫把工作筛选一遍，然后罗列出来让艺人挑。据说，现在公司里新人的工作也是由何鑫管理，但新人们就没有挑三拣四的权利，基本上都要老老实实地听安排。

楚肖肖对何鑫相当熟悉，毕竟经纪人叔叔经常开车送兄妹往返，而且每年都会送礼拜年，还会给她塞压岁钱。对方好像一直在助力兄长的工作，加起来都有十几年了，绝对是老面孔。

虽然何鑫名义上是经纪人，但他现在更像公司的高管，同样拥有一定的股份。他得知楚肖肖的来意，倒没有马上解释自己的工作变化，反而好脾气道：“肖肖想要做什么工作呢？”

何鑫确实可以给楚肖肖介绍工作，但他记得她并不想做明星，此时自然有点迷糊。

楚肖肖是揣着腹稿而来，还将策划书递出，振振有词道：“何鑫叔叔，现在已经是知识付费的时代，我手里正好有一个优秀项目，曾经成功培养出当红明星，目前只差一点推广及宣传……”

何鑫见她还一本正经地递资料，忙不迭接过策划书，应声道：“好好好，我看看……”

何鑫翻开策划书，望着成功案例一愣，迟疑道：“……这个当红明星不就是你哥吗？”

楚肖肖煞有介事地点头：“对，我在辅导明星功课上有多年经验，叔叔应该是最清楚的。”

何鑫：“……”这话好像也没毛病。

楚肖肖细想一番自己的工作经验，何鑫等人应该是最明白的，便想忽悠他帮自己做销售卖课。楚肖逸当年黑红时性格那么差，他的商务资源也被弄得明明白白，显然何鑫还是有两把刷子的。

何鑫果然没有让楚肖肖失望，他左思右想一番，又用电脑查询艺人培训计划，迟疑道：“嗯……我好像有点想法了，公司确实有一份跟课程有关的工作，但前期需要引流，可能收益回报没那么快……”

楚肖肖沉着地点头，她对此倒没有意见，毕竟自己的事业刚刚起步，立马赚到钱也不现实，饭总要一口一口地吃。她思索片刻，又熟练地画起大饼，许诺道：

"何鑫叔叔，如果我的项目进展顺利，到时候肯定不会忘记你的。"

何鑫感到好笑："没事的，我跟你哥认识那么多年，这点事情还是能帮的……"

楚肖肖认真道："我到时候也给你股份，比我哥给你的多一个点。"

何鑫一秒变脸，流畅地改口："没事的，我跟肖肖认识那么多年，这点事情还是能帮的……"

楚肖肖面不改色地挖兄长墙角，何鑫也面不改色地预备跳槽，双方愉快地达成合作。因为楚肖逸最近在筹备贺导的戏，加上零七碎八的工作，他没事并不会来公司，完全不知道妹妹和经纪人的商战谍中谍。

何鑫果然是高效执行派，而且在娱乐圈打滚多年，非常明白如何引流。他安排楚肖肖给公司新人教口语课，还专门将其拍摄剪辑成新人综艺，放在主推新艺人的账号上，既推课程又推新人。

公司以前也推过很多期新人综艺，但完全没任何水花溅起。众人对不认识的新艺人没兴趣，点击量不高，反应平平。何鑫也是抱着试一试的态度，然而首期口语课的播出反响竟意外不错，一方面是楚肖肖自带流量，另一方面是课程相当有趣。

虽然何鑫是将其当综艺在做，但楚肖肖是将其当课程来做，她有认真踏实地备课，考虑到口语课要生动有趣，初级班的参考动画是《小猪佩奇》。她还仔细了解了每位学生的性格和习惯，颇有计划地制订了教学方案，以至于班上同学后期都有各自的角色名，还认领《小猪佩奇》中的一个小动物形象做游戏。

课堂主要由"课程讲解 + 游戏互动"来组成，前者是楚肖肖的单人秀，后者是新人的展现环节，加上小朋友教大人的形式新颖，课堂氛围也相当可爱轻松，让人感觉愉快。

楚肖肖就是好脾气的小朋友，她不会对失误的学生生气（否则早年已被楚肖逸气死），所以公司新人们面对她也能够放开，不会显得太拘谨。

公司新人：毕竟还是可可爱爱的小朋友，又不是公司的超级大老板！

大众以前对公司新人完全没印象，现在却能将新人对号入座为动画片小动物，更别说部分性格还相当贴切。

当然，口语课程还不可避免地诞生无数金句。如果有人学得很差，那就是还不如楚肖逸；如果有人学得不错，那就是比楚肖逸要好；如果有人学得超棒，那就是有 100 个楚肖逸。

虽然楚肖逸没有出现，但他担当新人综艺中的计量单位，成为学习中的壁垒。

——少壮不努力，老大楚肖逸，今天也要好好学习！

——笑死，我发现肖肖认领佩奇以后，没人敢认领乔治的名字，自动使其空缺，想留给那位吗？

——这简直梦回小黑课堂，肖肖现在更会教课啦！

——震惊！当红明星楚肖逸的独家私教课程曝光，他出国留学的背后原因竟是这个！

——有一说一，跟着肖肖练真有用，我没有在开玩笑……

——我才发现小课堂有广告啦，公司玩票做的综艺也能有商务，我家肖肖真是实红！

——这几周的新人综艺比楚肖逸出场的期数点击量还高，笑哭。

——因为新人面对cxy放不开，那是公司大老板啊，效果当然不好。

——胡说！我们肖肖也是公司小老板，明明是cxy综艺黑洞拖后腿，你看他当年在《咱家几代人》的表现。

——资源回报率100%楚肖肖！综艺奇才楚肖肖！语言王者楚肖肖！王牌讲师楚肖肖！《小猪佩奇》十级学者楚肖肖！守护全世界最好的楚肖肖！

楚肖逸带新人时总有点尬聊，但楚肖肖上课教学就挺自如，加上她确实很能揣摩别人的想法，跟公司的新人哥哥姐姐们相处得还行，点击量自然也水涨船高。她是做好准备来授课的，知道要带动学生的积极性，就变相搞出了综艺效果。

何鑫最为精明，眼见前三期播出效果不错，他果断给此系列定名为《小小的课堂》，原因是小朋友教大人上课，“小小”还跟“肖肖”同音。他居然还给玩票的网综谈下一个饮料小广告，又开启课程打赏渠道，倘若观众们感到课程有用，可以打赏解锁楚肖肖单人版剪辑，欣赏完整版口语课程。

楚肖肖非常高兴，她现在拥有课时费、打赏费和商务分成，算是成功地挖到第一桶金，兴致勃勃道：“我要继续设计《哈利·波特》课程，然后再多拓宽一些领域！”

楚肖肖：不然将许晓忽悠过来做讲师，她叭叭地讲历史也有意思。

何鑫也非常高兴，自己居然用玩票网综带出了新人，还莫名其妙地开始营利，颇为感动道：“肖肖，你是我带过资源回报率最高的艺人……不是，资源回报率最高的讲师！我这回一定要拿股份！”

何鑫：楚肖逸以后要是糊掉，我就换个老板跟着养老。

两人都在这场玩笑式合作中得到想要的东西，只有一个人得知消息后相当震惊。

楚肖逸发现妹妹和经纪人的小动作时，《小小的课堂》居然都已经播出了四期。楚肖肖并不是每周都录制，她是在精心准备后上课，既不会耽误自身学习，也不会拖累口语课质量，仍然是悠闲的生活状态，自然没引人怀疑。

楚肖逸得知他们里应外合，顿时愕然道："她讲课我怎么不知道？你们居然不告诉家长！你们完全无视家长的意见！"

何鑫："……但叔叔阿姨知道，我跟他们说过。"

楚家栋和肖碧对小女儿教课倒无意见，他们确实知道她一向喜欢教书，此爱好已经延续好多年，加上是大儿子的公司在管，想来不可能有差错。

楚肖逸一时语塞，改口抨击道："那你就是出卖公司资源！"

何鑫："胡说，明明是将公司新人带起来，哪像你拖飞机还坠机好几回。"他都不想提楚肖逸带新人时的表现。

楚肖逸："我不管，你们故意不告诉我，肯定是有私心……"

何鑫："确实，毕竟肖肖许诺我以后就是 COO（首席运营官），真说没私心那是假的。"

楚肖逸："？？？"你都开始加官晋爵啦？

楚肖肖在试水赚钱中感受到何鑫的力量，觉得对方果然不是吃干饭的，决定下点狠手来挖兄长墙角。她认为光靠股份还不够，已经将大饼画到 COO，展现出领导级的忽悠能力。

何鑫佯装失落，叹气道："唉，你说我跟你那么多年，你连 COO 都不给我一个，还没有你妹妹大方，怎么能怪我倒戈呢？"

楚肖逸无情吐槽："……我真是谢谢你哦，咱们公司并没有这个岗。"

楚肖逸：影视娱乐公司有个鬼的 COO！

楚肖逸被何鑫的铁壁击溃，但不代表他完全没有办法，回家就决定制裁另一人。

御融台内，楚肖逸不满地在沙发上撒泼打滚，熟能生巧地搬出惊人演技，开始干打雷不下雨地哭诉："我不管我不管我不管，只有我能蹭妹走红，其他人不许被你带红，你还让何鑫担任 COO，你有给我留位置吗，你就是心里没有我了……"

楚肖逸：我妹只能带我，其他人休想蹭！

楚肖肖面对大型二哈拆家现场，一时感到深深的烦恼。

楚肖肖：我不工作，你让我搬砖养你，我工作搬砖，你说我心里没你，果然好看的男的好麻烦！

番外四

少儿班时光

楚肖肖十二岁时，从初中部搬到高中部，成为高中部哥哥姐姐们眼里的“小同学”，同时拥有更为宽敞的校区及庞大的体育场。因为少儿班在教学楼内拥有单独的楼层，班上的同学们似乎更加活跃，每天都能热闹地吵吵嚷嚷。

大家会在课间激烈地讨论函数、窝在角落读课外闲书、在实验室里研究猪心瓣膜、在社会实践活动时学游泳和独轮车……当然，即便是天资聪颖的“小同学们”，也少不了青春期意识的萌动。

因为少儿班和高中部学生不在同一楼层，所以这种萌动也仅限于少儿班。

“楚肖肖，这个送给你。”男生鼓起勇气将小饼干往楚肖肖手里一塞，便一溜烟地逃走，甚至来不及听她道谢。

“谢谢你……”楚肖肖茫然地接过零食，连对方的正脸都没看清，送礼的男生就消失在走廊里。

许晓摸了摸下巴，感慨道：“啧啧啧，他来回来去转悠那么多圈，终于踏出历史性的一步。”

许晓每天跟楚肖肖待在一起，自然发现这个男生老在两人面前晃荡，对方今天总算是有勇气搭话了。

楚肖肖：“……他是哪个班的？”

许晓：“这是隔壁班的班长，你没有印象吗？”他们隔壁是另一个少儿班，比他们要大一个年级，时常在社会实践活动时碰面。

楚肖肖迟疑地摇摇头，望着手里的饼干发愣，一时不知如何处理。

正值此时，刘雯沛如幽灵般冒出，沉着地扶扶黑框眼镜，镇定道：“这是一份罪恶的证明，可能会引发老班的怒火。”

刘雯沛口中的“老班”就是班主任，学校如今查早恋极严，据说高中部里只要发现就会被叫去谈话。尽管少儿班目前暂时没有任何苗头，但老师们显然也怀抱着警惕心。

楚肖肖犹豫道："没有那么夸张吧，只是一包饼干而已……"

刘雯沛："有那么夸张，不过我可以帮你消灭一些罪证。"

楚肖肖："？"

片刻后，楚肖肖、许晓和刘雯沛就在走廊里分享起饼干，合力消灭这一份罪证。

刘雯沛吃完饼干，居然还振振有词地提醒："这种感觉其实就是多巴胺和荷尔蒙的分泌，虽然你吃了罪恶的饼干，但也不能被冲昏头脑。"

许晓赞同地点头："士之耽兮，犹可说也。女之耽兮，不可说也。"

别看两人吃饼干挺开心，她们敲打起楚肖肖却相当严肃，完美诠释将糖衣吃掉，把炮弹打回去。她们如今处于逐渐懂事的年纪，或许会觉得动漫和小说中的角色帅气而有魅力，但面对现实就相当谨慎，还是遵守校规的小同学。

楚肖肖嘀咕："……你们想得确实太夸张，不要像老班一样草木皆兵。"

许晓眼看好友如此坦荡，评价道："不过肖肖确实好镇定，完全是心如止水，其他人都会不好意思的。"

青春期男女生交往时总是青涩而羞赧，但楚肖肖收到饼干也并没有手足无措。

楚肖肖歪头想了想，诚恳道："因为他并不了解我吧，我们都没有说过几句话，所以他想象中的我可能并不是真正的我，我当然不会觉得不好意思。"

刘雯沛似懂非懂，若有所思道："这是一个哲学话题吗？"

楚肖肖沉吟几秒，思索着如何表达自身想法，打比方道："比如我哥总说很多人喜欢他，尽管他可能有夸张的成分，但他也说很多人喜欢的并不是真正的他，他并没有别人想象中那么好……"

楚肖肖思及便宜哥哥在家中时的二哈模样，觉得自己或许也有隐藏的一面，只是平日隐于人后而已，便解释道："所以我可能也没有那么好，只是对方不知道而已，他了解的不是完整的我。"

刘雯沛是理科生思维，她抿了抿唇，点评道："虽然不知道你在说什么，但听上去很厉害的样子。"

许晓好奇地提出异议："那像我这种靠脸了解别人的该怎么办？我就喜欢长得好看的，一定要完整地了解对方吗？"

楚肖肖："……"对不起，这就触及我的知识盲区了，我不是外貌协会的。

少儿班有青春期的性别意识及生理知识的辅导课，引导小同学们正确地认识男女差异。楚肖肖等人自然也开始理解懵懂的情绪，跟异性相处时会有点不好意思。不过楚肖肖比同龄人想得还要多一点，她从小就是很有想法的小朋友，加上自带的情绪外挂，对于情感也有更深的理解。

虽然陆续接触到示好的男同学，但她总觉得对方并不真正了解自己，自然也不会心起波澜。她在家可以肆无忌惮地闹腾，便宜哥哥偶尔会欺负她，她偶尔也能折腾便宜哥哥，两人相处没有任何架子，能够随意地互掉。

然而，兄妹俩出门在外就会有偶像包袱，全都装得人模人样。楚肖逸一向爱摆高冷范儿就不必说，他只有在家里才疯癫得不像话，部分老粉也知道他的真面目。楚肖肖在外也是乖巧懂事的小同学，她只有在家才会暴力捶兄，还要为零食跟他拌嘴，没有在朋友面前善解人意的样子。

楚肖肖：便宜哥哥在家如此惹人烦，估计其他人看我在家的样子也会觉得烦吧。

楚肖肖以兄为镜，产生深刻的自我认识，自然不会被同龄人的好感所影响。她觉得他们更多地了解自己，或许就会发现她跟想象中不一样。

人的情感是变化莫测的，她自小就对此有所体会，但她没法强求每个人对自己的好感不变，那样会花费她过多的心力，只能顺其自然。有些人会在相处中越来越喜欢她，如许晓等人；有些人则会在认识她后情感淡去，她也做不到维护每个人对自己的好印象，那样实在太累了，只能靠时间筛选。

这或许也是兄妹俩的共通点，他们面对突如其来的喜欢都很清醒，不太容易迷失其中。

小饼干就宛如一个小插曲，三人很快就将其抛在脑后，许晓又说起新鲜事来，兴致勃勃道：“你们有看新出的文化衫吗？这回可以爬山的时候穿。”

楚肖肖：“我们已经定下爬山的地点了吗？”

刘雯沛：“就是高中部春游的地方，好像说这回活动跟他们一起。”

少儿班有极丰富的社会实践活动，每周都能外出爬山、逛博物馆、游览名人故居等，让高中部的同学们羡慕不已。小同学们还能穿花里胡哨的文化衫，挥舞着少儿班的小旗子出门，但高中部就只能穿正常校服，管理得相当严格。

少儿班本周的活动正好碰上全校春游，老师们便说众人一起行动。说是爬山，其实就在景区内，所谓的山也只是小土包。少儿班同学们将书包集中放在山下，便一窝蜂地跟着老师向上爬，想要攀到最高处看风景。

楚肖肖今天莫名有点力不从心，感觉自己浑身又累又乏，明明以前爬过更高的山，现在却完全提不起劲来。她着实有点不舒服，便对身边的许晓道：“你先跟着队伍走吧，我稍微休息一会儿。”

许晓一愣：“你累了吗？那我陪你歇一会儿？”

楚肖肖摇了摇头，总觉得此时状态不佳，又不想让许晓心生担忧，便道：“我待会儿就追上来。”

许晓：“你喝一点水吧？”

楚肖肖：“好，我喝点水就来，你先往前走吧。”

楚肖肖知道许晓想要上山，不愿在此处让好友扫兴，只能软声劝对方先走，承诺马上就追赶大部队。

因为不知楚肖肖身体不佳，所以许晓只当好友确实很累，又不好在山道上停滞太久，便提议道：“那你到小凳子那里坐一会儿，稍微慢一点走上来，不用太着急。”

山路间会有休息用的小凳子，但可以使用的仅有一个。楚肖肖好好地坐下后，跟继续赶路的许晓道别，越发感觉身体疲软。她觉得自己好像没法往上爬，但又没力气顺着山路走回去，只能在休息区忍受着痛楚。

“肖肖。”

楚肖肖抬头就看到了梁双麒及高年级的男生，他们好像根本不用老师带队，在景区内自由地闲逛着，正好途经半山腰的休息区。

“你怎么了？”梁双麒见小伙伴脸色有异，索性走过来仔细查看，总觉得楚肖肖的状态有点怪。

“梁双麒，你还往上爬吗？”其他同伴见梁双麒忽然离队，皆面面相觑，在山路上催促道。

梁双麒果断道：“不爬了，你们去吧！”

同伴忍不住吐槽：“你可真行，你都‘鸽’我好几回了，你是公园的鸽王转世吗……”

楚肖肖听到声音，眼见其他人离开，为难地劝道：“麒麒哥哥，你跟着同学走吧。”

梁双麒不为所动，颇为担忧：“你是不舒服吗？”

楚肖肖：“没关系，我歇歇就好了。”

见她强行打起精神、佯装自己没事的模样，梁双麒双目幽幽，抿了抿嘴唇，直言道：“肖肖，你时隔多年又撒谎了。”

楚肖肖顿时瞪大眼，下意识地反驳道：“我没有……”

梁双麒面色沉静，直直地望向楚肖肖，认真道："如果你感觉难受就说难受，身体不舒服时不懂事也没关系，甚至可以发一点小脾气，这又没什么好丢脸的，我也不会笑话你的。"

梁双麒早就发现小伙伴的懂事乖巧，就像他当年纠结留学时，即使她内心感到万般不舍，也会考虑他的前途问题，进而老实地不再表达。他知道楚肖肖很珍惜身边的人，但总是这样也太可怜了，她偶尔也可以不那么懂事。

楚肖肖面对他灼灼的目光，突然不再有硬撑的力气，便心虚地低头："确实很难受，不知道今天为什么那么难受……"

楚肖肖对着许晓还不好坦露，但她自小就跟梁双麒认识，潜意识里将他当半个家里人，也就没有那么多顾忌。

梁双麒见她坦诚地应声，放松道："那我陪你歇一会儿吧，然后慢慢地往下走，以后再来爬山也来得及。"

楚肖肖在梁双麒的劝说下放弃爬山，尽管她内心惋惜，但身体状态不好，确实不能强求。然而，她缓缓地站起身来，刚刚打算走下山去，两人却发现一丝不对劲。

梁双麒望着鲜红的污迹一愣，顿时慌乱道："肖肖你……"

楚肖肖看到痕迹也两眼发蒙，怪不得她觉得浑身不舒服，原来是有亲戚拜访！

肖碧早就教导过楚肖肖此事，还在她的书包里备好卫生巾，唯恐她第一次面对时没准备。但楚肖肖的书包现在被寄存在山下，她基本算是空着手上山的，被杀个措手不及。

梁双麒既羞赧又慌张，连耳根都烧起来，显然也是头一回面对此事。他无措地围着楚肖肖转了三圈，还努力摆出哥哥的架子，强作镇定地安抚："肖肖你别急你别急……"

梁双麒：我的心态不能崩不能崩不能崩，我已经是沉着稳重的高中生。

楚肖肖原本挺不好意思，但眼见梁双麒比自己还焦虑，她忙不迭宽慰道："不是，麒麒哥哥你别急……"

楚肖肖：你不要露出我好像患上绝症的表情。

梁双麒具备女性生理相关的常识，但班中女生对此事也挺避讳，他同样是第一次碰到，只能硬着头皮开解："肖肖，你不要害怕，这是正常的生理现象……"

楚肖肖其实有点尴尬，但由于梁双麒明明慌得不行还安慰自己，她又莫名松懈下来，轻声道："嗯，我知道。"

梁双麒将自己的校服外套脱下来，让楚肖肖将其围在腰上遮住。他总算是找回神志，脑袋开始重新运转，出言叮嘱道：“你不要直接坐石凳子，垫着外套再坐吧，你在这里等我好了……”

楚肖肖眼看他如游魂般飘下山，忙不迭道：“麒麒哥哥，你要到哪里去？”

楚肖肖原本想让他帮自己取书包，无奈他离开的速度着实太快，根本喊都喊不住。梁双麒显然也受到极大冲击，他在楚肖肖面前是靠谱哥哥形象，实际上细节处都透出慌乱。

没过多久，梁双麒就带着无数物资归来，不仅有楚肖肖需要的卫生用品，还有各式各样的高热量零食，甚至保温杯里还装着姜糖水。

楚肖肖在休息区厕所整理自己，出来后望着海量物资，茫然道：“麒麒哥哥，你都是从哪里弄来的？”

景区大门口才有小卖部，但梁双麒回来得那么快，显然并没有跑那么远。

梁双麒如今脑筋转得不够快，看上去犹如丢了魂，老实道：“我找班主任要的。”

梁双麒又没法找其他女同学借，只好麻烦自己的班主任，当然他现在选择遗忘开口时的氛围。他暂时还无力接受这段回忆，需要在内心更强大时再细想。

楚肖肖：“……老师没有问原因吗？”

梁双麒：“她好像问了，好像没有问，我记不清了。”

楚肖肖望着宕机状态的梁双麒，真心实意道：“谢谢麒麒哥哥，真的麻烦你了。”

楚肖肖：麒麒哥哥如此要脸还能开口，简直做出了莫大的牺牲，好怕他社会性死亡。

虽然楚肖肖刚开始有些别扭和尴尬，但梁双麒替她承担了一半的尴尬，她瞬间又打起精神来，或许是姜糖水发挥了作用，她觉得自己好受不少，可以慢慢地往下走。

楚肖肖围着梁双麒的校服外套，开始缓缓地溜达下山，而梁双麒一路上都战战兢兢、如履薄冰，他似乎生怕她随时晕倒。

楚肖肖出言宽慰：“麒麒哥哥，没有那么夸张，我现在好多了。”

梁双麒愣怔道：“是吗，因为我确实不太清楚，我妈总说这时候杀了我和我爸的心都有……”

梁双麒又没有经历过这些，只知道妈妈会在此时说想杀人，自然觉得楚肖肖可能同样难受。

楚肖肖：“……”阿姨原来这么凶残吗？

楚肖肖："……麒麒哥哥放心吧，我不会杀掉你的。"

楚肖肖休息后放松不少，下山又比上山轻松，她便没有对梁双麒产生杀意，让他捡回一条小命。

梁双麒见她脸色好转，索性找些话题闲聊，岔开她的注意力，问道："肖肖有想好在哪读大学吗？国内还是国外？"

两人还有两年就要考大学，如今恰巧要确定目标，很快就得全力以赴。

楚肖肖："应该是国内吧，我要是去国外，我哥能叨叨好久……"

楚肖逸可是老双标，当年自己跑到国外留学，但绝不接受妹妹十四岁跑到国外，总认为她在外面会遇到危险，仿佛国外人民都生活在水深火热之中。楚肖肖觉得自己本科出国没戏，加上前几届少儿班都考进了国内那几所高校，她就没太想过考大学的事。

少儿班的小同学们相比同龄人有更充足的时间，即使他们第一回高考发挥失常，还能重新考大学，并没有过大的压力。当然，每年选择复读的人极少，大家总归是有学校要的。

楚肖肖好奇道："麒麒哥哥想在哪儿读大学呢？"

梁双麒："目前来看……我应该也是国内了。"

楚肖肖颇感欣喜："说不定我们还能同校。"

梁双麒若有所思："那我要好好努力了，肖肖的成绩很厉害。"

楚肖肖："没问题的，阿姨还觉得你中考时不行，但最后结果不是很好吗？"

梁双麒中考时，赫妍觉得他直升高中部没戏，还想让儿子将志愿报低一些。谁想到梁双麒超水平发挥，成功地摸进高中部，再次跟楚肖肖同校。因为学校高中部全市排名前几，所以赫妍当时完全没把握，实在不信儿子能考上，没想到梁双麒如此争气。

梁双麒悠然道："毕竟我也有想坚持下去的事情啊。"

楚肖肖面露疑惑，重复道："坚持下去的事情？"

梁双麒："嗯……我有两件坚持最久的事情，一件是大提琴，不过刚开始只能算被迫的。"

楚肖肖："那还有一件呢？"

梁双麒垂眸道："还有一件从头到尾都是自愿的，但现在还不能说，没办法告诉你。"

既然他当初许诺不告别，那他就会努力地做到，这不仅是他的承诺，也是他自己的愿望。

“偷偷告诉我都不行吗？”楚肖肖头一回被他拒绝，倒是没有生气，却忍不住悄悄打探。梁双麒以前可谓有问必答，从来不会知而不答。

梁双麒思考片刻，低声道：“等到以后时机合适，我再告诉肖肖吧。”

“什么时候才算合适？”

“如果我们一直怀着同样的心情，总会等到合适的那一天。”梁双麒轻声道，没有说出后半句话，如果他们有一天不再怀着同样的心情，那他也没必要再说出口，只会徒惹她烦恼而已。

楚肖肖似懂非懂，察觉到梁双麒的情绪波动，安抚道：“那就慢慢等吧，也不是着急的事情。

“毕竟我和麒麒哥哥都认识那么久了，我们也一直怀着同样的心情。”

楚肖肖还记得幼时，隔着栏杆初见梁双麒，他有着金色而明亮的情绪，极少会产生负面能量。虽然她看不到自己的情绪颜色，但倘若她能够选择的话，她也希望自己是金灿灿的。

他们一直轻松而自然地相处，跨过许多重要的人生节点，确实不必急于一时。

梁双麒微微一愣，闻言也放松下来，愉快地应道：“……嗯。”

春游结束后，楚肖肖围着梁双麒的校服外套回家，回去后就哼哼唧唧地朝肖碧撒娇，然后在妈妈的照顾下早早睡觉。虽然楚肖肖及时地喝糖水和休息，但她还是感到浑身疲倦，很快就进入甜美的梦乡。

肖碧耐心地叮嘱楚肖肖几句，又轻轻地帮她把门关上，这才继续做善后工作。

楚肖逸回家时，发现今晚相当安静，不禁诧异道：“今天怎么啦？”

楚家栋：“你妹睡觉了。”

楚肖逸：“那么早？”

肖碧委婉道：“肖肖不舒服……”

楚肖逸被母亲含蓄地提醒，得知消息后颇感震惊。他立马捂嘴收声，也不敢再吵闹，老老实实地缩回自己屋里放东西。

楚家栋：“肖逸，给你留饭了。”

楚肖逸吃完饭出来，坐在沙发上刷起手机，忽然看到搭在一边的校服，狐疑地出声：“这是谁的校服？”

楚家栋随口道：“肖肖的。”

楚肖逸：“不可能吧，她能穿那么大的校服……”

虽然校服都是宽松款，但这件像是男生尺码，加上少儿班和高中部的校服在细节处有些许差异，立马引发楚肖逸的怀疑。他的雷达相当灵敏，随便一瞥就发现校服的异状，干脆拿过来仔细查看，果不其然是大码。

楚肖逸心中警报狂响，高声道：“她在——”

他还没说完，忽然又想起妹妹在酣睡，立刻压低自己的音量，悄声道：“她在外面有狗了！”

楚肖逸：居然穿着男生校服，这不就是早恋危机！

楚家栋望着大儿子鬼鬼祟祟的模样，茫然道：“什么？”

楚肖逸发现父亲不在状态，立马想要拉拢对方，忙不迭道：“爸，这是一件男生的校服，这不是她的校服啊！”

楚家栋一愣，似乎意识到问题的严重性，面容纠结而严肃起来：“你是说……”

正值此时，肖碧从屋里走出来，看到楚肖逸手里的校服，恍然大悟道：“啊，这件忘记放进去了，拿给我看看吧。”

楚肖逸见母亲自如地取走衣服，迟疑道：“妈，这是……”

肖碧一边检查外套是否有污迹，一边自然地答道：“这是麒麒的外套，肖肖的校服脏了，借他的外套遮一下，正好刚开始洗，还能够放进去。”

楚家栋长松一口气，转瞬没有危机感：“嗐，麒麒的啊。”

肖碧检查完校服外套，便将其拿走丢进洗衣机，又道：“可能要洗一会儿。”

楚家栋：“没事，我待会儿记着去晾，你就别盯洗衣机了。”

肖碧回屋后，楚肖逸意味深长地暗示：“爸，即使她没有外面的狗，小区里的狗也很危险……”

楚家栋哭笑不得：“你妹听到这话该跟你打架了。”居然说她的小伙伴是狗。

楚肖逸唯恐父亲还将小鬼头当孩子，提醒道：“梁双麒也有十六岁啦！”

楚家栋宽慰道：“你想得实在太多了，再说麒麒又不是坏孩子，也没什么不好……”

梁双麒是在楚家栋和肖碧眼皮底下长大的，小时候还经常坐楚家栋的车上学，多年来没展露出任何坏毛病。楚家栋和梁宸的关系还不错，非常了解对方的家庭环境，他以前没想过这些事，但细想也挑不出错。

楚肖逸不满道：“但他也没什么好！”反正我妹天下第一，没人高攀得起。

楚家栋乐呵起来，他现在还没想过于长远的事，自然不把大儿子的话当真，开玩笑道："同小区就挺好啊，那我以后岂不是天天都能见肖肖？实在不行让麒麒来我们家住，我看老梁说不定也能同意……"

"哎，怎么越说越觉得还挺好，起码是知根知底的人家。"楚家栋犹豫地一摸脑袋，他本来还没有这种想法，现在觉得此事真是妙，这不就能天天守着小女儿了吗？最多是在小区里再买一套房。

楚肖逸总是忙着自己的事业，楚家栋和肖碧管不住大儿子，目前只能畅想一下小女儿。楚家栋当然最想一家团聚，他觉得儿子和女儿都在自家小区买房才好，恨不得出门就能碰面。

楚肖逸："……"我想要拉拢一个战友，我爸却想着招人入赘？

楚肖逸：这话听上去哪里是梁双麒挺好，分明是梁双麒爸妈买房买得好，我爸就恨对方没买在隔壁！

楚肖逸在此刻感到任务繁重，他发现父亲是指望不上了，守卫白菜的重任还是落在自己身上，果然能力越大，责任越大。他作为成熟的一家之主，是时候接过父亲的担子了。

卧室里，楚肖肖并不知道哥哥和爸爸的闲聊，她在温暖的被窝里坠入梦乡，居然做了一个奇怪的好梦。

梦里，黑猫梁斯特变得好大好大，毛发光滑柔软，它变成飞天的巨兽，能够踩着云朵飞翔。熟悉的黑发少年坐在黑猫身上，他看到楚肖肖便露出笑意，如往常一样将她拉上来。

他们乘着大黑猫飞向云端，可以自由地在梁斯特身上打滚，欣赏天空中金光绚烂的夕阳，轻松而自在。

梦中，天空溢满粉蓝泛紫、唯美异常的霞光。

梦中，她好像也得知他今日未完待续的答案。

图书在版编目（CIP）数据

影帝他妹三岁半．完结篇 / 江月年年著．-- 南京：
江苏凤凰文艺出版社，2021.6
ISBN 978-7-5594-5499-7

Ⅰ．①影… Ⅱ．①江… Ⅲ．①长篇小说 – 中国 – 当代
Ⅳ．① I247.5

中国版本图书馆 CIP 数据核字 (2020) 第 247317 号

影帝他妹三岁半．完结篇

江月年年 著

责任编辑　张　倩

特约编辑　席　风

封面设计　SUA DESIGN

出版发行　江苏凤凰文艺出版社

　　　　　南京市中央路 165 号，邮编：210009

网　　址　http://www.jswenyi.com

印　　刷　河北鹏润印刷有限公司

开　　本　700mm × 980mm　1/16

印　　张　22

字　　数　390 千字

版　　次　2021 年 6 月第 1 版

印　　次　2021 年 6 月第 1 次印刷

书　　号　ISBN 978-7-5594-5499-7

定　　价　49.80 元
